終　焉

ハラルト・ギルバース
酒寄進一　訳

集英社文庫

【目次】

第1部　焰……9
第2部　灰……161
第3部　光……357
著者あとがき……537
解説　堂場瞬一……543

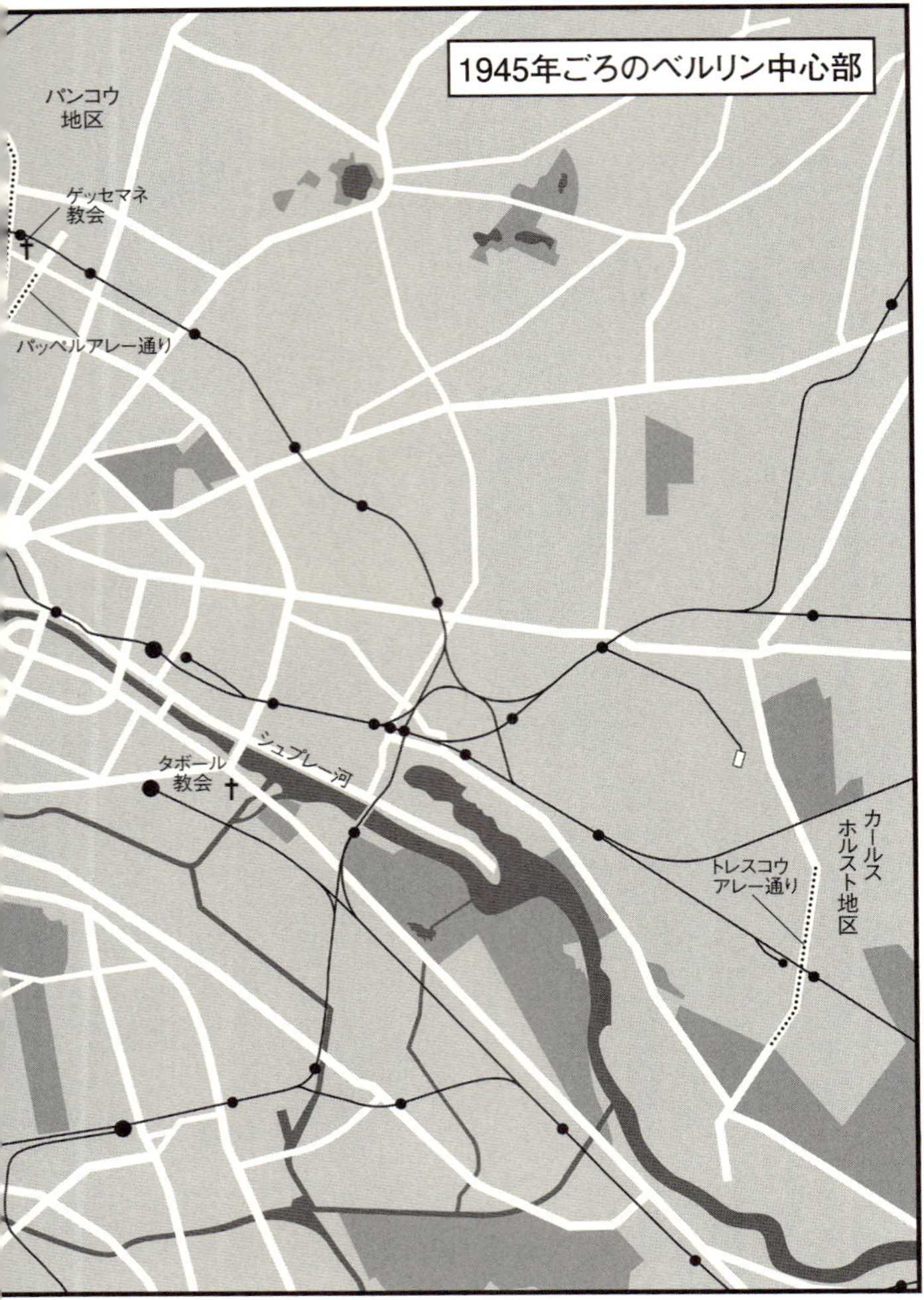
1945年ごろのベルリン中心部
パンコウ
地区
ゲッセマネ
教会
パッペルアレー通り
シュプレー河
タボール
教会
カールスホルスト地区
トレスコウ
アレー通り

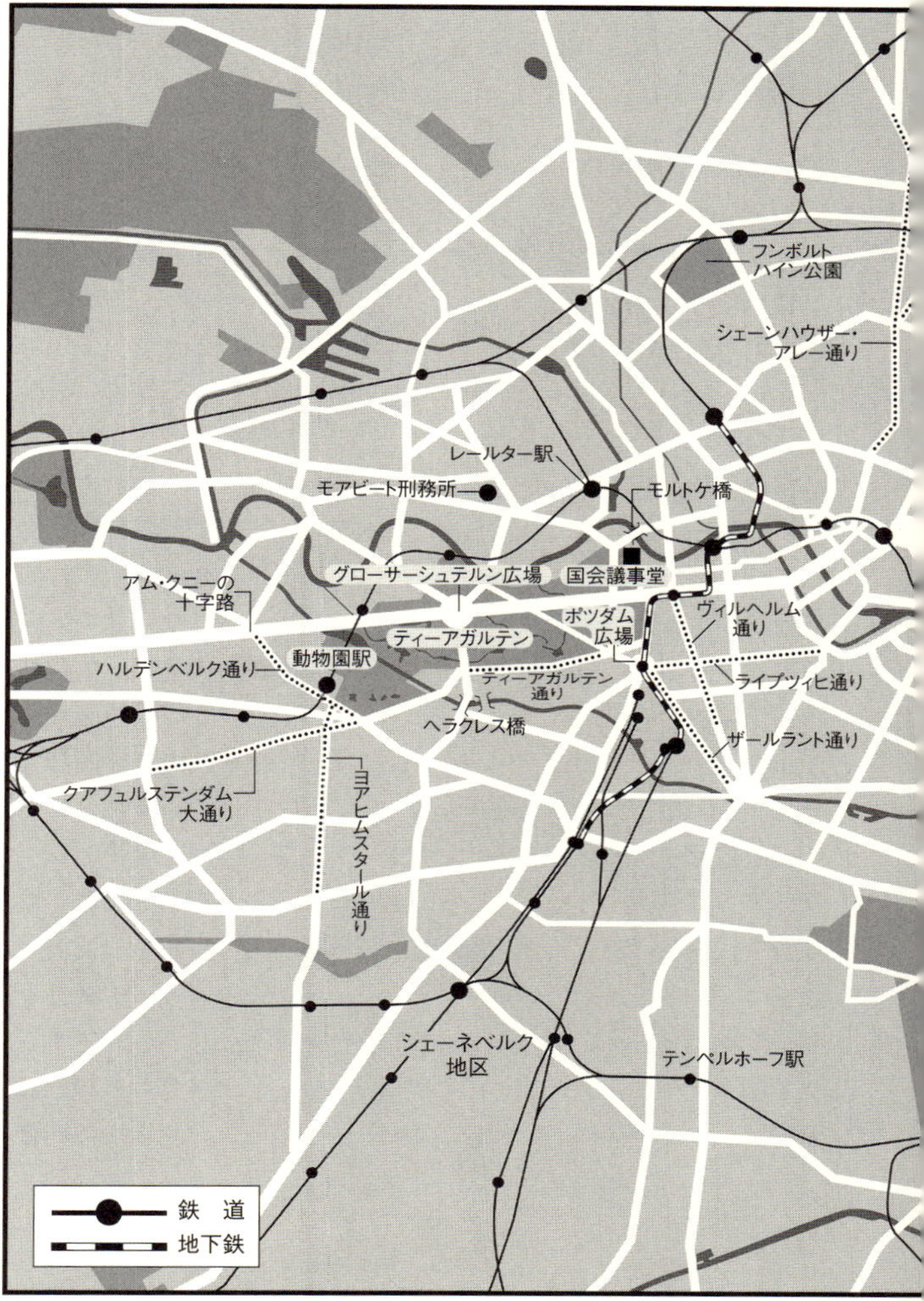
フンボルト
ハイン公園
シェーンハウザー・
アレー通り
レールター駅
モアビート刑務所
モルトケ橋
国会議事堂
グローサーシュテルン広場
アム・クニーの
十字路
ポツダム
広場
ヴィルヘルム
通り
ティーアガルテン
動物園駅
ハルデンベルク通り
ティーアガルテン
通り
ライプツィヒ通り
ヘラクレス橋
ザールラント通り
ヨアヒムスタール通り
クアフュルステンダム
大通り
シェーネベルク
地区
テンペルホーフ駅
鉄 道
地下鉄

【主な登場人物】

リヒャルト・オッペンハイマー …………………… 元殺人捜査官
リザ ………………………………………… オッペンハイマーの妻
ヒルデガルト(ヒルデ)・フォン・シュトラハヴィッツ ……………
オッペンハイマーの友人。医師
エデ ……………………………………………………… ギャング
パウレ、ハンス ………………………………… エデの子分
ディーター・ロスキ ………… バッグを持って隠れ家に来た男
バルベ、ミハリーナ ………………………… ヒルデの囚人仲間
フランツ・シュムーデ ………… 婦人服店経営。ヒルデの同志
アクサーコフ ………………… ソ連軍大佐。内務人民委員部
ポゴディン ……………………………………… ソ連軍大尉
ゲルダ …………………………… エデの店の用心棒。闇商人
アルテム・ルデンコ ………………………… ロシアギャング
ティモフェイ(ティーマ)・グリゴーリエフ … ロシアギャング
デミアン ……………………… グリゴーリエフの一味。殺し屋
マンフレート(マニ)・キッシュ ……………………… 闇商人
リタ ………………………………………………………… 踊り子
ヤーシャ ……………………………………… ソ連軍将校
ゲオルク ……………………………… アメリカの諜報員
モーリッツ ………………………………………… ロスキの同僚

終焉

第1部　焔《ほのお》

1

ベルリン
一九四五年四月二十日金曜日
ベルリン防衛軍降伏十二日前

オッペンハイマーの世界はわずか数百平方メートルの空間に縮んでしまった。だがこの六週間で、その狭さにも慣れた。地平線は粗末な漆喰《しっくい》壁。赤レンガの空は鉄柱に支えられている。

人間が解き放った炎の息が、レンガ造りの気密室から吹き込む。廃業したビール醸造所の地下にある発酵室は、オッペンハイマー夫妻のような行き場のない者のねぐらにはあまり適さない。だが、ふたりに選択肢はなかった。うまいこと仮設の竈《かまど》を通気口の真下に作ったのに、数日もすると、煙と食べものの臭気がビールの酸っぱいにおいを消し去った。今では煙が充満し、切りわけることもできそうだ。

頭上十メートルにある人工の天蓋には太陽も星もなく、蛍光塗料で光る懐中時計の文字盤もたいして役に立たない。時計の針は動きが不規則になり、本来の役割を果たさなくなっている。その代わり、外界の時間を読みとる別の目安があった。通気口からときおり射し込む明るい日の光だ。といっても朝のはじまりは、天井のランプが点灯するのが合図だ。ランプのスイッチは入れっぱなしにしている。電気が届くのが断続的だったからだ。ランプが灯《とも》れば、分厚い壁の向こうで夜が明けた証拠だ。早朝の時間帯に、発電所はたいてい送電する。だが闇に包まれる時間が、このところとみに長くなっていた。

日が落ちると、今度は空襲警報の時間になる。警報は地下室でも聞こえる。警報が鳴ると、たいてい夜間空襲がはじまる。

やがて投下される爆弾が炸裂し、地下室を揺るがす。それでも十基以上を数える発酵釜のあいだに縮こまっているほうが、防空壕で怯《おび》える人たちにまじっているよりも安心だ。ユダヤ人住宅の天井が木造の地下室よりましなことは言うまでもない。

だが戦争の音はもう警報と空襲だけではない。数日前から東風が砲声を街に運んでくる。ナチの支配から早く解放されたいのは山々だが、戦闘がますます苛烈になっているようで気が気ではない。ラジオがないので、前線がどうなっているのか皆目見当がつかなかった。

この日の朝も電気が来た。天井で灯った照明の光でオッペンハイマーは目を覚ました。リザはまだ眠っている。じめっとした冷気に凍えたのか毛布にしっかりくるまっている。まるで蓑虫《みのむし》だ。木箱を寄せて作った寝床はコンクリートの床よりましだが、どちらにせよ快適とは言えない。

オッペンハイマーは肘をついて体を起こし、木箱にすわった。体に巻いていたぼろ布をはがし、背中の痛いところをもむ。すぐに冷気が上着にしみ込んで身震いした。

毛布を肩にかけると、炭を足そうと焚き火同然の竈へ行った。煙が目にしみるが、暖かいのはありがたい。ビール工場内を何度か探検して、釜を熱する炉に石炭の残りが積んであるのを見つけていた。だが石炭を無造作にくべることはよした。寒くて仕方がないが、節約しなくてはならない。ベルリン攻防戦が終わるまでこの先どのくらい時間がかかるかわからないからだ。

オッペンハイマーははっとした。

なにか聞こえた気がする。

そんなはずはない。地下にはふたりしかいないのだから。気密室のドアは閉めてある。それにだれかが侵入しようとすれば、蝶番《ちょうつがい》のきしむ音で気づくはずだ。

オッペンハイマーがそう思っていると、また音がした。

ベルが鳴っている。

その甲高い音は奥の方でしているようだ。だが巨大な発酵釜があるため、遠くで反響しているように聞こえる。

「電話よ」リザがぼそっと言った。寝ぼけながら言った自分の言葉に驚いて、ぱっと体を起こし、毛布をしっかりつかんだ。

オッペンハイマーもびっくりしていた。電話がここにあること自体が驚きだ。しかもそこにだれかが電話をかけてくるとは。仕方なく呼び鈴の発信源らしきところへ行ってみた。発酵釜の裏にたしかに壁掛け電話機があった。そこは光が当たらなかったので、今まで気づかなかったのだ。だが電話機を見つけたときにはすでに、呼び鈴は静かになっていた。しばらくしてリザの足音が聞こえた。リザが後ろから電話機を覗いた。

「ねえ、だれだったのかしら?」

オッペンハイマーには見当もつかなかった。外のだれかが、ここに入ろうとしているようだ。

味方だろうか、敵だろうか。

リザも危険を察知した。

「電話には出ないほうがいいわね。わたしたちがここにいることを知られてしまうから」

もちろん電話の主は、秘密国家警察《ゲシュタポ》か親衛隊情報部《SD》の可能性がある。といっても、潜伏中のユダヤ人を電話で捜索するなんて考えづらい。

わけがわからず、彼は咳払いした。

「エデかしら?　あの人なら電話番号を知っているはずよね」

自分もそっちだと思いたくて、オッペンハイマーはうなずいた。エデ。きっとそうだ。そもそも秘密の倉庫であるここにふたりを潜伏させてくれたのは彼だ。ここにだれがいるか知っているのは、暗黒街で〝ごろつきエデ〟と呼ばれる彼とその手下だけ。彼らならきっと電話番号を知っている。

「なにかあったんだわ」リザがつづけた。「もしエデが電話をかけてきたのだとしたら」

「そうかもしれない。大事な話なら、またかけてくるはずだ。しかし……」オッペンハイマーがそう言いかけたとき、電話機がまた振動し、甲高い呼び出し音が鳴り響いた。

受話器を取るべきか迷ったが、オッペンハイマーは偽名で応じて、相手がだれか確かめることにした。相手が本当にエデなら、偽名を使っても声でわかるはずだ。

深呼吸して、受話器を取り、そのとき脳裏に浮かんだ名を名乗った。

「シュルツェ」

受話器からものすごい騒音が漏れた。これでは偽名を使っても相手には聞きとれそうにない。背後で男たちの笑い声が聞こえる。いいや、笑っているのではない。歓声をあげているのだ。

「もしもし?」オッペンハイマーはあぜんとしてたずねた。喧噪《けんそう》の中、相手が怒鳴ったが、ひと言も聞きとれない。それでも相手がイワンであることはわかった。

「イワン!」荒々しい声だった。それからロシア語がつづいたが、よくわからなかった。ファシストのけだものがどうとか叫んでいる。一九二〇年代初頭、シャルロッテンブルク地区とシェーネベルク地区にロシア人難民が多く住みついたので、オッペンハイマーは日頃よく片言のロシア語を耳にしていた。そのとき覚えた単語を今でもいくつか記憶している。

「スミュールティ・ナツィースカヴァ・ヴラガー!」ナチの敵どもに死を! という意味だ。

オッペンハイマーはとっさに受話器をもどした。聞くに堪えなかった。声を聞くだけで危険を感じる。地下室にその声を響かせたくない。絶対に。

リザはけげんそうに彼を見つめた。「なんだったの？」

オッペンハイマーは急に喉の渇きを覚えた。つばをのみ込んだだけで、どう答えたらいいかわからない。言わずもがなのことをどう言ったらいいだろう。昨日、戦車の襲来を知らせる警報が鳴った。それ以来、戒厳令が敷かれている。最後の戦いがはじまったのだ。ヒトラーがくびきをはずした業火に、もうすぐすべてがのみ込まれる。

一月にソ連軍の冬の攻勢がはじまってから、それが現実味を帯び、巷《ちまた》でひそひそささやかれるようになっていた。東からひたひたと前線が押し返されている。今では数キロ先で激しい戦闘がおこなわれ、大地が揺れている。すべてを破壊し尽くす大軍団は、ベルリンの官庁街というゴールめざして動きを止めないだろう。

リザにじっと見つめられて、オッペンハイマーは肩をすくめた。

「ソ連軍が来る」

みんな、間近に迫る没落にそれぞれのやり方で心の準備をしていた。ツテのある者は、帝都がソ連軍に包囲される前になんとか落ち延びようとしている。

ところがポンコツのアドラー・トルンプフのハンドルを握った男は、その流れに逆らうように車を走らせていた。彼もまた時間との競争中だ。ソ連軍が市内に突入する前に中心街に身をひそめる必要がある。

対戦車障害物を避けるため、ハンドルを右に切った。国民突撃隊がこうした障害物をすべての重要な交差点に構築していた。瓦礫《がれき》を重しにした路面電車を見ると、ちょっとした風でも吹き飛びそうだ。スターリンオルガン（第二次世界大戦でソ連軍が使用した強力なロケット砲）の弾が命中したらひとたまりもないだろう。

彼は助手席の男をちらっと見た。線路に沿った環状防衛ラインを横切るのはむりそうだ。おそらく銃を持てる者は検問で憲兵に選別され、引き返せと言われるのがおちだ。戦える者はベルリンを去ることまかりならん、というゲッベルスの命令が金科玉条のごとく守られ、おおぜいが捕縛されている。ベルリン防衛軍本部から特別扱いされることはまずない状況だ。市外に出ようとする市民の書類を検査する人員にはいまだに事欠かないらしい。

彼自身は二日前、なんとかテューリンゲンの小さな町シュタットイルムに辿り着くことができた。それができたのも、帝国郵便局発行の通行証のおかげだ。古い書類の日付を書き換えたことに、運よくだれも気づかなかった。

一方、ベルリンへもどる際には一度も検問に引っかからなかった。逃げようとする者が自分から魔女の釜に飛び込むとはだれも思わなかったからだ。

逆転の発想だ、と男はにやにやした。敗北後の現実にはいろいろなケースがありうる。彼はこれが自分にとって最良の選択だと信じていた。

今のところ、のどかな四月の天気だった。昼になってから明るく白い雲間に太陽が顔を覗かせた。独裁者の誕生日が快晴に恵まれると、国民は「総統日和」と呼ぶ。男は、いずれスターリン日和に取って代わられるかななどと考えをめぐらした。これまでドイツ中でおこなわれていた祝祭はもうどこでもやっていない。ヒトラーが五十六歳になった今日が最後の誕生日になることはまず確実と思われていた。

それでもナチ党のボスどもは総統閣下のそば近くに侍《はべ》るのだろう。そのあとテンペルホーフ空港へ向かうために。エンジンをうならせ、離陸準備の整った飛行機が、そこで彼らを待っているはずだ。

そんなことをつらつら考えながら、男は空を見上げた。もちろん無意味だ。灰色の迷彩ネットが頭上に張られているので、飛行機などほとんど見えない。道端に数本の細い煙突がそそり立っている。わずかに残された壁はくしゃくしゃのタオルのようだ。ゲッベルス国民啓蒙宣伝相は勇敢なる抵抗を訴え、美辞麗句で飾り立てている。事実、立ち並ぶ煙突は前世紀までの戦争画を連想させる。ただ矢面に立たされる者たちの見た目がちがう。まともな軍服も身につけず、ギリシア神話に登場するような筋骨隆々の英雄からもほど遠い。ソ連の大攻勢への勇敢なる戦いがさんざん喧伝されているが、それを担うのはだぶだぶの軍服を着た少年や、疲労困憊《こんぱい》し見る影もないような者や、年老いていたり、体の自由が利かなかったりする国民突撃隊員ばかりだった。だがその中にもいまだに妄想に取り憑《つ》かれ、イデオロギーのためにおおぜいの命を犠牲にしようとする輩《やから》がまじっている。

すくなくとも男はそんなことに与《くみ》しない。二度とごめんだ。

空中に漂う漆喰の粉塵《ふんじん》が汗とまじりあい、まもなく額がべとついた。

絶好の機会が訪れたようだ。計画の実行はできるかぎり遅いほうが確実だ。戦闘で混乱している最中なら、うまく足跡を消し去ることができるだろう。最後の国防軍報告を読んで、すぐに行動すべきだと判断した。前線としてミュンヘベルクといった地名がすでに上がっていた。ベルリン周辺に明るい者なら、それがなにを意味するか明白だ。数日の戦闘でゼーロウ高地の最終防衛線を破られた。これでソ連軍から帝都を守る防壁はなくなった。もしかしたら、まともに前線と呼べるものなどもはや存在しないかもしれない。

すべての市民がなすすべもなくソ連軍の攻撃にさらされる。それでもなお抵抗するなど自殺行為だ。正気の沙汰ではない。

そんなことを思いながら、男は唇を引き結んだ。

「あぶない！」隣で声がした。

反応が一瞬遅れた。

ブレーキを踏む。タイヤがきしんだ。

ボンネットのすぐ前をトラックが通り過ぎた。兵員輸送車だ。将兵たちはあちこちの防衛線を右往左往しているようだ。軍用トラックの荷台に乗っている兵士たちは衝突しそうになったことなど一顧だにしなかった。みんな、頬が落ちくぼみ、目が虚ろだ。自動車事故で野戦病院に担ぎ込まれるほうがまだましだと言える。

「気をつけろ！」帽子をかぶった助手席の男が小言を言った。「事故を起こしてこの車をくず鉄にしたら、ただじゃおかねえからな！」助手席の男はそのあと楊枝を口にくわえ、けわしい顔でフロントガラスの向こうを見つめた。

ハンドルを握っている男はかすかにうなずいた。計画どおりにいきさえすれば、金など惜しくない。パウレのようなチンピラ相手に説教を垂れても、言うだけむだだ。男は、楊枝をくわえるこうした手合いと今まで関わったことがなかった。だがこういう危機的状況では、えり好みはできない。

男はさっとバックミラーを覗き込んだ。バッグは後部座席に置いてある。これでいい。バッグがあるうちは、それが担保になる。

後方でだれかがクラクションを鳴らした。あわててアクセルを踏んだが、すぐにまたブレーキを踏むことになった。自転車を漕ぐ軍服姿の若者をひきそうになったからだ。鉤《かぎ》十字の腕章をつけたその若者はぎょっとしてハンドルを切った。ライトから前車軸にかけてくりつけたパンツァーファウスト（携帯用の対戦車ロケット砲）が二本、ハンドルの左右にかかっていた。一見、自転車の通常装備のように見える。

男は口元をゆがめた。文句のひとつも言いたくなったが、結局自分の胸にしまった。それから通りになにも走っていないことを確かめて、ふたたびアクセルを踏んだ。

「隠れ家はどこだ？」男はたずねた。「まだ遠いのか？」

「すぐそこだ」パウレは言った。「すぐそこにビール工場の廃屋がある」

今朝配電されたときと同じように、電気は数時間後、唐突に切れた。

オッペンハイマーとリザは燃えている石炭の前にすわっていた。このあいだ外のポンプから汲んできた水を鍋に入れ、火にかけていた。隠れ家は元ビール醸造所なのに、蛇口からは茶色に濁った水しかでない。

「どうかな？」オッペンハイマーはたずねた。「どのくらいもつだろう？」

部屋の隅に置いたバケツを見て、リザは言った。「節約すればあと三日かしら」

オッペンハイマーはうなずいた。他のベルリン市民同様、またしても水汲みの行列に並ぶリスクを冒すほかなくなる。ソ連軍の砲弾が雨あられと降ってくるようになれば、本当に危険だ。市街戦がはじまる前に水を汲んでおいたほうが無難かもしれない。幾部屋にも仕切られた倉庫には酒瓶のケースがあったが、置き忘れか、エデの所有物かわからなかったので、オッペンハイマーは手をつけずにいた。

ただ一本だけウイスキーの封を切った。歯磨きの際、口をすすぐのに、他に手がなかったからだ。ウイスキーでやれば、すくなくとも消毒になる。オッペンハイマーは、このきつい酒でうがいをすることに抵抗があった。アルコール度数の高い酒が苦手だからだ。友人のヒルデに自家製の酒をすすめられたときも断固として断ったものだ。

ヒルデのことを思いだして、オッペンハイマーはうなだれた。

「彼女はどうしているかな？」

リザも相槌を打った。名前を言わなくても、だれのことかわかったのだ。この数週間、オッペンハイマーは口癖のようにヒルデのことを話題にしていた。

ヒルデは殺人容疑で裁きの場に立たされ、オッペンハイマーは彼女が無実である証拠を見つけるため奔走した。だがなすすべもなく、裁判は茶番で終わり、今はヒルデの行く末が安泰であることを祈るほかなかった。

しかし祈ったところでどうなるものでもない。

判決が下りたとき、彼とリザはすでにこの地下室に身をひそめていた。ヒルデとその同志たちとはそれっきり音信不通だ。ヒルデの弁護士グレーゴル・クーンは恩赦が下りるよう働きかけると言っていたが、死刑が終戦まで引き延ばされるかどうかは予断を許さない。

重い扉がひらくズンという音に、オッペンハイマーははっと我に返った。搬出用通路の外扉にちがいない。通路には二枚の扉があり、気密室の役目を果たしていた。

オッペンハイマーは発酵釜の向こうの闇にじっと耳をすました。おそらくパウレだ。パウレはエデに言われてときおり缶詰を持ってきてくれる。地下室にはエデの闇商品も保管してあったので、オッペンハイマーたちにあまり外をうろついてほしくないのだ。地区監視員には、近所に見かけない顔があると好奇心を抱くという厄介な習性がある。倉庫の品は貴重なので、エデはオッペンハイマーに何時間も食料配給の行列に並ぶリスクを冒させるよりは食料品を差し入れするほうがいいと考えたのだ。

だが今日は様子がおかしい。オッペンハイマーは眉間にしわを寄せた。

彼の警戒する目付きを見て、リザもいつもとちがうと気づいた。彼女が物音をたてないとわかっていたが、オッペンハイマーは人差し指を唇に当てた。

内扉が開くまでやけに時間がかかった。本当にパウレだろうか。時間がかかっているのは、知らないところに足を踏み入れ、用心している見知らぬ者だからではないだろうか。

オッペンハイマーの息遣いが速くなった。それから足音を耳にして、身構えた。

ひとりではない。搬出用通路は音をひどく反響させる。侵入者はすくなくともふたり。パウレがだれかを隠し倉庫に連れてきたとは思えない。

身を隠さねば。

火を消そうとすれば、音をたててしまう。せめて暗がりに隠れよう。

オッペンハイマーは毛布をつかみ、リザを引っ張った。ふたりは奥の発酵釜をまわり込んで、身を縮めた。リザに毛布をかけた。これで相手が油断するかもしれない。うまくすれば、ただのぼろ布の山だと思う可能性もある。

入口の方から錆《さ》びついた蝶番のきしむ音がした。レンガ壁に音が反響した。オッペンハイマーは首を引っ込めた。毛布から顔をだして、侵入者があらわれたときに備えた。

一歩一歩足が出るたびに、細かく砕けた瓦礫を踏みしめる音がする。それからしばらく静かになった。

視界に入らないところでなにが起きているか、オッペンハイマーには容易に想像がついた。どんな危険にも対処できるよう、頭の中でいろいろと想定した。

だれかが入口で足を止め、暗がりをうかがっている。火を見て、地下に人がいると気づいたのだ。

オッペンハイマーは息をひそめた。神経が切れそうだ。

そのとき音が響いた。口笛だ。意外な展開だった。侵入者のひとりが無造作に地下室に入ってきた。ほんの一瞬、懐中電灯の光が床を照らした。

それから声がした。

「そんなところでなにをしてんだ？　もっとくつろいだらいいのに」

オッペンハイマーはほっと息をついた。パウレだ。奴がだれかを連れてきたのだ。

「大丈夫だ」リザにそうささやくと、オッペンハイマーは腰を上げた。連れがだれかわからないので、まだ警戒は解かず、肩に毛布をかけたまますこしずつ発酵釜の裏から出た。

火の前にだれかが立って、あたりをうかがっている。オッペンハイマーは、炎に照らされた明るい人影が痩せていることしかわからなかった。見知らぬ男はバッグを抱えている。ひと目見てドクターズバッグだとわかった。たしかに医薬品と包帯を持ち歩くのには便利だ。

オッペンハイマーとリザも避難用の旅行鞄をいつも手の届くところに置いておくのが癖になっていた。安全のためだ。

オッペンハイマーは急にまぶしさを感じて目をすがめた。パウレが発酵釜のあいだに彼を見つけたのだ。

オッペンハイマーは懐中電灯のまばゆい光を手で遮《さえぎ》った。

「やあ、パウレ、いつからツァラー・レアンダー（一九〇七～八一年。スウェーデン出身の歌手、女優。ドイツ映画界でトップスターとして活躍）のファンになったんだ？」オッペンハイマーはそう声をかけた。

見知らぬ男が驚いて振り向いた。一瞬、バッグを胸にきつく抱いたように見えた。だがパウレが緊張していないことに気づいて、その男は腕を下ろした。

「いないのかと思ったぞ」

パウレが妙に陽気なのに驚いて、オッペンハイマーはつっけんどんに答えた。

「自分からすすんで出ていくと思うか？」

「おいおい、警部」パウレがなだめた。「世の中、なにがあるかわからない。だからいいものを持ってきた」

パウレは紙を彼に手渡した。

「これはなんだ？」オッペンハイマーはたずねた。

「身分証明書だ。ここを出ざるを得なくなって、英雄気取りの連中に捕まったときのためにな」

考えてもみなかったことだが、オッペンハイマーはたしかにそれは大事だと思った。親衛《SS》隊とドイツ軍は通行人を引っ捕らえては、むりやり帝都防衛に当たらせているに決まっている。

オッペンハイマーは証明書を持って竈のところへ行き、炎の明かりでなにが記載されているか確かめた。最近、ベルリン防衛総監の任についたゲッベルスの署名がある。といっても、小学生が字の練習をした跡のようにのたくっている。

「エデが工面したんだ。俺たち全員、そういうゲッベルスの署名を持ってる。俺の字もまんざらじゃねえだろう」パウレは胸を張って言った。

パウレに人の署名が真似られるとはとうてい思えないが、オッペンハイマーはにっこり笑ってうなずいた。路上で職務質問した奴が啓蒙宣伝相の署名を知らないことを祈るのみだ。

それからようやくオッペンハイマーは連れの男に視線を移した。男はそのあいだずっと様子をうかがっていた。オッペンハイマーは、自分がほこりまみれの毛布にくるまって路上生活者のように見えることに気づいた。

それが事実でないことを証明するためか、パウレがふたりを引き合わせた。

「紹介しよう」パウレはにやにやしながらオッペンハイマーを指差した。「カラ・ベン・ネムジ（ドイツの人気作家だったカール・マイの冒険小説に登場する語り手）」

パウレがオッペンハイマーの前で冗談を言うのは、はじめてだ。このチンピラは、利口ぶらないほうがかわいい。しかしくだらない冗談にも、オッペンハイマーは柔和な顔を崩さず、笑みに見えるように口元をゆがめて言った。

「リヒャルトだ。あんたは？」

男はためらいがちに答えた。自分のことをあまり話したくないようだ。

「ディーターと呼んでくれ」

男に手を差しだしたとき、オッペンハイマーの腕が毛布に引っかかった。パウレの懐中電灯の光でようやくディーターと名乗る男の顔が見えた。深いしわが刻まれているが、年齢は三十代終わりだろう。憂いのある目と猫背。男は悲しげなハゲワシを連想させた。だが肉厚の唇だけがそのイメージにそぐわなかった。髪型は軍人のように角刈りで、てっぺんが薄い。きっともうすぐ禿げ頭になるだろう。だが身のこなしや、抑揚のある声はどちらかというと民間人のようだ。

「聞いたんだが、刑事だって？」ディーターがたずねた。その声にはどこか警戒している節がある。

オッペンハイマーは気づかないふりをして、手を横に振った。

「昔の話だ。今は第四帝国が勃興するのを首を長くして待つ身さ」

ディーターがにやっとした。

「あんたは？」オッペンハイマーはたずねた。「仕事はなにをしていたんだ？」

「わたしか？　まあ、そうだな、郵便局員といったところかな」

オッペンハイマーは男を見つめた。男は内心笑っている。なぜ急に陽気になったのかわからないが、彼がすべてを明かしていないことだけはわかった。

2

一九四五年四月二十日金曜日
ベルリン防衛軍降伏十二日前

「ねえ、聞いた？」バルベが言った。「あいつら、政治犯を殺す気よ」

ヒルデが顔を上げた。目に涙が浮かんでいた。だがそれはタマネギをむいたせいだ。ささやかれた言葉の意味を理解するまでしばらくかかった。タマネギが指から滑って、どすんと床に落ちたことにも気づかなかった。

そういうことか。その知らせは、拘留されたときから恐れていたことだった。

政治犯が処刑されるのなら、自分の命も風前の灯火《ともしび》だ。敗北主義的な発言で死刑を宣告された身。死刑執行されていないのは、担当弁護士の言葉巧みな弁護のおかげだ。

ヒルデは目をこすった。ささやきかけてきた囚人がはっきり見えるようになった。ここモアビート刑務所で仲良しになったふとっちょのバルベだ。彼女は二十五歳で、ヒルデの半分ほどの歳だ。たぶんこの殺伐とした環境で母代わりを求めているのだ。だがそんなことはもうどうでもいい。

収監されて十三週間。ヒルデは、死の恐怖に慣れるのはむりだと身に染みて実感していた。せいぜい考えないようにするのが関の山だ。だがまたしても死の恐怖が彼女を襲った。彼女の意識に冷たい牙をむき、この刑務所で見たり感じたりしたことをすべて忘れさせた。

それは午後のことだった。ヒルデは例外的に刑務所の厨房《ちゅうぼう》にいた。起床したあと、いつもどおり他の女囚たちといっしょに野戦服の直しをし、一時間後、バルベといっしょにタマネギの皮むきを命じられた。

殺風景な厨房では、火にかけられた鍋の中で食べ物がグツグツ煮えていた。小さい鍋は看守用で、大きな鍋の薄いスープは囚人用だ。バルベは気分転換になると喜んだ。厨房では開け放った窓の下にすわれるので、すこしのあいだ背中に太陽の温もりを感じることができる。

ヒルデがちょうどバルベに質問しようとしたとき、看守補助員が近づいてきた。ヒルデは目敏《めざと》く見つけて、口をつぐんだ。看守の中では人当たりのいいほうだが、そばにいるあいだはむやみにしゃべらないほうが無難だ。

看守補助員が目の前で足を止めたので、ヒルデは戸惑って顔を上げた。糊の利いた白いフードからあざけるようなまなざしを覗かせ、「だめじゃないの、フォン・シュトラハヴィッツ」と責めるような口を利いた。

ヒルデははじめ、なんのことかぴんとこなかったが、足下にむきかけのタマネギが落ちていることに気づいた。名前で呼ばれたのはいい徴候だ。番号で呼ばれないだけでもうれしいことだ。管理されるだけの顔のない有象無象《うぞうむぞう》ではないということだ。

昔はすぐ反抗的になったヒルデだが、とっさに身をかがめた。その看守補助員にやさしいところがあっても、楽にさせてくれるわけではない。結局はいやいやさせられる点は同じだ。看守補助員になんで取り入る必要があるだろう。死刑よりもひどいものなんてどっちにせよないのに。ヒルデは反抗し、一日の日課の邪魔をすることが義務のように感じていた。そうやってこの塀の中で自尊心を失うまいとしていたのだ。

だから彼女は咳払いして、「お馬鹿さんね」とタマネギをたしなめた。

看守補助員は笑みを浮かべて体の向きを変えると、料理人たちの方へ歩いていった。ヒルデはじっとしゃがんだまま、タマネギを見つめた。貧弱なタマネギだ。いや、ここで口に入る食料はなにもかも貧弱だ。ぶよぶよで、すでに緑色の芽が出ている。

ヒルデは皮むき用のナイフを右手が痛くなるほどぎゅっと握りしめた。自分の命が風前の灯火であることを、思いがけず確認することになった。

この数週間、政治犯がしだいに姿を消している。敵の手に落ちないように、別の刑務所に移送されたというがどうだか。縮小の一途を辿る帝国に点在する収容所は、支配人種の勝利を疑うことは死に値すると考えるナチの法によって、救いようのないほど超満員になっていた。そして囚人たちは刑務所から刑務所へたらい回しにされているのだ。

ヒルデもいつか名を呼ばれて、囚人服と木靴を身につけたままムチ打たれながらベルリンの通りをはしけの桟橋まで走らされることになるだろう。

だがベルリンはもう包囲されている。もはや出口はない。

ますます困った状況になってしまった。ヒルデの周囲では千年王国が瓦解しつつある。崩壊を前にしてナチの連中は、かつての敵に最後の鉄槌《てっつい》を下すことにしたということだろうか。そうにちがいない。こうなっては、どんなに有能な弁護人も指をくわえて見ているほかない。党員としてかなりの人脈があり、ヒルデを救うためにそれを行使してくれたクーン弁護士でも、もはや救いようがないだろう。権力機構が断末魔にあっては、彼自身も無力だ。

ヒルデは頭の中で他にどんな可能性があるか静かに考えた。逃げるのはむりだ。タマネギですらろくに切れないなまくらのナイフを振りまわしても、どうにもならないだろう。

ヒルデは言い訳を考えた。どうせ根も葉もない噂に決まっている。バルベが聞きまちがえたのかもしれない。その可能性が高い。彼女は頭が弱いから。

看守補助員が料理人たちと隣室に入ったので、またひそひそしゃべる機会が生まれた。

「どうしてわかったの？」重い扉がバタンと閉まると、ヒルデはバルベにささやいた。

「ミハリーナがさっき廊下で耳打ちしてくれたのよ」

ミハリーナはポーランド人で、同房のひとりだ。片言のドイツ語を覚え、意思疎通ができるようになっていたものの、情報を正確に伝えることができるかどうかなんとも言えない。

「ミハリーナは正確にはなんて言ったの？」ヒルデは訊いた。

バルベは肩をすくめた。

「ルール地方で最後に残った囚人たちが処刑されたって言ってた。死刑執行人がいなかったので、看守が代わりをして、褒美に煙草をもらったそうよ」

「なんでそんなことを知ってるの？」

バルベは自分も死刑になるかもしれないと思ってか、元気がなかった。

「わからないわ。自分で訊いてよ」

不満が残ったヒルデは大きく息を吐いた。共同房にもどれるのは何時間もあとになる。それまであれこれ考え、最悪の事態に頭を悩ませることになる。午後は時間が遅々として進まないだろう。切ない話だ。

ヒルデがタマネギを手に取ろうとしたとき、外で爆発音が轟《とどろ》いた。風圧で窓ガラスが振動し、窓枠ががたがた鳴った。

バルベとヒルデはびくっとした。

厨房のドアが開き、看守補助員が顔を紅潮させて出てきたときも、まだ音が消えていなかった。看守補助員はおどおどした目付きで女囚たちを見てから、看守所へ走っていった。

そのすべてが一瞬のうちに起こった。

「外よ！」そう叫ぶと、ヒルデは急いで窓の下に椅子を持っていった。その椅子にすぐ上ったが、窓に目が届かず、外をうかがうことはできなかった。見えたのは青空に昇る黒煙だけだった。

「どっちの方角？」

バルベも椅子に上った。ヒルデより背が高いので、窓の外を覗き見ることができた。「なにか崩れたみたいね。国会議事堂のあたり」それから顔を上に向けた。「だけど爆撃機はどこ?」

「爆撃機ではないわ」ヒルデは、心臓が口から飛びだしそうなほど胸が高鳴った。「砲弾がここまで届くようになったのよ!」ヒルデは歓声をあげて飛びはねたが、やはりなにも見えなかった。

居ても立ってもいられなくなり、ヒルデは意を決して厨房の調理台によじ登った。料理人たちはぎょっとして彼女を見た。囚人が厨房でこんな行動に出るなんて前代未聞だったのだ。

ヒルデは意に介さず、じっと外を見つめた。

ナチどもを吹っ飛ばせ、と念じる。ナチの都合で殺されてたまるか。あとすこしで終わるというのに。

生きたい。なんとしても生きたい!

地下室の音響はコンセルトヘボウ管弦楽団には不向きだった。それにウィレム・メンゲルベルクの指揮にも問題がある。ベートーヴェンの「田園」に欠かせない心地よい詩的旋律は、彼の得意とするものではなかった。第一楽章ではまるで藪を切り払うように総譜をずんずん演奏していった。だが手元に交響曲第六番へ長調はこの一枚しかない。第二楽章はすこしましになった。流れる小川のせせらぎ、そしてナイチンゲールとウズラとカッコウの鳴き声。

即物的なメンゲルベルクもここでは脱帽し、甘美な音に身を委ねた。

大事にしてきたレコードに煤がかかる恐れがあったが、オッペンハイマーは蓄音機を火のそばに近づけた。蓄音機のホーンのそばにすわったほうが多少はましな音がする。逆に数メートル離れると、アーチ型天井に反響して、音楽はごった煮のようにくぐもって聞こえてしまう。

蓄音機は手回し式だったのでかえってよかった。電動式だと、電気が落ちたら、音楽が聴けない。テレフンケンが発売したそのレコードは古いもので、ひどくゆがんでいた。数ヶ月前、食料配給券と交換したものだ。その頃はアーリア人に化けていたので食料配給券が手に入ったが、今はもうむりだ。

そもそもこの怒濤《どとう》の時代にもう一度自分のレコードを手にできただけでも奇跡だ。〝ごろつきエデ〟が気を利かせ、オッペンハイマーの頼みに応えて、立ち入り禁止のヒルデ邸から手下に持ってこさせたのだ。

ヒルデ。また彼女のことを思いだした。そのたびに胃のあたりがちくっと痛くなる。なにもしてやれないということがまだ受け入れられないのだ。

気持ちを変えるため、蓄音機の方を向き、このあとなにをかけようか考えた。リヒャルト・シュトラウスの「アルプス交響曲」はどうだろう。美しい楽曲だ。やや俗っぽいが、最近の彼の小難しい曲とは比ぶべくもない。

だが今は、そういう美しい楽曲が欲しい。目前の将来に暗雲が垂れこめている。ベートーヴェンの仰々しい交響楽で彩るのは剣呑《けんのん》だ。それよりメンデルスゾーンの「夏の夜の夢」序曲をターンテーブルにのせたほうがよさそうだ。メンデルスゾーンはユダヤ系なので、公の場所で彼の楽曲を演奏することは禁じられている。幸いレコードは目こぼしされ、ナチの検閲をかいくぐっていた。

そんなことを考えながら、オッペンハイマーはディーターの黒い革のバッグをちらちら見ている自分に気づいた。こればかりは仕方がない。バッグの持ち主をうかがったが、オッペンハイマーが好奇心を覚えていることに気づいていないようだ。

オッペンハイマーとしては、パウレによって脳内に時限爆弾を埋め込まれたようなものだ。立ち去る直前、パウレが彼を脇に連れていき、急いで二言三言ささやいていった。バッグにはなにか高価なものが入っているらしい。エデからの伝言で、バッグを見張るようにという話だった。

どうやら巷で売っているドクターズバッグではないようだ。中身はなんだろう。パウレも知らないと言っていた。それより、新しい客を気にかけろという指示でないところに戸惑いを覚える。大事なのはバッグだけということだ。

中を覗いてみたい衝動に駆られる。ディーターはまだ一度もバッグを開けたことがない。必要最低限のものは、コートの深いポケットに入れていた。それはなんでも出てくる魔法の袋のようだった。奇術師がウサギをだすシルクハットと言ってもいい。

もう何時間も前から光が通気口から射し込んでいなかった。代わりに、どよもす砲声がレコードの音楽をかき消す。銃撃戦が繰り広げられ、最初のソ連兵がここにやってくるのはいつになるのか、オッペンハイマーは気になって仕方がなかった。

夜が更けると、ふたたび冷気が床から立ちのぼった。三人は焚き火と言ったほうがいい竈を囲んですわった。知らない男がいることが、オッペンハイマーはうれしかった。これでしばらく自分とリザの将来に頭を悩まさずにすむ。おしゃべりをすれば、ほかのことが考えられる。幸いディーターは愉快な話をしてくれた。ただし興味深いことに、彼の過去がわかるような話は一切しなかった。どうやら身元を明かしたくないらしい。

そのディーターがコートから朱色の冊子をだした。

「ほら、これは役に立つぞ」

オッペンハイマーは石油ランプの笠の下にその冊子を持っていき、タイトルを読んだ。独露軍事用語辞典。

「これはどうも」オッペンハイマーはその冊子を本当にもらっていいのか確かめてから言った。「昔はすこしロシア語ができたが、ほとんど忘れてしまった」

その辞典をぱらぱらめくると、オッペンハイマーはにやっとして読み上げた。「戦争のおかげで、ドイツ兵は各地で簡便な方法により現地人と理解し合えるようになった。文法はともかく、適切な単語さえわかればおおむね用をなす」彼はかぶりを振った。戦争をなんだと思っているのだろう。まるで大冒険に赴くようなノリだ。あまりに通俗的。この冊子を見たら、ヒルデは喜んで皮肉るだろう。彼も気の利いた皮肉を思いついた。「なるほど、この冊子といっしょに弾を装塡した銃を持っていれば、みんな、言うことを聞く。楽勝だ」

リザは夫のそばに来て、その冊子を見るなり眉をひそめた。「戦場と日常で役立つ三千語。それで充分なの？」

「さあね」そう言うと、ディーターはにやにやした。「たしかにちょいと誤解を生むかもしれない」

「止まれ」冊子に目を通しながら、リザがささやいた。ドイツ語の横にキリル文字がのっていて、そのあとアルファベットで発音が記されている。リザは遊び半分でその単語を口にだして言ってみた。「スミルナ？」

「ああ、そう発音するんだろう」そう言って、オッペンハイマーは冊子の最初のほうにのっている熟語集をめくった。「あるいはこれ。ルーキ・ヴヴィエルフ！」

「どういう意味？」

「手を上げろ！　それから榴弾砲をロシア語でなんて言うかはじめて知った。カーウビツァと言うらしい」

みんな、げらげら笑った。ドイツ兵がここにある単語を使ったとはとうてい思えなかった。愉快な気分になった最中、オッペンハイマーの後頭部で警戒する声があがった。客が何者か知らない。総統とドイツ国民を茶化すのは危険かもしれない。その可能性は低いだろうが、党に忠誠を尽くす奴ということもありうる。この男に密告される恐れもある。

そのとき蓄音機の針が録音されていない溝に達した。レコードを裏返して次の楽章のアレグロを響かせる代わりに、オッペンハイマーはすこし探りを入れることにした。「田園」を青いケースにもどして、「夏の夜の夢」の序曲をだした。

「他のをかけてもいいかな？」

ディーターはうなずき、なにを思ったかこう言った。「シューベルトはあるか？」

「いや、持っていない」オッペンハイマーは嘘をついた。同時に親指で右手の薬指の傷に触った。もともと爪が生えていたところだ。シューベルトが聴けるようになるまでもうしばらくかかるだろう。しかしこれは別の話だ。ディーターに教える気はなかった。

序曲の最初の数小節が鳴り響いた。だが客は笑みを浮かべただけでとくに反応しなかった。オッペンハイマーもため息をつき、体を後ろに倒した。

話題を変えるため、オッペンハイマーはリザが手にしているさっきの辞書を指差した。

「あれはわたしの妻にお誂え向きだ。外国語の教師をしていたんでね」

「でもロシア語はできないわ」リザが言った。

ディーターは軽くうなずいた。オッペンハイマーはその笑みにどんな意味が隠されているのか自問した。「だけど、大事な単語が入っていないだろうな」

「撃たないでくれとか、降参するとか、そういうのかい？」ディーターがたずねた。

「それなら、白旗を振れば充分よ」リザが口をはさんだ。

ディーターにも愉快な気分が伝染したようだ。きれいな白い歯を見せて笑った。それを見て、オッペンハイマーはやましい気持ちにとらわれ、歯の抜けたところを舌でなぞった。この数年、ペルビチンの飲みすぎでかなりの歯が抜けていた。合法でも、依存性の強さからやめていたが、すでに体にがたが来ていることは認めるほかなかった。

突然、ディーターの笑みが消えた。彼の目にあせりの色が浮かんだ。

オッペンハイマーもすぐに気づいた。外でサイレンが鳴っている。警戒警報だ。

メンデルスゾーンの音楽が作りだした魔法の森と舞い飛ぶ妖精のイメージが一気に消し飛んだ。爆撃機の編隊が近づいているとわかって、オッペンハイマーの息遣いが速くなった。きっと英軍のモスキートによる空爆だ。いつもは夜間なのに。リザが首をすくめ、避難用の旅行鞄をつかんで防空壕へ走ろうとした。

だがここに防空壕はない。この地下室が頑丈であることを信じるしかなかった。だれが設計したか知らないが、まさか彼らの命を預かることになるとは考えてもみなかっただろう。あとはその建築家がいい仕事をしていることを祈るのみだ。

ディーターも同じようなことを考えたのか、心配そうに天井を見上げた。

「ここがもたなかったら、他もむりだろう」オッペンハイマーは彼を落ち着かせようとして言った。それとも、自分を安心させようとしてか？「隣に別の地下室がある。そっちは公共の防空壕として使われている。だけど、完全に壁で遮断されているので、こっちにわたしたちがいることはわからない。接点はない」

ディーターは眉間にしわを寄せた。

「この地下室はなぜ防空壕に作り替えられなかったんだ？」

そのことは、オッペンハイマーも不思議に思っていた。そしてそれなりの理由を見つけていた。「あそこが見えるかい?」発酵釜の奥の闇を指差す。「あそこに南京錠のついた間仕切りがたくさんある。エデはそこに物資を保管している。だけどこの地下室はもともと地下工場に改造されることになっていたんじゃないかな。たぶん重要な軍需工場が入る計画だった」

ディーターはろくに話を聞かず、腕時計を見ながら「なるほど」と気のない返事をした。

オッペンハイマーは蓄音機を止めた。空襲で地面が揺れるときに、レコードをかけるのはだめだ。レコードに傷がつく。それより爆弾の直撃で目も当てられない被害を被るかもしれない。そうなれば、レコードがかけられる安全な場所を探して数日彷徨《さまよ》うことになる。

「ちょっと失礼する」ディーターはおどおどしながら立ち上がると、あたりを見まわした。いったんつかんだバッグを思い直して地面に置いた。

「あいにく便所はない」オッペンハイマーは言った。「あそこのバケツを使ってくれ」

ディーターが落ち着かなくなったのはそれだろうと思ったが、はずれだった。彼は首を横に振った。「いや、いい、ありがとう。空襲がはじまる前に、ちょっと外を見てくる」

ディーターが出口に向かい、首から下げた鍵をだすのを、オッペンハイマーはあぜんとして見ていた。

本当に外に出る気だ！　せっかく安全なところにいるのに。

オッペンハイマーとリザは驚いて顔を見交わした。

「わたしだったらやめておく」オッペンハイマーは注意した。「外に出るのは必要に迫られたときだけだ。ここが秘密の倉庫だとばれたら、エデはおもしろくないだろう」

「気をつけるさ」ディーターは軽く答え、ポケットから懐中電灯をだしてスイッチを入れた。発酵釜のあいだに姿を消すより先に、彼は闇に包まれた。地面や丸い発酵釜を照らす懐中電灯の光だけが見えた。すこしして扉の蝶番がきしんだ。

ディーターはいなくなった。あらわれたときと同じようにいきなり。

「変な人」リザが言った。

「新鮮な空気が吸いたいんだろう。だけどバッグを置いていった」

リザがけげんな顔をしたので、パウレに言われたことを伝える必要があるとオッペンハイマーは思った。

3

一九四五年四月二十一日土曜日――一九四五年四月二十三日月曜日
ベルリン防衛軍降伏十一日前から九日前

ディーターと名乗るその男は金曜日の晩、それほど長くは外にいなかった。十五分もするともどってきた。ちょうど空襲警報が鳴る直前だった。これがベルリン最後の空襲であることを三人は知るよしもなかった。

およそ二時間後、空襲が終わった。だがつづく土曜日の早朝には、砲声が聞こえた。しかもこれまでよりも大きな音だった。

オッペンハイマーは外でなにが起きているのか知りたくて、通気口の真下にすわって耳をすました。

砲弾が次々と炸裂し、間髪入れず轟音《ごうおん》が響いた。パラパラと夕立が降るような音が地中にまで届き、オッペンハイマーはとっさにレンガ壁に体を寄せた。そのとき上からレンガが落ちてきた。

おそらくすぐ近くの建物に砲弾が命中したのだろう。アーチ型天井から細かいコンクリートの粉が降ってきた。もしかしたら、ビール醸造所の社屋が倒壊してしまったのかもしれない。そう思うだけで、オッペンハイマーは落ち着きを失った。リザの顔も恐怖に引きつっていた。唯一の出口が瓦礫で埋まってしまった恐れがある。

だが他にも音がする。

爆発音が轟く直前、オッペンハイマーはシュッシュッという音がすることに気づいた。聞いたことのない音だ。

オッペンハイマーはつばをのみ込んで、ディーターのいる方に言った。

「あれがなにか知っているか?」

ディーターがそばにやってきて、地上から聞こえる音にじっと耳を傾けた。また夕立の雨音のような音がした。ディーターは眉間にしわを寄せて言った。

「ロケット砲だ。スターリンオルガン」

オッペンハイマーはうなずいた。噂の飛び道具の射程距離内に入ったということだ。

「つまりソ連軍はここまで五キロのところに迫っていることになる」ディーターはつづけた。

「だが歩兵がここに到達するまでどのくらいかかるかはわからない」

頭上ではじまった地獄の業火は、昼になるとぴたっと終わった。重苦しい静けさがベルリンを覆った。ふたたび集中砲火を浴びる前の短い息抜きの時間だ。

オッペンハイマーはこの間隙をぬって、地下室の入口の様子を見てみることにした。そこが埋まっていたら、すぐ別の出口を探さなければならない。地下防空壕の場合と同じで、非常用の階段がどこかにあるかもしれない。

ディーターも地上に出たくて仕方がないらしく、懐中電灯の光を頼りにふたりいっしょに気密室を通り抜けた。

外扉が難なく開いたので、オッペンハイマーはほっと胸をなでおろした。異様な明るさに目をしばたたき、湿った風が顔に当たるのを感じた。なんでこんなに明るく感じるのか不思議に思ったが、雲が低く垂れ込めた雨模様の昼間であることがわかった。

オッペンハイマーはつま先立ちで、すり減ったレンガの階段を上った。やがて目が地面の高さまで来て、周囲を見わたすことができた。

なにもない。なんの気配もなかった。

オッペンハイマーは黙って様子をうかがった。本当にだれもいないとわかって、ディーターに大丈夫だと言おうとしたとき、彼はオッペンハイマーの脇をすり抜けて、さっさと階段を上っていった。

またしても彼の行動に奇異なものを感じた。いったい全体、彼は冷血漢なのか、それとも思慮に欠けるだけだろうか。

外に出ると、ディーターの姿が消えていたので、さらに面食らった。

中が空っぽのビール醸造所はまだ建っていたが、通りの反対側の建物の壁が砲弾で吹き飛ばされ、すり鉢状の穴から煙が上がっていた。その隣には精肉店があり、すでに四列の行列ができていた。民間人はこの界隈でも食料を備蓄するため、なけなしの食料配給券で急いでなにか買い込もうとしている。

数週間前からひどくなる一方のカオスに住民は抗《あらが》うことをやめてしまったが、それでもどこかでハンマーを叩く音がした。おそらく吹き飛ばされたボール紙をもう一度窓に釘で打ちつけているのだろう。

精肉店の行列からすこし離れたところで、老人が刷毛を持って壁にプロパガンダを書いていた。

〝ベルリンは城塞なり。各戸が城……〟

老人はまだ書き終わっていなかった。

オッペンハイマーは急いで籠を取りにもどり、ビール醸造所の前の小さな緑地に向かった。そこにイラクサが生えていた。イラクサは食べられる、とリザに言われ、実際に煮てみると、新鮮なホウレンソウそっくりの味がした。

驚いたことにイラクサはすっかり刈り取られたあとだった。どうやら贅沢《ぜいたく》に慣れた都会人が、遊ばせてある緑地に食べ物を探そうと思いついてしまったようだ。

オッペンハイマーはハンカチでイラクサの茎をつみとった。籠が一杯になる前にまた砲声が聞こえだした。彼はとっさに身を伏せた。

彼とは対照的に、精肉店前の人々は砲声を意に介さなかった。もちろん爆発したときは多くの人がびくっとしたが、列から離れる者はいなかった。姿を消したのはペンキのバケツを提げた老人だけだ。最後の言葉は「城塞とな」で終わっていて、最後の文字は書きなぐってあった。

砲声が途切れるのを待って、オッペンハイマーは身をかがめ、地下室に駆けもどった。階段に身をひそめると、立ち止まって、ディーターを待つべきか考えた。

あたりを見まわすと、ビール醸造所の二階に人影があった。ディーターはそこにじっとたたずみ、遠くを見つめていた。ガラスのない窓の前に立っていては、砲弾はいうまでもなく、狙撃兵の恰好《かっこう》の餌食になる。

「なにをしている」オッペンハイマーは砲声に負けじと声を張りあげた。「下りてこい！」

手を振っている彼に気づいて、ディーターは窓から離れた。彼も地下室の階段を駆けおりてきた。オッペンハイマーはドアを勢いよく開け、それからバタンと閉じた。

ふたりは闇に包まれた。

これでもう安全だ。

日曜日から月曜日にかけての夜、オッペンハイマーは寝つけず、木箱の上で何度も寝返りを打った。週末は絶え間ない砲声に悩まされたが、それ以外はこれといってなにも起きなかった。今はときどき対空機関砲の砲声が聞こえるだけだ。

その日はしばらくぶりに静かだった。

オッペンハイマーにとっては静かすぎた。なにかが起ころうとしていると思った。

リザは眠れなくても平気なようだ。ディーターも木箱で作った簡易ベッドで静かに寝ている。オッペンハイマーは、彼がどうして外に出たがるのかわからず気になっていた。日曜日にも、砲声がやんだときを見計らって、あたりを探りに出た。

いつのまにか眠ったようだ。毛布とシーツにくるまっていたオッペンハイマーは懐中時計をだした。朝の四時半。

その朝は、竈の火しか明かりがなかった。土曜日から完全に電気が来なくなった。

オッペンハイマーはため息をついた。こうなることはわかっていた。それでもいざとなると、やはりがっかりだ。

背中が痛むのを押して半身を起こし、凝り固まった足の関節を動かして、バケツのところへ行った。

煮沸した水を入れたバケツを数えると六つ。同居人がひとり増えたので、ぎりぎりだ。

オッペンハイマーは空っぽのバケツをつかみ、石油ランプを灯した。石油ランプの炎がしっかり灯ると、発酵釜の奥の闇へと足を向けた。中央の通路にあったゴミは片づけたが、はずれたレンガや床を這うケーブルにつまずく恐れがある。

めざすのは二層からなる地下室の下の階だ。そこはかつて貯蔵室で、井戸があり、以前はそこから水が汲めるようになっていた。だが今は涸《か》れてしまい、地面に開いた丸い穴でしかない。それでもそこにはいくつか蛇口がついている。この数週間、蛇口を何度ひらいても水は出なかった。危険を冒して最寄りの井戸ポンプへ水を汲みにいく前に、もう一度だけ試してみることにしたのだ。

探るように足を前にだしながら、エデが施錠した間仕切りの横を進み、狭い螺旋《らせん》階段に辿り着いた。そこを下りるのは厄介だ。金属のステップは黒く塗られているため、石油ランプがあっても足元がよく見えない。

固い床に下り立つと、オッペンハイマーはほっと息をついた。地下貯蔵室は天井が低い。狭所恐怖症の人間が来るところではない。普段そういう問題を抱えていない彼でさえかなり不安を覚える。

空気が淀んでいる。数百年封印されていた地下墓地のようだ。ここにも間仕切りがあるが、そこには空き瓶を入れた無数の木箱が置いてあった。分厚いほこりをかぶった空き瓶がにぶく光っている。

オッペンハイマーは深呼吸して、足下に気をつけながら井戸に向かった。その横に蛇口がある。期待に胸を躍らせながらそこにバケツをひっかけ、蛇口の栓をまわす。

待つこと一秒。五秒。十秒。

三十秒経っても一滴の水も出てこない。あきらめるしかなかった。

だめだ。どうにもならない。がっかりして蛇口の栓を閉める。

これで選択肢はなくなった。あえて外に出るか、喉の渇きで死ぬかの二者択一だ。

地下室から出ると、オッペンハイマーはコートの襟を立てた。寒さが身にしみた。どこか遠くでゴロゴロと音がしている。夏の雷鳴のようだが、その音と、ぴかっと光る閃光のでどこは雲間ではなく、地面だった。音がしているのはわずか数キロのところらしい。

再三にわたって閃光が走る。打ち上げられた照明弾が青い光を放ってゆっくり落ちてくる。町の東部は赤々とした炎に染まっていた。きっとそのあたりは炎にのまれているにちがいない。

混乱の極みだ。両陣営とも、闇雲に撃ち合っている。ソ連軍が砲撃すると、無意味とわかりつつ対空機関砲の弾幕が応じる。別の場所では、だれかが赤い照明弾を空に打ち上げた。

朝の五時半。そろそろ夜が白む時間だが、空が分厚い雲に覆われて、あたりはまだ暗かった。急いで行かないと近場で使える井戸ポンプに行列ができて、パッペルアレー通りまで延びてしまう。そうなると、二時間から四時間は待つことになる。公営水道が完全に止まってしまったため、数千の家族がその井戸ポンプに群がるのだ。それに朝の六時頃は一番いい時間帯だ。めったに空襲がないし、銃撃戦がはじまるのももうすこし遅い時間だ。

あとはシェーンハウザー・アレー通りとグライフェンハーゲン通りのあいだにあるふたつの消防用貯水池だが、その濁った水にはなにが浮いているかわかったものではない。

オッペンハイマーは探るように空を振り仰いだ。大粒の雨がパラパラと顔に当たった。一瞬、そこにバケツを置いて、雨水を受けたほうがいいかもしれないと思った。

だがバケツをだれかに持っていかれる恐れがある。道徳心が地に堕《お》ちた証と言えるかわからないが、みんな、盗みをなんとも思わなくなっている。持ち物を見張っていないのが悪いというのが、今では一般通念だ。使えるものがあれば、だれに問うでもなく持ち去る。ベルリン市民はそういう行為を「失敬する」と呼んでいる。

普段は井戸ポンプまで歩いて二十分ほどだ。ただし幹線道路を行けば、戦える者を集めている連中に出くわす危険がある。横道を使い、瓦礫の山を乗り越えていくと、三十分はかかる。

だが、それだけ用心しても絶対に安全とは言えない。オッペンハイマーの体はもう骨と皮だけになっていた。たとえ見つかっても、よぼよぼの六十過ぎだと思われることを期待していた。引っ張られるのは十五歳から六十歳までの男だからだ。もちろんパウレからもらった身分証を見せるという手もある。ゲッベルスの署名が偽物だとばれれば万事休すだが。

それに国民突撃隊に遭遇する恐れもある。奴らは、訓練に姿を見せなくなったオッペンハイマーを今でも捜しているにちがいない。ただし当時の住所は南部のテンペルホーフ地区で、今いるのは反対側の北部。国民突撃隊の各部署の連絡が密でないことを祈るのみだ。

シェーンハウザー・アレー通りの近くであたりが明るくなった。ガラスのない窓のそばを通った。それでもいまだに人が住んでいるのだろう。夜中はみな、地下室に逃げ込むが、朝になると自分の住まいにもどって、電気やガスが来ているか確かめる。無事に電気やガスが来ていたら、みんな、急いで温かい朝食の支度をする。この時間帯以外、料理をする機会などないからだ。食べるのは腹がすいたからではない。電気が使えるからだ。

広いシェーンハウザー・アレー通りを横断するときは、数分は物陰から様子をうかがったほうが無難だ。通りの中央を走る鉄道の高架下の柱に隠れるのがいい。通りの両側の建物が壊れていて、そこなら通りを横切っても、ほとんど目につかない。

その日はなにごともなかった。通りを急いで渡ると、反対側の大きく口をあけた穴に身をひそめた。

その日の朝は妙に静かだった。鳥のさえずりすら聞こえない。ベルリンに住む鳥たちはすでにちりぢりに飛び去ったらしい。

破壊された家を通して裏庭を見たとき、人の気配がした。崩れた塀の陰で足を止め、様子をうかがう。

だぶだぶの制服を着た高射砲補助員らしき若者が開けっ放しのドアの方へ娘に誘われていた。中に入る前に、娘はちらっとあたりを見まわした。それから明るいひそひそ声が聞こえた。

「ほら、早くして」

ベルトの留め金がカチャカチャ鳴る音。すぐそばの瓦礫の中で、まだ子どもと言ったほうがよさそうな娘が処女を失おうとしている。初体験をいまいましいソ連兵としたくないばかりに。

オッペンハイマーは考えないようにしてまた歩きだした。ポンプの行列に並ぶのにもいいところがある。ただの噂話でしかないが、俗に「口ラジオ」と呼ばれる新しい情報に触れることができる。

最近も、アメリカのルーズベルト大統領が急死したという噂が立ち、戦況が変わるかもしれないと大騒ぎになった。

オッペンハイマーは出遅れた。ポンプの前の行列はすでに数十メートルになっていた。今ではほとんどの女がスカーフを頭にかぶっている。水が足りなくて髪が洗えないからだ。それを見て、彼も服を何週間も洗濯していないことを思いだした。身に着けている服はもうぼろぼろだ。

行列の中に知った顔を見つけた。同じ時間帯によく水汲みに来る初老の紳士だ。地下室からそう遠くないところに住んでいる。だが居場所を知られたくなかったので、これまでいっしょに帰るのを避けていた。

その初老の紳士は学のある人で、礼儀をわきまえている。だがお互い知っているのは名前だけだった。ベルリンでは、ちゃんと姓名を名乗り合うエチケットが失われて久しい。

「やあ、エーミル」オッペンハイマーが声をかけた。

「やあ、リヒャルト」エーミルはうれしそうに応えた。髭をいいかげんにそった顎の皮膚がたるんでいる。かつて二重顎だった名残だろう。「どうです、帝国の薪の山にまた日が昇りましたね。まず水汲みに並んで、そのあとは食料品店の行列だ。噂では、食料配給券がなくても食べものを売ってくれるらしい」

「それはいい」オッペンハイマーは言った。

「ソ連軍がパンコウに侵攻したそうです」エーミルはつづけた。「だけど激しく抵抗している。ニュースによると、地下鉄のトンネルで野砲を撃ち合っているらしい。西から援軍が来ているという噂もあるが、士気を鼓舞するためのデマでしょ」

オッペンハイマーはパンコウ地区の名が出てはっとした。ごろつきエデがアジトにしている酒場〈エデのビールの蛇口〉がある地区だ。パンコウ地区で戦闘がはじまったのなら、連絡がつかなくなる。パウレが食べものを運んできてくれる可能性も低くなる。

オッペンハイマーも、食料品店に並ぶべきか迷った。配給券がなくてもいいなら、なんとかなりそうだ。噂では、抵抗する気力を挫くため、スターリンは勝利したあと数週間は敵であるドイツ人を飢えさせる計画だとささやかれている。

「ちなみに」エーミルがつづけた。「今日から温かいものは食べられなくなる」

「どうして?」

「昨日ラジオで通告されたと、ナウヨックスさんが言っていました。あの人は先見の明があって、蓄電池を確保している。料理に電気を使ったら即座に死刑だそうです」

「どうせ電気なんてまともに来ないじゃないか」オッペンハイマーはぼそっと言った。そのとき数日前にラジオで広まった呼びかけを思いだした。「たしかドイツの女は敵兵に煮え湯を浴びせかけろと言われなかったか? これじゃ、抵抗もままならないな」

エーミルは渋い顔をした。

雨が激しく降ってきたので、オッペンハイマーは帽子をつかんだ。風が強くなり、雨が横なぐりに叩きつけるようになった。

「すごい風だ」オッペンハイマーがぼそっと言った。エーミルも相槌を打った。

深緑色に塗られた井戸ポンプの前で女がスカーフを飛ばされそうになった。女はさっと体を起こして、スカーフを顎のところで結びなおした。井戸ポンプは前時代の代物で、鉄の塊から突きでた竜の頭から水が出るデザインになっていた。

オッペンハイマーは、行列に並ぶ人々全体の気分をつかむのはむりだと思った。政治ジョークをひそひそしゃべる者がいて、ヒトラーなんて生まれてこなければよかったとうそぶく一方で、ドイツ側の脱走兵をののしり、軍事裁判にかけろと息巻くナチ信奉者もいる。つい最近まで暴行されることへの不安が女たちのあいだで渦巻いていたのに、今はだれひとり話題にしない。数週間前は、アメリカ人から爆弾を頭に落とされるくらいなら、ロシア人を腹に乗せるほうがましだとうそぶいていたのに。今ではそんな軽口を叩く者はひとりもいない。スカーフをかぶった女たちは、そのことを口にするのはやめようと申し合わせたかのようだ。

だがドイツのプロパガンダはさかんに恐怖心を煽っていた。下等人種による暴行略奪。いわゆる「モンゴルの侵略」への恐怖心は抵抗心を培い、市民に白旗を揚げるのを躊躇《ちゅうちょ》させるもっとも有効な手段になっている。しかし行列に並ぶ人の中には、口に手を当てて、ドイツ人も東の下等人種と同じ憂き目に遭うってことねとまぜ返し、プロパガンダを骨抜きにする者もいた。

突風がやや収まったが、ゲッセマネ教会前の樹木がいまだにざわざわ音をたてている。その葉音にまじって別の音も聞こえてきた。

頭のすぐ上で飛行機のエンジン音が轟いた。

オッペンハイマーはさっと家の壁に身を寄せ、エーミルを引っ張った。

そのすぐあと低空飛行する飛行機があらわれ、黒っぽい機体が旋回して東に飛び去った。

機体には赤い星が描かれていた。ソ連軍機だ。

「爆弾を積んでもどってこなければいいんだけど」背後にいた女がつぶやいた。オッペンハイマーは降りしきる雨の中、早口でその女に言った。「わたしたちのことなど眼中にないさ！　きっと地上軍を支援しているんだ！」

「どうせ爆弾は落とさないさ」別の女がわかったふうな口を利いた。「やるとしてもせいぜい機銃掃射。絨毯《じゅうたん》爆撃はしない。味方に当たっちゃうからね」

水をいっぱいに入れたバケツをふたつ提げて帰りを急いでいるとき、オッペンハイマーは街路樹に破けた紙が貼りつけてあるのを見つけた。雨が弱まっていたので、その白い紙切れに近寄ってみた。二個の画鋲で貼りつけてあり、「ベルリン市民に告ぐ」と手書きで書かれていた。

よく見ると、ヒトラーとゲッベルスの署名入り。つまり公式文書らしい。「降伏すれば、絞首刑ないしは銃殺刑に処す」と脅迫している。だが、そんな命令をだしても焼け石に水だ。ナチ党《NSDAP》は以前、こういうビラを印刷してばらまいていたが、どうやらもう印刷が間に合わないらしい。

オッペンハイマーはまた歩きだした。にやにやしそうになって、見咎《みとが》められないように気をつけた。もうすぐドイツが敗北するかと思うとうれしくなる。注意散漫になり、自分の足元ばかり見つめ、無意識のうちにすり鉢状の穴や瓦礫の山を避けて歩いた。

そのとき妙な音にはっとして我に返った。機銃掃射でも砲弾の炸裂音でもない。金属がこすれる音だ。脇道に曲がろうとしたときのことだった。

カチン、カチン、カチン。

とっさに足を止めた。知らない音には気をつけたほうがいい。なんの音か不明だが、このあたりでは普段耳にしない音だ。

カチン、カチン、カチン。

また聞こえた。さっきよりもはっきり聞こえる。しばらく歩道にじっとたたずんだ。こんなことをしていてはあやしまれる。巡回中の憲兵に見つかったら、書類検査されるだろう。

脇道に入る前にそっとあたりを見まわす。とくにあやしい気配はない。通りの反対側にはうろうの水差しを二個持って井戸ポンプへ急ぐ初老の男がいた。

しかしその男の歩き方が妙だ。なにかにせき立てられるような歩き方をしている。

その後ろからスカーフをかぶった女が歩いてきた。その女もいきなり立ち止まり、信じられないという表情をしたかと思うと、すぐに目を伏せ、顔をそむけて足早に歩きだした。

オッペンハイマーはなにかおかしいと思った。ふたりは恐ろしいものでも見たように、なにかを避けるような動きも見せた。

わけがわからぬまま足を前にだすと、また音がした。

カチン、カチン、カチン。

今度は別の響きもまじっていた。

子どもの笑い声だ。

オッペンハイマーはほっと息をついた。金属音はどうやら子どもが遊んでいる音らしい。そう思いながら脇道に曲がると、半ズボンをはいた少年をそばの街灯からあわてて引き離す母親の姿があった。大きな声をあげずに子どもをたしなめているが、子どもはなかなか言うことを聞かない。よく見ると、さっき通ったときと街灯の様子がちがう。

死体がそこにぶら下がっていた。縄で首を吊られ、ブーツの金属製の靴底が風に揺られて街灯の支柱に当たっていたのだ。

カチン、カチン、カチン。

オッペンハイマーはぎょっとした。頭に血が上って、他の通行人たちと同じように目をそむけ、通りの反対側に移った。死体の胸元に札が下げられているのが、目の端に見えた。だが立ち止まって、そこに書かれていることを読もうとはしなかった。文面はだいたい想像がつく。「命令に従え」とか、「命令に背けば、おまえも同じ運命だ」と書いてあるに決まっている。

さっきこの街灯のそばを通ったのがいつ頃かあわてて考えてみた。四十五分くらいは経っている。そのあいだに、だれかが見せしめのためこの死体をぶら下げたのだ。

やった奴がまだこのあたりにいるかもしれない。オッペンハイマーは心おだやかではいられなくなった。去年の九月に創設されたゲリラ集団ヴェアヴォルフのしわざだろう。連中は志願者で構成された隠密行動をとる戦士集団で、柔術まで会得し、素手での接近戦に長《た》けているという。オッペンハイマーは大げさだと思っていた。

しかしこの組織があなどれないことは、四週間前のアーヘン市長オッペンホフ暗殺で明らかになった。彼は西側連合軍に協力したため殺されたのだ。ヒトラーの影の軍団は本当に存在し、占領軍への協力者を粛清するため地下で暗躍しているのかもしれない。

脱走兵を始末したのが、本当にヴェアヴォルフだったのか、親衛隊情報部《SD》だったのか、あるいは親衛隊の命令に基づく即席の軍事裁判によるものだったのか、それはこの際、関係ない。奴らは若い連中ほど狂信的なのだ。

外をうろつくのは危険だ。飛び交う砲弾などまだかわいいくらいだ。

バケツを提げて歩くあいだ、オッペンハイマーは物陰から無数の目に見張られているような気がしてならなかった。

4

一九四五年四月二十三日月曜日——一九四五年四月二十六日木曜日
ベルリン防衛軍降伏九日前から六日前

「いいや、だめだ」だれかがささやいた。「きみに声をかけたのはわたしだ。だから、わたしの言うとおりにしてもらう」

話しているのがだれかわかるまでしばらくかかった。隣接する防空壕にいる連中ではない。話しているのはディーターだ。オッペンハイマーが水汲みに行っているあいだに外に出ていたのだ。

ディーターはひとりではなかった。待ち人があらわれたようだ。

「こっちは約束どおりにしたんだぜ」知らない男が答えた。「バッグをいただこう」

ディーターのバッグが話題になっていると気づいて、オッペンハイマーは歩調を落として耳をそばだてた。

「それでは意味がない」ディーターは言った。「バッグの中身は、わたしがいなければ価値がない。だからわたしの手元に置く。気をつけて扱わなければならないとわかっているだろう」

「それでもいいさ」相手の返事は本心ではないようだ。「倉庫にはまだ余裕がある……」

ディーターが口をはさんだ。

「たしか地下室にしまうと言っていなかったか？」

「そうさ。だけど、地下室はもういっぱいになっちまった」

ディーターが安堵《あんど》した声をだした。「なるほど。だけど、荷はほどくなよ。わたしが梱包《こんぽう》したままにしてくれ。重要なことなんだ。わかるな？」ディーターが声を大にした。緊張しているのが手に取るようにわかる。

「わかってるさ、ボス」男が答えた。「死にたかないからな！　だけどぼちぼち動いたほうがいいんじゃねえか。このままじゃ、なにもかも台無しになりそうだ」

ディーターも同感らしい。

「時が熟したら、だれに声をかけるか考える。リストをこしらえる。あさってにはできるだろう。そのときもう一度会おう」

「試してみるけど、保証はできないぜ。敵さん、すぐそこまで来てるからな」

ちょうどそのとき、砲弾が落ちてくる音がした。オッペンハイマーは伏せた。

つづいて耳をつんざく炸裂音。その音が出口を求めてビール醸造所に反響した。

オッペンハイマーがあたりを見てみると、精肉店前が騒がしい。女が、倒れた男の止血をしている。男のベルトをズボンから抜き、右の太腿に巻いて、きつく縛りつけた。直撃ではなかったが、炸裂した砲弾の破片で足に怪我をしたようだ。そのあと地下室の窓から腕が二本あらわれ、負傷者を中に引き入れた。

行列に並んでいた他の人々はほとんど無反応で、一部始終をただぼんやり眺めていた。みんな、すこし壁際に寄って列をつめた。そこでなにが起きたかわかるのは、血痕だけだった。気づくと、ディーターと知らない男の会話が途切れていた。盗み聞きしたとばれないよう、オッペンハイマーはバケツを持って、わざと音をたてながら地下室の階段を下りた。

「強烈ね！」激しい砲撃を見て、ヒルデは同房の女囚に言った。数人の女囚が共同房の窓に群がり、何人かは分厚い壁に身をひそめていた。

ヒルデは危険を顧みなかった。ナチ政権の末路を自分の目で見届けたかったのだ。戦闘の実況中継は、格子窓からサッカーを観戦しているかのようだった。

だがこの火曜日の晩、官庁街で起きていることは、スポーツのゲームとは似ても似つかないものだった。雲が垂れ込めていた空が昼下がりに明るくなったが、太陽はますます濃い黒煙に覆われてしまった。市街戦はすでに数日に及んでいる。ヒルデは、ソ連軍が榴弾砲でベルリンを取り囲み、市内を更地にする気ではないかと思った。

刑務所は国会議事堂から二キロしか離れていない。建物や樹木が視界を遮っているが、それでもそこでなにが起きているのか充分想像がついた。繰り返し爆発が起こり、黒煙が上がる。飛行機のエンジン音も聞こえた。

刑務所前の路上が気になるが、窓ガラスに顔をくっつけても真下をうかがい知ることができなかった。周辺に人影はない。この数日、国民突撃隊が大きめの十字路にバリケードをこしらえていた。

近くのモルトケ橋も厳重に防御を固めていた。戦術的に重要だからだ。シュプレー川にかかるこの橋を死守すれば、ソ連軍が北東から国会議事堂に至る道を遮断することになる。しかしベルリン防衛が破綻した時点で、橋は放棄されてしまった。

ヒルデは物思いに沈みながら、首にかけた認識票をいじった。刑務所側は、空襲で死者が出たときの身元確認のためにそういう認識票を囚人全員に配布していた。

空襲があると、看守は囚人を一階に誘導し、警報解除まで長い廊下に待避させる。その一方で、自分たちは一般人が入ることのできない安全な地下防空壕に避難した。しかし恒常的に砲撃がおこなわれるようになると、だれも囚人を待避させなくなった。うれしいことに、馬鹿げた作業をさせられることもなくなった。食事がもらえるかぎり文句はない。仮に食べものがもらえなくなっても、すこしは耐えていける。二、三日もすれば、ヒトラー政権は崩壊するはずだ。

バルベがそばに来て、ささやいた。

「ロシア人、ケーペニックまで来たらしいわ」

ヒルデはふっと笑った。

「賭けてもいいけど、もっと近くまで来てるわよ。ラントヴェーア運河に達していなかったら、ほうきでもなんでも食べてみせる」

「来週には戦争が終わるということ？」

「ヒトラーがくたばれば、戦争ののろしは消える。あいつはベルリンにとどまるって宣言していた。ざまを見ろよ。新総統官邸のネズミよろしく穴に隠れてるんじゃないかしら」

ポーランド人のミハリーナがふたりのそばにしゃがんでいた。両手を合わせながら、さっきからなにかつぶやいている。

「なにしてるのかしらね？」バルベが首を傾げた。「壁は分厚いから平気なのに」

「子どもたちのために祈っているのよ」ヒルデは真顔で答えた。「くそったれの連中が彼女になにをしたか知らないの？　家族ごと連行したのよ。目的は強制労働。でもミハリーナは、子どもたちがどこにやられたのか知らない。だから彼女はここにいるのよ」

バルベはきょとんとした。

「よくわからないんだけど」

ヒルデは彼女を脇に連れていった。

「ソ連軍が近くまで来ていると知ったとき、彼女、強制労働収容所から脱走して、ソ連軍のいる方に逃げたのよ。でもヴリーツェンで捕まった」

「逃げたの？　危険じゃない！」

ヒルデはあえて説明しなかった。愛する人のためなら身の安全を顧みない人がおおぜいいることを、どう説明したらいいかわからなかった。昔だったら、ヒルデ自身も信じなかっただろう。頭がおかしいと思ったはずだ。しかし帝国水晶の夜（一九三八年十一月九日夜から十日未明にかけてドイツ各地で発生した反ユダヤ主義暴動）に衝撃を受けてユダヤ人と反体制活動家の潜伏を手助けするようになってからは、考えが変わった。

国家社会主義のような抑圧システムが人間を最悪な存在にすることを、ヒルデは知っていた。大多数の市民が、隣人が逮捕され、行方不明になってもなんとも思わない。みんな、おじけづくからだろうか。それとも見て見ぬふりは、お上の言うままに従うドイツ人の国民性からくるのだろうか。ヒルデはその問いに答えることができなかった。それでも言いなりになる者や楽観論者だけではない。ただやむにやまれぬ気持ちから行動に出た人を数人知っている。自分たちの良心に耳を傾け、報いなど気にもしない人々。

ヒルデはふと同志のことを思った。ナチの不正な政権に抗議して弁護士をやめ、婦人服店をはじめたフランツ・シュムーデ。いつもびくびくしながら、ヒルデが匿《かくま》った人々に内緒で薬を工面した薬剤師のオットー・ザイボルト。そしてナチ党員でありながら、ヒルデが死刑にならないよう八方手を尽くしたグレーゴル・クーン弁護士。

そう言えば、クーン弁護士はここしばらく音沙汰がない。ヒルデは彼のことが心配になった。それにオッペンハイマーのことも気になる。彼はまた地下にもぐったにちがいない。生きているかどうか、だれにもわからなかった。

ヒルデは深呼吸すると、しゃがんでいるミハリーナのところへ行った。なにかしてやりたかったが、気休めにもならない言葉しかかけてやれそうになかった。

ヒルデが腰を落とすと、ミハリーナが泣きはらした目を向けた。ヒルデは前かがみになって彼女の手を取った。

「がんばるのよ。生き抜くの。わかる？　あの糞ったれどもに目に物見せてやるのよ」

気密室の内扉を閉めると、オッペンハイマーはほっと息をついた。「もう梃子《てこ》でも動かないぞ」と言って、巨大な発酵釜にもたれかかった。だがしゃがみ込みはしなかった。コートのポケットが食料品と缶詰で膨れていたし、ふたつのバケツもジャガイモとニンジンでいっぱいだった。ニンジンは腐りかけているが、ないよりはましだ。

リザは体に腕をまわして出迎えた。二時間ももどらなかったので、案じていたようだ。バケツの中身を見て、リザは驚いた。

「水汲みに行ったと思っていたけど。なにがあったの？」

「よくわからないが、近くに人のいなくなった空軍の補給基地があった。ほら、ショカコーラ（一九三五年夏季オリンピック・ベルリン大会に売りだされたカフェイン含有量の高いチョコレート）はいるかい？」オッペンハイマーはショカコーラの缶をコートのポケットからだした。空軍の戦闘糧食としてよく知られ、一般には「飛行機乗りのチョコレート」と呼ばれていた。

「分配されていたの？」

オッペンハイマーは首を横に振った。

「まさか、強奪していたのさ！　数人が門から駆けだしてきたとき、ちょうどその前を通りかかったんだ。てっきりソ連軍が攻めてきたと思ったが、そうじゃなかった。みんな、イナゴのように貯蔵品に群がり、殴り合いの喧嘩をしていた。信じられなかった。それから補給基地の前で物々交換がはじまった。これはシュタインヘーガー（ジュニパーベリーを原料とするドイツ産のジン）数本と交換した」

オッペンハイマーはコートのポケットからパスタやひき割り小麦の袋を取りだし、それから固形のブイヨンと粉末のソーダの素をだした。まるでサンタクロースになった気分だ。

「コーヒー、酒、チョコレート、なんでもあった。連中、豪勢な暮らしをしてたものだ。まあ、これだけあれば終戦までもつだろう」オッペンハイマーは食料を見ながら言った。

「外はどんな感じだった？」リザはたずねた。

「商店の略奪がはじまりそうな雰囲気だ。規則なんてだれも守らなくなっている」

それでも、オッペンハイマーはひとつだけ、戦況の片鱗《へんりん》がわかるものを見つけた。精肉店のショーウィンドーに貼られた雑誌『パンツァーベア』だ。ビラと大差ない雑誌で、大ベルリン防衛のための大言壮語戦闘雑誌と陰口を叩かれている。相も変わらぬ勇猛果敢な抵抗の呼びかけと並んで、火曜日の国防軍報告が転載されていた。それを信じるなら、トロイエンブリーツェン、オラーニエンブルク、ベルナウは、前進してきた増援部隊が奪還したという。

それを読んだ直後、エーミルと出会い、彼からソ連軍がヴェディング地区に入ったという知らせをもらった。あの地区はナチの同化政策がおこなわれる前、共産主義者の牙城だった。

住民はきっとソ連軍を解放者と見て、大手を振って歓迎したにちがいない。これで、ソ連軍が徐々に前進しているという彼の読みが裏付けられた。

「鉛弾がかなり低いところを飛んでいる」オッペンハイマーは自分の考えをまとめた。「小銃だ。撃っているのは敵ばかりのようだ。機関銃の発砲音も耳にした。遠くのはずがないさ」

リザは真剣な面もちで言った。「それじゃ、ディーターはもどったほうがいいわね」

オッペンハイマーははっとして地下室を見まわした。

リザは、彼がなにを考えているかわかった。「そうじゃないわ。バッグは残してある」

「それはよかった」オッペンハイマーはほっと息をついてから首を横に振った。「まったく勝手に出入りして困る」ちらっと懐中時計を見た。「こうしよう。あと一時間待つ。それでももどってこなかったら、様子を見にいく」

そのあいだに、オッペンハイマーは蓄音機とレコードコレクションを丁寧に包んで、一階下の貯蔵室に片づけた。侵入者がいても、簡単には見つからないように、一番奥の間仕切りに隠した。

何度も往復したせいで、冷え冷えしているのに汗をかいた。やることがなくなると、あらためて懐中時計を見た。まだ四十五分しか経っていなかった。

「そろそろ見てくるか。外がひどいことになっているかもしれない」

「気をつけてね」リザが言った。

オッペンハイマーはうなずいて、妻にキスをした。

外では太陽が輝いていた。激しい雨が降ったおかげで、小さな火災は消えたが、空中に漂う焼け跡のにおいはこれまで以上に鼻につくようになった。地面が濡れているのに、早くも煙と粉塵が宙に舞っている。煙から目を守るため、オッペンハイマーはバイク用ゴーグルを取りだした。そのゴーグルはこの数ヶ月じつに役立っている。それから外に出た。

地上に出るなり、遠くの空からエンジン音が聞こえた。敵機が低空飛行しているのではない。メッサーシュミットだ。オッペンハイマーの頭上を飛んでいき、遠くでなにかを落とした。すぐに落下傘がひらいた。おそらくドイツ軍への補給だろう。

オッペンハイマーは足早に醸造所の社屋へ駆けていき、扉のない玄関をくぐった。ディーターがどこにいるのかわからない。運を天に任せて、まず二階を見てみることにした。階段にはほこりがたまっているが、壊れてはいなかった。しかし二階に上がっても、彼の姿はなかった。

オッペンハイマーは心配になって、ディーターがいつも遠くを見ていた窓辺に立った。この数週間で、いつのまにか春になっていた。荒れ果てた庭でライラックが紫色の花を咲かせている。花をつけたマロニエの木の葉が風に揺れてカサカサ音をたてている。

オッペンハイマーは物陰に身を隠し、次にどうするか考えた。あとは一個所しかない。ディーターが知らない男と話をしていた場所だ。窓からそっと顔をだしてみた。あいにくそこからは死角になっていた。だが別のものが注意を引いた。

ほんの一瞬だが、なにか動く気配がした。深いポケットのついたコートが見えた。きっとディーターだ。だがそこは通りの反対側にある空襲で屋根が破壊された建物だ。そんなところでなにをしているのだろう。オッペンハイマーには見当がつかなかった。

見まちがいだろうと思いかけたとき、また人影が目にとまった。

次の瞬間、オッペンハイマーはぎょっとした。ディーターらしい男が死体に近づき、崩れかけた壁の裏にすこしずつ引っ張っていったのだ。

オッペンハイマーは不安に駆られた。あいつはそこで人には言えないことをしでかしたのだろうか。それとも見まちがいだろうか。

エデに頼まれたのはバッグを見張ることだけだが、ディーターの身に危険が降りかかっていたら、見て見ぬふりはできない。そこでなにが起きているのか確かめる義務がある。

オッペンハイマーは建物から出て、傾斜の急な盛り土を滑り下りた。斜面を下りきると、そこに通り抜けるのがやっとな狭い鉄格子の出入口があった。

そこをすり抜けた途端、またしても砲弾の炸裂音が聞こえた。地面が激しく揺れ、鼓膜が痛くなった。よりによってと思って、オッペンハイマーは死の恐怖に目をむいた。すぐにまた炸裂音が響いた。そしてまたヒュルヒュルと砲弾の落下音。間髪入れず、すぐ近くで応射する四連装対空機関砲の軽い発砲音がした。

どこにも隠れるところがない。石柱では身を守ることはできない。敵が撃ってくるのがスターリンオルガンではなく、単発の榴弾砲なのがせめてもの慰めだ。榴弾砲は三発ごとに照準調整が必要なので、三発目が落ちたあとに動くのが一番安全だと言われている。

オッペンハイマーは駆けだす用意をした。危険を察知すべく、五感を研ぎ澄ます。三つ目の炸裂音が通りに響くと、鉄格子から身を離し、すり鉢状の穴やレンガを飛び越え、通りの反対側へ移動した。

煙に巻かれて、口の中がいがらっぽくなった。壁に身を寄せると、また砲声が聞こえた。轟音が彼の耳に響き、まわりの建物が振動した。漆喰や粉塵がパラパラと地面に落ちてきた。廃墟の崩れたところを越えて中に入る。一瞬でもいいから、息をつきたかった。まわりを見る。

建物の外壁は四面のうち三面しか残っていない。屋根は完全に落ちている。太陽がむきだしになった垂木のあいだから射し込み、周囲は光と影の迷彩ネットに覆われていた。しばらくしてその光と影の輪郭が、背景にあるものと区別できるようになった。

背後がまた静かになった。通りはのどかな昼下がりの光を浴びている。だが舞い上がっているほこりは、砲弾が次々と炸裂したことの証だ。

廃墟の中にも動きがあった。ディーターが日の光をよぎって、破壊された建物の陰に姿を消した。どこかでなにかしている。レンガがきしみ、木がこすれる音がした。

オッペンハイマーは気をつけながら前進し、壁の残骸の陰から様子をうかがった。立っているところからは、コートと目深にかぶった帽子しか見えない。ディーターは急いでポケットの中のものをだし、財布をつかんだ。中身を改め、金を数え、身分証を取りだすと、満足そうににやっとして財布にもどした。

オッペンハイマーはそのとき、ディーターがずっと拳銃を手にしていることに気づいた。彼はコートの内ポケットにその拳銃を突っ込み、サイズが大きすぎるとでもいうように肩のあたりでコートを引っ張った。

他人に見られていないとき、人は人前で見せない癖をだすものだ。ディーターは独り言を言った。なにかぶつぶつ言いながら、身をかがめて窓のそばを通った。

オッペンハイマーは観察をつづけるために位置を変えた。そのとき、死体のことを忘れていたことに気づいた。

足がなにか軟らかいものにぶつかって、事態は一変した。

びっくりして下を見る。

目の前に死体が転がっている。シャツと下着しか身に着けていない。

オッペンハイマーは顔を見て、息をのんだ。

なんとディーターだった。

5

一九四五年四月二十六日木曜日——一九四五年四月二十八日土曜日
ベルリン防衛軍降伏六日前から四日前

オッペンハイマーは頭の中が混乱した。わけがわからなかった。

ディーターの遺体があるということは、彼のコートを着ているのはだれだ。

オッペンハイマーが体を起こすと、足元のレンガが崩れた。両腕を振りまわして体のバランスをなんとか保ったが、音をたててしまった。

すかさず壁際に隠れたが、ディーターを殺した奴に気づかれてしまった。それが証拠に、奴は独り言をやめて息をひそめた。

オッペンハイマーは武器になるものを探した。服を脱がされた死体にはなにもない。しゃがんで、レンガを抜きとった。

手の中のレンガの重さを確かめる。拳銃が相手では勝負にならないが、黙ってやられるつもりはなかった。

壁の裏で足を広げて立つと、レンガを持ち上げ、いつでも振り下ろせるよう身構えた。それからどのくらいその場にいただろう。駆ける足音を耳にしたとき、犯人が飛びかかってくるかと思った。

だが足音はそのまま遠のき、すこしして裏庭を駆け抜けていった。オッペンハイマーは壊れかけた壁から顔をだしてみた。ディーターのコートを着た男が逃げたとわかって、ほっと息をついた。

安全を確かめると、今度は遺体の方を向いた。

死因はすぐにわかった。額に射出創がある。髪の毛が焦げているところを見ると、至近距離から後頭部を撃たれたようだ。

すぐそばの床にドイツ軍将校の制服がある。なにがあったか想像するのはさして難しくなかった。

ディーターは民間人の服装をしていたことが命取りになったのだ。犯人は軍服を着たままソ連軍の手に落ちたくなかった。しかも長年の戦場暮らしで、人を殺すことに麻痺していたと見える。

「鍵がなくなっていないのがせめてもだな」オッペンハイマーは遺体の首から紐を抜いた。地下室の鍵が知らない奴の手に渡ったら目も当てられない。

地下室にもどろうと体を起こしたが、後ろ髪を引かれた。ディーターの遺体を置き去りにすることに抵抗を覚えた。刑事としての習い性で、殺人事件があったら解明するのが当然と思っていた。目撃証言を記録し、手掛かりを見つけ、状況を正確に把握する必要がある。

オッペンハイマーは息を吐いた。いいや、気持ちはわかるが、今はそのときではない。ディーターは死んでしまった。もうなにもしてやれない。世界が解体してしまった。だれも規則を守らない。まさしく無政府状態だ。犯人もどうせそのうちだれかに殺されるだろう。この殺人とはなんの関係もなく。だれもそいつが罰を受けることを求めずに。

今はそれよりも大事なことがある。生き延びなくては。リザのところにもどらないと。

上でカタピラの音がした。戦車の隊列が通りを進み、地面を震動させている。

リザはびくっとした。オッペンハイマーは妻のふるえる体を抱いた。気密室の近くでも銃弾が当たる音がする。あと数分もすれば、内扉がひらかれ、解放者がなだれ込んでくるだろう。

オッペンハイマーはそう思い描いていた。

突然、銃床で外扉を叩く音がした。

「ソ連兵だ」オッペンハイマーは言った。息遣いが速くなった。

「鍵を開けて中に入れたらどう？」オッペンハイマーの引きつった顔を見て、リザが言った。「乱射されたり、手榴弾を投げ込まれるよりましでしょ。どうせ入ってくるんだから」

リザの言うとおりだ。

オッペンハイマーは急いで毛布を払うと、気密室の内扉を開けて、大きな声をだしながら外扉に近づいた。

「待ってくれ！　今行く！」

ドアに鍵を差すと、銃床で叩く音が消えた。

オッペンハイマーはゆっくりドアハンドルを押し下げ、扉を内側に引いた。いきなり手首を激しく打ちすえられ、ドアがバタンと側壁にぶつかった。

オッペンハイマーの目にとまったのは機関銃の銃口と兵士の両手だった。カーキ色の野戦服もちらっと目に入った。

「ストーイ！」野戦帽をかぶった丸顔の男が怒鳴った。

オッペンハイマーはすぐ両手を上げて、身をこわばらせた。ソ連兵の顔は煤だらけだ。階級もわからない。ソ連軍の階級章をよく知らなかった。

オッペンハイマーは「友人」をロシア語でなんというか考えた。こういうときのために、軍事用語辞典にのっていたのを覚えていたのだ。

「ドルーク！」気密室にオッペンハイマーの声が妙に崩れて反響した。

ソ連兵のひとりが小銃を下げ、オッペンハイマーの襟をつかんだ。彼が先頭になって、みんな、内扉を通り抜けた。つづいて機関銃で武装した兵士がふたり入ってきて、地下室の四隅に銃口を向けた。だがそこには、すでに両手を上げたリザしかいなかった。

ソ連兵はオッペンハイマーの腕をつかんだ。なんだか子どもにもてあそばれる人形になった気分だ。突然、目の前で抜き身のサーベルがきらっと光った。

「おまえ、ドイツ兵だな！」

オッペンハイマーは死ぬほど驚き、懐中電灯のまばゆい光の中、首を横に振ることしかできなかった。それからだれかが彼のボディチェックをした。

オッペンハイマーが武器を持っていないとわかると、兵士たちは彼を突きとばした。

オッペンハイマーはリザにぶつかった。ふたりに機関銃の銃口が向けられた。レザーコートを着た別の兵士がふたりに向かってなにかわめきちらした。

唇をふるわせて話す黒髪の兵士がドイツ語で言った。

「なぜ恐がる？　俺、ソビエト人。悪魔じゃない！」

兵士は反応を待っているようだが、オッペンハイマーは呆然《ぼうぜん》と見ている以外どうしたらいいかわからなかった。

兵士は全員で六人。そのうちの四人が地下室の奥に散り、機関銃を発砲してから闇の中に入っていった。残ったのは指揮官らしきレザーコートの男とドイツ語を話す兵士だけだった。

ふたりの服装は、他の兵士ほどひどくなかった。胸にはメダルや赤い星の勲章をいくつもつけている。

地下室の奥から声が聞こえた。

「武器はあるか？」黒髪の兵士がたずねた。

「ない」オッペンハイマーは口ごもりながら言った。「食べものだ」実際にそうでありますようにと祈った。エデの隠し倉庫になにがあるか漁ったことがなかったからだ。

「開けろ！」

そう命じられて、オッペンハイマーは間仕切りを開けるため鍵束をだした。はじめはかなり念入りに調べたが、四つ目で早くもおざなりになった。中をちらっと覗くことしかせず、下の階に下りようともしなかった。

兵士といっしょに竈のところにもどると、指揮官がレザーコートを脱ぎ、上半身裸になって、煮沸した水と石鹼で体をごしごし洗っていた。オッペンハイマーは気が気ではなかった。これでもう飲み水はバケツひとつになってしまった。

指揮官が床に落ちていた毛布で体をふき、レザーコートを着ると、兵士たちは出発する用意をした。

ドイツ語を話す兵士がうさんくさそうな目付きでふたりを見てから、リザを指差した。

「他の兵士には気をつけろ。女は隠しておけ！」

それが最後の言葉だった。兵士たちは気密室を抜けて外に出ていった。壁にかかる影がしだいに長くなり、まもなく消えた。

兵士たちが地下室を出ていくとすぐ、オッペンハイマーは外扉に駆けよって施錠した。

そのときちらっと外を見たが、青空には雲がひとつもなかった。路上では聞き慣れない言葉が聞こえ、近くの四連装対空機関砲が火を噴き、銃弾が飛び交っていた。オッペンハイマーは空からなにか降ってくることに気づいて、手に取ってみた。まだ占領されていない地区のドイツ人へ向けたソ連軍のビラだ。前衛の部隊がとっくにあらわれているのに、偶然、降ってきたのだ。

地下室にもどると、外の様子を知りたい一心で、そのビラに目を通した。とくに興味を惹いたのは次の個所だ。

ソ連軍は解放者として来た！　諸君は規律を重んじ、教育を受けている。ヒムラー配下の親衛隊とはちがう。ツェーレンドルフ、ヴァンゼー、テーゲル、パンコウなどベルリンの占領地区には、すでに平和と秩序がもどり、再建がはじまっている！　だれによってか？　ソ連兵によってだ。諸君は戦争と絶望と死を味わってきた！

これ以上抵抗してなんになる。まったく無意味ではないか！　ソ連軍を信用せよ！　ソ連軍はドイツ民族と戦っているのではない。諸君を裏切り、卑怯にも逃げだしたナチの殺人鬼どもを滅ぼしたいだけだ。

もちろん露骨なプロパガンダだ。長年の体験を経て、オッペンハイマーは他の市民と同じで、だまそうとしている権力者を敏感に嗅ぎとれるようになっていた。しかしそこにも一片の真実があるかもしれない。乱戦の真っ只中では想像しづらいことだが、別の地区にはすでに平和がやってきているのかもしれない。

ただ、リザを隠したほうがいいと言われたことだけは気にかかる。ゲッベルスのプロパガンダ機関が言うとおりなのだろうか。勝者は女に襲いかかるというのか。

オッペンハイマーは、リザの身を守るために北へ逃げたほうがいいかもしれないと考えた。

エデのところに行こう。地下室が発見されたことを伝えるのは気がすすまないが、報告する義務がある。

それから数時間、彼とリザは避難用の旅行鞄から古い衣服をだして、食料品を詰め、証明書がすべて揃っているか確かめた。

日が暮れてから、オッペンハイマーは外の様子を見ることにした。地下室の階段に足をかけたとき、長いこと耳にしたことのない音に気づいた。アコーディオンの音色、火がはぜる音、ブリキがぶつかる音、牛の鳴き声。ベルリンのような大都会ではまず嗅ぐことのない家畜小屋の臭気までする。オッペンハイマーは別の時代にタイムスリップしたような感覚に襲われた。

「しばらく出られそうにないな」後ろにいるリザに言った。「この近くに野営しているようだ。機会を見計らって逃げよう」それから竈に向かってすわり、燃える炎を見つめた。

「あのバッグは?」リザがたずねた。

オッペンハイマーは面食らってリザを見た。ディーターのバッグのことをうっかり忘れていた。バッグを見張るように言われていたことを思いだした。問題のバッグはいまだに毛布をかぶせて壁際に置いてある。さっき入ってきたソ連兵たちはそのバッグに気づかなかったか、重要なものと思わなかったようだ。

「自分たちの旅行鞄があるからな。いっしょに運ぶのはむりだ」オッペンハイマーは考え込んだ。

リザは肩をすくめた。

「中身を旅行鞄に分けて入れたらどうかしら？」

オッペンハイマーはバッグのそばに行ってじっと見つめ、ため息をついた。

「留め金を壊したら、わたしたちがなにか盗んだように見えてしまう」

リザは愉快そうに言った。

「あなたって、とことん律儀ね」

オッペンハイマーは返事の代わりにただ首を横に振った。頼まれたことを実行するのは、食い物欲しさに空軍の補給基地に押し入るのとはわけがちがうと言っても、リザはわかってくれないだろう。

オッペンハイマーはいい解決策を思いついた。

「地下室に隠そう。だれも探さないところ」

リザはちらっと見まわした。

「下の階がいいわね」

オッペンハイマーはうなずいて、石油ランプを灯して、地下貯蔵室に向かった。

真っ暗な階段を下りたときはまだ、バッグをどこに隠せばいいか思いつかなかった。石油ランプの光の中、オッペンハイマーはぼんやりたたずみ、井戸に落ちないように気をつけないとと自分に言い聞かせた。

そのとき、ひらめいた。

そっと井戸の縁に近づく。石油ランプを持つ手を差し入れてみたが、それでも井戸の底は見えなかった。

リスクがあるのは承知だと思いながらバッグを井戸に落とした。

ドサッという鈍い音がした。やはり水はなかった。

ここならバッグは無事だ、と彼は確信した。


ヒルデは疲れを感じなかった。腹が鳴っていることも気づかないほど上機嫌だった。

共同房の窓に夜通し張りついて、燃え上がる炎の照り返しを見つめていた。まさかと思ったが、日が落ちると市内での銃撃戦が激しくなった。遠くで砲声がして、ロケット弾が音をたてながら飛び、榴弾が鈍い炸裂音を轟かす。急遽配備された榴弾砲やロケット砲は刑務所周辺を標的にしているようだった。

シュプレー川の北岸は、もはやまともな前線などないに等しかった。攻撃は四方からおこなわれている。

息の詰まる煙が夜空に昇ったが、それがどんなに濃くても、黒煙の向こうに朝日が顔をだした。窓はしっかり閉められなかったので、共同房にもきな臭いにおいが流れ込んだ。

夜が白むと、通りをはさんだ反対側の集合住宅の窓に白いシーツがちらほら見えた。

「まだ起きているの?」バルベは目を覚まし、ヒルデの横へ来た。

「こんなにうるさいのに、よく眠れるわね」ヒルデはあきれて言った。

バルベは大きなあくびをした。通りで起きていることなど興味がないとでも言うように。

「そろそろ朝食を運んでこないかしら?」

「それはないでしょうね」

大きな号令が聞こえ、ふたりはまた外を見た。国民突撃隊が野戦服に野戦帽をかぶった指揮官に率いられて、向かいの集合住宅に押し入った。銃声が通りに漏れ、すぐに白いシーツが取り込まれた。

「糞野郎」ヒルデが怒鳴った。

「どうしたの?」バルベは外をきょろきょろ見た。

「向かいの人たち、降伏しようとしたのよ。でもナチの犬どもに先に勘づかれた」ヒルデは顔を曇らせて言った。「まったく支配人種のやることときたら」

そのとき、ガラガラガラという重低音が聞こえた。ヒルデが窓ガラスに鼻をくっつけた。数百メートル先にたちこめている粉塵の中で、なにかが動いている。

戦車らしい。

その戦車がどっち側か確かめようと、ヒルデは目をすがめた。やってきた方向からするとソ連軍にちがいない。マットレスや金属物で車体を覆って官庁街へ向かっていく。一瞬、砲身が古着でくるまれているように見えた。目が悪い自分を呪った。

「ミハリーナ!」ヒルデは踏み台から飛びおりると、ポーランド人の女囚を起こした。

「ねえ、あれはロシア人か見てみて」

ちらっと見て、ミハリーナはうれしそうに飛びはね、有頂天になって叫んだ。

「そうよ、ヒルデ！　ロシア人よ！」

戦車はバリケードの前で停止した。通りに瓦礫をばらまいただけのバリケード。その陰に小銃を構えた数人のヒトラーユーゲントがひそんでいる。おそらくバリケードの見張りについていたのだろう。

双方にらみ合いをはじめた。これからどうなるのだろう、とヒルデが思ったそのとき、戦車がバリケードに向かって砲撃した。

ヒトラーユーゲントたちはちりぢりになって横丁に逃げ込んだ。

戦車はゆっくりバリケードを押しのけ、幅広い通路をこしらえた。戦車の横をソ連兵が走り、周囲の建物の開口部という開口部に向けて機関銃を乱射した。

刑務所の外壁に着弾する音を聞いて、ヒルデは身をかがめた。

「あいつら、虱潰《しらみつぶ》しにやってる」バルべがささやいた。

「でも来るのが十三年遅かった」ヒルデは答えた。

「ねえ、あいつら、死にたいのかしら？」バルべが通りを見て言った。

向かいの集合住宅から国民突撃隊員が三人出てきた。両手を上げて白い布を振っている。なんの意思表示かは見て明らかだ。あいつらもうんざりして、降参したのだ。

三人が通りに数歩出たところで、ひとりが急に倒れた。

「屋根裏から撃ったわ！」そう叫ぶと、ヒルデは上を指差した。そこに狙撃兵がいるらしい。

ソ連兵が四人、戦車の背後に隠れた。ひとりが打ち捨てられたパンツァーファウストを地面から拾い上げ、敵の狙撃兵を狙った。白煙を残して弾体が壁の崩れた屋根裏に飛び込む。炎が上がった。

ヒルデはバルベの方を向いた。

「今日は朝食抜きね。連中、それどころじゃないでしょう」

6

一九四五年四月二十八日土曜日
ベルリン防衛軍降伏四日前

大都会の真ん中でニワトリに起こされるとは。だが怒濤《どとう》の数日を過ごしたあとだったので、オッペンハイマーはなにがあっても驚かなくなっていた。地下室は分厚い壁に囲まれているのに、ニワトリの鳴き声がしっかり聞こえた。

その鳴き声で、平和だった頃の記憶が蘇った。いまだに夢とも現実ともつかない無人地帯にいるが、もう戦争は終わったと思った。といっても、黒色火薬のにおいがまだ地下室に漂っていたが。

オッペンハイマーは毛布をはいで、リザを起こした。

「外がどうなっているか見てくる」それからディーターが持っていた地下室の鍵をリザに渡して言った。「念のため、これを持っていてくれ。これがあれば、内扉が閉められる」

地上に上がって、壁の端から顔を覗かせたとき、あたりが一変していることに気づいてオッペンハイマーはあぜんとした。

ソ連兵は路上に天幕を張っていた。大型の兵器があたりに置いてある。ワラやカラスムギを入れた木箱も積んである。炊事車の荷台からは湯気が立ち、焚き火が炎を上げていた。よく見ると、薪になっているのは壊したワードローブのようだ。雌牛が二頭、四連装対空機関砲に結わえつけられている。夜はまだ寒かったが、多くの兵士が芝生の上で毛布にくるまったり、まわりの家からだしてきたらしいベッドに横たわったりして、いびきをかいている。忙しく働いている炊事係以外、まだだれも起きていなかった。

これではどうにもならない。目の前に野営地があるかぎり、ソ連兵の目を盗んで地下室から出ることはまず不可能だ。

オッペンハイマーは、バイソンを狩るネイティヴアメリカンの気分だった。ちょっとでも動けば、気配を嗅ぎつけられる。今はもどるほかなかった。

数時間後、だれかが地下室のドアを叩いた。オッペンハイマーはリザに、発酵釜の陰に隠れろと合図して、足音を忍ばせながら出入口に近寄った。

だれかがなにか叫んだ。ロシア語だ。

扉を叩き、またなにか叫んだ。

入ろうとしているのは酔っぱらい連中ではない。すくなくとも礼儀をわきまえている。いきなり扉を銃床で叩いたり、鍵に銃弾を撃ち込んだりしなかった。

蝶番をきしませながら、オッペンハイマーは分厚い扉を開け、ふたりのソ連兵を見た。

昨日やってきた連中とちがって身なりがいい。きれいにアイロンをかけたギャリソン・キャップ（舟型のソ連軍の制帽）。肩章には星がいくつか光っていて、胸にも勲章が並んでいる。上着の上からつけている幅広いベルトがウエストを強調し、あたりは粉塵だらけなのに、ブーツはぴかぴかに磨かれていた。ひとりがパピロシ（ロシアの両切り煙草）の吸い殻を床に吐き捨てた。

「ドーブラエ・ウートラ！」おはようと言ったらしい。それからためらわずオッペンハイマーの脇をすり抜けて地下室に入った。

「なんですか？」扉を閉めて地下室にもどったオッペンハイマーがたずねた。

「グーデ・ディーテル・ロスキ？」

オッペンハイマーは肩をすくめただけで、首を横に振った。

「ヴィ・ズナーエティエ・ディーテル・ロスキ？」

「なにを言ってるのかわかりません」オッペンハイマーは言った。

もうひとりの将校がもうすこしわかりやすく発音した。「ディーター・ロスキ？」

オッペンハイマーもやっと合点がいった。「ああ、ディーターのこと？　ええ、彼はここにいましたが、あいにく撃ち殺されました」

知らない言葉で会話するのは骨が折れる。オッペンハイマーはふたりがディーターのフルネームを知っていたことに驚く暇もなかった。彼はそれまでディーターの姓を知らなかった。

「ディーター・ロスキか？」そうたずねて、将校のひとりがオッペンハイマーを指差した。

「言葉がわかりません。待ってください……」オッペンハイマーが内ポケットから辞書をだそうとすると、ふたりは彼を出口へ連行した。途中、オッペンハイマーが避難用の旅行鞄をつかもうとすると、将校のひとりが先に手をだし、満足そうにうなずいてその旅行鞄を取った。

「リザ！」オッペンハイマーは後ろに向かって叫んだ。

リザの青白い顔が発酵釜の後ろからあらわれた。ふたりの兵士はふと足を止めた。にやにやしているところを見ると、リザが気に入ったようだ。

オッペンハイマーが急いで言った。

「地下室の鍵を閉めろ！　それからエーミルを訪ねろ！　向かいのアパートだ！　泊めてもらうんだ！」

リザはうなずいた。オッペンハイマーは水汲みの行列で知り合ったエーミルのことを話してあったのだ。

「あとで探しにいく」オッペンハイマーは最後にそう叫んだ。「かならずもどる！」

オッペンハイマーは、本当にもどれますようにと祈った。

カチャッという金属音がして、共同房の鍵が開いた。

やっと食べものがもらえると思って、囚人たちが扉のところに集まった。だがヒルデだけは一歩も動かなかった。窓の外を見ていて、ぎょっとする発見をしたのだ。ソ連兵の一隊が身をかがめて脇道を横切り、それにつづいて野砲が押しだされた。

砲口がまっすぐ刑務所の建物に向いている。

砲声がすさまじく、ヒルデはごつい女性看守が名前を呼ばわったことに気づかなかった。

「シュトラハヴィッツ！　ヴォジニャク！」

ミハリーナがヒルデの腕をつかんだ。ふたりは一瞬、顔を見合わせた。呼ばれたのはふたりだ。

「なんの用かしら？」ヒルデはささやいた。

ミハリーナの目が恐怖の色に染まった。

「わたしたちを呼びにきた。ヒルデ、わたしたちを殺す気よ」

看守は共同房の中を覗いて、ふたりを指差した。

「シュトラハヴィッツ！　ヴォジニャク！　出ろ！」

ミハリーナは身をこわばらせた。普段はよほどのことでもないと動じないヒルデまで、不安のあまり五感が麻痺するのを感じた。

ヒルデは深呼吸して、背すじを伸ばした。言いなりになってはだめ。自分の意志をはっきりさせるのよ。そう自分に言い聞かせても詮ないかもしれない。それでも決然とした態度を取ったほうがいい。

ゆっくりとした足取りで共同房を歩く。部屋の隅に蓋をした排便桶が置いてある。もしそれを看守に投げつけたらどんな騒ぎになるだろう。

いやだめだ。そんなことをしてもどうにもならない。ミハリーナの言ったとおり、奴らはヒルデを殺しにきたのだ。抵抗して、手こずらせるくらいしかできない。

寝台のそばへ行くと、ヒルデはそこにすわった。

他の女囚たちは口をつぐんだ。駆け引きがはじまったと気づいたのだ。

「フォン・シュトラハヴィッツよ」ヒルデは看守に言った。「そのくらいの敬意は払ってもいいんじゃないの、この糞婆」

糞婆呼ばわりされた看守は、呆気に取られてなにも言えなかった。ヒルデは自分の毒舌に溜飲を下げて、ここから梃子でも動かないと言わんばかりに腕組みした。

看守は気を取りなおすと、あらためてヒルデの名を大声で呼ばわった。そして命令に従わないのを確かめて、看守補助員をふたり手招きした。ふたりは手錠を持って共同房に飛び込み、ヒルデを引きずりだした。

ヒルデたちが歩くたび、階段につづく金属の通路が振動した。

ヒルデは手すり越しに下の階をちらっと見た。一階は大騒ぎになっている。安全ネットを透かして、小銃を持った看守たちが外に出ていくのが見えた。

だがその光景がなにを意味するか考える暇はなかった。乱暴に通路を引っ張られていく。

ヒルデはつまずいてミハリーナにぶつかった。そのときはじめてポーランド人の彼女がいっしょに連れだされたことに気づいた。ミハリーナは政治犯ではない。

ヒルデの心に希望の光が灯った。噂とはちがうかもしれない。処刑のためではなく、別の監房に閉じこめるべく引っ立てられているのかも。

だがたずねても、答えてはもらえないだろう。

螺旋階段に着いた。刑務所の基礎が強烈な炸裂音と共に揺れ、天井から漆喰がぱらぱら落ちてきた。

後ろ手に手錠をかけられていたため、ヒルデは体のバランスが取れなかった。脇腹を金属の手すりにぶつけ、激しい痛みに息が詰まった。

「なんなんだ」看守が手すりをつかんだ。「どうしたっていうのだ?」

あわてふためいた看守補助員が息を切らして駆けてきた。

「大変です。ソ連兵が刑務所に突入しようとしています!」

エーミルは驚いた。両手にラジオを持ったままリザを見ていた。

「こりゃ驚いた。あなたがリヒャルトの奥さん?」

リザはうなずいた。三十分前、意を決して地下室から外に出た。通りは難なく横切ることができた。地下室の入口近くにいたソ連兵に立ち去る気配はなかった。家畜に餌をやる者、自動車を洗う者。空き地では笑いながら自転車を漕いでいる者。みんな、歓声をあげ、おおらかで屈託がなかった。それでもなにがあるかわからないので野営地を避けた。

横道を走っていると、ふたりのソ連兵に出会った。ふたりはののしりあっていた。肩章に星がついている上官が、兵士の両手から腕時計を奪いとり、野戦服の胸ポケットに滑りこませた。

リザはうつむいて、見なかったふりをした。とにかく無事にエーミルの家まで行かなくては。だがそのとき後ろから声をかけられた。「お嬢さん、お嬢さん！」リザはかまわず走りつづけた。背後で走る足音がした。手をつかまれそうになったが、なんとか振り切った。「すこしのあいだ置いてくれませんか？」リザはエーミルにたずねた。頬が火照っていた。外は太陽がさんさんと輝いていたが、彼女はまだ毛布にくるまっていた。「大変なことになったんです。夫が兵隊に連れていかれまして」

エーミルは目を大きく見ひらいた。目尻に深く刻まれたカラスの足跡が消えた。

「なんてことだ。どうぞ、お入りなさい」

地下室に下りてから、エーミルが説明した。

「階段で会えてよかった。ちょうどナウヨックスさんのお宅からラジオ受信機を取ってきたところなんです。あの人は一昨日、砲弾の破片で太腿に怪我をしまして、それで代わりに取りにいっていたんです」

地下室はリザが長年住んでいたレヴェッツォウ通りのユダヤ人住宅と似ていた。ここも地下の梁が支柱で補強されていた。

エーミルは立てかけただけの板のような扉を開けた。エーミルがひとりではなかったので、そこにいる人たちがぎょっとした。

「大丈夫だ」エーミルは言った。「近所に住んでいるリザという人だ」

窓から射し込む太陽の光の中に四人の女と、エーミルを含むふたりの男の姿が浮かんでいた。みんな、みすぼらしいなりをしている。だが地下室で数週間を過ごした自分も大差ない、とリザは思い直した。

椅子が数脚あるほかは、マットレスがふたつとソファのクッションが置いてあるだけだった。木製の棚には避難用の旅行鞄が押し込まれていて、その上に未使用のヒンデンブルクライト（缶入りの携帯照明器具）が十個以上。リザは獣脂を詰めボール紙でおおわれた缶を見つめた。火がうっかり消えてしまわないように、火をつけたヒンデンブルクライト二個は貯蔵瓶に囲まれていた。

「ここで数日過ごしてもらわないといけない」

エーミルがそう言うと、ナウヨックスが口をはさんだ。

「おい、俺たちに訊かずに決めたのか？」そううなって、ベストの縁飾りをいじった。

「ラジオをあなたの住まいから取ってきてあげたじゃないですか」そう言って、エーミルはナウヨックスにラジオを渡した。

その瞬間、重い足音が地下室に響いてきた。だれかが階段を下りてきた。

「ここの住人じゃない」エーミルがささやいた。

全員が息を詰めてドアを見つめた。ドアが押しあけられ、懐中電灯を持ったソ連兵があらわれた。頬が赤く、頭は角刈り。都会人にはとても見えない兵士はそこにいる人々を歯牙にもかけず、地下室の家捜《やさが》しをはじめた。

みんな、小さくなって、兵士に好き勝手させた。兵士は身を起こして質問した。たったひと言。「酒は?」

エーミルは申し訳なさそうに首を横に振った。「酒はないです」

だが田舎者らしいその兵士は棚に中身の詰まった瓶を見つけ、その一本を鷲づかみすると、椅子の背で栓を抜き、ぐびぐび飲んだ。

うまくはなかったようだ。

罵声《ばせい》を吐いて、飲んだものを吐きだすと、瓶を部屋の隅に投げ捨てた。

兵士はそれからみんなを見た。今度の質問は命令と変わらなかった。

「時計!」

エーミルたちはこういう状況を経験ずみらしく、時計をつけていない腕を差しだした。

兵士は最後に険しい目でみんなをにらみつけ、階段を上がっていった。

リザは息をついた。他のみんなもほっとしている。

「あの瓶にはなにが入っていたんですか?」リザはたずねた。「相当ひどいものだったみたいですけど」

エーミルの唇に皮肉っぽい笑みが浮かんだ。「煮沸した水ですよ」

リザはにやっとした。

「もどってこなければいいけどねえ」ナウヨックスの横にいたチェック柄のスカーフをかぶった女が言った。どうやらナウヨックス夫人らしい。「あたしたちがいるところを知られてしまったからね」

言わんとしていることは、リザにもよくわかった。この数週間味わってきた不安が蘇った。いっしょにいる男ふたりは頼りになりそうにない。国が破れて、男もみんな軟弱になった。女よりも弱いくらいだ。エーミルは途方に暮れて立ち尽くし、ナウヨックスも黙ってラジオをいじっている。このふたりはいざというとき助けにならない、とリザは実感した。

「では、ここも安全とは言えませんね」リザは小さな声で言った。

スカーフをかぶった女が口をゆがめた。

「今までは運がよかったけど、いつまで運がつづくかね」

「でもやさしい人もいたわ」別の女が言った。灰色の髪を束ねている。テレージアと名乗り、フランケン地方の訛があった。「これ、昨日ロシア人からもらったの。すこしいかが？」

テレージアは布からパンをだし、返事を聞かずに、そのパンをちぎった。

リザは礼を言って、パンを受けとった。真っ黒なパンで、妙にべとべとしていた。見たことのないタイプのパンだ。

そのパンをかみながら、残るふたりの女を見た。少女は隅にしゃがんだまま顔を上げようともしない。もうひとりは敵意をむきだしにして、リザをにらんだ。その女は髪をきれいに編んでいるが、日の光に当たったところの髪がほつれていた。

「出てってもらおうか。さかりのついた雌犬みたいにロシア人を招き入れるに決まってるわ。来て早々、さっそくロシア人があらわれたもの」

リザは絶句して、胸元で腕を組んだ。「そんな言い方しなくても」

「しっ！」ナウヨックスが言った。ラジオ受信機につないだヘッドホンを耳に当てていた。「ヒムラーがスウェーデンを通じて無条件降伏を申しでたらしい。だが、降伏の相手をアメリカとイギリスだけに絞ると主張したため、交渉人が拒否したとさ」

一瞬、その場が静かになった。それからナウヨックス夫人が不機嫌そうに言った。

「また敵の放送を聴いてるの？　メーリングがいなくてよかったよ」

「メーリング？」リザはたずねた。

「うちの地区監視員。でも一週間前に逃げたわ」

リザはうなずいた。骨の髄までナチを信じている奴も、もはや最終的勝利を信じていないのだ。大物も小物も、その点でちがいはない。

リザは自分の考えを口にしないように肝に銘じた。

二度目の爆発は最初のよりも大きかった。ヒルデは共同房の壁にしゃがみ込んだ。もうすぐだ。

看守補助員たちは上司からヒルデとミハリーナをもどすように命令を受けた。監禁されるのがこんなにうれしく思えたことはない。共同房にいればすくなくとも身の安全は保障される。

銃弾が壁に当たる音が窓から聞こえる。機関銃の掃射音。まもなく刑務所内の通路が騒がしくなった。

「外壁を爆破して、中庭に侵入したんだわ」ヒルデはバルベに言った。

突然、鉄製の通路を走る重い足音がした。錠が次々と開けられた。

ガチャン ― ガチャン ― ガチャン。

音がしだいに大きくなり、ヒルデたちの共同房の番がきた。

ドアが開け放たれ、武装したソ連兵がふたり踏み込んできた。その後ろでだれかが叫んだ。

バルベがおどおどした。ヒルデにもわけがわからなかった。聞きとれたのは、「ゲッベルス」という名前だけだった。

ソ連兵は房の中を捜しまわった。そのときミハリーナが声をかけた。知っている言葉で話しかけられたので、兵士たちは驚きを隠せなかった。それでも気を抜かず、女囚たちから目を離さなかった。

ミハリーナとしばらく言葉を交わしたあと、兵士たちは姿を消した。

同房の女囚たちはおそるおそるミハリーナを見た。突然、彼女がゲラゲラ笑いだした。

「どういうこと?」ヒルデはたずねた。

ミハリーナは笑いが収まるまでしばらくかかった。

「連中、ゲッベルスがここにいるって思ってるのよ! 刑務所に隠れてるっていうの! ゲッベルスを生きたまま捕まえたいんですって」

「たしかにあいつが入るべきところだけどね」ヒルデは身を起こした。「なんでそんなことになってるのかしら? それで、これからどうなるの? ここから出てもいいの?」

ミハリーナは肩をすくめて出ていった。

バルベと連れだって廊下に出たヒルデは、棟内が妙な雰囲気に包まれていることに気づいた。女囚たちは刑務所から逃げだすこの絶好の機会を逃すはずがない。ところが鉄製の通路に立つ女囚たちはおどおどして、逃げだそうとするそぶりすら見せなかった。悪夢が幕を下ろしたことをまだ信じられないようだ。ヒルデでさえまだその事実を受け止められないのだからむりもない。この数週間つづいた死の恐怖が終わるのだからほっと胸をなでおろして当然だ。逮捕、民族裁判所によるでっちあげ裁判、死刑判決、そのすべてが過去の話になる。だが実感が湧かなかった。

兵士がひとり、「ヴィ・モージェテ・パイティー《行っていいぞ》！」とにこやかに言って出口の方を指差した。

ミハリーナは言われるまでもなく、足早に階段へ向かった。ヒルデもただ呆然と囚人の流れに乗って出口へと押されていった。まるで機械のように一歩一歩足を前にだして。

階段を下りると、両手を上げた看守たちが一階に集められていた。ソ連兵たちはひとりひとり厳しく検分している。国民啓蒙宣伝相に逃げられまいとしているのだ。

刑務所の塀の外は、この世の終わりが来たかのようだった。明るい青空は黒煙で黒々し、いたるところに死体が転がっている。まるで眠っているように見えるものもあれば、ばらばらになったものもある。バルベは腹をえぐられた若い兵士を見て、足をすくませた。戦車にひかれた死体は骨が砕け、筋肉も内臓も軍服もぐしゃぐしゃになっていた。

刑務所からさっさと出ていったミハリーナだが、今は呆然と路上にたたずんでいる。ヒルデは彼女の腕を取り、衛生兵がいることを気づかせた。

「どっちへ行けば安全か訊いてみて！」

ミハリーナは、腕に包帯を巻いて塀にしゃがんでいる兵士に話しかけた。その横で、別の兵士が治療を受けていた。目をやられたらしく、目に包帯を巻かれていた。

「国会議事堂をめざしていると言ってる」ミハリーナが通訳した。「反対方向へ行ったほうがいいそうよ」

「国会議事堂でなにをするの？」バルベはたずねた。「あそこにはなにもないのに！」

よく考えたら、バルベの言うとおりだ。国会議事堂はとっくの昔に権力の中枢ではなかった。国会議事堂炎上事件のあと、ヒトラーは国会をクロル・オペラに移したからだ。だがその国会も所詮傀儡《かいらい》で、すでにオーラはなく、ドイツ帝国の運命は事実上、フォス通りの新総統官邸とヴィルヘルム通りの党官房で決められていた。

「将軍たちは旅行ガイドを元にして作戦計画を立案したんじゃないの」ヒルデは言った。

ミハリーナは足で地面をかいた。

「あたし、行かなくちゃ。子どもたちが」

そのときヒルデはあることを思いついた。

「だめよ。まだ行くわけにいかないわ。大事なものを忘れた」

バルベがきょとんとした。

「なんのこと？　刑務所にもどるつもり？」

ヒルデはバルベとミハリーナを引っ張った。

「そうよ。今ならまだ入れる。ふたりとも、いっしょに来て！」

7

一九四五年四月二十八日土曜日――一九四五年四月二十九日日曜日
ベルリン防衛軍降伏四日前から三日前

「まるで放浪の旅でもしてきた気分だ」何時間もかかってようやく井戸ポンプからもどったエーミルが言った。「人でいっぱいだった。早朝にもう一度行ってみる」ふうっと息をついて、左右の手に持っていたバケツを下ろした。

「外は安全なの？」ナウヨックス夫人がたずねた。「わたしたちも出られる？」

エーミルは首をひねった。

「行列でパンコウから来た女の人といっしょになった。あっちはひどいことになっているそうだ。午後六時頃がとくに危険だという。ソ連兵の多くが酒に酔って、女漁りをするらしい。それから裏庭や路地には近寄らない方がいいそうだ。将校は女に対して礼儀正しいが、部下が羽目をはずしてもめったに止めに入らないらしい」

ナウヨックスは大きな声で不機嫌そうに言った。「あんな豚の群れのような連中に負けるとはな!」

リザには、そのアパートの住人を観察する時間がたっぷりあった。ナウヨックスはずるい奴としか思えなかった。破片で怪我したのをいいことに、エーミルばかり水汲みにいかせていた。

テレージアはリザの真向かいにすわって、スープ用の緑黄野菜の缶詰をあけ、コンロで温めた。コンロは見るからに一時しのぎのものだが、その構造はなかなかだった。枠はレンガを組んでできていて、鉄板で通風口も作られている。内部には網がかけてあり、そこで薪を燃やしていた。薪の火で上にのせた鉄板が熱せられ、煙は煙突を伝って地下室の窓から外に出る仕掛けだ。

敵意をむきだしにした女は靴下をつくろっていたが、見るからに不器用だった。この女はナチの大物に囲われていた、とリザはテレージアから耳打ちされた。そういう身分で苦労知らずだったたから、家事には疎いらしい。

突然、外が騒がしくなった。バックファイヤーかと思ったが、なかなか鳴りやまない。やがて音が恐ろしいほど大きくなり、銃声だとわかった。

「どうしたんだ?」そうささやいて、ナウヨックスは奥の方でちぢこまった。

地下室の窓の前を、数人の兵士が走っていく。「兵士が襲われたようね」リザが叫んだ。

テレージアは両手で口を押さえた。「きっとヴェアヴォルフよ!」

リザは彼女の腕を取って、安全なところへ引っ張った。

銃声が絶え間なくつづく。

手榴弾の炸裂音まで聞こえる。床が揺れる。リザの口が乾いた。つばといっしょにほこりをのみ込んだ。家が崩れるのではないかと気が気ではなかった。

急にまた静かになった。そのとたん、ドタドタドタと階段を駆けおりてくる足音がして、尖ったシャベルがにわか作りのドアを突き破って砕いた。

ソ連兵が四人、地下室に踏み込んできて、機関銃をあちこちに向けてから、エーミルとナウヨックスを捕まえた。

「兵隊！」ソ連兵は叫んだ。「兵隊！」

エーミルは首を横に振った。ナウヨックスは包帯を巻いた足を指差した。だがソ連兵は納得しなかった。ふたりは襟をつかまれて引っ立てられた。兵士のひとりが機関銃を振って、女たちも追い立てた。

みんな、階段を駆け上がり、ソ連兵のあとから中庭に出た。瓦礫の山ができた中庭には隣のアパートの男がふたり、足を広げ、両手を後頭部に組んで立っていた。隣のアパートが燃えていて、黒煙が空に上っていた。武器をかまえた兵士の一団が男たちを取り囲んでいる。

エーミルとナウヨックスはそこへ連れていかれ、ボディチェックを受けていた。ナウヨックスが小声で「兵隊じゃない。兵隊じゃない」とつぶやいているのが聞こえた。

「おとなしくしろ」隣の男が言った。男は他の者より頭ひとつ大きかった。右目があらぬ方を向いている。おそらくガラスの義眼だ。「怯えてるところを見せるな」と男は注意した。

突然、銃声が一発轟いた。ソ連兵がひとり倒れ、他のソ連兵がいっせいに物陰に隠れた。リザはアパートをつなぐ通路に飛び込んだ。テレージアとエーミルもあとを追ってきた。「うちの屋根裏だ」エーミルがあえぎながら言った。「ヴェアヴォルフがうちのアパートに立てこもったんだ！」

リザたちはソ連兵の一隊を呆然と見つめた。発砲しながら今にも突入しようとしている。兵士がひとり、身をかがめて瓦礫の山まで行き、窓から手榴弾を投げ込んだ。

「気をつけろ！」エーミルがリザとテレージアを引っ張った。

手榴弾が炸裂し、黒煙が窓から噴きだした。リザの背中に飛び散った壁の破片がいくつか当たった。コートの襟を口に当てていたのに、口の中がジョリジョリするのを感じた。表玄関を振り返って見ると、火炎放射器を持った兵士が、一階を焼き払った。

「わたしたちのアパートが」テレージアがつぶやいた。「なんてこと。これからどこで暮らしたらいいの？」

リザは地下室の鍵を手探りした。これでなんとかなると思った。

「こっちよ！　いいところがあるの！」

翌朝、目を覚ますと、オッペンハイマーは頭上に赤い飾りが下がっているのを見た。それがなんなのかわかるまでしばらくかかった。ソ連軍将校と仮設の野戦監獄が頭に浮かんだ。そしてそれでも足りないかのように、ビロードとサテンで飾られた辺獄（カトリック教会において、洗礼を受けないまま死んだ人間が行き着くとされる場所）が脳裏をよぎった。

　ここはどこだろう。その寝室は高級娼館のようだ。四本の支柱が立ったベッド、赤い色調の壁、レダと白鳥が絡み合う様子を描いた複製画。だがその絵を見て、フュースリーの絵画「夜魔」を連想し、ひどく困惑した。建物の規模と冷え冷えとした廊下はこの印象にそぐわなかった。

　昨日の夜からだれとも顔を合わせていない。じらしているのだろうか、それともただ忘れているだけか。リザのことがなければ、しばらくここで暮らすのも悪くなさそうに思えた。ふわふわのベッド。窓から見える春めいた青空。関節の痛みを感じずに目覚めるのは数週間ぶりだ。

　体を起こすと、スプリングがミシミシいった。静かだ。ビール醸造所の地下と変わらないくらいだ。遠くでツグミがさえずっている。鳥の声を耳にして、やはりと思った。戦闘が終わった郊外に連れてこられたのはまちがいなかった。

　破壊された建物の谷間を抜けたとき、そのあたりは空襲のあとよりもひどいありさまだった。倒壊した建物は壁をはぎ取られ、かつてそこが住宅だったとはとても思えない。かつて床だったところには瓦礫が転がっていた。ある廃墟では、片隅にタイル張りのストーブが積み上げてあった。

　街角の建物に無傷なものは一棟としてなかった。建物という建物の一階の壁には真っ黒に煤けた穴が開いている。建物を確保するため、ソ連兵が開けたものだ。その穴のせいで、多くの建物が通りから奥の建物まで素通しになっていた。

まだなんとか住める集合住宅では、すべての窓から白いシーツが下げてあった。降伏の印だ。オッペンハイマーには、難破船の帆のように思えた。風が吹くたび、正面壁に生気が蘇った。息を吸ったようにシーツがふくらみ、動きだす。ただし通りに沿って垂れさがる電線が邪魔して、建物がそこから動くことはなかった。

隠れ家にしていた地下室から遠く離れるにつれ、瓦礫を片づけた通りが目立つようになった。正面壁には敗者の白い布に加えて、勝者の赤い旗が目につくようになった。

そうして昼下がりに、オッペンハイマーたちは目的地に到着した。ソ連軍の基地らしく、外壁には土嚢が積んであった。入口で歩哨《ほしょう》と言葉が交わされたあと、オッペンハイマーの氏名が大きなノートに記入され、彼は軍曹のボディチェックを受けた。投獄されるものと覚悟し、地下室に連れていかれると思いきや、建物の二階に上がり、無数のドアが並ぶ長い廊下を歩いて、今いる寝室に通された。

快適な部屋だが、オッペンハイマーは寝返りを打ってばかりいた。リザがどうしているか心配でたまらなかった。エーミルのところへ行くように言ったのは正しかったと自分に言い聞かせた。地下室にひとりでいるのは危険すぎる。いずれだれかが略奪するために侵入する。そうすれば、リザは袋のネズミだ。

窓の外で大きな声がしたので、オッペンハイマーは立って中庭を見た。ふたりの歩哨がぼろぼろになった戦争捕虜の一団を引きつれていた。建物の向かいに穴が掘ってある。仮設便所らしい。戦争捕虜たちがズボンをおろして用を足した。そのうちソ連軍の軍服を着た捕虜が歩哨といざこざを起こし、尻をだしたまま離れたところで用足しをさせられ、物笑いの種にされた。

数分後、寝室のドアの鍵が開く音がした。前日に会ったふたりの将校が入ってきた。そのうちのひとりが、ドイツ語の語彙《ごい》をふやしたのか、こう命令した。「来い」

オッペンハイマーは帽子と避難用の旅行鞄を持ってついていった。連行された理由がいまだに不明だが、もうすぐわかるだろう。


朝、テレージアはエーミルと、隣のアパートの男ふたりと連れだって水汲みに出かけた。年齢が上だから襲われる恐れはないと思ったのだ。他の女たちは地下室から出ようとしなかった。ナウヨックスもなにかと口実をつけて動こうとしなかった。

ヴェアヴォルフの襲撃事件が起きたあとに、みんな、発酵用地下室に転がり込んだ。エーミルのアパートに住んでいた人以外にも隣の家から四人こちらに移ってきた。裏庭で両手を上げていたふたりの男とその妻たちだ。お互い名前もろくに知らないが、住まいを焼かれた者同士、断るのは忍びなかった。

リザはうとうとしながら夜を過ごし、ときどき機関銃の乱射に驚いて目を覚ました。一度は対空機関砲の砲声も聞こえた。

早朝はふたたび静まり返った。例外は上空を低空飛行しているソ連軍機だけだった。エーミルたちが水汲みからもどって三時間半が過ぎていた。

「ここにもどれてほっとしたよ」そう言って、エーミルは息をついた。「連中、このあたりを虱潰しに捜索している」

「ドイツ兵はどうしたの?」ナウヨックス夫人はたずねた。

「わからない。ひとりも見かけなかった。井戸ポンプの前以外、どこも人気がなかった」

「目にとまるのは死体ばかり」そう言うと、テレージアは両手をよじった。「そこいらじゅうに死体が転がっていたわ」

「前向きに考えたほうがいいわ」隣に住んでいた女が言った。飢えに苦しんだことがないのか、小太りだった。「たぶんこれで終わったんだから!」

女はそう言った刹那びくっとした。気密室の外扉のあたりで大きな声がしたのだ。

「連中よ」テレージアは声をひそめた。

とっさに、みんな、出入口から離れ、発酵釜の陰で小さくなった。入ってこようとしているのがだれにせよ、まともな奴のはずがない。

「ヴェアヴォルフだと思われなければいいが」ナウヨックスが泣きそうな声で言った。

「男が四人に女がぞろぞろいるのに、そんなふうに思うかね?」小太りの女が神経質そうに言った。

「どうせすぐに消えるさ」義眼の男がうなるように言った。

だが期待どおりにはならなかった。

まずだれかが外扉を叩きだした。銃床で叩く鈍い音。それでも扉が開かないと、機関銃を発砲した。

気密室の内扉は開けっ放しだったので、侵入者はそのまま地下に下りてきた。突然、地下に足音が反響した。侵入者は十人ほどだが、兵士の一団が押し入ってきたように聞こえた。男たちは機関銃を構えて地下室に散開した。リザの前に立っていたテレージアがすこしずつあとずさってきた。しかし逃げ場はない。

リザの背後で不機嫌な声がした。振り返ると、ぼさぼさの髭がまず目にとまった。男はぼろ布をパッチワークしたような奇妙な軍服を身に着けている。リザは装備が行きとどかない国民突撃隊でしかそういう軍服を見たことがなかった。だから、目の前の男がソ連兵かドイツ軍の残党か判断がつかなかった。

そのとき男が口をひらいた。それで相手がだれかはっきりした。

「ストーイ！」そう言って、男は機関銃をリザに向けた。


オッペンハイマーの前の机には、パラフィン紙でていねいにくるんだ四角いものがのっていた。煙草の煙で息が詰まるが、その包みから立ちのぼるにおいが嗅ぎわけられた。

贈り物を開けてみろと言われたが、オッペンハイマーはためらった。罠かと思ったのだ。

この二十四時間に体験したことは、噂に聞いたり、想像したりしたこととまるでちがった。本当はどうなのか、突き止める必要がある。

ここが兵舎なのはわかっていた。といっても、物資配給所に毛が生えた程度らしく、無数のソ連兵が出入りしていた。

オッペンハイマーはまず旅行鞄を取り上げられ、個室に案内された。それから雑な作りの机の前に着座するように言われた。窓は外から釘で止めてあり、部屋の明かりは数本の瓶に差したロウソクだけだった。

彼の正面に三人の人物がすわっていた。興味津々なところを見ると、彼があらわれるのを待っていたようだ。

だれかが口をひらく前に、将校がパラフィン紙にくるんだものを差しだした。今、目の前にあるのがそれだ。

将校は二言三言低い声で言った。ロシア語だ。すると、右端にすわっていた男が通訳した。

「開けてみなさい。贈り物だ。われわれの好意の印だ」

オッペンハイマーは軽く咳払いして包みをひらいてみた。パラフィン紙をすこし持ち上げただけで息をのんだ。

嗅覚は嘘をついていなかった。ガチョウの脂。五百グラムはある。これほどの貴重品を見るのは本当にひさしぶりだ。

なめてみたい衝動に駆られたが、じっと我慢した。これは悪質な拷問かもしれないと一瞬思い、おずおずとたずねた。「わたしに？」

通訳はうなずいた。

「ええ、あなたのものだ。持ち帰っていい」

オッペンハイマーは礼を言って、ガチョウの脂をパラフィン紙に包みなおした。すると通訳が身を乗りだして、グラスに熱い茶を注いだ。贈り物をめぐる心配が解けると、今度は三人をしっかり観察することにした。

真ん中にすわっているのは、肩章と勲章で飾り立てた将校だ。丸顔で、髪の毛は丸刈り、耳たぶが肉厚だ。自分より十歳は若いだろう。頭を動かすたび、立て襟から贅肉《ぜいにく》があふれだす。通訳はその男をアクサーコフ大佐と紹介した。

その横にすわっている大尉はポゴディンという名だった。通訳と同じくらいの年齢で、二十歳そこそこ。ポゴディンはアクサーコフ大佐ほど軍服を飾り立てていないが、頬が張り、目は澄んだ青で、髪はブロンドだ。

オッペンハイマーはおとなしく紅茶を飲んだ。熱々で渋かったので口をすぼめた。自分の行動が逐一観察されている。居心地が悪かった。

沈黙に耐えかねて、自分から口をひらいた。

「逮捕されたわけではないのですか？」

大佐がなにか言ってから、通訳が伝えた。

「ソ連を代表して、時間がかかったことをお詫びする。夜はゆっくり眠れたかな？」

オッペンハイマーはあやうく笑いだしそうになった。投獄されないことはわかった。さもなければ、こんな待遇は受けないだろう。困惑している素振りは見せずに答えた。

「ありがとう。しかし妻のところにそろそろもどりたいのですが」

その言葉が訳されると、将校たちが反応した。大佐は机に手をつくと、丸顔をロウソクの火に触れそうなほど近づけ、オッペンハイマーに向かって言った。部屋中に響くほどの大声だった。大佐の口の中でなにかがきらりと光るのを見て、オッペンハイマーは面食らった。鋼鉄の歯冠がいくつも並んでいたのだ。

「その前に話がしたい」通訳が言った。「あなたに提案したいことがある。きっと興味を持つはずだ」

オッペンハイマーは腕を組んで椅子の背にもたれかかった。

「聞きましょう」

「きみの能力を平和を愛するソ連人民のために役立ててみないかね？」

オッペンハイマーは眉を吊り上げた。

「どう答えたらいいかわかりません」それは本心だった。

「あなたには損のない話だ。仕事をつづけられるよう万全の態勢を整える。過去は一切問わない。ファシストの党とつながりがあったという事実は履歴から抹消される」

オッペンハイマーは背筋を伸ばした。

「待ってください。わたしは入党したことなどないです。党員ではありません」

「オーチン・ハラショー」大佐は満足そうににやっとして、両手を上げた。口の中の歯冠がまた光った。通訳は「それは結構」と訳した。大佐がわざとおっとり構えているのを見て、オッペンハイマーはきな臭さを感じ、大佐がポゴディン大尉を気にしていることに気づいた。大尉はロウソクの光がとどかないところに控えてじっと様子を見ているだけなのに、実際には大尉に主導権があるように思えるのだから奇妙なことだ。

オッペンハイマーはそこで、さっきから予感していたことを口にした。

「わたしはお役に立てないと思います。人ちがいでしょう」

将校たちの表情は変わらなかった。それから大佐が口をひらき、通訳が訳した。

「あなたはディーター・ロスキではないのか？」

「ええ」オッペンハイマーはあいにくだという仕草をした。将校たちが信じていないようだったので、さらに言った。「証拠を見せます。わたしの旅行鞄を持ってきてくれますか？」

大佐が「チェマダーン？」と通訳に聞き返し、じろっとオッペンハイマーの顔を見た。

8

一九四五年四月二十九日日曜日
ベルリン防衛軍降伏三日前

侵入者は地下室でなにか探しているようだ。六人がばらばらに散って間仕切りを乱暴に次々と開けて物色した。連中は夫がウイスキーを見つけた木箱を発見して中を覗いても、目もくれなかった。

地下室は冷え冷えしているのに、リザの額に汗がにじんだ。男たちにじろじろ見られ、生きた心地がしなかった。ひとりが懐中電灯をつけて、捕まえた者の顔をひとりひとり照らし、男女に分けた。

リザたち女は地下室の奥に追い立てられた。銃を向けられ、男たちがどうなったかわからなかった。なにか話している。ドイツ語が切れ切れに聞こえるが、反響してよくわからない。リザは聞きとれた言葉から状況を把握しようとしたが、見当もつかなかった。

侵入者は身分証明書をだせと言ったようだ。隣のアパートの男たちが上着に手を突っ込んだ。エーミルだけは首を横に振った。アパートが炎上したとき、書類を一切合切なくしたからだ。

侵入者は西部劇のならず者のようだ、とリザは思った。だがここは映画館ではない。現実だ。そして危険な状況にある。

薄明かりの中、リザはようやく侵入者を区別できるようになった。すり減った毛皮の帽子をかぶった、大声で話す奴がボスのようだ。さかんにあれこれ指図している。ボス役が気に入っているようだ。

見張りについたふたりの男が機関銃で出口を指した。エーミルたち男がおずおずと動きだした。目を丸くしてそれを見ていたナウヨックス夫人が、恐れおののいてリザの腕をつかんだ。

「どこへ連れていくのかしら？　やめさせないと！」

すると、侵入者のひとりもそれが気に食わなかったらしく、ボスと口論になった。エーミルたち男は気密室の前で立ち止まった。見張りのふたりも、口論の行方を見守った。

怒鳴り声がどんどん大きくなり、ボスが口答えする手下の顎に痛烈なアッパーカットを食らわせた。手下は気を失ってコンクリートの床にどさっと倒れた。毛皮の帽子をかぶったボスはその手下に一瞥《いちべつ》もくれず、男たちの方を向くと、出口を指差して怒鳴った。リザにも、ボスが言っていることがわかった。外に出ろというのだ。

ボスは男だ。男たちが地下室から出ていくと、あざけるような笑みを浮かべて、床に倒れている手下を見た。手下は意識がもどって、うめき声をあげた。だが当分のあいだ危険はないと思ったのだろう、ボスは背を向けて、今度は一個所に集まっている女たちを物色した。リザは一瞬、心臓が止まるかと思った。ボスに顔を見られたからだ。突然ボスが足を前にだし、女たちのところにずんずん近づいてきた。ボスの黒い影がみるみる大きくなるのを見て、リザは呆然となった。見張りについていたふたりの部下が左右にどくと、ボスはそのあいだを通った。

女たちのすぐそばで、ボスは足を止めた。捕まえた女たちをどうしたものか思案している。リザは目を伏せた。ボスの目を見て、挑発しないほうがいいと思ったのだ。

女たちの運命はボスの胸三寸で決まる。といっても、これからどうなるか、リザには嫌というほどよくわかっていた。

オッペンハイマーの警護についていた者たちは旅行鞄を大事に取ってあった。ものの数分で、ひとりの少尉が旅行鞄を机に置いた。アクサーコフ大佐とポゴディン大尉は表情を変えなかったが、緊張しているのが手に取るようにわかった。

オッペンハイマーは旅行鞄を開けてすぐ、だれかが中身を探ったことに気づいた。死んだ娘エミリアのたった一枚残された写真がはさんである小さなアルバム、潜伏する直前に銀行からおろした現金の残り、いざというときのためにきれいにたたんでおいた下着。すべて、いったん外にだされ、無造作にもどされていた。

だが持ち物検査はおざなりだった。内張りの糸がゆるんでいるところを見つけると、オッペンハイマーはすぐに内張りをはがし、その中に手を入れた。

ヘルマン・マイアーの身分証は地下室に潜伏してまもなく国民突撃隊の配給証といっしょに燃やした。だが本当の身分証は旅行鞄に隠しておいた。こういうときのために。

「これがわたしの身分証です」オッペンハイマーは机越しに身分証を差しだした。

アクサーコフ大佐は書類を手に取った。

「リヒャルト・イスラエル・オッペンハイマー」と読み上げた。

「これが本名？」通訳は将校から確かめろと言われもしないのにたずねた。

オッペンハイマーはうなずいた。

「ええ。ただしミドルネームはちがいます。イスラエル。これはナチ当局につけられました。わたしがユダヤ人だからです。リヒャルト・オッペンハイマーが本名です」

大佐は身分証をポゴディン大尉に渡した。大尉はためつすがめつして見てから、オッペンハイマーに身分証を返した。ふたりの将校は顔を見合わせた。

大佐の声は相変わらず淡々としていたが、次に大事な質問が来る、とオッペンハイマーは予感した。通訳も質問を正確に訳すよう心がけた。

「ディーター・ロスキを知っているか？」

「いっしょに地下室にいた人物ですね」返事はなかった。「あいにく死にました」

「おまえが見たのか？」

「ええ、この目で。民間人の服を欲しがっていた脱走兵に殺されたんです。わたしは死体をたくさん見てきました。ディーター、つまりロスキ氏の死はまちがいありません」

大佐は考え込んでから、ぽつりと言った。「行っていい」

身分証を元の場所にもどし、立ち上がろうとして、オッペンハイマーはふと動きを止めた。そしてガチョウの脂を指差した。「これはどうしたらいいですか？」

大佐は軽く手を振って、持っていっていいと合図した。

オッペンハイマーが旅行鞄を閉じ、椅子を引くところを、三人はじっと見ていた。三人はお粗末な劇を見ている退屈しきった観客のようだ。オッペンハイマーは居心地が悪かった。

彼はドアのところへ行ってからまた立ち止まった。

「ひとついいですか？　どうやってもどったらいいんでしょう？」

当然の質問だ。ここへ連行されてくるとき、ソ連軍が検問所を設けた十字路をいくつも通った。検問所の兵士は、だれかが近づくとすぐ機関銃を構えた。オッペンハイマーを黙って市内に入れてくれるとは思えなかった。

大佐は質問の意味がわからないという顔をし、眉間にしわを寄せてなにかつぶやいた。

「ベルリンはきみの街だ」通訳が訳した。「帰り道くらいわかるだろう」

オッペンハイマーは肩を落とした。もう興味がないのだ。

彼は気を取りなおして帰途についた。

リザは気が気ではなかった。ボスが欲情に駆られ、捕まえたリザたちを襲うのではないかと心配だった。だがそうはならなかった。すくなくともまだ大丈夫だった。

リザたちは間仕切りに閉じこめられた。そこは真っ暗だったので、時間の感覚がなくなった。数分か、数時間かわからないが、地下室はしばらく静かだった。しかしそのうちまた騒がしくなった。いい徴候とは言えない。リザといっしょに閉じこめられた女たちもそう思っているようだ。ちょっとした物音にもびくついている。間仕切りのドアが開けば、なにが起こるかわからない。リザはそうならないことを祈った。

どこか遠くでだれかが嬌声をあげた。酒盛りがはじまったようだ。足を引きずって歩く音が聞こえた。足音が扉の前まで来たので、リザたちは息を殺した。

だれかが扉の前にたたずんでいる。怖がらせようというのだろうか。

それから金属のこすれる音。南京錠がはずされ、蝶番がきしんだ。そのとたん酒と汗のにおいがした。

扉のところにあらわれた人影は毛皮の帽子をかぶっていた。ボスのようだ。懐中電灯をつけた。かたまってしゃがんでいるリザたちを光が順に照らし、隣の家から移ってきた女のところで止まった。それから手が伸びてきて女の腕をつかみ、出口に引っ張った。

「いや、やめて」女は懇願した。「お願い！」

女は手を払って、暗がりに消えた。ふたたび懐中電灯の光に照らされると、目を血走らせて、あたりを見まわした。

「この子にして！」女がだれかを前に突きだした。エーミルの地下室にいた少女だ。薄汚れた服で身を隠していたが、とうとう衆目にさらされた。

「かわいいでしょう？」隣家の女が声をふるわせながらささやいた。「若いわよ。わたしのような年増じゃないわ」

自分さえよければいいというのか。リザはあきれてしまった。身代わりに少女を差しだすとは。リザは欲情している男のことなどもう眼中になかった。目の前で起きている鬼畜のような振る舞いにかっとした。見て見ぬふりをしたら自分が許せないと思った。墓穴を掘るかもしれないとわかりつつ口をだした。

「なんて人なの」と食ってかかった。「この子がどうなるかわかってるでしょう？」

「やめなさい」背後で女がささやいた。テレージアだ。「みんなを危険にさらすつもり？」

「でも、許せない！」リザが叫んだ。

突然、ボスの手がリザの上腕をつかんで間仕切りから連れだした。

酒に酔ってとろんとした目でボスはリザを見た。そのときだれかが近づいてきた。年配の兵士がわめきながら両手を振りまわした。兵士の反応から、女を外にだせと言っているようだ。ボスはその兵士としばらく言い争ったあと、手打ちをした。

リザはうなじをつかまれ、地下室の出口に引っ立てられた。ボスは場所を変えることにしたようだ。

オッペンハイマーは口が乾いていた。薄暗い人気のない通りを足早に歩いた。地下室が近くなると、気が急《せ》いた。もうすぐそこだ。

アクサーコフ大佐と話をして、釈放されたのは数時間前になる。日が翳《かげ》っていた。だが懐中時計によれば、午後になったばかりだ。はじめのうち薄暗いのは雨雲のせいかと思った。だが地下室に帰る途中、気づいた。南の空に巨大な煤煙が釣り鐘のように市街を覆っている。まだ終わっていない。いまだに戦っているのだ。

驚いたことに、十字路の検問所はなんなく市内に通してくれた。どうやら市外に出ようとする者を警戒しているらしい。通りは瓦礫と倒壊した建物をぬう狭い抜け道のように延びていたが、昨日連行されたときに通った道を見つけ、そこを辿った。数キロ歩いたところで行き当たった環状鉄道の線路が最初の手掛かりになった。その線路に沿って時計回りに進み、およそ二時間後、フンボルトハイン市民公園の大きな防空壕の前に出た。ビール醸造所はシェーンハウザー・アレー通りにある。街並みに沿ってもうすこし歩けば、地下室に辿り着ける。

最後の二、三百メートルはゆっくりと歩いた。頻繁に銃声が聞こえたからだ。ドイツ軍の残党とソ連兵のあいだで小競り合いが起きているようだ。ビール醸造所のある一帯は明らかにまだ完全には解放されていなかった。抵抗しているドイツ軍の残党がどこに隠れているかわかったものではない。建物にひそむ狙撃兵は動くものをなんでも狙うだろう。兵士だろうと、民間人だろうとおかまいなしだ。

そのうち日が暮れた。ミッテ地区の夜空はほんのり明るかった。

建物の玄関を伝って、オッペンハイマーはめざす場所へと進んだ。だが途中で、エーミルのところに避難するようリザに言ったことを思いだした。

昨日、ビール醸造所の前で燃えていた焚き火は消えていた。ソ連軍の野営地はなかった。これなら通りからアパートに近づくことができる。

方向を確かめるのに光は必要なかった。エーミルのアパートは二百メートルほど先の左側だ。距離を測るため歩数を数えたが、なにか大きなものにつまずいて、面食らった。

はじめに甘い腐敗臭がした。ぎょっとして、身をかがめた。ここでなにがあったんだろう。目を凝らし、路上に転がっているのが本当に死体であると確認した。どうやら銃撃戦があったようだ。

オッペンハイマーは足早に歩いた。

エーミルのアパートに着くと、正面壁の上の方の窓から煙が上がっていた。オッペンハイマーは黒煙に包まれた。アパートがまだ燃えていたのだ。

オッペンハイマーは愕然《がくぜん》とした。エーミルのアパートは壁しか残っていなかった。

じっと瓦礫を見つめた。考えたくもないが、リザが火の消えた瓦礫の下敷きになっているのではないかと心配になった。そのはずがないという理由をとっさに探した。建物が焼け落ちたとき、リザは屋内にいなかったかもしれない。だがそうしたら、そのあとどこに逃げ込むだろう。

答えはすぐに出た。ビール醸造所の地下室だ。

不安に駆られて通りを横切り、鉄の門の前に立った。ビール醸造所に入る抜け道が見つかるまですこし手間取った。暗闇の中、瓦礫の山の急な斜面をよじ登るのは容易ではなかった。だが興奮していて、疲れは感じなかった。二度ほど、じめじめした土に足を取られたが、歯を食いしばって登りつづけた。

地下室の階段に近づくと、ひそひそ話す声がした。低い声。男の声だ。瓦礫の山からこっそりうかがうと、ドアの前に人影が見えた。その人影がマッチをすった。マッチの炎は弱かったので、男の右目の上に深い傷跡があることしかわからなかった。煙草のにおいから推してマホルカ（粗刻みのロシア煙草）らしい。アクサーコフ大佐の兵舎でソ連兵が吸っていた煙草と同じだ。もうひとりは黒いシルエットしか見えなかった。その男がかすれた声でくすす笑った。耳障りな奇妙な声だった。

下にいるのはソ連兵にちがいない。

オッペンハイマーはどうしていいかわからずじっとしていた。心の中では、音をたてずに退散しろという声と、リザがどうなったか心配だという声がせめぎ合った。

「やめて！」

オッペンハイマーはびくっとした。人気のない醸造所の廃墟となった社屋から女の悲鳴があがったのだ。

オッペンハイマーは勇気をふるいおこし、ディーターが物見をしていた廃墟へ忍び足で向かった。イラクサがカサカサ音をたてそうだ。だがゆっくり進めば、だれにも聞こえないはずだ。

なんとか壁のところまで見つからずに移動した。ちょうどいい具合に満月が雲間から顔をだし、敷地を明るく照らした。

だれかが地下室の階段を上がってくる。オッペンハイマーは冷たい石の陰に身をひそめた。

「ティーマ！　ティーマ！」男がそう呼んで、廃墟の方へ走ってきた。

男がオッペンハイマーのすぐ近くに来た。

するとティーマと呼ばれた男が廃墟から出てきて、駆けよっていった男といっしょになった。ふたりは三メートルほど離れたところをとおり、オッペンハイマーに気づくことなく、しゃべりながら地下室に下りていった。

ふたりの姿が消え、地下室の外扉が閉まると、オッペンハイマーはほっと息をついた。だがまだすべてがすんだわけではない。

オッペンハイマーは嫌な予感を覚えていた。人気のない廃墟で叫んだのがだれか気になる。リザだったらどうしよう。リザが地下室にもどっていて、兵士に地下室が占拠されていたらどうすればいいだろう。

用心しながら廃墟に足を踏み入れると、一階に視線を泳がす。かすかにすすり泣く声がする。そっちへ行くと、床にだれかいるのが見えた。月明かりで四角く浮かび上がったところに女がしゃがんで、服を直している。女がスカートの裾を下ろす直前、白く輝くガーターが見えた。ガーターは引きちぎられ、影になって黒く見えるストッキングが下ろされていた。

女が立った。オッペンハイマーは身をこわばらせた。

そんな、まさか。だが、まちがいない。

オッペンハイマーはその光景を一生忘れられないだろうと思った。

引きちぎられたガーターの女はリザだった。

オッペンハイマーは目眩《めまい》がした。だが実際にはリザの方に足を一歩踏みだした。

リザが振り向いた。ふたたび襲われると思ったのか、目をむいた。

「もどった」オッペンハイマーが言えたのはそれだけだった。それ以外なにも言えなかった。

約束を守れなかった。もどるのが遅すぎたのだ。

夫に気づくと、リザの顔から恐怖の表情が消えた。といっても、安堵しているようにも感じられない。あまりに多くのことが起きてしまった。

リザはどう反応したらいいかわからずにいる。オッペンハイマーの腕に駆け込む素振りを見せたが、途中でやめ、放心した様子でスカートをなでた。動きに落ち着きがない。気持ちが抑えられないようだ。

「逃げなくちゃ」リザは声をふるわせながらささやいた。「あいつ、きっとまた来る」

オッペンハイマーはためらった。抑えがたい怒りに駆られた。一瞬、なにもかもどうでもよくなった。地下室に殴り込みをかけ、兵士たちを素手で引き裂いてやりたかった。

だがそれは軽挙妄動だ。冷静になって考え直した。武器を持つ兵士たちにかなうはずがない。見張りの目をかすめることすらできないだろう。今はリザのことを考えなければ。

考えは正しいが、わだかまりが残った。ここから逃げようというのは分別のなせる業《わざ》だろうか、それとも腰抜けだからだろうか。オッペンハイマーは、どっちとも言えない瞬間があることに気づいた。今はまさにそういう瞬間だった。

どこへ行くあてもないまま、リザとふたりで地下室の階段を避け、ビール醸造所の空き地を横切った。

しばらくしてふたりは開け放った門を抜けて、夜の闇に紛れた。

9

一九四五年四月二十九日日曜日――一九四五年四月三十日月曜日
ベルリン防衛軍降伏三日前から二日前

オッペンハイマーは空襲で破壊された家にリザを連れていった。そこの地下室が無傷なのを知っていたからだ。ふたりはソ連兵に邪魔されることなく、そこで夜を明かした。もちろん気が高ぶっていて、ふたりとも眠れなかった。それでもここなら、二、三時間休むことができる。もちろん床にすわったり、壁に寄りかかったりして仮眠するくらいしかできないが。

二、三時間してまた出発することにした。じっとすわっていることに耐えられなくなったのだ。言葉は交わさなかったが、嫌な思いをした場所からできるだけ早く立ち去ることにふたりとも異論はなかった。オッペンハイマーはリザをそっとコートに包み、女だと気づかれないように帽子をかぶらせた。

早朝だった。高射砲陣地のサーチライトが雲を照らしながらあちこち動いていた。ふたりは雨の中、行くあてもなく通りに立った。見ると、人々がみな、同じ方向へ歩いている。オッペンハイマーはなんとなくその流れに乗った。

向かった先はプロイセン王国時代からの古い練兵場だった。数千とは言えずとも、数百人に及ぶ民間人が集まっていた。

旧練兵場の東側は三十年ほど前から運動場として使われ、世紀転換期に新たに創設されたサッカークラブ、ヘルタBSCのホームグラウンドになっていた。両世界大戦の戦間期にこの敷地はふたたび軍用地になったが、平和が訪れた今、雨後の竹の子のように作られたバラックと菜園が並ぶ中、空襲で焼けだされた被災者の収容所として活用されていた。無数の掘っ立て小屋と垣根のあいだは、被災者であふれていた。

「リザ！　リヒャルト！」

名前を呼ばれて、オッペンハイマーは振り返った。避難用旅行鞄を提げた灰色の群衆の中に知り合いがいるとは。

驚いたことに、エーミルだった。笑みを浮かべながらふたりのところへやってきた。

「うまく逃げられたんだな」エーミルが叫んだ。

「あなたこそ」リザが早口で言った。「地下室から連れだされたあと、どうなったんですか？」

「心配いらない。男はみな無事だ。二、三時間前に解放された。あれが解放と呼べればだが」

オッペンハイマーはわけがわからずふたりを見た。リザが話せる状態ではなかったので、なにも知らなかったのだ。「いったいなんの話だ?」

オッペンハイマーは、ロシア人が地下室に侵入して、男たちを全員外に連れだしたことを知った。

「撃ち殺されるかと思ったが、なんともなかった」エーミルはそう言って話を終えた。「どこかの家に連れていかれ、かなり時間が経ってから将校があらわれた。他の連中とちがってひどいなりはしていなかった。わたしたちとはひと言も言葉をかわさず、ただじっとわたしたちを観察した。その将校が立ち去ると、解放された」

「連中、なにがしたかったのかしら?」リザはたずねた。

「さあね。だれかを捜していた。それだけは確かだ。ドイツ語が話せる奴がいて、わたしたちにいろいろ命令したが、説明はしてくれなかった」

オッペンハイマーは話を聞きながら眉間にしわを寄せ、髪をかき上げた。

「女たちは?」エーミルは真剣な顔をした。

リザはうつむいた。

「まだ地下室にいると思う。兵士たちといっしょ。逃げられたのはわたしだけ」

なにがあったか察して、エーミルはうなだれた。

しかし、彼女の人生がどれだけ変わってしまったか、彼に推し量れただろうか。リザは深く傷つき、水がないので体を洗うこともかなわず、乱暴された痕がまだ体に残っていた。オッペンハイマーの心に復讐《ふくしゅう》心が何度も湧き上がったが、犯人を倒すすべがない絶望感に頭がおかしくなりそうだった。もちろんティーマという名前が手掛かりだ。しかし、正義と秩序が地に堕ちた世界で、どうすればいいのだろう。今は弱肉強食の世だ。

いたたまれない沈黙に包まれていると、エンジン音が聞こえた。突然、ソ連軍機が上空を飛んでいった。オッペンハイマーは心配してそっちを見た。彼は昔から群衆が嫌いだった。群衆に囲まれているなんて、とても耐えられない。

パンコウ地区まで行ってエデのところに転がり込むことも考えたが、どうにもむりそうだった。そこまで行くには、ソ連軍の検問所をうまく迂回しなければならない。北へ通じる道が通れるか、エーミルも知らなかったので、オッペンハイマーは、腕を組んで旅行鞄にすわっていた白い口髭の男に声をかけてみた。

どうやったらパンコウ地区へ行けるかたずねると、その男が驚いて顔を上げた。

「幸運を祈ってるよ！　だけどわたしだったら、シェーンフリース橋は通らないな。歩いて渡れはするが、銃撃戦の真っ最中だ」

オッペンハイマーが礼を言おうとすると、別の男が口をはさんだ。

「だれもベルリンからだしてくれない。試すだけむだだ」

オッペンハイマーはうなずいた。街にかかった分厚い黒煙をめざすのは自殺行為ということらしい。市内にとどまって、交戦地区を避けて通るしかないようだ。

ベルリンの地図を思い浮かべて、オッペンハイマーはいいことを思いついた。

「そうだ、シュムーデがいる」

彼は興奮してリザの肩に手を置いた。「シュムーデを覚えているか？　ヒルデの仲間の元弁護士だ」

リザはきょとんとして彼を見た。

「クアフュルステンダム大通りで婦人服店をやっている人？」

「婦人服店を営む弁護士？」エーミルが愉快そうにたずねた。

「転職したのさ。店が無事なら、きっと泊めてもらえる。それがだめでも、ヒルデの支援者のだれかに会えるだろう」

「中心街に行くというのか？」エーミルは心配してたずねた。「まだ戦闘中なのに」

オッペンハイマーは俄然やる気になって手をもんだ。

「ここで相手がどう出るか待つよりはましだ。あっちに着くまでに、すべて終わるかもしれないし。いっしょに来るかい？」

「きみの楽観主義には脱帽するよ、リヒャルト、だがわたしはここに残る。いずれだれかがなにか対処するはずだ。それにもうひとつ注意することがある。明日はメーデーだ。聞いたところだと、ソ連兵に酒が大盤振る舞いされるらしい。みんな、連中の乱痴気騒ぎを恐れている」

オッペンハイマーは考えた。たしかにそれは厄介だ。「ありがとう。気をつける」そして旅行鞄をつかんだ。「じゃあな、エーミル」

「それじゃ、リヒャルト」ふたりは別れの握手を交わした。

戦闘区域を迂回しても、二、三時間あればクアフュルステンダム大通りまで歩けると思っていた。昼頃、全行程の半分まで来たところで、今日のうちにシュムーデの店に着けないことが明らかになった。

東と南の風が銃声を運んでくる。戦闘を避けるため、ふたりはまずヴェディング地区へ向かった。北へ移動するにつれ、静かになった。練兵場は人であふれんばかりだったが、ここでは通りに人っ子ひとりいなかった。そろそろ西へ向かってもいいだろうとオッペンハイマーは思ったが、それからも撃ち合いがつづいている通りを何本も横切った。路上には国民突撃隊がバリケード代わりに積んだ瓦礫や家具があり、そのそばに死体が横たわっていた。ふたりは穴だらけの戦車を用心しながらまわり込み、その迷路の中に道を探した。ふたりは一度、通りの反対側に移った。目の前の歩道に女の死体が横たわっていたからだ。おそらくやけを起こして窓から飛びおりたのだ。

瓦礫に埋もれた街並みを抜けたとき、砲弾が何発も頭上を飛び越えた。官庁街を狙ったものだ。シュプレー川が見えると、対岸が燃え、土煙と煤がふたりの方へ流れてきた。数分でオッペンハイマーは涙目になった。旅行鞄からバイク用ゴーグルをだし、リザにつけさせた。これですっかり男に見える。

エーミルが警告したとおりだったことが明らかになった。昼下がりに早くも酔っぱらった兵士に遭遇した。赤い星のついたギャリソン・キャップはきっちりかぶっているのに、目がとろんとしていた。片方の腕に真鍮《しんちゅう》でできたヒトラーの胸像を抱え、もう一方の手に半分空になった酒瓶を持っていた。

「ヴァイナー・カプート！」兵士が叫んだ。「ギートレル・ドゥラーク！」彼がヒトラーの頭を叩くと、真鍮が振動した。

ドゥラークはロシア語で「馬鹿」という意味だ。二十年以上前、オッペンハイマーはベルリンのロシア人街でさんざん耳にした。数百メートル先でまだ戦闘をしていることを考えると、戦争《ヴァイナー》が終わった《カプート》というのはまだ早いと思った。

リザはすこし足を止めてから、おずおずと歩きだした。早く歩くと見とがめられると思って、オッペンハイマーはリザを自分の体で隠そうとした。

オッペンハイマーはうなずいた。「ギートレル・ドゥラーク！」

兵隊の顔がぱっと明るくなった。瓶を突きだされて、どういう意味かわかったオッペンハイマーは内心いい気がしなかった。ひと口飲めというのか。いいだろう。それで解放してくれるのなら飲もうじゃないか。

オッペンハイマーは瓶を手に取って、口をつけた。わずかに口に含んだだけだが、むせ返りそうになった。こんなにきつい酒は飲んだことがない。口の中が焼けるように熱くなり、咳込んだ。

そのとき兵士がリザをじろじろ見た。変装がばれたか？　大きな帽子をかぶり、だぶだぶのコートを着ているのが女だと見破られたか？

これ以上ここにいては危険だ。オッペンハイマーは瓶を返すと、咳込みながら礼を言い、リザをそっと兵士から離した。

しかし兵士はふたりをそのまま行かせなかった。オッペンハイマーの腕をつかんでたずねた。「時計、あるか?」

オッペンハイマーは不意をつかれて立ち止まると、懐中時計をだして答えた。「二時半」そのとき時刻を聞かれたのではないと気づいたが、手遅れだった。兵士は当然のように懐中時計をつかんで目を輝かせた。うれしそうに竜頭をまわすと、戦利品を持ち、千鳥足で去っていった。オッペンハイマーは、兵士がリザに手をださなかったのでほっとし、その場からできるだけ早く消えることにした。

次の街角に来たとき、オッペンハイマーは早くも酔いがまわったかと思った。現実とは思えない光景が目の前にあった。

硫黄を含んだ黄色い空の下、年配の男が怪我をした牡牛にロープをかけて引っ張っていた。牡牛は前脚を折り、苦しそうに鳴いている。苦しむ牡牛を見るのは忍びなかったが、この数年たくさんの死体を目にして心が麻痺していた。

男は牡牛を引っ張るのをあきらめて、あたりを見まわした。

「手を貸してくれないか?」男が声をかけてきた。「食っちまおうと思うんだ」

オッペンハイマーは返事に困った。

「もしかしたらソ連軍の牛かもしれない。連中、家畜をいっぱい連れてきた。先に確かめたほうがいい。連中なら銃で撃ち殺してくれるかもしれないし。そのほうが思いやりがあるってものだ」

男はうなずいて、オッペンハイマーの手にロープを握らせた。

「つかんでいてくれないか？　あそこに人がいる」

男はオッペンハイマーと牛をそこに残していった。オッペンハイマーはリザに視線を向けた。あれだけのことがあったのに、リザが気丈に振る舞っていることに驚きを禁じえなかった。リザは一日中ほとんどなにも言わず、いっしょに歩いてきた。それでも身のこなしは不自然だった。大きな男物を着ているせいもあるが、敵が近くにいるのを感じて身をこわばらせることが何度もあった。

リザは牛にゆっくり近づいて、頭に手を置き、「いい子ね」とささやいた。

男が兵士をふたり連れてもどってきたのを見て、オッペンハイマーは離れていたほうが無難だと思った。ロープから手を離すと、数歩あとずさった。兵士たちはなにを求められているか理解して、ひとりがさっそくナダン製拳銃を抜いて狙いをつけた。

オッペンハイマーは見るに忍びなく、リザの肩に腕をまわして、そこから離れた。

背後で銃声が鳴り、牛の鳴き声が消えた。

だが静寂は長くつづかなかった。廃墟のどこかでカチャカチャと金属の当たる音がして、あわただしく走る足音が聞こえた。すぐにあちこちから物音がした。

この通りにいたのは彼らだけではなかったのだ。地下室から外の様子をうかがっていた住人が、肉が手に入るとわかって、バケツや鍋や包丁を持って外に出てきたのだ。住人はすこしでもいい肉を手に入れようと、事切れた牡牛に群がり、押し合いへし合いしている。

ふたりのソ連兵はにやにやしながらその修羅場を見ていた。ひとりが同僚を肘で突《つつ》いてなにかささやいた。人々が牛の肉を切り取る手並みは見事なものだった。オッペンハイマーは、西洋文化も落ちるところまで落ちたと思った。雨露がしのげて、火にあたれて、肉が食えればいい生活。

女たちがすこしでもいい肉を取ろうと奪い合いをはじめた。スカーフをかぶった年輩の女が肉塊を高く掲げて歓声をあげた。肉には黒い被毛がついていた。女は廃墟に駆けもどった。通りを横切る女の腕から血がしたたり、足を前にだすたび肉塊がぶるぶるふるえた。

牛は解体されて、引きずられていった。数分で人々はいなくなった。あとには肉をそぎおとされた骨と湯気を上げる腸《はらわた》しか残っていなかった。

オッペンハイマーはリザといっしょに次の通りに曲がった。前方から奇声をあげる四人のソ連兵がやってきた。

「ああいう輩がどんどん増えている」オッペンハイマーはリザにささやいた。「安全な場所を探そう」

できるだけ目立たないように、来た道をもどり、適当な横道に入った。通りの大部分が瓦礫でふさがっていたので、兵士たちから身を隠すのは容易《たやす》かった。

瓦礫を登ること数分、とある集合住宅が目にとまった。片面が完全に崩れ去っているが、階段と建物の残り半分は無事なようだ。表玄関は壊れていて、正面壁に四角い穴が黒々と口をあけていた。

オッペンハイマーは表玄関の前で立ち止まった。奥になにが隠れているかわからない。「待っているんだ」そうささやいて、オッペンハイマーは手探りした。安全を確認してから、リザを手招きした。

一階で夜を明かすのは望ましくない。逃げ道が残されるが、その代わり、だれかが押し入ってくる危険も大きい。ふたりは階段を上った。ドアはどこも閉まっていた。四階で鍵がかかっていない住居を見つけた。ガチャッと音をたてて、ドアが開いた。

「だれかいるか?」オッペンハイマーは暗い住居の中に声をかけた。聞こえるのは、暗幕用のボール紙が風に揺れて窓枠に当たる音だけだった。リザの手を引いて狭い廊下に入ると、ドアを閉めた。廊下は台所に通じていた。リザは帽子を脱いで、バイク用ゴーグルを取り、力なく椅子にすわって、コートのボタンをはずした。

リザが立てていた襟をもどしたとき、首にしめられた痕を見つけて、オッペンハイマーは胃がちくっと痛くなった。薄暗い日の光でも青痣がはっきり見える。一瞬、息が詰まり、怒りがふつふつと湧き上がったが、そのはけ口がなかった。

気を紛らわせるため、戸棚を漁って食べものを探した。住人が先々を見すえて買いだめしていたことがわかった。缶詰が数個、グミ、オートミールとインスタントプリンの紙袋、ミックスコーヒー（稀少になったコーヒーに代用品を五十パーセント混ぜた製品）。その奥にはワインも数本あった。それにコンロの上の鍋には水がたっぷり入っていて、床には水の入ったバケツが四つあった。

「この家の人はどこへ行ったのかしら？」リザは不思議そうに見まわした。

オッペンハイマーも同じことを考えていた。鍵のかかっていない住居に食べものを置きっ放しにするなんて考えられない。しかもまだ略奪に遭っていないのも謎だ。

「他の部屋を見てくる」オッペンハイマーは言った。「住人がどこにいるか手掛かりが見つかるかもしれない」

台所には小さな食堂に通じる扉があった。そこにも、その先の寝室にも人はいなかった。廊下にもどって、他の部屋を覗く。残る扉は二枚。浴室と子ども部屋のようだ。

そして子ども部屋で住人と遭遇した。というか、住人の死体と。

暗幕用のボール紙が取れていたので、部屋は異様に明るく、新鮮な風が吹き込んでいた。扉の隙間から覗いて最初に目にとまったのは、寄せ木張りの床に転がっている使用済みのパンツァーファウストだった。

子ども部屋の死体は合計四体だった。死臭がしなかったのは窓が開け放ってあったからだ。天井から落ちた照明が扉に引っかかって、なかなか部屋に入ることができなかった。四十歳くらいの男が照明用のフックで首をくくっていた。ベッドには女がひとり、ふたりの子どもを腕に抱いて横たわっていた。

ベッドの三人の外見にはとくに異常がない。おそらく服毒自殺だろう。この数ヶ月、ベルリンでは毒薬が簡単に手に入った。ソ連軍が侵攻してきたら命を絶とうと多くの人が考えたからだ。夫婦はそれを実行に移したのだ。戦闘の最中にパンツァーファウストを撃ち、子どもたちと心中したのだ。骨の髄までナチだったのだろうか、それともプロパガンダに踊らされただけだろうか。答えはわからない。だがわかったところでなんの慰めにもならない。

オッペンハイマーは死体にシーツをかけてから静かにその部屋を出ると、鍵を締め、その鍵を扉の隙間からその部屋に入れた。リザは知らないほうがいい。

とにかくこれで彼ら以外だれもいないことがはっきりした。玄関の鍵がないので、チェストでドアをふさいだ。これですこしは気持ちが落ち着くだろう。

台所の椅子にかけたコートをクローゼットにしまうとき、薬のパックがかさかさ音をたてた。

内ポケットに手を入れ、ペルビチンのパックをだした。その薬のことを考えなかっただけで、ちょっとした勝利と言えた。数ヶ月前だったら、これ欲しさになんでもしただろう。一錠のみたい衝動をぐっと抑えた。すでにこの薬の依存症だ。冗談ではすまされない。今またのんだら、二度とやめられなくなるだろう。ヒルデからは、気をつけるようさんざん注意された。彼女の言うとおりだったと、今ならよくわかる。

それに彼よりもペルビチンを必要としている者がいる。

リザは奥の部屋にいて、住まいの様子を見ている。

外は騒音に満ち、人気のない街並みから再三、悲鳴があがり、住まいの中まで聞こえた。

オッペンハイマーは窓辺に立ち、暗幕用ボール紙の隙間から外をうかがった。女がひとり、建物に連れ込まれるのが見えた。ソ連兵がふたり、表玄関に立っている。見張り役か、自分の番を待っているのだろう。

ふたりのソ連兵とスカートをはいた女性兵士が近づいてきた。暴行が起きているのに気にする様子もなく、女性兵士がなにか言って、表玄関に立つふたりをからかった。

また助けを呼ぶ悲鳴があがった。別の方角からだ。隣の集合住宅の地下室でなにが起きているか考えただけでやりきれない。

リザは寝室にいた。そこの窓には板が釘で打ちつけてあったので、外の悲鳴はほとんど聞こえなかった。

オッペンハイマーが寝室に入ると、オーデコロンのにおいがした。リザは割れた鏡のそばでオーデコロンを見つけ、体をふいていたのだ。

リザはちょうど布で首をふいていた。息が苦しそうだ。もうこれ以上気持ちを保っていられないようだ。すこしためらってから彼女はその布で胸をふいた。目をうるませたが、声をあげて泣くことはなかった。汚《けが》された体をふきながら、はじめて涙がリザの頰を伝って流れ落ちた。

それからリザはふたたびオーデコロンで布を湿し、太腿の内側をぬぐった。

オッペンハイマーは寝室にいることができなくなった。見ていられなくなったのだ。

彼は台所に逃げた。鍋の水が煮沸されているかどうかわからなかったので、ワインのコルクを抜くことにした。

彼がワインの瓶を持って寝室にもどると、リザがベッドでさめざめと泣いていた。

彼はペルビチン錠をリザに渡した。「これをのむといい」ささやくだけのつもりが、強い口調になってしまった。「楽になれる。だけど、のむのは一錠だけだ。のみすぎはよくない」

リザは掌《てのひら》の錠剤を見つめてから口に入れ、ワインで流し込んだ。

ふたりは押し黙り、並んですわって、がっくり肩を落とした。これから数日、どれだけのエネルギーを必要とするか、考えただけでオッペンハイマーは暗澹《あんたん》たる気持ちになった。

「水。コンロに火を入れて煮沸しよう。それだけあればひとまずなんとかなる。なんなら、バケツの水をバスタブにためよう。……風呂に入るんだ。水は冷たいが、なにもないよりましだ」

「ここの住人は?」リザはたずねた。「その人たちの水でしょ」

オッペンハイマーは肩をすくめた。「この家の人たちはもう必要としない」

リザは言わんとしていることを理解して、それ以上たずねなかった。

10

一九四五年五月一日火曜日――一九四五年五月二日水曜日
ベルリン防衛軍降伏前日から当日

アレクセイはなんと言うだろう。弟のことをどう評価するだろうか。どうせいつものようにケチをつけるに決まっている。実際、過去に何度もモラルに訴えかけられて腹を立てたことがある。主義を曲げないことがどんなに重要かこれまで理解しようとしなかった。生き残るためには臨機応変である必要があった。目立ってはいけなかったのだ。それが、アレクセイにはものの見事にできなかった。

それにしても、間の悪いときにかぎっていつも兄のことを思いだしてしまう。今もまさにそういうタイミングだ。少将に弁解しているときだからだ。

少将が報告を聞きたがっているだけだと気づいて、アクサーコフ大佐はほっと胸をなでおろした。上官に呼びだされた。しかもポツダムの新しい司令部に。特殊任務はすべてそこから指示が出ている。この呼び出しにはさすがに足がふるえたが、今はその恐怖心も消えていた。状況がわかれば、落ち度を責められないように答える心の準備ができる。

大佐は真っ白な部屋に通された。大きい家具は紙がばらまかれたデスクだけで、そこに向かって少将がすわっていた。飾り気のないそのデスクを気に入っているかどうかあやしいものだが、少将はそういう素振りをすこしも見せなかった。髪を短く刈って、頭がホワイトブロンドに光っていた。アイロンのかかった軍服は勲章をちりばめた板のようだ。こんな軍服を着ていては身動きが取れそうにない。ミイラと話しているような感覚に襲われたが、大佐は注意を怠らなかった。安全だと思い込むのは禁物だ。うかつなことをすれば足をすくわれる恐れがある。上官はまさにそれを待っているのだ。証拠がないので、つまらない事案で責任を負わせようとしているのだろう。

報告はひとまず無難にすませた。大佐はこの数年、口先だけの言葉にさんざん煮え湯をのまされてきた。おかげで、自分を隠すことができるようになった。プロパガンダ部局に勤務した経験から、言い逃れる方法にも長けている。今では一切失言せずに話ができる。少将に任務の進捗《しんちょく》状況を訊かれた今回も、その力を十二分に発揮した。

「ソ連軍の力をもってすれば、われわれの任務は成功裏に終わるでしょう、同志少将！」大佐はそんなふうに返答したが、言ったそばから、なんと言ったか忘れた。

サヴェニャーギン次官がこの新しい使命を重要視していることはわかっているが、使命という大げさな言葉が使われたことに大佐は困惑していた。ドイツの占領地域のいたるところで工業施設が解体され、戦後補償としてソ連に輸送されている。西側の連合国が到着する前にすばやく実施し、なにひとつ渡してはならないとされた。

　アクサーコフ大佐が所属する内務人民委員部《NKVD》もこれに関与している。といっても、従来の任務だけで手いっぱいだった。親衛隊《SS》やヴェアヴォルフに関係している疑いのあるドイツ人の逮捕、井戸や川に流す毒物を隠し持っていると自白させるための何時間にもわたる尋問。

　だがこの三月、内務人民委員部長官ベリアはソ連の原子爆弾開発計画に必要な設備を没収することにした。ソ連国内の工場はそうした特殊な装置を作製できる水準になく、他に国外から調達する手立てもなかった。ドイツ人物理学者をこちら側陣営に引き込み、ヒトラーの原子爆弾計画に関わる研究成果が入手できればそれにこしたことはないというのだ。このためにソ連の原子物理学者が架空の身分を得てドイツに渡った。大佐は今、その笛に踊らされている。

　新型兵器の開発競争はしばらく前から苛烈になっていた。ソ連が水をあけられてはならない。それだけは確かだ。敵国ドイツの研究がどこまで進んでいるか、大佐には知るよしもないが、アメリカ合衆国で原子爆弾の開発にめざましい進展があったことは知っていた。極秘扱いだが、内務人民委員部はアメリカの開発チームのメンバーをふたり、内通者に仕立てあげることに成功し、アメリカ合衆国のラボについておおよその状況を把握していた。

　十年前、アクサーコフは秘密警察で働くことなど考えてもみなかった。ファシストという怪物の巣窟であるドイツの帝都で任務にあたる日が来ることも夢想だにしていなかった。ソ連兵はよくベルリンのことをベルローガ、「野獣の住処《すみか》」と呼んでいる。

アクサーコフの父親はノンポリだった。十月革命（一九一七年に起きたロシア革命）後の内戦では白ロシア軍に加勢したが、兵士というよりも技術者を自任していた。実際、当時のロシアでは、経済危機にあえぐ他の世界を尻目に、ヨーロッパ最大の機械製造工業が幕開けしようとしていた。アクサーコフも輝ける未来に貢献したいと願い、飛行船や高層ビルが象徴する、よりよき世界の建設を夢見た。

共産党青年組織コムソモールに入会しなければ大学進学もおぼつかないということを彼が知ったのはずっとあとのことだ。そこで、彼も他の少年たちと同じようにコムソモールに入った。ただし平等の精神がいいと思っただけで、しつこく繰り返される、眠くなるようなイデオロギー教育には閉口した。ところがコムソモールに入会しても、彼には大学の門戸がひらかれなかった。成績不振だったからだ。

父親は人脈を使ってアクサーコフを警察に任官させた。彼はそのままヴォロネジで平の警官になり、暴れる酔っぱらいを捕まえたり、強盗事件の捜査をしたりするものと思っていた。ところが養成課程にすすんだところ、内務人民委員部《NKVD》に採用されることになった。

この時期、秘密警察が強化されていた。スターリンが内憂外患を恐れたせいだ。アクサーコフも戦争が勃発する直前まで吹き荒れた大粛清の嵐に積極的に関わった。共産主義の勝利を受け入れない者がいることをよくわかっていたからだ。国家にはそういう偏向者に対抗する権利があると信じていた。そこではコスモポリタニズム、無謀な冒険という言葉がひとり歩きし、最後にはトロツキー主義が敵視された。もちろん政敵を排除して権力を我が物とするためのスターリンによる大粛清だった。それもこれも内政を安定させるためだ、とアクサーコフは自分に言い聞かせた。

内務人民委員部で己の義務を果たすことに、彼は長年正当な理由を探した。だがその結果、彼の故郷では異端審問の嵐が吹き荒れ、判決を受けた者はその場で銃殺刑になるか、収容所《グーラグ》送りになるかして二度と故郷にもどることがなかった。彼は、無数の密告の背景に復讐、嫉《しっ》妬《と》、あるいはただの恐怖心があることに見て見ぬふりをした。実際、告発された者の中には、自分が助かりたいがために別のだれかを密告する者が多かった。

戦争が勃発する直前、大粛清の嵐はだれにも止められなくなっていた。将軍の半数以上が告発され、内務人民委員部のメンバーまで監視された。

六年ほど前、アクサーコフにも納得できないことが起きた。スターリンがドイツと不可侵条約を結んだことだ。これによって、仇敵がポーランドに侵攻することにお墨付きを与えてしまった。そのうえポーランドが軍事的に敗北すると、ソ連軍も侵攻し、ポーランド東部を占領した。新聞では、この侵攻は社会主義がめざすものと合致する、と言葉巧みに報道されたが、この軍事行動は明らかに従来の外交政策と矛盾していた。ところがアクサーコフ以外のだれもこの矛盾に気づいていないようなのだ。生き残りたければ、黙っているほかない。スターリンがグルジア（現ジョージア）出身で、生粋のロシア人ではないことがタブーであるのと同じように。

こうしてアクサーコフは、蔓延《まんえん》する妄想の只中で本心を隠し、疑問を呈さないことに慣れ、同僚に監視されたくないというただそれだけの理由で腰を低くし、他の人間を破滅させていった。兄のアレクセイの件がなければ、このやり方でもっと出世していたかもしれない。

「それで、ロスキの件はどうなった？」

少将の質問に、アクサーコフ大佐ははっとして我に返った。少将が名前を知っていたとは驚きだ。ロスキの件は割に合わない任務と思われたらしく、だれも引き受けなかった。アクサーコフに押しつけて、失敗すればちょうどいいとでも期待されたようだ。

「調べたところ、殺害されていました」アクサーコフ大佐は答えた。

「証拠は？」

「目撃者がいます。ロスキといっしょに隠れていた男です」

少将は口をゆがめた。

「たしかにロスキは姿を見せていない。奴を捜してもむだということか、同志大佐。仲介者とは関わらないほうがいいということだな」

「そのとおりです、同志少将！」

「ところでロスキの同僚がわれわれの保護下にある。そしておもしろいことが判明した。ロスキは数週間前、重要な原材料をバッグにひそませて持ちだし、金もうけするとうそぶいていたというのだ。そのバッグがベルリンのどこかにある」

少将は間を置いた。大佐は臆することなくたずねた。「中身はなんでしょうか？」

少将が困った顔をしたので、大佐はしめしめと思った。少将はいらだたしそうに手を横に振り、つっけんどんに答えた。

「正確にはわからん。書類か原料、そういったものだろう。とにかくこの件を解明するよう命令する。ロスキが事実死んでいるのなら、それは仕方がない。しかしそのバッグは絶対に見つけるのだ！」

大佐はうなずいて見せたが、内心、これは失敗すると思った。彼は焦って、うまい言葉が思いつかなかった。

大佐はささやいた。「では護衛をつけていただけますか？」

「どうしてだね、同志大佐？」

大佐は顔を上げた。説明するまでもないことだ。ドイツ軍とはすでに交渉に入っているが、ジューコフ元帥は無条件降伏以外受け入れるつもりがないので、まだ停戦の見込みがなかった。このあといつまで戦闘がつづくのか、だれにもわからない。今日はもう五月一日。メーデー前にベルリンを陥落させるというスターリンの目標は実現しそうになかった。

「問題の地区ではまだ敵が活動しています」大佐は説明をはじめた。「その地域を捜索するなら、武力による抵抗を覚悟しなければなりません。われわれの調査は今ダーレムのカイザー＝ヴィルヘルム研究所とリヒターフェルデの研究所に集中しています。ロスキの件を調べるには、そこから人員を割かねば」

「そう言われてもな」少将は答えた。はっきりとした反応は見せなかったが、ふっと息を吐いたところを見ると、この状況を好ましく思っていないようだ。「明朝また来たまえ。結論を言い渡す」

大佐は敬礼した。退室できるのがうれしかった。

司令部の正面玄関で副官のセリョージャが大佐を待っていた。副官は階段を下りてくる大佐を見て顔を輝かせた。彼はカルムイク人で、顔に彫りがなく、アジア的な目をしている。セリョージャは本名ではない。その響きが気に入って勝手にそう名乗っているだけだ。

アクサーコフ大佐は副官が気に入っていた。兵卒とちがって将校は文化人である証として軍服に気を遣う。セリョージャは軍服をぴかぴかに輝かせることにかけては人後に落ちない。

副官はすぐ運転席にすべり込もうとしたが、大佐は手を横に振った。

「足がなまってしまった」と言うと、大佐は歩きだした。戦略を練るため、すこしひとりになりたかったのだ。次の街角で足を止めると、パピロシを箱から振りだし、上着のポケットに手を入れてマッチを探した。すると、すぐそばでマッチをする音がした。

年配の男が笑みを浮かべて火のついたマッチを差しだした。男の表情からびくびくしているのがわかる。男は腕に白い腕章をつけている。降伏の印だ。過剰に用心すれば弱腰だと思われそうだ。大佐はなにも言わず前かがみになり、火がつくまで煙草を吸った。

男はマッチを振って消すと、帽子を上げ、腰を折って立ち去った。立ちのぼる紫煙をすかして、大佐はその男を見送った。

その男を見るかぎり、ドイツ人がロシア語でニューメッツと呼ばれるのもむりはない。ニユーメッツは「無口」という意味だ。元を正せば、外国人のほとんどがロシア語を解さないだけのことなのだが。プロパガンダ部局の政治将校のあいだでは、「ドイツ人がみなナチではない」という言葉が合言葉のように使われている。なかにはファシズムにそそのかされた者もいる。今、出会った初老の男もそのひとりだろうか。あいにくどちらなのか区別がつかない。見てわかるような罪を犯した印は押されていないからだ。

敗北したドイツ人に会うと、反応はふたつに大別される。ドイツ軍将校と親衛隊《SS》員は有能であるという思い込みに囚われ、敗北を喫したというのに、勝利したかのように横柄だ。一方、一般の兵士や民間人は卑屈だ。どちらの態度がひどいのか、大佐にはわからなかった。

卑屈な連中はファシストの殺人機関の背後に隠れていたではないか。そう考えると、マイダネク絶滅収容所の光景が脳裏に蘇る。あそこの解放から九ヶ月、あまりに多くのことがあって、全体を見渡すことはきわめて難しい。彼自身にも心境の変化があった。軍用水筒に手を伸ばした。ドイツ領内に入ってからは水筒にはつねにコニャックを入れている。吐き気を抑える唯一の薬だ。

脇道に曲がると、樹木に囲まれたテンプリン湖の岸辺まで数メートル歩いた。そのあたりののどかさには驚かされる。プロイセン軍国主義の巣窟とも言えるポツダムなのに。ベルリンの方を見ると、まだ戦いがつづいているのか、空が赤く染まっていた。

だがここではもう戦争は終わっている。周囲にいるソ連軍関係者は将兵ではなく、もっぱら後方支援者だ。事務職、野戦病院、修理係。ある建物の裏手で指揮官がひとり、休息している、栄養の行きとどいた小隊に向かって、「勝利は近い。メーデーには浮かれ騒いでいい」と言っていた。それから女への乱暴を禁止するスターリンの命令にも言及した。だが指揮官はその点に関して、いやいや言っているようなそぶりをし、話し終わると、部下に向かってにやっと笑った。兵士たちもわかっているとでも言うように、にやにや笑い返した。

アクサーコフ大佐はここでもまた目にした。口先だけの奴ら。

しかし腹を立ててもはじまらない。いったいなにを期待しろというのだ。スターリンじきじきの命令でも、だれひとり守らないことは、指揮官も先刻承知だ。それが面子《メンツ》を守るための口実でしかないことを、おそらくだれもが知っている。現実がソビエト指導部の世界観と一致しないことは嫌というほど体験ずみだ。だがこの矛盾をできるだけ無視するようにしてきた。さもなければ、スターリン体制では生き残れない。

アクサーコフ大佐は理想の多くを捨ててきた。マイダネク解放後、人間のどんな悪逆非道にも免疫ができてしまった。うっかりすると、自分もそこに加担してしまいそうだ。大佐には自分でも恥ずかしいほど悪行に徹した過去がある。

そしてふたたび悪事を重ねるだろうという自覚があった。

二日前から他人の住まいにいる。官庁街での戦闘が終わらなければ、シュムーデの店まで行けそうにない。店のあるクアフュルステンダム大通りは、オッペンハイマーたちから見てまさに戦闘区域の向こうだった。

冷たい風呂に入って、リザは元気を取りもどしたようだ。ペルビチンのおかげもあるだろう。気が高ぶる効果のせいもあったのか、火曜日にかけての夜、彼女は他人の寝室で毛布にくるまったまま一睡もしなかった。オッペンハイマーも眠らないようにした。不用心に思えたからだ。リザも同じ思いらしく、ふたりは壁に背を当ててマットレスにすわって過ごした。

昨夜、リザはようやく眠りについた。オッペンハイマーもうとうとしたが、緊張していたせいで熟睡することはなかった。ふと気づくと、リザが横で眠っていた。頭を彼の肩に乗せ、規則正しい息をしている。彼はリザにそっと毛布をかけた。

ペルビチンの効果は失われていた。体が必要な休憩に入ったのだ。リザが睡眠に逃げることができたのは、オッペンハイマーにとってせめてもの慰めだった。

夜の時間、ガラスが割れた窓から何度も不穏な音が聞こえた。銃声、女の悲鳴。日中の通りはほとんど人影がなく、見かけるのは、白い腕章をつけた男や赤い頭巾をかぶった女ばかりだった。鉤十字旗がこういう再利用のされ方をするとは。党上層部の連中は予想しただろうか。

しばらくは食べものに事欠かなかった。もぐり込んだ家にあった蓄えに加え、ガチョウの脂や、略奪品が旅行鞄に詰めてある。煮沸した水もまだ一日分残っている。それでも戦闘が終わらなければ、水を補給する必要がある。それだけは確かだ。

早朝は寒かった。焦げ臭いにおいがこの数時間でさらにきつくなったように思える。

外からバタン、バタンという大きな音が聞こえ、オッペンハイマーははっと身を起こした。リザは気づいていなかった。彼は体をずらして、マットレスの縁に移動すると、リザをそっと寝かせた。なんの音か確かめる必要がある。だれかがここに入り込んだのなら、もはや安全とは言えない。

つま先立ちで廊下に出ると、玄関ドアの前に置いたチェストに体を預けて、聞き耳をたてた。また物音がした。心配していたとおりになった。

だれかが入り込んでいる。

招かれざる来訪者は、入り込んだことを隠そうともせず平然としゃべっている。物音がだんだん大きくなる。どうやら階段を伝って上の階に上がってきたようだ。

オッペンハイマーはどきどきしながらも、静かに寝室にもどってリザを揺り起こした。リザが目を開けた。

「だれかが来る」オッペンハイマーは焦ってささやいた。「逃げるぞ」

リザはぱっと目を覚まし、すぐさま毛布を払った。オッペンハイマーはすでに台所へ旅行鞄を取りにいった。いずれここを去ることはわかっていたので、昨日のうちにできるだけ多くの食料を詰めていた。リザは最後に残っていた乾物をコートのポケットに突っ込んだ。オッペンハイマーはそっと窓の外をうかがった。

雨が降っているが、いまだに黄色い硫黄の靄《もや》が漂っていた。昨日よりも明らかに人の往来が多い。民間人が増えていた。

なにかあったにちがいない。

リザと力を合わせてチェストを横にずらすと、オッペンハイマーはドアの隙間から階段の様子をうかがった。人の気配はないようだ。

「行くぞ」そうささやいて、オッペンハイマーは外廊下に出た。階段の手すりから下を見ると、一階の住居の玄関が開いて、スカーフをかぶった年輩の女が毛布を抱えて出てきた。

空き家には盗みに入ってもいいと思っているようだ。

「ロシア人じゃない」オッペンハイマーは普段の声で言った。

路上に出ると、表玄関に貼られた紙切れに気づいた。ドイツ語とロシア語で、「ソ連兵は今後、個人の住宅に押し入らず、民間人に手だししない」という宣言文が書かれていた。

これまで略奪に加わらなかった人々までがとうとう片付け作業に手を染めたのだ。今さらという気もするが。すこし離れたところで、ふたりの女がおしゃべりをしていた。ひとりがほうきに体を預けている。

「アドルフはどうなったのかしらねえ？」

「さあね」もうひとりが言った。腕に毛布を数枚抱えている。さっき下の階から出ていった女だ。「なにも聞いてないけど。ゲッベルスは家族を毒殺するように命じたそうだよ」

「まさか。それもプロパガンダじゃないの？」

「近所の人の話では、今日の四時に降伏文書の調印がおこなわれるってラジオで言ってたらしい」

「ぼちぼち平和になってほしいもんだね」

「それはどうかしらね。ヒムラーはまだブレスラウ（現ポーランド領ヴロツワフ）で戦っていて、デーニッツもまだ北でねばってるらしいし」


オッペンハイマーとリザは次の街角へ向かった。わずか二日で、街の様子は一変していた。十字路の真ん中に置かれた台の上にソ連の若い女性兵士が腰かけていた。野戦服にスカートという出で立ちで、ベレー帽から巻き毛がこぼれ出ている。その女性兵士は両手に赤と黄色の旗を持っていた。交通整理をして、今は休憩中らしい。籐椅子にのんびりすわり、足元のグラスに生けた赤いナデシコをぼんやり見つめている。

オッペンハイマーはリザと視線を交わした。「最悪の状況は脱したようだな」

「シュムーデのところへ行けるということ？」

「試してみよう」オッペンハイマーは煙が立ちのぼっているところへまっすぐ歩きだした。クアフュルステンダム大通りは火元からそう遠くないだろう。

街並みを抜けると、レールター駅の残骸が前方に姿をあらわした。これで方角がわかる。向こうに国会議事堂が見えるが、シュプレー川を渡ることはできそうになかった。橋はどれもすっかり破壊され、今いるモアビート地区は陸の孤島も同然だった。

シュプレー川に沿って西へ進むと、通行人からすくなくともヴァイデンダム橋がまだ使えると教わった。数キロもどることになるが仕方がない。その直後、幸いにもボートに乗った男と出会った。男は缶詰と交換で、対岸に渡してくれた。男の話では、食い物に困って川釣りに来たとき、おおぜいの人が川を渡りたがっていることがわかり、恰好の収入源になると思いついて、それからは嬉々として川の両岸を往復しているという。

シュプレー川の南岸に着いたとき、またしても遠くで銃声がした。オッペンハイマーはとっさに隠れるところを探した。戦勝記念塔の近くで無数の照明弾が打ち上げられた。まるで弾薬庫を吹っ飛ばしたような感じだ。まもなく小競り合いではなく、即席の戦勝記念式だとわかった。色とりどりの花火が市内の猛火から上がる黒煙をバックに躍っていた。

アム・クニーの十字路に着くと、昔からよく知られたビルが瓦礫の山の中にそびえていた。側面の壁は爆弾が命中して吹き飛ばされ、ひょろひょろになったビルがかろうじて建っている。崩壊していないのが不思議なくらいだ。

ハルデンベルク通りに曲がるには、リザといっしょにまず無数の死体が転がっている榴弾砲陣地を迂回しなければならなかった。戦勝国だというのに、ソ連軍は自国の戦死者を収容してもいない。ただ顔に布をかぶせただけで放置している。

幹線道路は広いのに、なかなか前へ進めなかった。道路一面、瓦礫で埋まっていたからだ。足を踏みだすたび、薬莢《やっきょう》の転がる音がした。波打つような瓦礫の中に、街灯が点々と立っている。歩道は折れた鉄骨と瓦礫にふさがれ、あちこちに死体が埋まっていた。軍服を見るかぎり、ドイツ兵、親衛隊《SS》員、ソ連兵がまじっている。国民突撃隊の腕章や突撃隊《SA》の褐色シャツもちらほら見える。ヒトラーが最後に召集した人々だ。

動物園駅の高架下では、二丁の機関銃の向こうに親衛隊《SS》の制服を着た十人以上の死体が横たわっていた。血の海はまだ乾いていない。最後の抵抗をしたのだろう。駅舎はガラスが吹き飛ばされて鉄骨だけになり、その向こうにコンクリート造の灰色の動物園防空壕が堂々と建っていた。隣接する動物園からは腹を空かした象の鳴き声が聞こえる。いまだに銃声が散発的に聞こえた。まだ危ない状況だと判断して、オッペンハイマーはヨアヒムスタール通りに曲がった。シュムーデの店までの近道でもある。

出発したときは、市内が巨大な墓地に変じていると覚悟していた。たしかにいたるところで死体を見かけたが、意外にも墓地というイメージでもなかった。屋根が崩れ落ちた記念教会の周囲は賑やかで、いたるところにソ連兵たちが疲れ切ってしゃがみ込み、煙草をふかしたり、ボロ布を裂いて靴にしっかり巻きつけたりしていた。それどころか死体だと思った者たちもよく見ると、疲労困憊したソ連兵が帝都の瓦礫の上で伸びているだけだった。

だが敗者に息つく暇はない。オッペンハイマーはリザといっしょにカフェ・クランツラーの黒く煤けた残骸のそばを通ってクアフュルステンダム大通りに入った。大通りをとぼとぼと進むドイツ兵捕虜の長い行列が見えた。顔がしわだらけの高齢者もいれば、年端もいかない少年の姿もある。だれの顔にも敗北感が刻まれていた。すべて終わったことを喜ぶ者もいれば、涙にむせぶ者もいる。行列の横には、敗れた英雄たちを励まそうと、女や子どもがいっしょに歩いていた。

クアフュルステンダム大通りを数百メートル進んだところで、オッペンハイマーは立ち止まり、周囲を見まわした。シュムーデの店はこのあたりのはずだ。もちろん最後に訪れたときとは街の風景が一変していた。

「このあたり？」リザがたずねた。

「そう思うんだが」ふさいだショーウィンドーに見覚えがあるが、入ってみたくなるような店ではなかった。瓦礫が脇にどかされ、玄関まで細い道ができていた。玄関には札が貼りつけてあるが、それがまたあやしげだ。

札には手書きでキリル文字が書かれていて、その上には髑髏《どくろ》マーク。だれが描いたのか知らないが、腕のいい画家でないことは明らかだ。

「歓迎しているようには見えないな」オッペンハイマーは頭をかいた。「裏にまわってみよう。オフィスの入口がある」

瓦礫をなんとかよじ登って、裏手に通じる細い進入路に辿り着いた。通用門の格子扉は撤去されていたので、なんなく入ることができた。通りの人影が見えなくなったところで、オッペンハイマーはほっと息をついた。地面に瓦礫はなく、すいすい歩ける。リザは後ろからついてきた。薄暗い進入路を抜けると、見慣れた景色に油断した。

そのとき不意打ちを食らった。

オフィスの入口に向かって歩いていて、ふと目の端でなにか動いたことに気づいたときには、すでに手が伸びてきて、リザをつかんでいた。

妻の押し殺した悲鳴を聞いて、オッペンハイマーは身構えて振り返った。酔っ払ったソ連兵がリザを抱き寄せていた。おそらく隣の家の小さな階段にすわっていたのだろう。リザはしっかりつかまれて、どうにもならなかった。ソ連兵を叩いたが、びくともしない。

　そのソ連兵がリザを見ながら舌なめずりをした。オッペンハイマーは身をこわばらせた。怒りで体がふるえた。

　武器を持っている様子はなかった。オッペンハイマーは積み上げた建築資材の山からスコップを引き抜いた。両手で柄を握って振りあげる。もう破れかぶれだ。そのソ連兵が発砲しようとかまわない。すこし離れたところに別のソ連兵がいるが、取り押さえられたとしても臆するものではない。死ぬ覚悟はできていた。

　ソ連兵のほうがリザよりも背丈があったので、狙いすますのは簡単だった。オッペンハイマーはソ連兵の前に仁王立ちして、力こぶを作った。どういう振りおろし方をすれば頭に命中するだろう。どのくらい力をこめれば、頭蓋骨を叩き割ることができるだろう。

　ソ連兵が急に動きを止めた。予想外の反応だったようだ。オッペンハイマーの目が血走っていることに気づき、抵抗する気だと直感したにちがいない。

　オッペンハイマーの声が中庭に響いた。「手を離せ！」

　ソ連兵は拳銃をつかもうとしたが、動きかけた腕を止めた。

　三人はその状態でしばらくじっとしていた。オッペンハイマーは頭にかかる雨の滴を気にしなかった。ちょっとした動きでも見逃すまいと、ソ連兵をじっと見つめた。

　ソ連兵は深呼吸して、リザを突き飛ばした。意地を張って顎を上げると、わざとゆっくり体の向きを変えて、大通りの方へ歩いていった。

オッペンハイマーは緊張を解かずに、いつでも戦う構えを見せながら立っていた。ソ連兵の姿が見えなくなると、ようやく腕を下ろし、リザのところにかがみ込んだ。

「大丈夫か？」リザを助け起こしながらたずねた。

リザはあまりのショックに気が動転していて、まだしゃべれる状態ではないのか、黙ってうなずいた。

代わりに別のだれかが声を発した。「運がよかったわね」

オッペンハイマーは耳を疑った。だが、振り返ったとき、まちがいないことがわかった。建物の陰からよく知っている人影があらわれた。手に拳銃を握っていて、ソ連兵がいなくなったので、親指で安全装置をかけた。

ヒルデだった。

第2部　灰

11

一九四五年五月二日水曜日――一九四五年五月四日金曜日
ヨーロッパ戦線終結六日前から四日前

オッペンハイマーはすっかり安堵して、言葉が見つからなかった。ただあんぐり口を開けたままヒルデを見つめた。彼女はフライスラーと民族裁判所、そして憎きナチ政権から生き延びたのだ。オッペンハイマーも、彼女が死んだとは思えずにいた。記憶の中の彼女は声が大きく、頑固で、簡単に死ぬような人間ではなかった。

彼女は質素な上っぱりとスカーフを身に着けているだけだった。いつも身だしなみを忘れなかったのに、ずいぶんの変わり様だ。ヒルデは五十半ばだ。この数ヶ月つづいた試練を考えれば、年齢以上に老けていても不思議はない。だがそれはちがった。不格好な衣服を着ていても、彼女の体は以前よりもしまっていた。おそらく刑務所で痩せたせいだろう。

「早く入って」ヒルデはあいさつもそこそこに言った。あたりに目を配ってからシュムーデのオフィスに通じる戸口を開けた。そこにも髑髏《どくろ》マークが描かれたキリル文字の札があった。

三人は急いで建物に入った。中が暗かったので、なにも見えなかった。

「あの札はなんだ?」オッペンハイマーは闇に向かってたずねた。

すぐそばでヒルデの声がした。

「略奪者への警告。おかげでなんの心配もない!」

暗闇に目が慣れると、オッペンハイマーはうっすらと照明が射し込む四角い開口部に気づいた。その先に売り場とショーウィンドーがあることを思いだした。ヒルデはそっちへ歩いていった。

リザといっしょにそのあとにつづきながら、オッペンハイマーはたずねた。

「ソ連兵が入ってこようとしたのか?」

「まさか、そんな馬鹿ではないわ。あの札には、ここは疫病ステーション、チフス感染の危険ありと書いてあるの」

オッペンハイマーは立ち止まった。「なんだって?」

「心配しないで。嘘だから。連中を遠ざけるための方便」

売り場に着くと、ロウソクの炎が揺れていた。シュムーデの店とは思えない有様だ。部屋にロープが何本も渡され、シーツがかけてある。その前の床に数人の人がしゃがんで、古いポスターの裏になにかしきりに書いていた。そのうちのひとりが立ち上がってそばにやってきた。アッシュブロンドの女で、やつれた顔をしている。

「ミハリーナよ」ヒルデが言った。「ロシア語の札は彼女に書いてもらったの。でも今はドイツ語版の作成中。昨日、ここに押し入ろうとした奴がいたの。もちろん同胞。今度は同胞が略奪をはじめたってわけ」

「あいつ、いなくなった？」ミハリーナがたずねた。

ヒルデはうなずいた。「消えたわ」それからオッペンハイマーをちらっと横目で見た。「進入路にいた奴には気づいていた。だから拳銃を持って見張っていたのよ。ここにいる気のいい人たちを守るためにね」

ヒルデがそこにいる面々をオッペンハイマーとリザに紹介した。その結果、この元婦人服店に十二人の女と四人の子どもが住んでいることがわかった。その中にはオッペンハイマーの顔見知りもいた。ただしそれがシュムーデのところの売り子シュナーダーだと気づくまですこし時間がかかった。昔はきれいに化粧をしていたのに、今は頬を黒く塗り、赤毛をスカーフで隠している。そういう奇抜な恰好にもかかわらず、今でも魅力的だ。そして彼女のつんとすましたところも変わっていないことがすぐにわかった。

それからオッペンハイマーはシュムーデの一家とも知り合いになった。彼の妻インゲは、使い古しのエプロンをつけ、古いスカーフをかぶっていた。それでも上品だった。おそらくすっと背筋を伸ばした姿勢からくるのだろう。夫人が店の本当の主人であることは公然の秘密だった。

シーツを張って病院を装うというのはなかなかのアイデアだ。ふさいだショーウィンドーから侵入するのはむりにせよ、正面玄関や裏手の窓は本気をだせば破れる。だから女たちはみな、上の階で寝泊まりしていた。シュムーデはそのために物置を開放していた。

「ソ連兵は階段を上がってこないのよ」ヒルデはにやにやした。「何階もある住居に慣れていないみたい。それにそんな面倒なことをしなくても、ベルリンには夫に守ってもらえない女が掃いて捨てるほどいるし。さっきの奴、なんで面食らったと思う？　こっちがしっぽを巻かなければ、あっちも一目置くということ」

オッペンハイマーはうつむいた。自分は妻をちゃんと守れなかったと思ったのだ。

「ごめんなさい。石鹸はないかしら？」リザが口をはさんだ。

ヒルデは首を横に振った。

「あいにくまだ調達できていないわ。でもここにはたっぷり空間があるから、体臭なんて気にしないで平気よ」

売り場でおしゃべりしていると、淡い日の光が射し込んだ。女たちはさっと口をつぐみ、裏口をうかがった。重い足音につづいて、カチャッという金属音が聞こえた。ヒルデが拳銃の安全装置をはずした音だ。

だれかが叫んだ。「大丈夫だ！」

シュムーデだった。その場にいた人たちがほっと息をついた。中身がいっぱいのバケツをひとつ提げて彼があらわれた。いっしょにいた若者もバケツを二個提げていた。

「信じられないことだが、角で一般市民に食事を配給していた」シュムーデは言った。「ベルザーリン司令官の指示だそうだ」

彼が帰ってきて、その場は大騒ぎになった。五歳の息子クルトと二歳下の娘ベッティーナが歓声をあげて父親のところに駆けていき、抱いてもらおうとせがんだ。オッペンハイマーがいることに気づくと、シュムーデは目を丸くした。「リヒャルトか？」

「やあ」オッペンハイマーはにやにやしながら答えた。

「生き延びるとはたいした強運だ」そう言うと、シュムーデはそばに来て握手した。オッペンハイマーは左手を差しだすべきなのを忘れていた。シュムーデの右手はマネキンの腕を加工した義手だった。

「ああ、奥さんもいっしょか。どうやってここまで来たんだ？」

「簡単さ、フランツ。ひたすら歩いてきた。本当はエデのところへ行きたかったんだが、そこまで通りぬけられなかった」

女が数人、中身でいっぱいのバケツにかじりついた。それを見て、シュムーデは言った。

「バケツのひとつはスープだ。だが薄めないと脂っぽすぎる。きつすぎて、行列に並んでいた者がその場でスープを吐いていた」

そう言いながら、彼はコートを脱ぎ、帽子といっしょに近くの椅子に無造作に投げた。夫の不作法を見咎めて、シュムーデ夫人が眉を吊り上げた。

「フランツ、洋服掛けにちゃんとかけなさい。しわが寄ってしまうわ」夫人は夫をたしなめてから、スープを台所に運んだ。

「やっちまった」シュムーデは言った。「わかっていたことなのに」

心を入れ替えてコートと帽子を手に取ると、彼は裏口に通じる廊下の洋服掛けにかけた。

シュムーデはもどってくると、こう付け加えた。「すこし休むことにする。ゲルダにはあとでもう一回、水汲みをしてもらわなければ」

オッペンハイマーはその名に覚えがなかった。「ゲルダ？」

「彼女だ」そう答えると、シュムーデは、オッペンハイマーが若者だと思っていた人物を手招きした。「わたしに付き合ってくれるのは彼女だけだ。井戸に並ぶのは女にとってまだ危険すぎる。横丁に連れ込まれて、ひどい目に遭う。だがゲルダは変装がじつにうまい」

オッペンハイマーはたしかにそうだと思った。リザと同じように男物を着ているが、ゲルダのほうが板についている。ネクタイの結び方は申し分ないし、帽子の下の髪もショートカット。うなじの産毛もきれいに剃っている。近くで見ても、女には見えない。

「他にもこういうのがある」そう言うと、ゲルダは上着を広げた。ホルスターに差した狩猟用ナイフの握りがきらりと光った。

その武器にびっくりして、オッペンハイマーは気の利いた返事ができなかった。

「なるほど。身を守る術《すべ》を心得ているということか」

ゲルダはうさんくさそうに彼を見つめた。

「刑事ってあなたね？」

「ああ、まあ。フランツから聞いたのか」

ヒルデはゲルダの背中を叩いた。

「心配しないで、ゲルダ。この人は物わかりがいいから。コーヒーにありつければ、闇商売をとやかく言わない。バルベが呼んでるわよ。子どもたちを連れて上の階に上がったわ」

ゲルダはオッペンハイマーに一瞥をくれてから階段を上っていった。

「わたしの元下請け」ヒルデは目くばせした。「外国人労働者にコネがあって、いらないものをいろいろ売ってもらった」

「どうだい、戦争が終わったらこんな女所帯に暮らすことになるとはね」シュムーデは言った。

オッペンハイマーは愉快そうになった。シュムーデのユーモアは健在だ。

「女たちはみんな、どこから集まってきたんだ？」とたずねた。

シュムーデはふっと笑った。

「ソ連軍が侵攻してくる前、隣の女性をここに住まわせたのがはじまりさ。ここは充分広いからね。そのうちだんだん増えて。最後にヒルデが数人連れてきた」

「みんな、運に恵まれたたな」

「全員とはいかなかった」ヒルデが渋い顔をした。「何人か慰みものになったから」

婦女暴行を意味するその言葉に、オッペンハイマーは胸がちくっと痛くなった。

ヒルデはかまわずつづけた。

「もうそれだけでドイツ人はみじめな思いをしたわ。これからどうなるか知らないけど。戦争はロシア人の勝ち。でも平和は得られないでしょうね」

オッペンハイマーはリザをちらっと見た。リザは我関せずという様子で話を聞いている。防衛本能で、彼女はなにも受けつけようとしない。

オッペンハイマーは、ヒルデが無事だったことに驚きを隠せなかった。

「よく逃げてこられたな」

「ソ連軍のおかげ。ついでに反体制活動家だったというお墨付きをしっかり手に入れたわ。ほら、これ」

ヒルデは書類をだして、オッペンハイマーに渡した。刑務所の出所証明書だ。

オッペンハイマーは疑わしげに署名を見つめた。

「なんだかきみの字に似ているな」

ヒルデは両手を上げた。

「署名してくれる係がもういなかったのよ。思いついてよかった。ミハリーナには、ドイツでは本物の書類がないと信用してもらえないことを説明する必要があったけど」

オッペンハイマーは書類を返した。

「それで、どこに泊めてくれる？」

するとシュムーデが歩きだした。

「ふたりが快適に過ごすスペースくらい上の階にあるさ」

階段の上がり口で、オッペンハイマーはヒルデを脇に引っ張っていった。

「リザを診察してくれないか？　医者として」

ヒルデはけげんな顔をしたが、彼の目付きを見て事情を察した。

「もちろん診察する。ここに来てよかったわね。なにかあれば、わたしが処置してあげられる。オットーが薬局の薬をいくつかここに持ち込んでくれたの。他の薬は戦争向け。よくない薬は男連中にまわすみたいに」

オッペンハイマーの目がうるんで、ヒルデの顔がかすんで見えた。だがすべてを話してしまうことはせず、唇を引き結び、咳払いをして気持ちを抑えた。

ヒルデは彼の肩にやさしく手を置いた。

「きっと乗り越えられる。リザにはわたしがついているんだから」

ヒルデの言うとおりだが、オッペンハイマーは心穏やかにはなれなかった。


アクサーコフ大佐の部下たちは気合いが入っていた。運転手はやたらとエンジンを吹かし、裏手の通用門を一気に走り抜けた。四輪駆動車の窓が開いていて、風が吹き込む。大佐は満足そうな面々を見まわした。市内への出動は実験器具を木箱に詰め込む退屈な作業よりもはるかにおもしろいはずだ。

ロスキのバッグ捜索を実行に移すまで思いのほか時間がかかってしまった。水曜日にかけての夜、武装親衛隊がヴァイデンダム橋を突破しようと最後のあがきを見せたためだ。ビール醸造所の付近で小競り合いになり、シェーンハウザー・アレー通りに進出した敵に対してソ連軍は大々的な増援部隊を投入してこれを撃退した。大佐の部隊もそのあいだずっと第一級の警戒態勢を求められ、実験器具や木箱でいっぱいのラボから撤収できなかったのだ。

金曜日になり、戦闘は収束したが、発酵用地下室へ行くのはいまだに安全とは言えなかった。散り散りになった親衛隊《SS》の残党が周辺の廃墟に立てこもっているかもしれない。大佐の部下はなにがあっても大丈夫なように完全武装した。前線後方で脱走兵狩りの任務についたとき、幾度も危険な目に遭ってきた。パルチザンとの小競り合いや敵の正規軍との戦闘は言うまでもない。だから大佐は、なにがあっても部下に篤い信頼を寄せていた。

ただし例外がひとりいる。ポゴディン大尉だ。

タイヤをきしませて、二台の兵員輸送車が脇道に曲がった。先頭の車両に乗っているアクサーコフ大佐は大尉の金髪をちらっと見て、物思いに耽《ふけ》った。奴を追いはらうことはできそうにない。今回の出動に同行する必要がないのに、しっかりついてきた。それがなにを意味するかわかっている。今日は細心の注意が必要だ。大尉は一挙手一投足に目を光らせ、すこしでも落ち度があれば密告するだろう。

ポゴディンのようなコムソモール出身の若いコミュニストは密偵として重宝がられている。おそらく政治観が揺らぐほどの人生体験をしていないからだろう。それに公的にも、政治将校の役目はイデオロギーを健全に保つことにある。どの部隊にも、かならずこのふたつを併せもつ政治将校が配属される。監視されていないと思ったら大まちがいだ。だがこうくっつかれては、監視しているのが見え見えだ。

兵員輸送車が市内に通じる広い通りを疾走していたとき、急ごしらえの看板に大佐の目がとまった。読まなくても、なにが書かれているか先刻承知だ。

〝ここがファシストの巣窟ベルリン〟

かつての帝都はもはや煙を上げるゴミの山でしかないが、士気を高めるためにいまだにこの看板があちこちに掲げられている。ベルリンへ来る途中にも同じような看板がかかっていた。破壊されたソ連の村の入口には、ドイツのけだものによって家が何軒燃やされ、住民が何人殺されたか綿密に記された看板までかかっていた。〝悪逆非道な行為に復讐しろ、ファシストを滅ぼせ〟という言葉と共に。

はじめてドイツ領内に侵攻したとき、アクサーコフ大佐は敵地に踏み込んだことをいろいろな局面でひしひしと感じた。ベルリンへの道程はトウヒの森を抜ける泥道の連続だった。しかし天気はじめじめした寒気、春めいた気温とところころ変わる。

大佐は、ベルリンに到着したら黒々とした建築群に気圧《けお》されるのではないかと危惧していた。あるいはプロパガンダにあったようなごろつきの巣窟に迷い込むものと思っていた。しかし実際に来てみると、予想はことごとくはずれた。ベルリンは他の大都会とすこしも変わらなかった。大佐はモスクワをはじめて訪ねたときのことを折に触れ思いだす。内務人民委員部《NKVD》の養成課程に参加する何年も前のことで、幼かった分、ものすごい衝撃だった。それと比べると、ベルリンではすべてがこぢんまりしていた。あの有名な高速道路《アウトバーン》にさえ失望した。高速道路のすごさについてはいろいろニュースになっていたが、過大評価としか思えなかった。実際の高速道路はただの殺風景なコンクリートの道で、戦前にスターリンの指示で豪華な建築物を設計したボリス・イオファンやアレクセイ・シューセフといった建築家の記念碑的な設計と比べるべくもない。

ベルリンの廃墟はその日、どんよりとした五月の空に覆われていた。エンジン音が弱まることなく瓦礫に反響する。線路を横切ったあと道を曲がって公園に近づいた。アクサーコフ大佐はベルリンに不満が多いが、緑の豊かさには驚かされた。だから街中がのどかに思える日も多い。といっても灰色の高射砲塔と砲撃で吹き飛ばされた樹木はその風景にそぐわない。

それに真っ赤に塗られた墓標の数々もいただけない。墓標には白い木製の星がのっていて、緑地がそこで引き裂かれたように見える。どの墓標にもグラスが置かれ、そこに手書きのメモが入っていて、葬られたソ連の英雄の死亡日と氏名がわかるようになっている。ほとんどいたるところにそうした急ごしらえの土まんじゅうを見かけるが、あくまで暫定的なものだ。いずれ死者はそこから戦没者墓地に移される。

そうすれば、みんな、癒やされることになるだろう。そして他の者たちは生き残る。アクサーコフ大佐とその部下、そしてポゴディン大尉も。みんな、戦前を生き延びた者だ。革命と反革命がしのぎを削った時代、疫病と度重なる飢饉を生き残ってきた。

大佐は、車の速度が落ちたことに気づいた。ロスキが最後に隠れていた場所はもうすぐそこだ。大佐は今回の任務に関係のないことを頭から追いだした。もはや一刻の猶予もならない。ポゴディンにできるところを見せなくては。

部下はまず周辺の建物でロスキの死体を捜索することになっている。といっても、見つかるとは思っていなかった。それから発酵用地下室に踏み込む。

四輪駆動車は廃業したビール醸造所の空き地で砂利をはじかせながら停止した。

アクサーコフ大佐は車から降り、軍用水筒から酒を飲んで気持ちを落ち着かせた。

オッペンハイマーは屋根が破壊された建物だと言っていた。周辺にはそういう建物が四棟ある。大佐の部下がしばらくして死体を発見した。あいにく隣の建物の火事が延焼し、建物は炭化し、瓦礫の中の死体も焼け焦げていた。

身元確認はまずむりだと思われたが、死体を帆布にくるむよう指示した。すくなくとも努力したことはわかってもらえるだろう。それから醸造所の建物をぐるっとまわって地下室の階段を探した。大佐は、ポゴディン大尉が皮肉な目付きで見ているのを感じた。だがそっちに目を向けると、そのにやついた笑みがすっと消えた。思いすごしだろうか。目は心の窓と言うが、大尉の青い瞳はどんな視線も跳ね返す。

声があがった。大尉に抗うようにアクサーコフ大佐は背を向け、部下たちにつづいて足早に建物の角をまわり込んだ。草むらの向こうに赤レンガの入口が見えた。階段に着くと、大佐はそこで足を止めた。ポゴディン大尉にプレッシャーを感じていたが、拙速はいけないと自分に言い聞かせた。

大佐はトカレフ拳銃を抜いて、部下についてくるよう合図し、用心しながら階段を下りた。外扉は蝶番にかろうじてついている感じだった。その奥では闇が口を開けている。どうやらすでに略奪に遭っているようだ。

大佐は扉のところから闇を覗き込んだ。つんとした尿の臭気が鼻を打つ。そこに足を踏み込み、その臭気に耐えるには、気合いが必要だった。地下室の内部に動物がいるのではないかと思った。邪魔するのはよしたほうがいいけだものが。できるだけ音をたてないようにして狭い通路を進んだ。ふたたびドアに行きあたった。外扉とちがってこちらは壊れていなかった。近づいて耳をすますと、風の抜ける音がする。隙間が開いているのだ。

大佐は深呼吸して、ドアを押しあけ、拳銃を構えて地下室に飛び込んだ。

12

一九四五年五月四日金曜日
ヨーロッパ戦線終結四日前

「それで、これからはなんて言うんだ？　ハイル・デーニッツか？」オッペンハイマーの前にいる男が言った。

「語呂がよくないな」男の話し相手が答えた。

オッペンハイマーはシュムーデとゲルダのふたりといっしょにソ連軍の食料配給に並んでいた。考えたら、その見知らぬ男の疑問がよくわかる。ヒトラーが死亡したことは、オッペンハイマーも知っていた。シュムーデが電気がなくても機能するラジオを持っていて、一昨日の夜九時半に、ハンブルクのラジオ局で重要な声明が放送されると予告された。声明を待つあいだワーグナーとブルックナーの壮大な音楽が流され、それからデーニッツ提督がマイクの前に立ち、ヒトラー総統が軍の先頭に立って戦死したと告げた。この声明を信じるなら、提督は亡き総統の正式な後継者だという。

それでなくても、状況は救いがたいほど混沌を極めていた。ゲーリングはアルプスにある別荘で西側連合国に拘束されたという。親衛隊《SS》全国指導者ヒムラーについては、この期に及んでもなお降伏交渉に奔走しているという最新ニュースを外国の放送局が報道した。ただし仇敵ソ連を交渉相手から除外するよう求めているので実現の見込みはない、という。ゲッベルスについてはさまざまな憶測が飛び交っていた。一時は飛行機でスペインに逃げたという話もあったが、国民啓蒙宣伝省内の防空壕で亡くなったらしい。

オストマルクはふたたびオーストリアに名称がもどされた。ミュンヘンはアメリカ軍に占領され、イタリアに残存していたドイツ軍は武装解除した。ムッソリーニは運に見放され、逃亡中に射殺された。死体がミラノで公開されたとき怒りくるった群衆によって損壊されたと知って、オッペンハイマーは耳を疑った。

四月二十八日、ベルリン市司令官が任命された。ソ連第五打撃軍司令官ニコライ・ベルザーリンだ。このポストは最初にその都市を制圧した司令官に与えられるのが習わしだという。だがベルリンの場合、複数の軍団が同時に陥落させたため、なぜベルザーリンが任命されたのか、だれにもよくわかっていなかった。

地球の反対側ではまだ戦争がつづいていた。だがベルリン市民の意識に上ることはほとんどなかった。オッペンハイマーの印象では、ヨーロッパ戦線は終息に向かっているようだ。なによりナチ体制が如実に崩壊しつつある。ソ連軍の食料配給に行列を作る人々も潮目が変わったことを感じていた。以前はヒトラーのことをこれほど悪しざまに言う者はいなかった。

「アドルフは吊るし首にしてもまだ足りない」オッペンハイマーの背後で鼻眼鏡をつけた初老の男が悪態をついた。もちろん今ならヒトラーを批判するのに勇気をふるう必要はない。行列にはこれまで脱走兵や人民の敵を狩りたてた連中もまじっているはずだが、今は風向きが変わった。せいぜいのところ、ヒトラー自身が悪かったのではなく、役立たずの取り巻き連中がいけなかったとぼやくのが関の山だろう。今までヒトラーのトレードマークである口髭を生やしていた男どもも行列の中にいて、髭がなくなって気になるのかしきりに指で上唇をなでている。

炊事車の前の行列はなかなか進まない。車につながれたトレーラーに巨大な鍋があり、そこからうまそうなにおいがしている。差しだされる壺やバケツなどの容器に、兵士がレードルでスープを注いでいる。綿入りの上着を着た炊事係が山のようなタマネギを刻んでいた。ひづめの音に驚いて、オッペンハイマーは振りかえった。主《あるじ》のいない馬が通りを歩いていく。近くの十字路でエンジン音がした。ソ連兵がドイツの乗用車を乗りまわして歓声をあげていた。通りの反対側でソ連兵が通行人の自転車を奪いとろうとしていた。ソ連兵はハンドルをがっしりつかみ、持ち主の女はサドルにすわったまま、そのソ連兵を罵倒していた。

煙が何度も流れてきて、オッペンハイマーの顔を包んだ。いまだに火事が起きる。屋根から先に燃えだす空爆とはちがって、一階から火がまわる。放火にちがいない。だが、犯人がわかったためしはない。

まわりの人々には、戦闘が止んだことを安堵している様子があまり感じられなかった。むしろ自殺が蔓延しつつある。日々の話題が婦女子への暴行なのだから、そういう気分になるのもむりはない。オッペンハイマーの前に並ぶふたりもその話をしている。他の人々と同じように、歯に衣《きぬ》着せずに話している。

「ダーレムの事件を聞いたかね?」ひとりがたずねた。「ロシア人が野蛮人みたいに暴れたらしい。信じられんよ。殺人事件も起きている。女たちが暴行されて、そのあと首を吊られた。といっても、吊られる前に死んでいたらしい。絶対に快楽殺人だ」

聞いていた男も話をはじめた。「近所にシュペルバーという婆さんがいるが、その人まで襲われたそうだ。兵士がひとりやってきて、『婆さん、健康なにより』とか言って、のしかかったんだとさ。それから一昨日、婆さんのもてなしを受けた将校が『俺、ソ連軍将校、乱暴しない』と言っておいて、結局乱暴したんだとさ」

「みんな、同じだ。ベルクグラーフのところの娘を知ってるかね? 一度に十人以上に襲われて、服を全部はぎとられたそうだ。昨日、手首を切ったとさ。かわいそうに」

サディストが本当にいることを経験で知っているオッペンハイマーだが、平時に聞いたら耳を疑う話ばかりだった。こういう時代だから、性衝動で犯罪に及ぶ連中にとっては好都合だ。罰せられる恐れがない。どんなに苦しめられても、法に守ってもらえない人間が今はあまりに多すぎる。リザに起こったことも含め、もはや尋常ではない。

リザはヒルデの丁寧な診察を受け、青痣以外たいした外傷がないことがわかった。今のところ性病に感染した徴候もないという。もちろん心にどんな傷を負ったか推し量るのはまだ早すぎる。

夜中、リザは今でも落ち着かなげに寝返りを打つ。かすかな物音にも、すぐ驚いて体を起こす。隣に寝ているのが夫だとすぐに認識できず、恐怖のまなざしで見つめることも幾度かあった。だが幸いそういうこともすくなくなった。

オッペンハイマーはそれがつらくてペルビチン錠に逃げたくなったが、手をつけず、すべてが終わるのをじっと耐えた。

シュムーデも眉間にしわを寄せながら立っていた。妻のインゲとふたりの子どもの安全は確保したものの、これからも安全かどうかわからない。隠しごとをしない性格なのに、以前より明らかに口数が減った。

ゲルダもなにか考え込んでいる。この数日いっしょに暮らして、彼女がヒルデと同房だったバルベを気に入っていることに、オッペンハイマーは気づいていた。ふたりが仲よくしているのを見ると、心が和む。ゲルダはいつもバルベにまとわりつき、口元から彼女の望みを読みとろうとしている。しかも王女さまに仕えるように振る舞うのをすこしも恥ずかしいと思っていない。日の光の中では、ゲルダが女なのはだれが見ても明らかなのに、なぜかソ連兵は目が節穴で、女が男装することなどあるはずがないと思い込んでいるようだった。

「軍服を着た男のいないところに行かなくちゃ」ゲルダがうなるように言った。

オッペンハイマーはうなずいた。

「うまく見つかるといいな」シュムーデが皮肉っぽく言った。「わたしには見つからない」

突然、子どもの笑い声が聞こえた。さっきのソ連兵が、うまく奪いとった自転車を漕いで炎を上げる家の前を通りすぎた。持ち主の女の姿はもうどこにもなかった。その代わりハンドルに半ズボンをはいた少年がすわり、荷台に小さな少女が乗っていて、にこにこしながら兵士にかじりついていた。炊事車のそばでは炊事係が身を乗りだして、父親と手をつないで行列に並んでいる少年に満面の笑みを浮かべて話しかけていた。それから炊事係は重そうな黒パンを大きなナイフで三等分して、そのひとつを父親に渡した。

悲惨な戦争を体験したはずなのに、勝者はやけに気前がいい。オッペンハイマーは彼らの態度をどう受け止めたらいいかわからなかった。

ゲルダもその光景を見ていた。

「子どもがいっしょだと、大盤振る舞いする。今度はクルトを連れてこよう」

シュムーデはゲルダをちらっと見た。「試してみるか。だめでもともとだ」

オッペンハイマーはようやくグーラッシュ砲（ドイツ軍の炊事車の俗称）の前まで来た。バケツをふたつ差しだし、そこに真っ赤なスープが注がれるのを見た。返されたバケツを見ると、スープにはぎらぎら油が浮いていた。シュムーデとゲルダのバケツもあるから、さらに水で薄めれば三、四日はもちそうだ。

シュムーデのところに辿り着いてから数日は精根尽き果ててなにもできなかったが、もう充分に休んだ。まだやることが残っている。パンコウ地区まで行けるようになったら、エデに会いに行かなくてはならない。

それにリザが暴行された件もある。どうすべきかいまだに決めかねているが、落とし前をつけたいと思っていた。

その地下が悪党どものアジトでも、あるいはそこに子ども時代の恐ろしい幽霊や髑髏の山の上に鎮座する妖婆バーバ・ヤガーがいても、アクサーコフ大佐は驚かなかっただろう。脳内の妄想とは対照的に実際の地下はじつに殺風景だった。

内部は大佐が思っていた以上に広い。頭上を照らしても懐中電灯の光は闇の奥まで届かなかった。いたるところに大きな樽が立ててある。奥の壁際に焚き火の跡があった。床は散らかっている。首が割られた瓶、寝具、食べ残した缶詰。その奥には糞の山。宴会の跡のように見えるが、床に転がる無数の薬莢を見れば、戦闘がおこなわれたことがわかる。

ここにとどまっている唯一の生き物はうるさくまとわりつくハエだけだ。大佐はハエを無視して、小声で指示を飛ばした。相手を不意打ちにできるなら、それにこしたことはない。

部下は二手に分かれて音もなく散った。大佐は左の一隊を先導し、ポゴディン大尉が残りを連れて別方向に進んだ。

大佐の側は、大きな発酵釜が遮蔽物になるので油断できない。部下をふたりずつ組ませて、手前の発酵釜を調べさせ、それからねぐらの方へ近寄った。

火の消えた竈のそばにぽつぽつと血痕が見つかり、そのすぐそばに死体があった。綿を入れた上着を着ている。ソ連兵にちがいない。

「あちらにも死体が三体あります、同志大佐！」

大佐はさっと振り返った。後ろにポゴディン大尉が立っていた。敵がひそんでいる恐れがあるので物音に気をつけていたのに、大尉の気配に気づかなかった。大佐はきまり文句のようにたずねた。「他には？」

「死体の中に親衛隊員がいました。それからたくさんの間仕切りがあります。ただ中はほとんど空でした。ここに貴重品があったとしても、もう持ち去られたあとでしょう」

大尉の思う壺だ。だが、そんなにあっさりやり込められてたまるか。

「それでも、すべて捜索しろ」大佐は淡々と言った。

三十分経ってもなにひとつ見つからず、大佐は失敗を認めるほかなかった。だが撤収の命令をだそうとしたとき、気になるものを見つけた。

酒盛りの跡に隠れるようにしてそれはあった。灰色のコンクリート床に妙な跡があったのだ。しゃがんでよく見てみた。やはりそうだ。赤黒い引きずった跡が焚き火から奥の発酵釜の暗がりへと延びていた。

大佐は部下の懐中電灯を奪って、その血痕に光を向けると、もう一方の手にトカレフ拳銃を握り、一歩一歩進んだ。

血痕の先になにがあるのかわからない。負傷した親衛隊員なら、すぐ銃を撃てばいい。だが運がよければ、ここでなにがあったか証言できるだれかが見つかるかもしれない。

地下室の奥で、ガチャッと大きな音がした。ポゴディンの班がまだ間仕切りを捜索しているのだ。あっちが大きな音をだせば好都合だ。足音が気づかれないかもしれない。

血痕は大きな発酵釜の裏につづいていた。大佐は懐中電灯を消した。

目が闇に慣れるのを待ってまた血痕を辿った。拳銃をいつでも撃てるように構えながら、発酵釜をまわり込んだ。

はじめにぼろ布を巻いた足が見えた。足の裏は薄汚れ、血糊がついている。足の持ち主である男は腕を広げたままじっと横たわっていた。

大佐はブーツの先で男を蹴った。

「立て！」

蹴ったとき、体が動いた。だがそれしか反応はなかった。

大佐は衛生兵を呼んだ。「具合を見ろ」

衛生兵は膝をついて男をひっくり返した。脈を診るなり、衛生兵が身をこわばらせた。

「なんてことだ」衛生兵はささやいた。

「どうした？」大佐がたずねた。

衛生兵は前かがみになって、男のコートの前をはだけ、胸に耳を当てた。

「生きているようです。ただ虫の息です」

大佐はそわそわした。待ちに待った手掛かりになるかもしれない。

「助かるか？」

衛生兵は身を起こし、大佐を見た。

「きわどいです。ここから運びだしても、野戦病院で死ぬかもしれません。途中で息を引き取るかもしれませんし」

大佐の決断は早かった。最善の治療をしても助からないかもしれないなら、一刻の猶予もならない。「野戦病院へ運べ。ただちに」

大佐はポゴディン大尉が背後にいるのを感じた。なにを騒いでいるのか気になっているようだ。

大佐は彼を見て命令した。

「同志大尉、すぐに救急車を呼べ。この負傷者を最優先で搬送する！」

大尉は敬礼し、外に出ていった。

「それからおまえ」大佐は人差し指を衛生兵に向けた。「そいつを死なすな。厳命する。救急車に同乗して、絶対に離れるな！」

13

一九四五年五月八日火曜日
ヨーロッパ戦線終結

「ねえねえ、すごいのよ！」ヒルデが顔を真っ赤にして叫んだ。オッペンハイマーたちが水汲みからもどったときのことだ。女たちも外に出る自信がついて、二時間前、ゲルダを連れて出かけていた。そのとき途中でなにかあったらしい。

ヒルデの声に驚いて、オッペンハイマーはブレーキをかけた。組み立てた自転車を元婦人服店の広い店内で試運転しているところだった。シャーシーが瓦礫の山にあるのを数日前見つけた。チェーンが切れたので、ソ連兵が捨てたようだ。他にもいくつか部品の交換が必要だったが、難しいことではなかった。路上のほとんどいたるところに壊れた自転車が転がっている。だから目を光らせていれば、部品は見つかる。自転車の修理はちょうどいい気晴らしになった。嫌なことを悶々と考えずにすむ。それにパンコウ地区にエデを訪ねるなら、乗り物があるのは助かる。

つま先を床につけて、サドルにすわったまま体を起こすと、オッペンハイマーはけげんな顔でヒルデを見た。「どうしたんだ?」

「ベルザーリンに会ったのよ」ヒルデは息せき切って言った。

オッペンハイマーは耳を疑った。「なんだって? ベルリン市司令官のことか?」

ヒルデは軽くうなずいた。

「どういったわけで?」

「いきなりあらわれたの。ポンプで水を汲んでいたとき。セーターを着た人があらわれて、みんなに話しかけたのよ。通訳がついていたので大物だと思った」

「話をしたのか?」

「市民にもっと食料を分けてほしいって頼んだ。ベルザーリンはそうするって約束して、歩いていった。よくわからないけど、実際努力してるようだった」

オッペンハイマーはなんと言ったらいいかわからなかった。モスクワのドイツ人民放送が告げていた。ベルリン市民にはもうすぐパンが配給される。エンジニアが飛行機でベルリンに入り、地下鉄のトンネルが崩落したフリードリヒ通り駅の再建に取り組んでいると。どうせプロパガンダだと思っていた。だがヒルデの話だと、まんざら嘘でもないようだ。

「それで、パンは?」

「パン屋はかなり混んでた。ものはまだなかったけど、もうすぐ石炭と小麦粉が届くそうよ。今日のうちに経済局で配給者リストに登録しなければならないみたい。一戸あたりひとりがチェックをつければいいそうよ。局の人は職業と入党していたかどうかを訊くけど、当然、みんな、ナチではなかったと言うんですって」

それを聞いて、オッペンハイマーはそわそわした。「それじゃすぐに行ったほうがいい」ヒルデはうなずいて、バケツを台所に運んだ。オッペンハイマーは自転車から降りて、垂れ下がっている白いシーツの前に立てた。

台所でヒルデは焚きつけに火をつけ、汲んできた水の煮沸をはじめた。幸いシュムーデは電気コンロではなく、昔ながらの鋳鉄のクッキングストーブを使っていた。

「なにかあった?」ヒルデはたずねた。自転車の修理をしていないとき、オッペンハイマーがラジオにかじりついていることを知っていたからだ。

オッペンハイマーはにやっとした。

「ゲーリングがヒトラーに反対していたと主張しているらしい。あいつは死刑になるという話だ。それを聞いたとき、笑ったらいいか、唾を吐いたらいいかわからなかった」

ヒルデは口をゆがめた。

「もしかしたらあのデブ、今度もなんとかやりすごすかもね。それから、ヒトラーだけど、死ぬ三十分前に愛人と結婚したそうじゃない」

「ほう。そんなロマンチストだったのか。とにかくデーニッツは、できるだけ多くのドイツ兵がソ連の捕虜にならないよう降伏を先延ばししたらしい。三つの軍団がメクレンブルクでイギリス軍に投降しようとしたけど、モントゴメリー元帥は降伏を受け入れず、ソ連軍の方へ追い返したそうだ」

そう言うと、オッペンハイマーはヒルデのそばへ行き、コンロにのせた鍋に水を入れた。体を動かしたせいで火照ったのか、ヒルデはひと休みするためキッチンテーブルに向かってすわった。

「それで東はまだドンパチやってるの？」

オッペンハイマーは肩をすくめた。

「降伏文書に調印されたから戦闘は下火になるはずだという。だけど、プラハに居すわっているナチは抵抗グループに白旗を掲げようとしないらしい。ボヘミア・ラジオは、降伏文書調印は敵側の陰謀だと放送していた」

「もうおしまいだってわからないのかしら。一般市民を死に追いやるだけじゃない」

オッペンハイマーはすでにコートを着ていたが、ヒルデと向かい合わせにすわった。

「といっても、無条件降伏が発効するのは今夜の十一時らしいからな。本当にそうなるか見物だ。しかしUボートの中にはこのことを知らず、スコットランド沿岸でイギリス船籍の貨物船二隻を沈めたのがいる」

「海の底にいて知らなかったって言い訳できるものね。ランス（フランス北東部の商業都市）の戦勝記念式典はまだラジオで中継している？」

オッペンハイマーはうなずき、両手で帽子をいじった。これから話すことを聞いたら、ヒルデはきっとへそを曲げるだろう。

「演説ばっかりつづいている。その中でドイツの抵抗運動が批判された。ヒトラーたちを自力で失脚させられなかったと言って」

オッペンハイマーは、ヒルデがかっとしたのが手に取るようにわかった。

「よく言うわ。ここがどんなだったかわかりもしないで。はじめの頃のドイツ人犠牲者は連中にとってただの数字だった。他の諸国がナチと条約や協定を結んだとき、こっちはテロに見舞われていたんだから。外国によるボイコットは遅きに失した」

「チェンバレンたちはふたたび世界戦争になるのを恐れたんだ」

「でもチェコスロヴァキア割譲を認めるなんて愚の骨頂よ。そのせいで、アドルフはなんでも主張すれば通るって思っちゃったんじゃない。救いようがないわ。どうすればよかったというの？」ヒルデは興奮して手を振りまわした。「爆弾でも作ればよかったと？　ナチに追随した連中をやっつけるには、ドイツの人口の半分を吹き飛ばさなくちゃならなかったでしょうね」

「当時は、ヒトラーの言葉を真に受けなかった人があまりに多かった」オッペンハイマーは言った。「そして奴が権力を掌握したときは手遅れだった」

「政治に興味がなかったなんていうのは言い訳でしかない。ヒトラーは結局、政治家らしくなかったから支持されたのよ。そしてろくでもないことばかりした。わたしがなにを言っても、ほとんどだれも聞いてくれなかった。わたしのことを共産主義者だと陰口を叩く人もいた。あんな馬鹿なイデオロギー、うまくいくわけないじゃない。みんな、今度こそ肝に銘じるといいんだけど」

ヒルデの気性が激しいことは知っていたが、これほど激昂するのを見たことがなかった。彼女はしばらく怖い顔で家事をつづけた。オッペンハイマーはテーブルに向かってすわったまま、どうやったら気を静めさせられるかわからずにいた。シュムーデの妻インゲが二階でヒルデの大声に気づき、階段を下りてきて台所を覗いたが、張りつめた空気に気づいて、すぐに姿を消した。

その場を和ませようと、オッペンハイマーは当たりさわりのない話題を口にした。

「自転車が直ったよ。明日、エデを訪ねてみようと思う」

ヒルデは賛同してから言った。

「経済局にも行くなら、持っていってほしいものがあるの。ちょっと待ってて」

そう言うと、ヒルデはいったん外に消えて、もどってくると、ソ連兵を見張っていたときに手にしていた拳銃を差しだした。

オッペンハイマーは、ヒルデがどうしたいのか判然としなかった。彼のけげんな顔を見て、ヒルデが説明した。

「張り紙が出たのよ。市行政部みたいなのができたらしくて、銃器はすべて差しだせって命令をだした。隠し持っているのが見つかったら、その家の者は全員処罰されるんですって」

オッペンハイマーは腰を上げて拳銃を受けとった。

「これをどうしろと?」

「知るもんですか。リーツェン湖にでも投げすてて。自分でやってもいいけど、急いでオットーのところに行く用事があるの」

　オッペンハイマーはオットー・ザイボルトを思いだして笑みをこぼした。ヒルデが逮捕されたとき、怖がりな彼が、ヒルデをナチの魔手から助けだそうと獅子奮迅《ししふんじん》の働きをした。

「彼の薬局があるか見てくるのか？」

「まあ、そういう感じ」ヒルデがにやっとした。「シェーネベルク地区へ行くついでに、他にも寄るところがあるの。ソ連軍がうちを接収したらしいのよ」

「きみの屋敷を？」

　ヒルデはうなずいた。おじから相続したあの屋敷はこの数週間の戦闘でも破壊されずにすんだという。光明が射した。「住みついていた連中は？」オッペンハイマーはたずねた。

「みんな、逃げだした、というか、追いはらわれたみたい。だれかに鍋を見ているように頼んで」そう言うと、ヒルデは階段の方へ行き、背後のオッペンハイマーに声をかけた。「ちゃんと捨てるのよ！」


「気をつけろ！」自転車を押してでたオッペンハイマーに上から声がかかった。ののしられたのではなく、本気で警告されたのだ。そのすぐあと、声のしたところから瓦礫に埋もれた歩道に大量の排泄物が投げ落とされた。

　よく晴れた日だ。静けさがもどって、掃除がはじまったのだ。住人たちはロシアの略奪者が残していったものを住居からシャベルですくって捨てていた。連中は便器の使い方も知らず、荒れ果てた部屋でそのまま用を足していた。

「信じられます？」表玄関から汚物をのせたシャベルを持ってでてきた女がオッペンハイマーを見つめた。腹立たしくて、だれかに言わずにいられないようだ。「うちのソファの裏に糞の山があったのよ。ソファを便所とまちがえて、ズボンを脱いで、脱糞するなんて！」

オッペンハイマーは同情を禁じえずうなずいた。

女が数人、シーツを洗っていた。そんな忙しい中にも、男たちに大きな変化が生じているのが目についた。男たちは家の中を歩きまわり、声を張りあげて号令している。自分たちの存在理由をふたたびそこに見いだしたとでもいうように。もう縮こまらなくていい、家事などという低級なものにかかずらわなくていいのだと言わんばかりだ。

そのとき轟音をたてながら、ソ連軍の戦車隊が大通りにあらわれた。ライラックに飾られ、男女のソ連兵が笑いながら車上にすわっている。オッペンハイマーは排気ガスに包まれた。この数年、木《もく》ガスばかりだったので、排気ガスのにおいを忘れかけていた。おそらくどこかで戦勝記念式典がおこなわれるのだろう。だが、式典もこれが最後ではないはずだ。噂ではもうすぐアメリカ軍がベルリンにやってくるらしい。そうすればベルリンと他の地域との分断が終わると、みんな、期待している。

オッペンハイマーは頼まれたとおり、リーツェン湖に向かって自転車を漕いだ。はじめこそしっかりペダルを踏んだが、コートのポケットに入っているものが見つかれば命はないと気づいて、ためらいが生じた。リンチは今でも唾棄すべきものだと思っていた。刑事時代に何度もその結果を目の当たりにしたからだ。感情に走るのは状況をさらに悪くする。もちろん法治国家が存在せず、無政府状態になり弱肉強食の社会になっても、そんなことを言っていられるか定かではなかったが。

オッペンハイマーは悩んだ。なんとなく拳銃を捨てることに抵抗を覚えた。これがなくなれば、無防備になる。拳銃をシュムーデの店に隠し持つのはむろん危険すぎる。ソ連軍に対してなにか企んでいると思われても申し開きできない。だが、いい手がありそうだ。問題を解決できる者がいる。エデだ。

オッペンハイマーは道端に自転車を止めた。拳銃を手放さないと心は決していた。

カールスホルスト地区北部の住人が一斉退去させられたことをアクサーコフ大佐はまったく知らなかった。五月五日、二十四時間以内に住居から出るようメガホンで言い渡された。その一帯がソ連軍に接収されることになったからだ。在独ソ連軍政府本部や無数の倉庫の他、集合住宅や邸の中に陸軍病院が置かれた。地下室で発見された負傷者はそこに入院していた。一時間前に負傷者の意識がもどったという知らせを受け、アクサーコフ大佐はさっそく出かけた。問題の負傷者は重傷で、この数日生死の境をさまよった。だが人一倍強い生命力があった。

大佐の副官セリョージャが運転する車は公園と言ってもよさそうな広い庭園を抜け、近代的な建物に向かった。正面壁の飾りは二個の大きな時計と小さな聖パドヴァのアントニオ像だけだった。副官はアイドリングしたまま屋根つきの車寄せに車を止めた。副官が降りて後部ドアを開けようとしたが、大佐はすでに車から降りて、足早に病院に入っていった。

　少将は、ロスキの死体が見つかったことはともかく、バッグが発見できなかったことには相当腹を立てていた。あの負傷者は唯一の手掛かりだ。この困った状況に突破口がひらけるかもしれない。

　大佐は三階まで一段飛ばしで階段を上った。昨日、残っていた最後のドイツ人患者が軍用トラックでフリードリヒスハーゲンに搬送され、そのため大きな病棟内は死んだ患者の霊が徘徊する幽霊屋敷のようだった。

　問題の負傷者の病室にはふたりの見張りが立っているので、遠目にもそれとわかった。大佐が近づくと、カーキ色のふたりが敬礼した。

「なにかあったか？」大佐はたずねた。

「病院関係者以外だれも中に入っていません、同志大佐！」

　軽くうなずいてから、大佐は病室に入った。ベッドの横に立ち、患者をさげすむように見下ろす。顔の傷に目がとまった。右目の上の傷はすでに治っている。古傷だ。男は目を覚まし、敵意を剝きだしにしていた。

　内務人民委員部《NKVD》はこの数日で、男の氏名を突き止め、ベルリン包囲戦で他の戦友と共に自分の隊にもどらなかったことが判明した。つまり脱走兵だった。これで弱味につけ入ることができる。

近くに椅子があったが、大佐は立っていることにした。堂々とした態度と非の打ちどころがない制服に萎縮するといいのだが、脱走兵と関わることが充分あったので、期待してはいなかった。一般の兵士はプロパガンダで称揚された中世ロシアの国民的英雄アレクサンドル・ネフスキーの後継者でもなければ、典型的なソ連人でもない。つまり国民的詩人トヴァルドフスキが讃えるような勇猛果敢にしてメランコリックな者たちではないのだ。

大佐はまず質問を控え、事実を確認した。「アルテム・ルデンコだな」ゆっくりそう言ってから、声に凄味を利かせた。「どんな運命のいたずらでこんなことになった？」

いきなり本名を言われ、ルデンコはびくっとした。もはや逃げ道はないと覚悟したようだ。

「単刀直入に話そう」大佐はつづけた。「あの地下室にはだれと押し入った？　探していたものはなんだ？」

ルデンコはぶっきらぼうにたずねた。「それを話したら釈放してくれんのかい？」明らかに田舎育ちだ。ロシア語にウクライナ語がまじっていて、農民のしゃべり方によくあるように子音をのみ込む癖がある。

「話せば、ここでしっかり看病し、脱走兵として裁きにかけられるように手配する」

ルデンコは嘲笑った。

「それならさっさとくたばったほうがましだ」

大佐は口元をゆがめた。やはり一筋縄ではいかない。

大佐は、もっと調べがついていることを明かすことにして、個人情報を羅列した。

「一九二一年ブリャンスク近郊の村で生まれた。生まれた月日は不明。両親は反革命派として知られ、一九三四年初頭に死亡」

ルデンコが怒鳴った。

「おまえらはまず穀物を奪って、それから町に追いやった。みんな、飢えに苦しんだ！」

大佐は気持ちを抑えた。父親がヴォロネジに引っ越して、警官にならなかったら自分も同じ辛酸をなめただろう。楽な人生を送れる奴などいない。だが時代の流れについてこられない農民は年中、不平を漏らす。過去にしがみつき、農業の集団化にたてつく。コルホーズの歴史的必然性をまったく理解しない。大佐にはこいつらが将来の敵にしか見えなかった。革命以前の腐敗した秩序はともかく、帝政時代以前からあるしきたりに固執する連中だ。

ルデンコのような連中は身の回りがどれだけ進歩したか見ようとしない。僻地の村の小学校、経済の成長、完全雇用、農産物の生産性を大幅に高める新品のトラクターやコンバインの調達。それなのに、連中にとってスターリンは自分たちを飢えさせる者でしかない。

大佐は咳払いして話をつづけた。

「一九四一年、労働大隊召集、その後、軍事教練」

「そしてスターリングラードの英雄の仲間入りさ」ルデンコは自分でも信じられないというようにふっと笑った。

「名誉称号など無用の長物だ」大佐はすかさず言った。「われわれのところではな」

スターリングラードで仇敵ファシストとの戦いに転機をもたらした将兵はみんなから尊敬されていた。ルデンコのようなろくでなしがその中にいるのは、勇敢な兵士の面汚しだ。ルデンコが生き残ったのは、人一倍勇気があったからではない。強制労働収容所で培った生き延びる術を使い、凍ったジャガイモや腐肉を食べるのに慣れていたからにすぎない。だがもっと困りものなのは、その経験のおかげで彼がソビエトを体現する人間に変身したことだ。

大佐は彼についての情報の中にとくに重要なものを見つけだしていた。「妹がいるな。名はウリヤーナ、イリヤ・キリエンコと結婚。マリウポリ在住。息子がふたり」大佐はわざと間を置いた。ルデンコの頭に血が上った。だが傷跡は妙に白いままだった。

大佐はベッド脇に椅子を動かしてすわり、身を乗りだして、ルデンコの耳元にささやいた。「おまえが口を割らなければ、妹の家族にウクライナの国粋主義者という烙印を押して、シベリア送りにする。われわれの力を知っているな。わたしが命令すれば、おしまいだ。おまえに決めてもらおう」

ルデンコはつばをのみ、目を泳がせた。降参するのも目前だ。

「なにが知りたい？」ルデンコはたずねた。

「言ったはずだ。だれとあの地下室に押し入った？」

ルデンコは唇を引き結んでから言った。「グリゴーリエフだ」

「つづけろ」

「知らねえよ。みんな、あいつのことをティーマとしか呼ばない。俺たちはすこしばかり戦利品を漁ろうとしたのさ」

その言い分にはあまり信憑性《しんぴょう》が感じられなかった。あたりさわりなさすぎる。

「どうして自分の隊にもどらなかった？」

「なんで？　戦争は終わりじゃないか」

大佐は険しい目付きをした。本当にこいつはそんなに馬鹿なのだろうか。

「そのグリゴーリエフは今どこにいる？」

「知らねえ。いきなりドイツ兵があらわれて、撃ち合いになって……」

「そのとき負傷したのか。置き去りにするとは、たいした仲間だな。なんでそんな奴らの肩を持つ？」

ルデンコの顔に戸惑いの色が浮かんだ。「なんにも知らないだけさ」

「それは聞いた」大佐はいらいらしながら答えた。だが原子物理学者ロスキが死んだ場所でグリゴーリエフ一味がなにをしていたのかまだ明らかになっていない。偶然にしてはできすぎだ。「なにを探していた？」

「さあね」

「地下室だ。あそこになにを取りに入ったんだ？」

ルデンコはためらった。しゃべりすぎないように気をつけている。「酒があるって聞いた」

大佐は声を荒らげた。「いいか、おまえの妹と子どもがシベリア送りになるんだぞ」

しばらく悩んでから、ルデンコは白状した。「男を捜してた。ドイツ人だ。理由は知らねえ。そいつはバッグを持ってるって話だった」

「そのドイツ人の名は?」

「知るかよ」

「バッグの中身は?」

「さあね。ティーマはなにが入ってるか言わなかった。金目のものだって聞いた。その地下室にあるものすべてよりもはるかに価値があるって言ってたな」

「そのバッグを見つけたのか?」

「地下室中探したけどなかった。探している最中にドイツ人の攻撃を受けた」

大佐はふんぞり返った。勘は当たっていた。ビール醸造所に押し入った背景にはもっと大きな計画があるのだ。グリゴーリエフが何者で、どうやってその情報を手に入れたのか至急突き止めなければならない。

大佐は扉を開けたとき、もう一度ルデンコの方を向いた。おどおどした目をしていた。これからどうなるのか心配なのだろう。自分の運命は決まったも同然だが、大佐はルデンコの妹の処遇についてはっきりしたことを言わなかった。だがまだこの切り札を手放すつもりはない。

廊下で大佐は自問した。ルデンコはまだなにか隠しているだろうか。大佐は階段で立ち止まり、パピロシに火をつけた。壁にもたれかかると、床のタイルの模様をぼんやりと見つめた。壁の色と同じ褐色と、小さな暗色の四角形をあしらった空色のタイルが交互に貼られている。ルデンコをもっとしめ上げたほうがよさそうだ。自分の身の安全のためにも。そこでもう一度尋問することにした。大佐はひとりうなずいた。専門官を使う潮時だ。内務人民委員部《NKVD》には、尋問官がはいて捨てるほどいる。

14

一九四五年五月九日水曜日
太平洋戦争終結百十六日前

エデは掌で禿げ頭をなでた。このごつい男がこんなに寡黙なのははじめてだ。オッペンハイマーはまずいことになったと思った。秘密の倉庫が荒らされたことを、エデが喜ぶはずがない。だがオッペンハイマーは〈エデのビールの蛇口〉まで来られたことでほっとしていた。出かけようとしたとき、自転車を狙われるから注意するようにとヒルデに言われた。ソ連兵たちのあいだで、自転車に乗っている者を通りで待ち伏せするのが流行っているらしい。三人で銃をつきつけ、自転車を奪いとるという。

そうでなくても通りは危険でいっぱいだ。あちらこちらに穴が開き、不発弾が落ちていて、倒れた樹木も転がっている。東西を走る幹線道路はすいすい走れた。だが戦勝記念塔の下がまずかった。無数のソ連兵がたむろして、飲み食いしたり、蓄音機で古いダンス音楽をかけたりしていた。ひとりがオッペンハイマーを見て立ち上がると、「ストーイ！」と叫んだ。

止まれというのだ。だが言うことを聞いたら自転車を奪われる。オッペンハイマーは必死にペダルを踏んで、ぎりぎりかわした。

エデは地下室の一件を聞いて、哲学的な境地にでも達したかのようにささやいた。

「悪銭身につかずってことか」

「奴ら、武器を持っていた」オッペンハイマーは弁解した。「それにそのとき、わたしはソ連軍に捕まっていた」

大きくため息をつくと、エデは椅子の背にもたれかかり、密談するときによく使う裏部屋を見まわした。

「幸い他の倉庫は無事だ。で、パウレが連れていった博士はどうした？」

「博士？　ロスキのことか？」

エデはうなずいた。

オッペンハイマーは困惑した。うまく言い繕うことができない。

「殺された。民間人に化けようとした脱走兵にな」

エデはあらためてため息をついた。

「だけどバッグはわたしが隠した」オッペンハイマーはすかさずそう付け加えた。「安全な場所にある。まず見つかることはないだろう」

バッグを話題にすると、エデの顔つきが変わった。眉を吊り上げてたずねた。

「バッグはまだ地下室にあるのか？」

「なんなら取ってきてもいいが」

オッペンハイマーが立とうとすると、エデは手を横に振った。

「いや待て。うまく隠してあるなら、あせることはない。ちょいと問題があるんだ。マニが消えた。バッグをどうすれば金にできるか知ってるのは奴だけだ」

オッペンハイマーはエデと組んでいるあやしげな連中をたくさん知っていた。刑事時代から知っている者もいるが、その名ははじめて耳にする。

「マニというのは？」

エデは愉快そうに口元をゆがめた。

「ああ、しょうもない奴さ。口ばっかで、中身がない。これまで付き合いはなかった。だけどあいつがあのロスキを連れてきて、相談された。助ければ、たっぷり分け前をよこすと言った。だから手を貸した」

雲をつかむような話なので、オッペンハイマーはさらに突っ込んだ質問をした。どういう事件に巻き込まれたのか知りたかったのだ。

「どういうことだ？　ビール醸造所にかくまえば、金をだすとでも言ったのか？」

エデは首を横に振った。天井から垂れ下がっているランプの光が禿げ頭に躍った。

「そうじゃない。奴は文無しだった。だけどバッグに金になるものが入ってると言った。それがなにか教えちゃくれなかったがな。それを買う奴を捜してると言ってた。マニがいねえと、俺には打つ手がない」

「それはついてなかったな」

「まあ、そういうこともあらあな。他にも投資してる。言わなくてもわかるよな」

「つまりマニを捜せってことか」

「まあ、暇なときに聞き込みをしてくれ。そうしてくれりゃ大助かりだ！」

マニの居場所が偶然わかるわけがないと思ったが、オッペンハイマーは一応うなずいた。悪い知らせを持ってきたのに、エデは彼が無事に顔を見せたことを喜んでいるようだった。今度は彼が相談する番だった。

「ところで、エデ」だれも聞いていないのはわかっていたが、声を低くして、親しげにささやいた。「拳銃を持っている。あんたに預けられないかな？」

エデは言わんとしていることがわからなかったようだ。「買えってのか？」

「ちがう。そうじゃない。もしかしたらまた必要になるかもしれない。できれば安全なところに預けておきたいのさ」そう言うと、オッペンハイマーはコートのポケットからヒルデの拳銃をだした。拳銃をテーブルに置くと、やっと手放せるとうれしくなった。拳銃を持ったまま市内をうろつくのはあまりに危険だ。検問に引っかかったときのために、ゴミを漁っていて見つけたという信憑性の薄い言い訳まで考えていた。幸い嘘をつかずにすんだが。

エデは目をすがめてからにやっと笑い、片手をその拳銃に置いて引き寄せた。

「いいとも、警部。俺が預かる。こいつをぶっ放したくなったら、そう言ってくれ。こっそり射撃ができるところがある」

「その必要はない。感謝する」

別れに際し、エデはオッペンハイマーをカウンターに連れていき、再会を期してビールを一杯おごってくれた。

オッペンハイマーは目を丸くした。カールハインツがカウンターの向こうでビールを注ぎ、よく磨いたカウンターにジョッキをどんと置いたからだ。もう何ヶ月もビールを口にしていない。オッペンハイマーは言葉を失い、それから言った。「これ、どうしたんだ？」

「最後の数ヶ月、防空壕に避難させておいたのさ。戦争が終わったから、たらふく飲める。もっと市内の方に店を探してるところさ。いい場所を確保しないとな」

ぐいっとビールを飲んで気持ちがすかっとした。上唇についた泡がむずむずして気持ちいい。オッペンハイマーは興味を抱いてエデの方を向いた。暗黒街の人間が商売替えを考えているとは予想外だ。エデがそんなに商売熱心だとは思っていなかった。

「他にも酒場をだすのか？」

「酒場なんてお呼びじゃねえ」エデはむきになって言った。「酒場の経営者で終わるつもりなんてねえさ。俺は興行師になる。ソ連軍はまだ議会の招集もしてないのに、ベルザーリン司令官は早くも娯楽施設の営業許可をだしたんだ」

「いいね。選択肢はいろいろある。カバレット、劇場……」

「なにを考えてんだ？　やるのはストリップさ！」エデは大きな手でオッペンハイマーの肩を叩いた。カールハインツは淡々とグラスを磨き、なにを考えているかわからない目付きでふたりを見ていた。「肝心なところはうまく隠してな」エデはうっとりした。「ベルリンには独り者のさびしい男たちがうじゃうじゃいる。婦女暴行を禁止された兵隊たちもいる。素肌が見たいはずだ。ついでに酒を飲む。だけど、勘ちがいすんなよ。売春はしない。女たちに客とベッドに入れとは言わない。個人の判断にまかせる。そこは知らんぷりさ。やりたければどうぞ、やりたくなければ、それもよし」

オッペンハイマーはエデのアイデアに乾杯した。エデがまともな興行を打つはずがないと思った。だが決してポン引きでもない。

「ということは店を探しているんだな？」

「いい店を見つけるのが難しい。市内は破壊されつくされたからな」

オッペンハイマーがいいことを思いついた。だがそのとき首筋に冷たい風を感じた。ソ連兵が店に入ってきて、カウンターへ歩いてきた。

「酒あるか？」兵士はたずねた。

カールハインツは新しい客にも淡々と接した。セイウチのような髭をぴくりともさせず、カウンターの下に手を入れ、透明な酒の入った瓶を取りだした。

「コルン（ドイツの穀物蒸留酒）？」

兵士はそれで満足したらしい。うなずいて、ぱんぱんに膨れた財布をだし、数枚の紙幣を抜いて、カウンターに投げだした。兵士はそれからなにも言わず酒瓶をつかんで店から出ていった。

その様子を興味津々に見ていたオッペンハイマーが驚いてたずねた。

「金を払うのか？」

エデはうなずいた。

「占領軍の軍票だけどな。なにもないよりはいい。奴ら、たんまり持ってるんだ。つりをとらないほど。だよな、カールハインツ？」

カールハインツはエデに目配せした。オッペンハイマーは両手でジョッキをまわしながら考えた。

「そのナイトクラブだがな、エデ。今、クアフュルステンダム大通りに住んでいる。いい手があるかもしれない」


まだちゃんと建っているじゃない、とヒルデは思った。遠目に自分の家が見えた。そこいらじゅうが荒廃している中、目の前にそびえるその家はまるで夢の中にあるようだった。

通訳が必要だったので、ヒルデはミハリーナを連れてきた。シェーネベルク地区までの道筋は瓦礫や馬糞や砲弾の穴といった障害物だらけだった。ほとんどいたるところで、住人はソ連兵の命令で、通りの瓦礫撤去に追われている。しかし敗者の仕事はそれだけではすまなかった。この数日、だれにも見向きされず、腐敗して真っ黒になるほどハエのたかった死体も散乱していた。数人の市民が死体を掘り起こす作業を命じられていた。たしかにこの数日、日射しが強いので、待ったなしの状態だ。今年最初の熱波がもうすぐ来るはずだ。ハンカチを口に当てて、死体を暗幕用のボール紙にくるむと、仮の墓地になった近くの緑地に運んでいた。

それでなくても、いたるところに腐臭が漂っている。街はゴミで窒息していた。ゴミコンテナにはゴミと死体が山をなし、いったいいつ中身が処分されるのかまったくわからなかった。

しかし廃墟に生活がもどるためには片づけだけでは足りない。ヒルデは途中でヘアサロンを見かけた。店の正面は破壊され、電気も来ていないが、白衣の店主が入口に立ち、客待ちをしている。ヒルデとミハリーナが通りかかると、店主がお辞儀をしてささやいた。「いらっしゃいませ」

これはそそられる、とヒルデは思った。自分も汗で汚れた髪をスカーフで隠していることを意識した。ヘアサロンに行きたい気持ちが高まった。「髪を洗うための湯は客が持参すること」という看板を見て興ざめすることもなかった。

線路の上の陸橋は幸いまだ使えた。ただし渡るには瓦礫の隙間を抜けなければならなかった。かつて平らだった線路際の土手は空爆で崩れ、太い線路が針金のように空に向かって曲がり、近くにはぼろぼろの車両が何両も止まっていた。そしてどこもかしこも焦げ臭かった。

ヒルデの邸を見て、ミハリーナは目を丸くした。

「ヒルデさん、あれがあなたの家?」

「一応ね。でも、ソ連兵がなんて言うか」

屋根の一部がはがれていたが、それ以外、おじの邸に被害はなかった。なんだか非現実的だ。ちらっと見ただけだが、空襲で焼けだされた人に母屋を明け渡して移り住んだ御者用の離れもたいして壊れていないようだ。

柵で囲まれた敷地は鳩小屋の中のように騒がしかった。表門には赤旗が掲げられ、開け放ったドアを無数の人が出入りしている。大きな声が飛び交い、裏手からエンジン音が聞こえる。昔は芝生をきれいに刈っていたが、今は荒れ放題で、空き缶や焚き火の燃えがらや馬糞で覆われていた。

「いざ、突撃」そう言うと、ヒルデは顔を上げて、車寄せを進んだ。虎穴に入るなら、こっちも堂々としていなければ、と思ったのだ。

石の外階段を上って玄関に入ると、横に古いベッドが置いてあった。スプリングが飛びだしたそのベッドに、兵士がひとりだらしなくすわり、日を浴びていた。兵士は関係のない者が勝手に階段を上ってくると思っていなかったようだ。年配の女がもうひとり女をつれてやってくるのを見て、驚きあわてた。

兵士は気を取りなおすと、壁に立てかけた機関銃を取り、戸惑いながらふたりに銃口を向けた。

「タヴァーリッシ」ヒルデはロシア語で「同志」と呼びかけた。「ここで権限を持つのはどなた?」

ミハリーナが通訳すると、兵士はびっくりしてふたりを見つめた。それからまた気を取りなおしてなにかつぶやき、家に入るように指図した。

「大佐のところへ行けと言ってます」ミハリーナが小声で通訳した。

 ヒルデはその歩哨に軽くうなずいて邸に足を踏み入れた。間借り人がいたときは、けしからんことに雨の日に洗濯物をエントランスに干していた。壁にはそのためのフックがいまだに残っていた。大佐は当然、暖炉の間を占拠していた。ヒルデのおじが公の訪問を受けたときにしか使わなかった特別な部屋だ。

ヒルデたちはドアの前でしばらく待たされた。まわりの兵士が興味津々にふたりを見た。こういう状況になることを、ヒルデは覚悟していた。幸い性病についてハラー医師と議論したことがある。数ヶ月前、国会議事堂内に作られた大学病院仮設分娩ステーションでいっしょに働いていたときのことだ。ドイツ兵はフランスで淋病にかかり、ソ連に蔓延させた、とハラー医師は確信していた。そして今度は逆にソ連兵が東から梅毒をもたらすはずだという。ヒルデも、この種の性病が増加するというハラーの考えに賛同していた。だがドイツにもともと性病がなかったというのはおかしな主張だと思った。

二日前、水汲みのときに、ソ連兵が性病を恐れていることを聞いた。そこでここへ来る前に、ザイボルトの薬局で薬の在庫があるか確認しておいた。もっともソ連軍の衛生兵部隊が数日前、当然のように薬品を持ち去ったため、性病に効く薬は十二箱しか残っていなかった。ヒルデとミハリーナに群がった兵の数を見て、手なずけるには薬品が足りない、とヒルデは思った。十二箱をすべて配りおわると、手帳をだして、処方箋を書いた。

これで薬が手に入ると知って、兵士たちの数はどんどん増えていった。しばらくしてヒルデは、兵士たちの名がどれも似通っていることに気づいた。兵士の中には口ごもって、なにを言っているのかわからない者もいた。

「グリーシャ・ステパーノフ、セルゲイ・イワーノフ、アナトール・ステパーノフ、イリヤ・イワーノフ」ヒルデはミハリーナにささやいた。「みんな、親戚?」

ミハリーナは男たちをさげすむように見つめた。

「ソ連ではマイヤーとかミュラーのようなものですから。みんな、適当に名乗ってるんです」

「どうでもいいわ」そう言うと、ヒルデはにやにやしながら付け加えた。「アドルフをやっつけた猛者《もさ》なのに、こっちが相手となると、とたんに臆病になるなんて」

処方箋用の手帳が薄くなった頃、大きな声が響いて、兵士たちは散っていった。制服を見るに、大佐にちがいない。丸顔で、丸刈りの頭が光っていた。

女性の訪問者がいることは伝わっていなかったが、ふたりを見るなり、大佐はボタンがはまっているか確かめるため、制服の一番上のボタンに手を伸ばした。もちろん彼の青い瞳はソ連軍将校の肩ひじ張った態度にそぐわなかった。

暖炉の間のよろい戸は半ば閉めてあった。明るい光の筋が床からベッドと、書類でいっぱいのデスクにかけて斜めに走っていた。大佐はデスクの向こうの肘掛け椅子が玉座でもあるかのようにどかっとすわった。

「この家はわたしのものです」ヒルデは話しはじめた。「ここを使うのはかまいませんが、離れに住みたいと思っています」

ミハリーナが通訳すると、大佐は驚いて眉を吊り上げた。予想外の来客だったようだ。

「この敷地はソ連軍、つまり労働者・農民赤軍が接収した」にべもない返答だった。

「見ればわかります。しかし本当に全室必要なんですか？　すこしくらい使わせてください」

大佐は困惑しているそぶりを見せまいとした。またしても、軍が敷地全体を接収したと言った。押し問答がしばらくつづいたあと、ヒルデは言った。

「ヒトラーに抵抗したのは、勝利のあと宿無しになるためではありません」

「みんな、ヒトラーに抵抗したと言う」大佐は答えた。

「わたしには証明書があります」ヒルデは刑務所の出所証明書をブラウスからだした。「ナチに加担しなかったため収監されていたんです」

大佐は書類を手に取って見ても、顔色ひとつ変えず興味なさそうに返した。

「どうしようもない」

「住民の世話をすると言ってましたよね」ヒルデは食い下がった。「わたしは医者です。クリニックをひらかなくては。隣人の治療が必要です！」

ヒルデが医者であることを知って、大佐の態度が変わった。急に敬意を払うようになった。

「同志ドクター、すまない」ミハリーナが通訳した。「今は他に返事のしようがない。検討するからしばらく待ってほしい」

「今度またベルザーリン閣下に直訴しろっていうんですか？」

大佐はそれでも動じなかった。その代わり、グラスを二客取ってきて、酒瓶をデスクの奥からだし、なみなみと注いだ。

「最後に我が軍の勝利を祝って乾杯しよう！」それは命令に聞こえた。

ヒルデはうなずいた。「いいでしょう」

大佐はグラスを彼女に差しだした。

「それ、サマゴーン（ロシアの密造酒）ですよ」ミハリーナがささやいた。

ヒルデはにおいを嗅いだ。アルコールにはちがいなかった。

大佐は腕を伸ばしてグラスを上げた。乾杯の音頭をとって一気に飲み干し、ヒルデにも飲めと促した。

ヒルデはちらっとグラスを見て、乾杯と言って同じく一気に飲み干した。喉が焼けるように熱くなり、たちまち体が火照った。だがヒルデが作った酒と大差なかった。

空のグラスをデスクにどんと置き、ヒルデは深呼吸してからたずねた。

「もっと強いのはないんですか？」

大佐がふきだした。

ヒルデは、これなら見込みがあると思った。

「こうしませんか？　わたしがこのサマゴーンをもっと飲んで見せたら、ここに住まわせてください。むりだったらわたしは消えます。これ以上つべこべ言いません」

ミハリーナがあぜんとしてヒルデを見た。

「いいから通訳して！」

大佐も呆気に取られてヒルデを見た。本気だとわかると、副官を呼び、サマゴーンを持ってこさせた。大佐は愉快そうに目を輝かせながら挑戦者を見つめた。

酒飲み競争がはじまる、しかもひとりは大佐だと兵のあいだで話題になり、さっそく何人か見物にやってきた。副官が酒瓶を腕に抱えてもどってきたときには、すでに人だかりができていた。

兵士たちはおどおどしている。ヒルデは不思議に思わなかった。暴れたり、徒党を組んだりしていないとき、ロシア人の多くが女のいるところでおどおどするのを見ていたからだ。しかも今回、大佐に挑戦したのが女だったのは、彼らの理解を超えていたと見える。だが部屋に男たちがどんどん詰めかけると、おどおどした様子はなくなった。

大佐が一本目のコルクを抜いた。ヒルデの背後でささやく声やくすくす笑う声がした。

大佐は二客のグラスに酒をなみなみと注いだ。挑戦者を目こぼしすることはなかった。

大佐は黙って二杯目を飲み干した。次はヒルデの番だ。飲み干すほかない。ヒルデはあおるように一気に酒を口に流し込んだ。

大佐は様子をうかがい眉間にしわを寄せた。ヒルデに酔った様子はなかった。刑務所暮らしをしたヒルデはこの数ヶ月、酒を一滴も飲んでいなかった。酒飲み競争をするには不利だ。

だが何度か飲み干すうちに、酒に強い体質を失っていないことがわかって内心安堵した。もちろんアルコール度数が高いのでかなり効いた。それでも手がすこしふるえるだけで、しっかり立っていた。

大佐も相当強いようだ。いくら飲んでも制服のボタンをはずそうともしない。だが酒がまわってきた証拠に、顔がどんどん赤くなった。

サマゴーンは質の悪い酒だ。ヒルデはプレスした葡萄《ぶどう》でグラッパを作り、こういう強烈な酒を口にしたことがある。だが彼女の作った酒はそれでも香りがあった。それに引き替え、今飲んでいるのはただ泥酔するために作られた代物だ。ヒルデは、この酒で胃の粘膜がどんなことになるか想像してぞっとした。

六杯目でヒルデの息がすこしだけ上がり、この競争が面白いものになると思った。だが決着は、そこに集まった兵士たちの期待を裏切った。

なにか重いものがどさっと床を叩いた。ただし大佐ではなかった。椅子から転げ落ちることなく、しっかりすわっていた。背後が騒がしくなり、ヒルデはなにか起きたことに気づいた。大佐も顔をこわばらせてヒルデの背後を見ている。

振り返ると、人の輪ができていた。その中で兵士がひとり昏倒して、顔を引きつらせている。同僚たちが心配して声をかけているが、倒れた兵士は苦しそうにうめくだけだった。

大佐は兵士たちのところへ歩いていき、それからヒルデの方を向いて命じた。

「こいつを治せ、同志ドクター！」ミハリーナが通訳した。

15

一九四五年五月九日水曜日——一九四五年五月十四日月曜日
太平洋戦争終結百十六日前から百十一日前

この数日、シュムーデの店に住む人の数が少なくなった。ソ連兵の略奪暴行はめっきり減少していた。女が身の危険を感じるのは新しく部隊が到着して、略奪と暴行が繰り返されるときだけだ。それでも、もうすぐ平常にもどるという期待がふくらみ、子どもたちが疎開先からもどされ、女たちも自宅に帰るようになった。

オッペンハイマーとリザが物置で同居していたふたりの若い女もいなくなり、ようやくふたり水入らずになれた。だが同居人がいなくなった最初の夜、ふたりは一睡もできなかった。隣の部屋でシュムーデ夫妻が大声で口論したからだ。原因を作ったのはオッペンハイマーだった。

エデが店に興味を持っているという知らせは、爆弾と同じ衝撃を与えた。シュムーデ本人に異論はなかった。服も生地もなくてはどっちみち店をやっていけなかったからだ。彼自身もその店舗を借りていたのだが、エデに又貸しすることに同意した。シュムーデは目を輝かせていたから、自分の店で服を着ない女性を披露するというアイデアが明らかに気に入っていた。しかし、このニュースをあたりさわりのないように妻に伝えることに失敗した。

「すごい夫婦喧嘩」リザは馬用の毛布をかぶっていっしょに横になっている夫にささやいた。ごまかすのはむりだ。オッペンハイマーは夫婦喧嘩の原因を明かした。

「エデがここでバーをやりたがってるんだ。エキゾチックなダンスとか。わかるだろう」

突然、闇の中でくすくす笑う声がした。

「よりによってインゲの店で。あの小うるさい人の店で」

「まあ、思いもよらなかっただろうな」オッペンハイマーもおかしくなった。

リザがくよくよせず、他のことに関心を寄せたのがうれしかった。この数日、リザに気後れしていたことを忘れた。まるでなにごともなかったかのように。彼が名を変えて潜伏したあと、地下室でまたいっしょになった最初の数日と同じ気持ちになれた。

床がミシッといった。リザが横を向いたのだ。オッペンハイマーは妻の温もりを感じた。リザが彼の肩に頭を乗せた。彼はリザを抱いた。

静かにしている。言葉はいらない。ただじっと横たわり、闇を見つめているだけで充分だった。

やっとふたりで静かにしていられる。

だがその状態は長くつづかなかった。すぐにまたあの暴行事件が、うどん粉病のようにふたりの心を蝕《むしば》んだ。オッペンハイマーには、いまだにリザを愛撫することができなかった。その勇気がなかった。リザをどう扱ったらいいかわからず、嫌な思いを抱かずにふたたび妻と寝られるか自信がなかった。やることなすことまちがっている気がして、気力が萎える。いつかこの問題が解決することを祈り、リザが静かに回復するのを見守ることにした。

それに、オッペンハイマーは別の問題を抱えていた。エデと別れるときに、二週間以内にマニの居場所を突き止めると約束した。なんという安請け合いをしてしまったのだろう。戦争末期、エデは身を隠すところを世話してくれた。だから彼の頼みを断れないと思った。とにかく手掛かりがなさすぎる。マニはクロイツベルク地区に住んでいるか、そこにアジトがあるらしい。だがたいていは闇商売で市内を走りまわっているという。捜索は難航しそうだ。

廊下で足音がして、オッペンハイマーははっと我に返った。

リザが体を起こした。「ヒルデかしら？」

「だといいが」そう言って、彼は毛布をはいだ。「こんな遅くまでどこにいたのかちょっと訊いてくる」

オッペンハイマーは棚に手をついて立ち上がった。形ばかりのノックをしてヒルデの部屋に入った。

「オッペンハイマーさん！」そう言って、ミハリーナはあわててブラウスのボタンをはめた。

オッペンハイマーはしどろもどろになった。「どうして急にここへ？」

「もどってきたの。ロシア人のところで眠りたくなかったから。兵隊がひとり倒れたのよ。

ヒルデは、中毒だって言ってる。今、あの人が看病してる」

ヒルデの居場所がわかったので、オッペンハイマーは自分の部屋にさがろうとした。ところがミハリーナが引き止めた。伝えたいことがあったのだ。

「ガチョウの脂をくれた大佐、名前は？」

オッペンハイマーは思いがけない質問にびっくりしたが、地下室から連行されたことをヒルデたちに話したのを思いだした。

「アクサーコフだが、どうして？」

ミハリーナが首を横に振った。

「そのはずはないわ。アクサーコフは収容所《グーラグ》だもの」

オッペンハイマーはショックを受けて聞き返した。

「どうしてそんなことを知ってるんだ？」

「ヒルデさんの家にいた兵隊たち。アクサーコフのことを話題にしていた。大佐は敵に情けをかけた廉《かど》でぶちこまれたんですって」

「ああ、それはわかった。だけどどうして？　なんかおかしいじゃないか」

「アクサーコフは婦女暴行に反対だったって兵隊たちは言ってた。それ以上は知らない」

ミハリーナの話はそれで終わりだった。オッペンハイマーは考えながら自分の部屋にもどった。これこそ、リザが暴行されてからひたすら待っていた天の配剤だろうか。

オッペンハイマーははっとひらめいて立ち止まった。兵士の乱暴狼藉《ろうぜき》に反対なら、アクサーコフは相談に乗ってくれるかもしれない。巷ではスターリンが暴行者を厳罰に処すると警告したという噂が流れている。アクサーコフは名誉挽回しているかもしれない。あるいは別の手で党への忠誠を示したのかもしれない。

シュムーデ夫妻の部屋は静かになっていた。オッペンハイマーが毛布にもぐり込んだとき、リザはうつらうつらしていた。

この数日つづいた悶々とした気持ちが急に取り払われた。マニの件は後回しだ。ついにやるべきことがはっきりした。犯人に報復する機会が訪れたのだ。

オッペンハイマーはアクサーコフ大佐が何者か突き止めることにした。

オッペンハイマーはじりじりした気持ちで、ドアをずっと見つめていた。そこにすわって、アクサーコフ大佐の前に通されるのをどのくらい待っているだろう。懐中時計がないのでよくわからない。椅子のクッションがどんどん痛くなっているので、相当の時間が経ったはずだ。

幸い方向感覚がすぐれていたので、尋問を受けた建物はなんなく見つけだせた。もちろん検問所では通行人を片端から瓦礫撤去に動員しているので、多少の回り道を余儀なくされた。目的地に辿り着き、アクサーコフ大佐と話したいと言うと、将校たちは驚いた顔をして、席について待つように言った。

もう月曜日になっていた。この数日、エデに振りまわされて、大佐を訪ねる暇がなかった。

市内に縄張りが広げられると見るや、エデは木曜日に前触れもなくシュムーデの店にあらわれた。気前がいいところを見せるため、缶詰をいっぱい入れた籠を持ってきた。これでシュムーデ夫人も軟化した。台所で内密に交渉をしたあと、エデはにこにこしながら出てきて、手打ちをした、お嬢さん（夫人のことをそう呼んだ）はいい人だ、とオッペンハイマーにささやいた。ナイトクラブを一週間で開店すると知って、オッペンハイマーはエデが正気かどうか心配になった。

酒場経営の許可が必要だったので、エデはその足でオッペンハイマーといっしょに近くの地区司令部を訪ねた。他のベルリン市民と同じように、エデは順応が早い。みんな、新しい店を開けたり、古い店を再開したりするにあたって、念のため地区司令部が許可するかどうか事前に調べてあったのだ。地区司令部はあらゆる問題についてまず最初にお伺いをたてる場所になっていた。だから歩道までつづく嘆願者の行列を見ても、オッペンハイマーはたいして驚かなかった。

ふたりは解体された車の横の歩道で一時間待たされた。この時点でエデがなんでオッペンハイマーを連れてきたのか判然としなかった。エデの評判を裏づける証人にでもされるのかと思ったが、杞憂《きゆう》に終わった。ふたりが執務室に通されると、司令官はメモ用紙でいっぱいのデスクに向かってすわり、女の秘書がすごい勢いでロシア語とドイツ語を通訳した。クアフュルステンダム大通りにナイトクラブをひらきたいというエデの申し出は司令官の賛同を得られた。生活環境を平常にもどすことは重要であり、エデの活動は当を得ていると言った。

司令官はナイトクラブの開店に急ぎ必要なものはないかとたずね、それを白い紙にしたため、エデに署名させて、他の手書きのメモの山にのせた。プロイセン流ではここで勢いよくスタンプが押されるところだが、おかしなことに今回は握手ですんだ。

ところでドイツ共産党員は恩恵に預かれなかった。行列には、好印象を持ってもらうべく、どこからか党員証を引っ張りだしてきたドイツ共産党員がおおぜい並んでいたが、連中はみんな、肩を落としてすごすごと帰っていった。ヒトラーが権力を掌握したときどうしてもっと抵抗しなかったのか、と司令官に叱責されたからだ。

オッペンハイマー自身が嘆願者となってアクサーコフ大佐に呼ばれるのを待ってみて、ドイツ共産党の残党の気持ちがよくわかった。ただじっとすわっているのはつらい試練だった。数日にわたってナイトクラブのために資材がひっきりなしに搬入され、シュムーデの店はものでごったがえし、カナヅチやノコギリの音が響き渡った。それで問題になったのは、リザといっしょにどこで寝泊まりすればいいかだ。店には間借り人は置かない、とエデがはっきり言ったからだ。

そのうち軍政府から新しい命令がだされ、軍政府がとんちんかんなことばかりしていることが明らかになった。木曜日、一般市民はラジオ受信機、電話、タイプライターをすべて差しだせという命令がだされたのだ。差しだされたものはソ連本国に運ばれるという未確認の噂まで流れた。オッペンハイマーはそんな命令をだしても無意味だと思った。ナチ支配下でも、命がけで敵の放送を聞いていた。情報を手に入れる手段を放棄する奴などいるはずがないと。だがみんなが、命令に背く勇気を持っていたわけではなかった。律儀にラジオなどを指示された集積所に持っていく者がいた。だが翌日、一転して差しだす必要がないという話になり、そのときはもう集積所にあったものはすべてどこかに消えていた。こうしてラジオと電話は一夜にして別の持ち主のところへ行ってしまった。

それより気になるのは、ヒルデがあれっきり姿を見せないことだ。オッペンハイマーは帰りに彼女の邸に寄ってみようと思っていた。さんざん待たされて、結局、無駄足だったかと思いかけたとき、ようやくドアが開いた。

このあいだと同じ息の詰まる部屋に通された。ずっと時間が止まっていたような錯覚を覚えた。窓に板が貼られていて、デスクに向かって同じ三人組が腰かけていた。真ん中にアクサーコフ大佐、左右にポゴディン大尉と通訳。

オッペンハイマーは強く出るのを控え、両手で帽子を持ちながら口をひらいた。

「問題を抱えていまして、助けてもらえないかと思ってきました」

三人はこのあいだと同じように無表情だった。大佐がなにか言うと、つづいて通訳が用件をたずねた。オッペンハイマーは、留守のあいだに妻が暴行されたことを伝えた。だが反応は芳しくなかった。

大佐はすこし考えてから、ぼそっと言った。通訳の眠くなりそうな口調でも、その返答は充分冷たかった。

「別に嘆くこともないだろう。われわれの兵はみな、健康だ」

オッペンハイマーは絶句した。椅子にすわっていたが、足元の床が抜けたような感覚に襲われた。なんて頭が固いんだ。それとも、大佐はそういうふりをしているだけか。オッペンハイマーは、ソ連軍の蛮行を阻止しようとしたアクサーコフは別人だと気づいた。

「しかし同志スターリンは言っています。目をつむってはいけないと」オッペンハイマーは口ごもりながら言った。

一瞬、沈黙に包まれた。大佐が顔をしかめ、それからたずねた。

「目撃者はいるのか？」

「ひとりもいません」

そこではじめてポゴディン大尉が口をはさんだ。

「婦女暴行は証拠がなければ対処できない」通訳が訳した。「根拠なく訴えることはできない」

大尉に言わせるとソ連領内にも法秩序があるということか。それより大尉はじつにいい声をしている。大佐の単調でうなるようなバスとちがって、明るくメロディアスだ。いいテノール歌手になれそうだ。法秩序があることと、いい声であること、どちらにも驚かされた。

「たしかに我が国の兵士には規律を破る者が多すぎる」大尉はつづけた。「しかしここの状況は異なる。ドイツの帝国主義者どもが我が国に侵攻したとき、占領地域の女たちで売春宿を作った。われわれはそういうことをしない。だから多くの男たちは発散することができない。欲しいものを自分で調達しているというわけだ」

オッペンハイマーは唇を引き結んだ。殺人課にいたとき恩師エルンスト・ゲナート課長が言っていた。犯罪者の逸脱行為には必ず原因がある。それがわからなければ予防できない、と。だがオッペンハイマーは今の状況で、婦女暴行をした者の気持ちになって考えることはできないと思った。彼にとって、奴はけだものだ。そしてそういうけだものは罰しなければならない。

「奴らに活を入れることはできるでしょう」ポゴディン大尉とアクサーコフ大佐を怒らすかもしれないと覚悟しながらつぶやいた。「事件はわたしがここに連行されてきたときに起きました。場所はあのビール醸造所です」

大佐の鋭いまなざしから、興味を抱いたことが読み取れた。次の質問はよく考え抜いたもののようだった。

「ディーター・ロスキはバッグを持っていた。覚えているかね?」

大佐が言わんとしていることは重々わかっていたが、オッペンハイマーははぐらかした。

「バッグですか?」

そう聞き返しながら、思案を巡らした。エデのために隠したバッグのことだ。オッペンハイマーしか知らないことだ。軽々に手の内を見せないほうがいい。

「見たような気がします。ロスキはいつも持っていました」

「そのバッグはどこだ?」大佐がたずねた。

オッペンハイマーは首を横に振った。「さあ」

大佐は冷ややかなまなざしをした。

答え方がよくなかったようだ。急いでこう付け加えた。

「なんなら聞き込みをしましょうか。ベルリンのことをよく知っています。元刑事です。ナチが権力を掌握したときクビになりましたが」

大佐はオッペンハイマーが言いたいことを理解した。手伝いはするが、婦女暴行をした奴を捕まえることが交換条件だと。言葉にならないこの要求がしばらく宙に浮いた。すると大佐がいきなり椅子の背にもたれかかった。無言のやりとりが中断した。

大佐は気のない返事をした。

「きみが必要になったら、どこへ行けばいい？」

オッペンハイマーは答えに詰まった。それからシュムーデの店の住所を教えた。住むところは未定だが、ナイトクラブを手伝うことになっている。エデに声をかけられたのはもっけの幸いだった。一も二もなくやると答えた。あそこで落ち合うのが一番いい。

「あとで連絡する」大佐はうなずいてささやいたが、口だけのように聞こえた。

実りの少ない面会のあと、オッペンハイマーは自転車でシェーネベルク地区へ向かった。まだ日は高かったので、ヒルデの消息をたずねられる。夜十時から民間人は外出禁止だ。ソ連のパトロールが拳銃を抜いても文句は言えない。だが本当にそうなるのか試す気はなかった。

ヒルデの邸は様子が変わっていたが、すぐにそれとわかった。ソ連軍のトラックが何台も道端に停車していて、無数の兵がアリの行列よろしくいろいろなものを邸からトラックに運んでいた。

ヒルデが以前住んでいた離れは、すべての窓が開け放たれていた。いつものように横の路地に曲がり、庭木戸から敷地に入ったが、オッペンハイマーをとがめる者はいなかった。

「ヒルデ？」家の中に声をかけてみた。午後だったが、日射しはまだ明るく、玄関は真っ白な壁に開いた真四角の穴のようだった。「ヒルデ、いるのか？」

「いったいなんなのよ、これ！」家の中から叫び声がした。

その声を聞いて、オッペンハイマーはほっとした。ヒルデは無事だ。

親しい友人の声がしたので、彼は家に入ることにした。念のため自転車も運び入れた。診察室のファイル棚とデスクはなくなっていた。残されているのは古くなった患者用の椅子二脚だけだった。居間から物音がして、苛立たしそうなため息が聞こえた。オッペンハイマーはそっちへ行こうとして、ふと奇妙なものに目がとまった。かつてヒルデの肘掛け椅子があったところの壁に蛇口がついている。

「あら！　よく来たわね」

ヒルデはドア口でオッペンハイマーの前に立った。彼は応えることができず、蛇口を指差した。

「なんだい、それ？　ボルシェビキ風の飾りつけ？」

ヒルデは彼の視線を追って、両手を腰に当てた。

「まったくね！　どこかのアホが、壁に蛇口をつければどこでも水が出ると思ったのよ」

オッペンハイマーはうなずいた。

「考え方としては悪くない。特許を取ったほうがいい」

ヒルデはそそくさと出口に向かいながら、話をつづけた。

「ここは兵士の食堂にされたの。思い思いに好きな食べものを持ってきてね。そしてゴミの片づけはわたし任せ」

オッペンハイマーは彼女に従って外に出た。雑草が生い茂る前庭をかきわけて、ヒルデは自転車置き場に向かった。

「なにか探しているのか？」

ヒルデが足を止めた。

「ソ連兵に病人が出たことはミハリーナから聞いたでしょう？」

「治ったのか？」

「それがね、今朝、息を引き取ったの。もだえ苦しんだ。連中たら、とんでもないんだから。だれかを酔いつぶすために、配給の酒を持ち寄るの。決まった順番があるらしいんだけど、問題の兵士は待ってられなくて、なにかちがうものを飲んで、アルコール中毒になったのよ。倉庫がどうのと言っていた。あなたの軍事用語辞典を持ってきていたからわかったの」

「なくなっているから、おかしいなと思っていた」オッペンハイマーはささやいた。「ミハリーナが通訳をしてくれていたんじゃないのか？」

　ミハリーナが話題になって、ヒルデの顔が曇った。

「ここ数日会ってない。ときどきここに泊まっていくけど。彼女、今でも子どもたちを捜してる。子どもたちは、ゲルマン化するため親衛隊《SS》に連れ去られたのよ」

「まさかあのいかれた命の泉計画《レーベンスボルン》？」

「ええ、干し草の山で針を探すようなもの」

　一年前、親衛隊《SS》に頼まれて解決した事件がオッペンハイマーの脳裏に蘇った。捜査中に命の泉計画《レーベンスボルン》に行きあたった。

「クロスターハイデのホームを知ってる。あそこでなにかわかるかもしれない。子どもが養父母のところにいるなら難しいだろうが」

「本当に難しいでしょうね。とにかくソ連兵がうちから出ていったと知ったらミハリーナは喜ぶでしょうね。連中のことが気に入らないのよ」

　オッペンハイマーは驚いた。

「解放されて喜んでいると思ったが」

「効果には裏と表があるの」ヒルデは声をひそめた。「スターリンは独ソ戦がはじまる前、ヒトラーといっしょになってポーランドを占領したことを忘れないで。今やスターリンはポーランドの国土を全部牛耳って、やりたい放題してる。だれも口出しできない状態。あいつはロンドンのポーランド亡命政府を認めてない。戦後のヨーロッパについて会議がひらかれるでしょうけど、そのとき他の連合国がどういう態度を取ることやら」

「プリヴェート・バーブシュカ！」そばを通った兵士が声をかけた。ヒルデは手を振って答えた。「プリヴェート！」

「バーブシュカ、おばあさん？」オッペンハイマーは愉快そうにたずねた。

ヒルデは首を傾げた。

「親しみをこめているんだろうけど、今ひとつ納得がいかないのよね」

自転車置き場の扉は開いていたが、人ひとり入るのがやっとだった。ヒルデは身をよじって中に入り、大きな物音をたてて兵士の死因となった酒を探した。すぐにくぐもった声が聞こえた。

「どこかにあるはずなんだけど！」

ヒルデが自転車置き場から出てきた。スカーフがクモの巣だらけになっていたが、どんなものだというように金属の缶を掲げた。

「やっと見つけた！　信じられる？　酔っぱらうためにこんな馬鹿なことをするなんて」

ヒルデは栓を抜いた。つんとしたにおいがして、オッペンハイマーは思わず頭を引いた。

「これは？」

「エタノール。飲まれないようにわざと変性してある。それでもロシア人は平気で飲むのよ。そりゃ中毒を起こすに決まってる。そのツケは払ったってこと。大佐に見せないと。さもないともっと多くの兵士が飲んでしまうから」

オッペンハイマーは口をへの字に結んだ。

「兵士に死者が出たんじゃ、連中、きみをここに住まわせたりしないだろう」

ヒルデは手で払う仕草をした。

「なに言ってるのよ。連中はここを出ていくの。移動するんですって」

「だから撤収しているのか」

「あれはみんな、ここから追いだされた人たちのもの。捨てる手間がはぶけて大助かり。とにかくわたしはまたここに住めるのよ。明日、わたしの私物を引き取りにいくつもり」

「わたしとリザが住む場所もあるかな?」

オッペンハイマーは、エデがシュムーデの店でナイトクラブをひらくので、もうあそこで暮らせなくなると話した。

「こんなボロ屋でよければ、みんな、移ってきていいわ。フランツとその家族もね。そのほうが気心が知れてて安心だし。いずれだれかを住まわせろって言われるに決まってる。市内の住宅があれだけ壊されたんだから。そうそう、隣のフリーデナウ地区では電気と水道が通るんですって。あの地区の住民は戦わずしてソ連に下ったから特別扱いなんですってさ」

「それは運がよかった。それじゃ、みんなを連れてきていいんだな? きみを不意打ちしたくない」

「早いほうがいいわ」そう言うと、ヒルデは邸へ歩いていった。

オッペンハイマーは外で彼女を待つことにした。当面住むところが見つかったと思うと、心底ほっとした。ヒルデにはなんと礼を言ったらいいかわからない。だが彼女は、他人行儀なことをするなと言うに決まっている。

数分して邸から出てきたヒルデを見て、オッペンハイマーは、この数日で彼女が変わったことに気づいた。

「その目は？」彼は驚いてささやいた。

「なに？」

「なんだか黄色く見える」

「たぶん肝機能障害でしょ。うちのソ連兵たちは客をよくもてなしてくれるから」

オッペンハイマーは驚かなかった。ヒルデが酒豪なのをよく知っているからだ。

「もうひとつ訊きたいことがある。闇市でマニという奴に会ったことはないか？　エデがそいつを捜してる。ノイケルン地区の出身らしいんだが」

ヒルデは眉間にしわを寄せて考えた。

「マニ？　またなにか捜査しているわけ？　名前は聞いたことないわね。わたしだったらゲルダに訊いてみるけど。彼女は顔が広いから」

オッペンハイマーはうなずいた。訊いてみて損はないが、あまり時間がない。エデは二週間で結果を知りたがっている。だがそのあいだも、店の改装を手伝い、引っ越しもしなければならない。どうやって時間をやりくりしたらいいのか、わからなかった。

16

一九四五年五月十七日木曜日
太平洋戦争終結百八日前

エデがもたれかかると、椅子の背がきしんだ。「名前は?」すわっている席からその若い女に声をかけた。

「リタ」ステージは小さいのに、娘の声はよく聞こえなかった。それでもリタには別の魅力があった。スタイルがよく、エデの眼鏡に適った。「リオ・リタは芸名よ」彼女が付け加えた。「そういうタイトルのレコードがあるんだけど、知らない?」

オッペンハイマーはそのレコードをよく知っていた。エディ・サクソン・オーケストラが演奏している。たしかオットー・ドブリントが本名だ。ヒトラーの権力掌握前、まさか英語の偽名を使っているとはだれも思わなかった。ただしその歌ではリオ・グランデ一の美女が謳《うた》われている。リタは赤毛だった。

エデはそういう話に乗らなかった。時間がなかったのだ。

オッペンハイマーもこの数日、あまりのめまぐるしさに、周囲で起きていることをろくに把握できなかった。噂では高級ホテルの〈アドロン〉までが金目のものを漁る人々の餌食になったという。ベルリン陥落の直後、あの高級ホテルから火の手が上がった。ポイ捨てした煙草のせいらしい。一般市民がホテルの焼け残った部分に殺到し、金縁の鏡やクッションつきの椅子、マットレスなどを持ちだした。

日曜日、連合国の勝利を祝う鐘が打ち鳴らされたが、待望の大パレードが実施されるかどうかは定かでなかった。だが水の出の悪い井戸ポンプがロシア人技術者の手で自動式に置き換えられたことのほうが、ベルリン市民にとっては朗報だった。蛇口からは勢いよく水が流れだし、何時間も行列に並ぶことは過去のものとなった。

ただし官庁街の井戸は今も涸れたままだ。ベルリン攻防戦の終盤、何者かがラントヴェーア運河の下で南北をつなぐトンネルの天井を爆破し、高速都市鉄道のトンネルと地下鉄網の大部分を水没させたのだ。だが真相は闇の中で、親衛隊《SS》の仕業だという噂も流れたが、明らかにならなかった。

この数日で、エデの手下たちはシュムーデの店を片づけ、どっしりしたバーカウンターやステージを組み立てた。エデがどこからこんなに建築資材を調達したのか謎だ。カウンターには見覚えがあった。どうやら自称興行主はパンコウにあった酒場を解体したようだ。

一方、ふさいであった窓はそのままにされた。ナイトクラブに日光はいらないからだ。火曜日、窓に積んだレンガの外壁に絵が描かれた。帽子をかぶった紳士たちが薄着の淑女に見とれている図。あまりに素人っぽかったが、いい宣伝になるだろう。三流のピカソといった感じの画家が「新装開店」という言葉をレンガ壁に書いたときにはもう仕事を求める女たちがあらわれた。みんな、一生懸命着飾ってナイトクラブの前に列をなした。髪にウェーブをかけ、脚がよく見える短いスカートをはいている。なかには戦争の混乱を生き延びたハイヒールまではいている者がいた。

もちろんエデの関心は脚がきれいかどうかだけではなかった。「まあいいだろう、リオ・リタ」そうささやいてから、エデは大きな声で言った。「ちょっとブラウスを脱げ」

リタは一瞬戸惑ったが、ボタンを上からはずしはじめた。そのあとなにを言われるかわかっていたのか、いさぎよくブラジャーもはずした。

「こいつは才能がありそうだ」エデは感心してささやいた。

ステージの光景はとくに真新しくなかったが、オッペンハイマーはすわったまま腰をもぞもぞさせた。

「いい胸をしてるじゃないか」エデは拍手を求めているかのように言った。

オッペンハイマーはとっさに応じたが、卑猥な冗談は言えなかった。「ただの裸だ」

彼としては、むきだしの胸を見ているのがどうにも居心地悪かったのだ。だからエデの方を向いてたずねた。「マニの住所はわかったか？」

エデは一瞬面食らったが、すぐにそっちがまだ片づいていないことを思いだした。

「ちょいと休憩だ！」エデは舞台に向かって叫んだ。リタが衣服を着はじめると、エデはちびのハンスを手招きした。彼はずっと腕組みをして端っこから見ていた。

「スターリンのケーキを女たちに配ってやれ」エデが指示した。ハンスはうなずいて、オープンサンドをカウンターに並べた。食べもの欲しさに、女たちがすぐ群がった。

エデは、女たちがオープンサンドを取りあうのをにやにやしながら見た。飢えたライオンの群れに餌を与えるサーカス団長のようだ。つづいてベストのポケットからメモをだすと、オッペンハイマーに渡した。「マニが最後に住んでいた家をパウレが突き止めた。シレジア街だ。だが奴はそこにも顔を見せていない」

「取っかかりにはなる。聞き込みをしてみよう。だれかなにか知っているかもしれない」オッペンハイマーはメモをしまった。

「じゃあ、出かけていいかな。それとも、まだここですることがあるか？」

エデはすこし考えた。

「いいや、そっちを頼む。今日、スポットライトがとどくが、こっちでなんとかする」

オッペンハイマーは、エデの手回しのよさに驚いた。

「スポットライト？　どうやってそんなものを？　トラックが落としていったのか？」

エデはふふっと笑った。

「蛇の道は蛇。明日、見てみるんだな。あんた、ライトが扱えるだろう。電気が来たらの話だが」

オッペンハイマーはほっとしてうなずいた。それがナイトクラブでの仕事らしい。照明係なら悪くない。

オッペンハイマーの後ろの席に女がふたりオープンサンドを持ってすわった。

「あなたもやられた?」女のひとりが、昼時の世間話のように言った。

「一度だけ」もうひとりが答えた。「ロシア人が大挙して押しかけてきた。そのうちのひとりに廊下でつかまって、壁に押しつけられた。そいつ、べろんべろんに酔っぱらってた。あなたは?」

「数えてない。六、七人かな。ひとり、髭も生えてない坊やがいてね。びびっちゃって、入る前に昇天しちゃった」すこし間を置いて、女は付け加えた。「それで、病院には行ってる?」

「どうして?」

「検査ステーションができたのよ。襲われたら、検査してもらったほうがいいわよ」

「考えておく。幸いあたしを襲った奴にはなにも壊されなかったわ。あたし、下が狭いの。夫も困ってた。でも今、ここにいなくてよかった。襲われたなんて知ったら、どういう反応したかわからない。だけどロシア人は別に女たらしとは言えないわね。聞いたかぎりでは、みんな、奥手らしいし」

「近くに住んでる人だけど、食べものがもらえるからって、ロシア人としばらくいっしょに暮らしてた。彼女、そいつにベッドでの手ほどきをしようとしたの。そのうち、そいつは女を乗り換えたってわけ。きっと変態だと思われたんでしょ」

ふたりがくすくす笑った。

オッペンハイマーは愕然としているのを顔にだすまいとした。聞こえなかったふりをして立ち上がると、そこから離れた。

警察にいたとき、婦女暴行事件に何度も出くわしたが、被害者が日中にこんな反応をするのを見たことがない。そもそも性のことをこんなにあっけらかんと話すのを一度も耳にしたことがなかった。数ヶ月前まで、口にするのも恥ずかしい話が今では日常会話になってしまったのだ。

モラルの指針がおかしくなってしまった。多くの女が同じような運命にさらされてしまったために、性に関することを楽に話せるようになったとみえる。稀なケースではないので、孤立することはないし、恥じる必要もないのだ。特殊な状況下で、被害者たちはいっしょに気持ちの整理をしている。心を癒やすのに役立つだろうが、それでも繊細な心の持ち主はなかなかそこから抜けだせないだろう。

リザも話し相手を見つけられるだろうか。ヒルデはどうだろう。いっしょに移ったゲルダとバルベは？　リザのプラスに働くといいのだが。

同時にオッペンハイマーは、自分がそのことについてリザと話せないことを意識した。考えただけで、息が苦しくなる。

マニの住居まではそれほど時間を要しなかった。一時間もかからずにすんだ。設置されたばかりのキリル文字の道路標識にはまだ慣れていなかった。別のところには、スターリン大元帥の巨大なポスターが立てられている。そんなにうまくは描けていない。なんだか蠟細工に見える。生きているうちから防腐保存されたかのようだ。

オッペンハイマーは途中、線路上で止まっている路面電車のそばを通った。ガラスが割られ、クッション付きの座席が取り払われている。そのすぐそばで、数人の労働者がソ連兵の監視の下、地面から線路をはがす作業をしていた。さらに数キロ行くと、今度は架線を修復している人々がいた。これではお世辞にも効率がいいとは言えない。だれひとり、他の人間がなにをしているか見渡せずにいるのだ。

オッペンハイマーはほこりを顔に受けながら自転車を走らせた。エデは、市内と比べたら郊外のパンコウはすばらしい保養地だと言っていたが、たしかにそうだと思った。早く雨が降ってほしい。そうすれば、空気がきれいになる。もちろん太陽が容赦なく照りつけているのだから、相当の信心が必要だろう。目の前に陽炎《かげろう》を何度も見た気がしたが、実際にはハエの群れだった。廃墟とゴミの山のあいだにはだれにも邪魔されないハエの楽園ができていたのだ。

ヴランゲル通りに到着すると、赤レンガのタボール教会をめざした。屋根は破損しているようだ。塔もてっぺんを吹き飛ばされていた。

オッペンハイマーは脇道に曲がった。マニが住んでいるという集合住宅の正面壁には大きな横断幕が張られていた。「ヨーロッパの新秩序」とそこには書かれていた「アウシュヴィッツ強制収容所だけでナチに反対した者が四百五十万人殺された！　だからナチズムは根絶やしにされねばならない！」とも。

オッペンハイマーは途中、似たような横断幕を目にしていた。そこには新設された「反ファシストグループ」が本部を置いているらしい。

マニが住んでいた集合住宅は砲弾の破片で傷ついていた。一階の窓が一つ開いていて、煙草の煙と議論する声が通りに漏れていた。

「もちろん前線の将兵や、空襲で家を失った人もファシズムの犠牲者と言える。しかし犠牲者という概念を広義に捉えるわけにはいかないぞ。われわれが集めるべき人材はドイツ民族の自由のために勇敢に戦った者でなければならない」

「それではまだあいまいだな」別の声がした。「刑務所や強制収容所に入れられた人に限定したほうがいい。反ファシストのドイツで公職につくのはそういう人物に限るべきだ」

「捕まらずにうまく立ちまわった反ファシスト活動家はどうするんだ？」

その挑発的な質問が引き金になって、議論は紛糾した。

オッペンハイマーは玄関の呼び鈴の名前を見たが、そのときになってマニの姓を知らないことに気づいた。エデのメモをだしてみたが住所以外なにも書かれていなかった。マニというあだ名から連想できるただひとつの氏名は二階のマンフレート・キッシュだった。

自転車をそのまま路上に置きっ放しにするのは不用心だ。オッペンハイマーは仕方なく自転車を肩に担いで階段を上った。

左手で表玄関のドアを押そうとしたとき、ドアがひとりでに開いて、開襟シャツの若い男があらわれた。黒いベレー帽の下から髪の毛がはみでている。男はびっくりしてオッペンハイマーを見つめてから、なにも言わずにすれちがった。

「すいません」オッペンハイマーは言った。「キッシュさんはご在宅でしょうか?」

若い男は急いでいて、首を後ろに向けて答えた。「さあね。ここの住人じゃないんで」

オッペンハイマーはそうだろうと思った。ヒトラー時代、しかもベルリンのような大都会で、そんなに髪を長く伸ばしたら目をつけられてしまう。最近、外国からもどったばかりなのかもしれない。といっても、ベルリンはいまだにドイツ西部と切り離されているので、その若い男はむしろロシア人と見たほうがよさそうだ。開け放った窓の奥に、同じような連中がいた。だが反ファシストグループにマニのことをたずねてもなにもわからないだろう。助けになるのは、昔からここに住んでいる人だ。

自転車を二階に持って上がるのは思いのほか面倒だった。階段のステップが普通よりも高かった。

あえぎながら階段を上ると、自転車を下ろし、息が整うのを待ってから、キッシュの住居のドアをノックした。反応はない。すこし待って、隣の住まいをノックした。チェック柄のスカーフをかぶった女がドアを開けた。オッペンハイマーは口の中が乾いていて、うまく口が利けなかった。

「どうしたんですか?」女は眉間にしわを寄せてたずねた。「大丈夫?」

オッペンハイマーが同情に値する表情をしていたのか、女はすぐ水を一杯持ってきてくれた。

　ひと息ついたところで、オッペンハイマーはキッシュの遠い親戚だと嘘をついた。だが言ったそばから、信憑性に欠けると思った。ところが親戚の安否を気遣って訪ねてきたという話を女は鵜呑みにした。実際ベルリンでは戦闘が終息してから、無数の人が知り合いや親戚の安否を確かめるために訪ね歩いていたからだ。

　オッペンハイマーは運がよかった。マンフレート・キッシュはやはり行方不明のマニだった。

「しばらく見かけないわね」女は言った。「いれば、必ずあそこを使うでしょう」

　女は親指で通路の奥を指した。奥のドアに古びたほうろう製のプレートが貼ってあり、飾り文字で「トイレ」と書かれていた。

「どのくらい帰っていないのですか？」

「四月はじめからずっと」

　オッペンハイマーは顎をなでながら考えた。マニはディーター・ロスキに頼まれてエデに接触した。ディーターが死ぬ前、ビール醸造所の前でだれかと話しているところに出くわした。あれはきっとマニだ。

　女の証言を信じるなら、あの時点でマニはすでにねぐらを変えていたことになる。市内のどこかに別の隠れ家がある。それが証拠に、キッシュが何週間も帰らないことがよくあった、と女は言った。

「でも、火曜日の昼に帰ってきたみたい。ほんの短い時間。だから顔は見ていないわ。部屋でガタゴト音がしたのよ。なにか探していたみたい」

状況を考えれば、それは変だ。マニは潜伏するため、なにか大事なものを取りにきたというのか。エデはこの時点ですでにマニと連絡を取れなくなっていた。マニが人目を気にしていたのなら、昼日中に自宅にもどるなんてありえない。なにかおかしい。

オッペンハイマーはマニの部屋を覗いてみる必要があると判断した。もしかしたら隠れ家の手掛かりがあるかもしれない。住居に入るにはまず女を追いはらう必要がある。

「それにしても、マニを捜している人がずいぶんいるのね。みんな、お仲間？」女がふとたずねた。

オッペンハイマーは耳をそばだてた。

「だれか来たんですか？」

「そう言ったはずだけど」

パウレとちびのハンスの人相を女に言ってみたが、ふたりではなかった。

「ちがうわ。顎が真ん中でへこんでた」

「顎が割れていたということ？」

「ええ。あの顎、どうやって髭をそるのかしらね」

「その人はいつここに？」

女は目を細めて、向かいの壁を見つめた。「たしか日曜日だったと思うけど」

四日前にだれかがマニの住まいを家捜ししたことになる。

オッペンハイマーは親戚の消息がわかって安心したかのように振る舞い、礼を言った。

そのあとも女にじろじろ見られたので、自転車を担いで階段を下りた。上の階でドアの閉まる音がすると、また階段を上った。肩に担いだ自転車が邪魔になって向きを変えるのにひと苦労した。

そのあいだに反ファシストグループの議論はますます熱を帯び、声が二階まで聞こえるほどになっていた。おかげで、オッペンハイマーは床がきしむのを気にせずにすんだ。

マニの住居のドアの前に着くと、腰をかがめて鍵の様子を見た。鍵穴にひどい引っかき傷があり、その横のドア枠がささくれだっている。なにがあったか考えるまでもない。だれかに先を越されたのだ。だれかがマニの住居に不法侵入した。

ドアは軽く押すだけでよかった。ほとんどなんの抵抗もなく開いた。

室内はかなり暗かった。灯火管制は土曜日、公式に解除されたが、暗幕用のボール紙は窓から取り除かれていなかった。オッペンハイマーは急いで自転車を住まいに入れ、ドアを閉めた。

空気が淀み、熱気がこもっている。額に汗がにじんだ。ほこりと汚れた洗濯物のにおいがする。そして他にもなにかある。はっきりとはわからなかったが、皮膚がかゆくなった。ここには長くいられないと思った。

目が薄闇に慣れるのを待った。影の中から浮かび上がった光景は乱雑きわまりなかった。

予想どおりだった。戸棚が開け放たれ、引き出しが床に落ちていて、衣服やなんやかやが散乱している。侵入者は痕跡を消すことなどまったく気にせず、マニの住居をひっくり返していた。

仮にマニの隠れ家の手掛かりが持ち去られていなくても、これではまず見つからないだろう。

住居はひと間だった。ベッドはすのこが壊され、マットレスが切り裂かれていて、もはや使い物にならない。壁際には鋳鉄製のストーブがあり、そこから煙突が天井に延びていて、反対側の壁の煙突穴に通じていた。ストーブの上には食べ残しが入ったままのほうろう製の鍋があり、どうやらコンロの役割を果たしているらしい。その食べ残しに蛆が湧いているのを見て吐き気を催し、オッペンハイマーはあとずさった。

ところが荒らされた室内に一個所だけきれいに片づいているところがある。興味をそそられて、その事務机に近寄ってみた。普通の住まいなら食卓があるものだ。がっしりした事務机とは意外だ。だが引き出しの鍵が壊されていたのでがっかりした。それでも順に引き出しを引いた。なかには工具が入っているだけだった。

成果のないまま事務机の天板をよく見てみる。傷だらけで、へこみもある。どうやら作業台として使っていたようだ。天板の端に金属プレートがのっていた。薄闇の中、そのプレートも黒々としているが、ヤスリで削った角がうっすら輝いている。オッペンハイマーは気になってその金属プレートを手に持ってみた。ただの金属の塊だ。

事務机の上には黒っぽい削りカスが散らばっている。マニはこの金属の塊でなにか作っていたようだ。贋札にちがいない。ただしルーペがないのはおかしい。ルーペがなければ、贋札の原版作りという繊細な作業はできないはずだ。それに試し刷りも見当たらない。

オッペンハイマーははっとした。近くで話し声がした。階段にだれかがいる。マニの玄関ドアに声が近づいてくる。

オッペンハイマーはあわてて暗い部屋の隅にさがり、壁に体を押しつけた。そうすれば、壁に溶け込むとでもいうように。不注意だった。まったくいまいましい。すぐに姿をくらますべきだったのに、何分もこの部屋にとどまってしまった。

そのうち声が小さくなり、聞こえなくなった。オッペンハイマーはほっと息をついた。暗がりから出ると、自転車のハンドルをつかんだ。あわててこの集合住宅から逃げださないよう自分に言い聞かせた。まずドアに耳を当て、階段にだれもいないことを確かめた。

だがドアを開ける前に考え直し、部屋にもどって金属のプレートを手に取った。

17

一九四五年五月十七日木曜日――一九四五年五月十八日金曜日
太平洋戦争終結百八日前から百七日前

アクサーコフ大佐は急いでいた。ルデンコの安否情報はすぐ届くようになった。二日前、部隊と共にカールスホルスト地区へ移動し、新しい宿営地が陸軍病院のすぐそばになったからだ。ソ連軍はカールスホルストの占領地区を完全に封鎖して立入禁止区域にした。ドイツ人はだれかに同伴されるか、プロプスクと呼ばれるいわゆる入構証を提示する必要があった。ソ連軍関係者が空き家に住みはじめた。ここに住むのはソ連の同胞ばかりになり、この地区は発音しづらいドイツ語の地名を廃してロシア語化したカルロフカと呼ばれるようになった。

与えられた任務は厄介だが、安心して新鮮な空気が吸えるのはいい気分転換になった。大佐は心の余裕ができたのか、ルデンコが回復するまで内務人民委員部《NKVD》の尋問官を待機させた。拷問してもすぐには死なないように回復を待つとはなんとも皮肉なものだ。

ルデンコはすでに二週間ほど前から陸軍病院にいて、傷はすっかりよくなっていた。もうすぐ拷問の時間が来るとも知らずに。

アクサーコフ大佐は任務に専念した。部下と共に毎日、実験用の機器を分解して木箱に梱包し、後日ソ連国内でふたたび正確に組み立てられるように設計図も作成した。手持ち無沙汰などと嘆く暇はなかった。だがすでに少将から二度もポツダムの司令部に呼びだされ、バッグ探しの進捗状況を報告させられている。報告のたびに空気がぴりぴりしているのを感じた。

日の光の中から薄暗い病院に入ったとき、目がちかちかした。ルデンコの担当医からはこれといった説明がなかった。尋問官ツィンバルが先に来て奴の様子を見ていることは知っていた。

病室のドアを開けたとき、ツィンバルの姿が目にとまった。小柄だ。せいぜい一メートル六十センチ。カーキ色の軍服を通して、体を鍛えぬいていることがわかる。だが足の短さがアンバランスだ。ツィンバルは眠っているルデンコの前にじっと立っていた。

この十日間ほど、ツィンバルとは何度も顔を合わせているが、それでもいっしょにいると落ち着かない。危険な男だと本能的に感じ、目をつけられないようにしろと肝に銘じた。内務人民委員部《NKVD》に勤務していても、安全とはかぎらない。部内は複雑で見渡しがきかず、ひとつまちがえれば嫌疑をかけられる恐れさえある。期待通りの働きができず、反革命分子と疑われ、ある日突然、尋問される側になった同僚をたくさん見てきた。

大佐も、疑われる側になったらどんなことになるか重々わかっていた。疑われたが最後、出口はなく、きっとだれかに罪を着せることになる。あいにく兄の件があってから、自分がどんなにうまく立ちまわり、身を守るためならどんな悪辣《あくらつ》なことでもやれるのを知ってしまった。考えただけで、やるかたない気持ちになる。

アクサーコフ大佐はルデンコを起こしたくなかった。囚人の耳に入らないところで話がしたい。だから軽く咳払いした。

ツィンバルがかすかに首をひねった。もちろん大佐に気づいていた。肩をすくめ、深呼吸すると、ドアの方を向いた。

「囚人は尋問に耐えられるか？」静かな廊下に出てから、大佐は口をひらいた。すべてがツィンバルの判断にかかっているからだ。

「もう充分耐えられるでしょう」ツィンバルは答えた。

大佐はツィンバルの柔らかい声にあらためて驚いた。はじめて会ったとき、もっとがさつな奴かと思っていた。秘密警察には必ずそういう奴がいる。だがツィンバルはそういうタイプではなかった。官僚的な几帳面さがある。拷問も彼には黙々とやるべきただの仕事なのだろう。

「さっそく今日から準備をはじめましょう」ツィンバルは言った。

大佐は満足してうなずいた。「どのくらいかかる？」

ツィンバルは底が見えない目で大佐を見た。

「なにを目的にするかによります。囚人の意志を挫くだけか、ほかにもやることがあるのか」

「グリゴーリエフ一味がどこにいるか知りたい。それ以外は二の次だ」

「それなら二日。長くて三日」ツィンバルはすこし考えてから答えた。

ツィンバルはその二日間でルデンコにどんな拷問をする気だろう。モスクワのルビャンカ広場にある内務人民委員部《NKVD》本部庁舎に政治犯用の刑務所があることは公然の秘密だ。秘密警察は十月革命後、数ヶ月でその黄色い宮殿のような建物に入った。機関の名称はチェーカー（反革命・サボタージュ取締全ロシア非常委員会の略称）から国家政治保安部《GPU》と変わり、秘密警察は内務人民委員部に吸収された。だがルビャンカ刑務所は変わらず存続した。そして職員の数がふくらみつづけたため、広場はアクサーコフ大佐が高く評価する建築家シューセフの手で数年前に拡張された。

尋問と拷問は刑務所の地下室でおこなわれている。監房も創意工夫がなされているという。拷問の対象者は、無数の飢えた南京虫でいっぱいの小部屋や、嫌というほどまばゆい白タイルの監房に放り込まれる。ほかにも湿気や寒さや飢えに苦しめられる監房もある。ルビャンカをはじめとする秘密警察管轄下の刑務所には尋問官がいて、囚人から自白を引きだすべく次々と新しい拷問法を編みだしていた。

アクサーコフ大佐がなにを考えているかわかったのか、ツィンバルは言った。

「おそらくいろいろと工夫が必要でしょう。ここベルリンには必要な道具がありませんので。まず囚人に圧力をかけます。本格的な尋問をはじめる前に長時間睡眠を奪います。これはとくに効きます。尋問は明日金曜日から土曜日にかけての夜におこないます。それまでに意識が朦朧《もうろう》として、数日で限界に達するでしょう」

大佐は確信が持てなかった。というのも、彼らの拷問法がどんなに危険か嫌というほどよく知っていたからだ。尋問官は大粛清の嵐が吹き荒れた時代に、欲しい自白を引きだすことに長けた存在になった。だが囚人が本当のことを言ったかどうかは二の次だった。

「いいか、欲しいのは自白ではない。役に立つ情報だ」

ツィンバルの自信はゆるがなかった。

「ご心配なく、同志大佐。ルデンコがなにか知っているなら、吐かせてみせます」

オッペンハイマーはとくになにも考えず、いつものように庭木戸からヒルデの敷地に入った。非アーリア人と会ってもヒルデに危険が及ばなくなった今でも、表の通りから入る気になれなかった。習慣を変えるのは難しい。

開店日の日曜日が迫っているナイトクラブの手伝いで一日が終わった。聖霊降臨祭（五月二十日）前だが、祭日が近いことなどだれひとり気にかけなかった。だれもまともな仕事に就けていなかったからだ。電気がまだ通っていないため、オッペンハイマーは照明係ではなく、舞台監督をすることになった。具体的には、演目のあいだにできるだけ間が開かないように演者の出番を管理する仕事だ。

幕の裏で女たちの出番を指示する仕事は思ったほど嫌ではなかった。明日は最後の予行演習だ。全員が参加することになっていた。エデは、通しリハーサルを本番と同じ時間におこなうと言った。つまり午後六時ちょうど、がらんとしたホールを前にして幕が上がる。オッペンハイマーはずっとステージの裏にいたが、いくらか緊張した。

最後の仕上げが終日つづき、その日は暮れなずむ頃帰ることになった。ところがいつもより人通りが多い。女も男も自転車を漕いでいる。不思議なことにみんな、オッペンハイマーと同じ方向へ走っていた。

数キロ進んだところで理由がわかった。フリーデナウ地区の住宅街に明かりが灯ったのだ。まるでクリスマスのネオンを彷彿《ほうふつ》とさせる。どの街角にも、数人の野次馬がいて、明るい光が漏れる窓を飽かず見ていた。

がっかりだったのは、隣のシェーネベルク地区にまだ明かりがついていなかったことだ。しかし早く移動できたので、まだ街並みが薄暮の中に浮かんでいた。

自転車をヒルデの敷地に押して入ると、離れの家のドアが開いて、初老の紳士が後ろ向きに出てきた。しきりに礼を言っている。嘆願者のように帽子を胸に押し当て、何度もヒルデにお辞儀をした。

「本当にありがとう」男はしつこいくらいに言った。「どうお礼をしたらいいか」

男はさらにもう一歩さがって、オッペンハイマーとぶつかり、あわてて振り向いた。「いやあ、ありがとう」そう言って、オッペンハイマーとも熱心に握手した。

「どうなってるんだ？」紳士がいなくなるとすぐオッペンハイマーはたずねた。「病気を治してやったのかい？」

ヒルデは玄関をいっぱいに開け、涼しい夜気の中に立った。

「そんなところ。あの人が筋金入りのナチではなかったという証明書にサインしてやった。素行証明ができなければ、党員は強制労働を科されるんですって」

これには驚かされた。リザでさえも新しい住民登録局でシェーネベルク地区への引っ越し許可を得るために素行証明書を提出させられた。

「それで？　筋金入りだったのか？」オッペンハイマーは、またたずねた。

ヒルデは興味なさそうに肩をすくめた。

「さあ。ともかく死体の掘り起こしや便所掃除をするよりも、わたしに媚びるほうがましだって判断したんでしょ。すくなくともあの人とはもめごとを抱えなかった。だから、どうでもいい」

ヒルデが太っ腹なことに、オッペンハイマーは驚いた。これまではナチの同調者をきびしく批判していたのに。それからもうひとつ驚いたことがある。ヒルデが頭のてっぺんからつま先まで白いほこりをかぶり、左右の手にカナヅチとノミを持っていたからだ。

オッペンハイマーは工具を指差した。

「まさかその証明書とやらを石に刻んでいたのか？」

ヒルデはそれが冗談だと気づかなかった。「本を隠した壁をこわしてるところ」

オッペンハイマーはヒルデの禁書コレクションのことを思いだした。はじめてこの離れを訪れたとき、壁はすべてそういう本で埋めつくされていた。一月末、逮捕される前にヒルデはその本を納戸に積み上げて、ドアをレンガで埋めて壁にした。

　オッペンハイマーはにやにやしながらたずねた。「急に危険文書が必要になったのかい？」

「そうじゃないけど、医学書が必要なのよ。ようやく医師の動員がかかった。外科医のザウアーブルック教授が市参事会に招聘《しょうへい》されて、保健担当の参事会員になったの。市民に医療サービスを提供するための大事な一歩よ。わたしはひとまず大学病院で手伝うことになるでしょうね。そうすれば、ここのクリニックに必要な薬も手に入るようになるし」

「それはちょっと驚きだな」ヒルデがけげんな顔をしたので、オッペンハイマーは思ったことを口にした。「ザウアーブルック教授の件さ。彼が外科医学の重鎮であるのはわかる。だけどナチと深く関わりすぎていないか？　たしか戦功十字章かなにかをもらったはずだ」

「そうはっきりとは言えないのよ。ナチが立案した安楽死計画にあの人は反対した。ヒトラーたちは頭が固かったから功を奏さなかったけど。それに教授は抵抗運動家たちとも接点があった。彼の人生にいろいろ問題があるのは確かだけど、指導的立場にいた人はたいていそうなんじゃないの。将来、そのことをもっと問題にすべきときが来るでしょうね」

　そのときガソリンエンジンの音がして、タイヤのきしむ音が響いた。オッペンハイマーとヒルデがそっちを向くと、軍用車両が一台、隣家の前に停車して、武装した兵士が次々と降り立った。

「なにかあるわね」ヒルデがそう言って、垣根のそばへ行った。兵士たちがまたあらわれるまでたいして時間はかからなかった。その頃には車のまわりに小さな人だかりができていた。

ヒルデは首を伸ばした。「なにかしら？」

「さあ」オッペンハイマーはささやいた。「だれかを連行するようだ」

ヒルデが急に笑いだして、手を叩いた。

「あはは、きっと潜伏してた金鶏《きんけい》（金色の党章をつけたナチの上級党員）よ。いまだに隠れているところを発見されるって聞いた」

だが喜んだのも束の間、ヒルデは顔をこわばらせた。彼女の視線を追ったオッペンハイマーは、人込みの中から金髪の女が出てきたことに気づいた。スーツ姿でなかったら、それがだれか気づかなかっただろう。だがヒルデの冷ややかな目線に疑問の余地はなかった。裁判でヒルデに不利な証言をしたヴェントラント夫人だ。

ヒルデは臆面もなく舌をだした。ヴェントラントがその下品な反応に気づけるくらいにはまだ外が明るかった。かっとしてそっぽを向くと、彼女は足を速めた。

「馬鹿な女」ヒルデは言った。「あいつには絶対、素行証明書を書いてやらない。自分でもわかってたんでしょうね。頼みにこなかった。でもヴェントラントのような連中はいつも切り抜けるのよね。きっと今でも、わたしを悪人に仕立てたのは当然のことだと思ってるんでしょう。ひとりよがりもいいとこ」

「ところでゲルダを見なかったか？　この数日見かけない。ちょっと話があるんだ」

「もうすぐ母屋に移ってくるわよ。バルベと同居することになってる。そうすれば、ひんぱんに顔を合わせることになるわ。そうそう、ロシア人たち、ゲルダがわたしの息子で、バルべが娘だと思ってたって知ってた?」ヒルデはにやにやした。「まったく目が節穴よ」

「たぶん連中はなにごとも家族単位で見るんだろう」

オッペンハイマーが邸に入ると、シュムーデが二階でほこりをかぶった家具を自分の部屋に入れようとしていて、ふたりの子がキャアキャア言いながら空っぽの部屋から部屋へ駆けまわっていた。この大きな邸がふたりだけの遊び場だと思っているようだ。

オッペンハイマーが階段を上ろうとしたとき、地下からリザの声がした。地下にある大きな台所は住人の集会所になっていた。リザは笑みを浮かべながらドア口に立っていた。帰宅したオッペンハイマーに気づいたのだ。

「これ、知ってる?」階段を下りてきた彼に向かって、リザは数枚の紙切れを振った。「食料配給券が配られたの。暫定的なものじゃなくて、印刷された本当の食料配給券」

「みんな、ゲッベルスにまんまとだまされたってこと」シュムーデ夫人が台所から言った。「ロシア人に餓死させられるという話だったけれど、新しい食料配給はものによってナチ時代よりも多い。飢餓券でさえ、本物のコーヒー豆が毎日二十五グラム配給されるんだから」

オッペンハイマーは面食らった。「飢餓券?」

「一番下のカテゴリー五のことをそう呼んでるの」リザが説明した。「ナチ党員、無職者、主婦向け。カテゴリー一は重労働者用。でも頭脳労働者もそこに入っている」

「で、わたしは?」

「カテゴリー二、一般労働者用」

オッペンハイマーはうなずいた。「まあまあだな」

三人はキッチンテーブルを囲んで食料配給券を見た。これだけの材料があればおいしいものが食べられる。そう思っただけで、オッペンハイマーはよだれが出た。

彼はため息をついてささやいた。

「ちゃんとしたはと麦スープなんていいな。印刷された配給券はすばらしいけど、食べものは本当に店に出まわるのか？」

シュムーデ夫人もそのことを気にしていたようだ。

「ラジオで、バターが供給不足だけど、パンはたっぷりあると言っていたわ。とにかくそのことを気にかけている人がいるってこと」

リザは眉間にしわを寄せた。

「興味深いことに、ソ連のほうが西側の連合国よりもわたしたちのことを恐れてるみたいね。わたしたちがヒトラーに抵抗しなかったことをいまだによく思っていないし、ドイツを純粋な農業国に変えたほうがいいって考えてる。この国が広大なジャガイモ畑になるまで安心しないんじゃないかしら」

オッペンハイマーは笑った。

「ソ連は、わたしたちを共産主義者にしたいだけさ。そして西側の連合国にとっては、わたしたちは軍事政権でしか管理できない占領国の人間なのさ」

バルベは二階の部屋に住み込んでいた。オッペンハイマーはそこにゲルダがいると期待した。ドアが半開きだったので、ドア枠をノックした。

部屋を覗くと、バルベはシュムーデの子どもたちといっしょにランプの横の床にすわって、布の切れ端でなにかを作っていた。かろうじて人形らしいとわかる代物だ。ゲルダはすこし離れたところにあるテーブルに向かってすわっていた。目の前に婦人靴の山があり、ヒンデンブルクライトの淡い光を頼りに、左右が揃っている靴が何足あるか数えていた。

オッペンハイマーは靴の方を顎でしゃくった。「フランツのところの最後の在庫かい？」

ゲルダは彼に気づくと、話し相手が見つかってうれしそうだったが、返事はいつものようにそっけなかった。「物々交換」

「なるほど」オッペンハイマーはあいている椅子に腰かけると、親しげに身を乗りだした。「わたしが話したいのもそれだ。闇市の人脈を使って人を捜してほしい。きみも知っている奴かもしれない。マニと名乗っている。本名はマンフレート・キッシュ。だがだれもそうは呼んでいないらしい」

オッペンハイマーがあだ名を口にするなり、ゲルダの目がきらっと光った。

「マニなら知ってる」だがそれ以上なにも言おうとしなかった。

ゲルダにいいようにあしらわれている気がして、オッペンハイマーはじれったくなった。

今日は終日ナイトクラブで働いて、気力も根気も使い果たしていた。

「エデに頼まれて捜している。エデが大至急、奴と話したいと言っている」

「わたしにはどういう得があるの？」

オッペンハイマーは一瞬黙った。ゲルダは闇商人だ。報酬を求めるのは当然だ。

「なにができるか、エデに訊いてみよう」今言えるのはそれくらいだ。「明日、話す。いい仕事をすれば、目をかけてくれるだろう」

ゲルダはじっくり思案し、それから咳払いしてたずねた。「マニがどうかしたの?」

オッペンハイマーはこの厄介な仕事の話ができることがうれしかった。

「姿を消した。すくなくとも自宅からいなくなった。ベルリンが解放される際にだれかに撃たれたのかもしれない。だが陥落する数日前に市内を飛びまわっていたのは確かだ」

「マニは猫みたいな奴よ。九つの命を持ってる。そう簡単にはくたばらないさ。みんなが死んだと思う頃、姿をあらわす」

「手伝ってくれるのか?」

ゲルダは考える仕草をした。オッペンハイマーは、自分の言葉が彼女の頭の中でビー玉のように転がるところを連想した。それからゲルダが言った。

「エデのナイトクラブでドアマンになりたい。それがわたしの条件」

オッペンハイマーは耳を疑った。ドアマンには普通、筋骨隆々の男がなる。華奢《きゃしゃ》な女の仕事ではない。

「ああ、いいとも」どぎまぎしながらそう言うと、オッペンハイマーはすこししっかりした口調でつづけた。「話してみる」

ゲルダはうなずいた。これで話は終わりということらしい。

オッペンハイマーは立ち上がって、ドアを開けようとした。そのとき左の頬のそばでかすかに空気が揺れるのを感じた。それと同時にドアのところでズサッという音がした。顔のそばをなにかがよぎったと意識したのはそのあとだった。目の前のドアにナイフが刺さっていて、その衝撃でまだ振動していた。

オッペンハイマーは気づいた。ゲルダのナイフだ。

驚いて振り返った。ゲルダはゆったりすわったまま、にやにやしていた。

バルベとシュムーデの娘はびっくりしてゲルダを見ていた。クルトだけは、サーカスの出しものになるくらいの芸当を見せられて、目を輝かせていた。

「子どもたちの前ではよして！」バルベが口を尖らせた。ゲルダはその言葉を無視して、挑発するようにオッペンハイマーを見つめてからナイフを指差した。

「腕には覚えがある」その声には自信がみなぎっていた。「エデに伝えて、ドアマンになりたい。それがわたしへの褒美」

18

一九四五年五月二十日日曜日——一九四五年五月二十一日月曜日
太平洋戦争終結百五日前から百四日前

アクサーコフ大佐はこうなることを恐れていた。ルデンコの骸《むくろ》。床で丸くなっている男はもはやだれも裏切らない身になっていた。

ルデンコを尋問するという決断は、自分の死刑宣告に等しかった。

ツィンバルを使うことが賢い決断だったかどうか、まだなんとも言えなかった。まずはルデンコが死ぬ前になにか漏らしたかどうか確かめる必要がある。

大佐はこの数日、尋問の経過を聞くため何度も顔をだした。病院で打ち合わせをしてすぐ、ツィンバルは拷問をはじめた。

自在に拷問するため、ルデンコを空き家に移した。

ツィンバルの部下たちがほとんど道具らしい道具を使わなかったので、大佐はびっくりした。部屋が二間に階段、廊下、椅子が数脚。それで充分だったのだ。窓は板でふさがれた。

ルデンコに時刻の手掛かりを与えないためだ。それから発電機を調達し、たえず明かりが灯された。

　大佐は長いケーブルが這う壁面をぼんやりと見た。ツィンバルの部下たちは家中に手を加えた。じつに単純な仕掛けだ。配線には一定の間隔ではずれやすいコンセントがつけられていた。ルデンコが腕をすこし動かしただけでも、コンセントがはずれて警報が鳴る。

　木曜日から金曜日にかけての夜、拷問がはじまった。だがそれはまだ序の口だった。看守役がルデンコの腕を背中で縛って部屋から引きだし、階段を上がる。尋問室で尋問官とふたりだけになる。だがルデンコはすわる機会を与えられない。

　彼が尋問室に入るとすぐ尋問官は腰を上げ、なにも質問することなく、横のドアを開ける。そこには別の看守役が待機していて、囚人を即刻部屋にもどせと命令される。ルデンコが部屋にもどってベッドに横たわると、また看守役が部屋に入ってきて、尋問室に連れていく。だが尋問官の前に立つまもなく、また部屋に連れもどされる。

　この往復が十二時間つづけられる。そのあいだなにひとつ質問されないことで、囚人の神経はずたずたになる。

　それから囚人は尋問室にすわらされる。ただし部屋に残った看守役から、長い尋問のあいだ座面の先端に腰かけるよう強要される。傍目《はため》にはなんでもないように見えるが、数分もすると地獄の苦しみを味わうとアクサーコフ大佐は説明された。

　尋問のあいだに何時間もの休憩が入った。もちろん意志を挫くためだ。看守役はルデンコを廊下にだし、別の椅子にすわらせる。ただし背筋を伸ばすように言って、背もたれに寄りかかることも、眠ることも、腰を動かすことも許さなかった。

これが日曜日の昼までつづけられた。ツィンバルによると、この拷問に六日間耐えた者がいるという。だがルデンコにそんな気概はなく、二日半で音を上げた。

アクサーコフ大佐は死体を見つめた。脱走兵が尋問中に死んだという報告を受けたときはすこし肝を潰した。ルデンコのようながっしりした男がそんな簡単に死ぬとは思えなかったのだ。あいつは懲罰部隊でのしごきも、スターリングラードの地獄も生き延びた。

ブーツの音が廊下の奥から聞こえた。大佐は身を起こし、ツィンバルがやってくるのを見た。大佐は死体を害虫ででもあるかのように見下ろした。

「これはどういうことだ?」大佐はたずねた。

「椅子から転げ落ちて死にました」ツィンバルは答えた。

「しかし健康そうだったではないか。完治するまで二週間待った」

「一定の限界に達すると、人間は死にます。そういうものです」

大佐は納得がいかなかったが、批判は控えた。

「アジトがどこにあるか吐いたか?」

ツィンバルは表情を変えることなく答えた。

「知りませんでした」

「それでも尋問をつづけたのか?」

「もちろんです。念のためです」

大佐はうなずいた。ツィンバルは自分のやったことに自信満々だが、それでも多少の疑念を抱いていたらしい。あるいは死なななければ、サディストめ、そのまま拷問をつづけたのだろうか。どちらもありうる。いずれにせよ失敗したとは口が裂けても言わないだろう。

「感謝する。これで終了だ」そう言うと、大佐は軽く敬礼して出口へ向かった。

外では、ふたりの看守役が家の壁にもたれかかって、日を浴びながらマホルカを吸っていた。大佐に気づくと、ふたりは姿勢を正し敬礼した。

大佐は自分の宿舎にもどるつもりだった。そのとき、看守役のひとりである少尉が声をかけてきた。「同志大佐?」

大佐が振り返ると、少尉はふたたび直立不動の姿勢を取った。

「どうした?」大佐はたずねた。

「死亡の件です」少尉は口ごもった。「奇妙な点があります」

大佐にじっと見つめられて、少尉は額に冷や汗をかいた。

「囚人が殺されたというのか?」大佐は静かな口調でたずねた。

それが本当ならとんでもない話だ。少尉は黙ってうなずいた。

「証拠はあるんだろうな?」

その詰問に、少尉は首を引っ込めてなにかつぶやいた。ついてきてほしいと言ったようだ。

興味をそそられながら、大佐は少尉と共に、尋問に使われた家をまわり込んだ。二階建てで、平屋根だ。目立たず、機能的。だが看板がかけてある。なんと書いてあるかわからなかったが、おそらく以前は商店だったのだろう。

少尉は大佐を小さな木箱のところへ案内した。少尉が蓋をどけると、大佐は中を覗いて目を疑った。木箱の底に北極ギツネの死骸があった。小さな耳と、茶色い夏の被毛は見まちがえようがない。ツィンバルの部隊のマスコットにちがいない。ソ連軍の部隊では幸運を呼ぶものとしてよく動物を連れてあるく。戦争孤児を引き取ってベルリンまでいっしょに連れてきた部隊も複数存在する。

「囚人と同じ水を飲んでいました」少尉は言った。「毒が入っていたのだと思われます」

大佐は目覚めることのない悪夢を見ているような感覚に襲われた。ますますわけがわからなくなった。それと同時に警官魂が呼び覚まされ、事件の真相を解こうとしている自分に気づいた。

「水はどこから運んできた?」大佐はたずねた。

「近場の井戸ポンプからブリキ缶数個に汲んできて、台所に置いておきました。しかしそのうち何個かひっくり返されていたのです。酔っぱらいの仕業のように見えましたが、犯人がやったにちがいありません」

「見張りはいなかったのか?」

少尉は首を横に振った。

「外に歩哨はいませんでした。全員、囚人の監視に当たっていました。逃げられないように」

大佐はわけがわからず、家の陰で帽子を取り、ハンカチで額の汗を拭いた。

少尉は勘のいい奴だ。だが頭の回転がよすぎる。口にしないほうがいい疑問が浮かんだ。たしかに家に忍び込んで水に毒を入れ、ブリキ缶をひっくり返して証拠を隠滅することは可能だろう。

ルデンコだけが水を飲むように、何者かが工作したとしたらどうなる？　ルデンコが死んで得をするのはグリゴーリエフ一味だ。だが奴らには立入禁止区域に入る術などない。内通者がいることになる。

大佐はそう考えながら首を横に振った。この件を調べて、ルデンコの検視をおこない、死因を特定しようとすれば、面倒を背負《しょ》い込むことになる。上官の支持がなければ、手がだせない。

大佐は頭の中でこれまでの捜査を反芻《はんすう》し、具体的な手掛かりがないか考えた。しかしわからずじまいになった問いと憶測以外なにもない。ルデンコ以外に手掛かりはなかった。そして奴にはもう尋問できない。捜査は本格的にはじまる前から暗礁に乗り上げたのだ。

「上官に伝えておけ」そう言うと、大佐はふたたび帽子をかぶり、少尉をそこに残して立ち去った。殺人の疑いを問題にするなら、だれかに言わせたほうが無難だ。自分は長時間椅子の角にすわらせて、スターリングラードの英雄を死なせたと少将に報告しなければならない。それだけでも充分に厄介だ。

そのとき、刑事だったと言ったドイツ人オッペンハイマーのことを思いだした。大佐の歩調がしだいに速くなった。異例だが、これしかもう方法がないと確信した。

オッペンハイマーは鳥肌が立った。今しがたまで汗をかいていたのに。急にだれかの視線を感じた。振り返ると、白く塗られたレンガ壁に自分の影が映っていた。

ナイトクラブは熱気でむんむんしていた。ステージの前のバーコーナーは満席だった。いの一番に来た客たちは立ち見席を好んだ。踊り子が服を脱ぐたび、大きな歓声をあげた。だがオッペンハイマーが身をこわばらせたのは、別の声を聞いたからだ。

かすれた笑い声。

エデの狙いは図に当たった。終戦を迎え、ソ連軍はすでに何度も戦勝パレードを実施していた。大きな広場から瓦礫が撤去されたので、数百人の楽隊がトランペットを吹き鳴らし、巨大な太鼓を打ち、うるさい打楽器を鳴らしながら行進した。そして勝利の美酒に酔いしれた兵士たちの多くはさらに面白いものを求めて市内をうろついた。

オッペンハイマーはこの数日、これまでの人生で一番多くの女の胸と尻に出会った。はじめは目のやり場に困り、顔が赤くなっている気がしてどぎまぎした。土曜日の通しリハーサルでは、リタが他の踊り子のようにコートを羽織って登場せず、いきなりイヴさながらの姿だったので、うっかり出番の指示をまちがえそうになった。リタは彼に裸を見せるのをおもしろがっているふしがある。だがしばらくすると、女の裸にも慣れて、揺れる豊満な胸も、むきだしの尻も気にならなくなった。

リタに才能があるというエデの読みは的中した。彼女が登場するとき、ふたり組の楽士はヴァイオリンとアコーディオンで辻音楽ヴァージョンの「リオ・リタ」を演奏する。ステージの袖にいるオッペンハイマーは、リタの演技にそれほど刺激されなかったが、観客の反応は圧倒的だった。リタが登場するたび、観客のあいだからため息が漏れる。前の方の席に陣取った黒髪のハンサムな若い将校が毎度、さかんに拍手する。その奥の席にすわっている観客は、オッペンハイマーの待機している場所からは黒い影にしか見えなかった。というのも、エデがどこからかアセチレンランプをいくつか調達してきて、ステージ前面の金属レールに固定してフットライト代わりにしたからだ。その光のまぶしさにオッペンハイマーはいまだに慣れなかった。

こんなところで舞台監督をしているとは、なんという人生のいたずらだろう。そんなことを考えていたとき、その声を耳にした。

その〝かすれた笑い声〟で、思いだしたくもないあの夜の記憶が鮮明に蘇った。記憶の断片が一気に押し寄せた。引き裂かれたガーター、めくれたスカート、むきだしのコンクリートの床ですすり泣く人影。リザだとわかっても、信じたくなかった。

あのとき見かけた奴が観客の中にいると気づいて、オッペンハイマーは落ち着きをなくした。

リザを襲ったティーマという奴とビール醸造所で話をした男の声だ。

オッペンハイマーはそっと袖幕からホールを覗いた。しばらくしてまたさっきの笑い声がした。掌でアセチレンランプの光を遮りながら、マホルカの紫煙の中にそいつを見つけた。オッペンハイマーは空耳かと思った。痩せた童顔に着崩れた軍服。想像していた乱暴者というより浮浪者だ。だがその若者がまた笑うのを聞いて、まちがいないと確信した。

気づいたときには持ち場を離れ、ホールに紛れ込んでいた。出番を待つ踊り子が困惑して見ている。笑っている奴のそばまで騒ぎを起こさずに行くのは困難だ。オッペンハイマーは玄関で待ち伏せをすることにした。奴はいずれかならずそこを通る。

オッペンハイマーはけわしい顔で玄関に立ち、耳をそばだてた。そのとき、武器をなにも持っていないことを思いだした。あたりを見まわし、机にのっていた空き瓶をつかむと、瓶の底をレンガ壁にぶつけて割った。

観客たちがまた歓声をあげた。踊り子がステージでブラジャーのフックをはずし、落ちないようにカップを胸元で押さえていた。歓声が静まると、またかすれた笑い声が聞こえた。だがその声は外から聞こえた。奴は玄関ドアのすぐ前にいる。オッペンハイマーが玄関に辿り着く前に外に出たらしい。

空はすでに夕焼けに赤く染まっていたが、オッペンハイマーは長時間照明を見ていた目を薄暗がりに慣らす必要があった。近くに男が四人立っていて、煙草を吸いながらロシア語でさかんにしゃべっている。オッペンハイマーは死の天使のように四人を見て、殴りかかる機会をうかがった。だがあいにく、どいつもあの童顔の若者には似ていなかった。

兵士が数人、クアフュルステンダム大通りをのんびり歩いてきた。化粧の濃い女たちがすり寄って、話がつくと、男たちを連れて横丁に消えた。昔のプロムナードが街娼であふれかえるのもすぐだろう。これは野外売春宿だ。

オッペンハイマーは肩を落とし、割った瓶を無造作に進入路に投げすてた。こんなに人が多くては、笑っていた男を捜しだすのはむりだ。

奴がまたのこのこナイトクラブにやってくることに期待をかけるほかなかった。オッペンハイマーはそのときに備えることにした。

さっそく次の日、リザを襲った奴の手掛かりを得ることになった。新しい週はシュムーデのなにげない話を聞いたところからはじまった。日中、薪拾いをしていたとき、ガタガタとひどい音をたてて走る自転車を何台も見かけたという。ベルリン市民はタイヤをはずせば、自転車をロシア人に奪われずにすむと気づいたのだ。オッペンハイマーもなるほどと思い、タイヤをはずしたはいいが、クアフュルステンダム大通りまで漕ぐだけでも息が切れ、早くもその決断を後悔した。

ナイトクラブの前で、オッペンハイマーは汗びっしょりになって自転車から降りた。そのとき道端に止めた黒塗りの乗用車から顔に見覚えのある人物が離れたような気がして、そこにたたずんだ。ずんぐりした体格に非の打ちどころのない軍服。まちがいない。アクサーコフ大佐だ。

しばらく前からオッペンハイマーを待っていたようだ。オッペンハイマーは連絡を取るときのため店の住所を教えていたことを思いだした。だがいつならそこにいるか言わなかった。

アクサーコフ大佐がオッペンハイマーに声をかけた。金属の歯がきらっと光った。大佐の言葉はくぐもっていてよく聞きとれなかったが、車に乗れと言っているようだった。

オッペンハイマーは、先に自転車を店に置いてくると大佐に伝えようとして四苦八苦した。軍事用語辞典をヒルデから返してもらったのは正解だった。だが、入れるとか、置くという意味のロシア語は見つからなかった。だから「マーキナ・タム」と口ごもりながら言って、身振り手振りで自転車とナイトクラブを指した。大佐もようやく合点して、興味なさそうにうなずいた。ロシア人はどうやらそういう態度しかできないようだ。

自動車での移動は思ったより長くかかった。アジア系の顔立ちの運転手はひたすら東へ向かった。意外なことに無傷のままのシリング橋を通ってシュプレー川を越え、川岸に沿って南下した。行く先は不明だが、大佐にはじめて会ったこのあいだの兵舎ではないようだ。

その日は朝からうだるほど蒸し暑かった。窓を開けていても車内は暑苦しかった。それでもふたりのあいだには冷ややかな空気が漂っていた。大佐は後部座席にひとりでいるかのようにじっと前方を見つめたままだ。動きがあるのは唯一、襟にしみ込む玉の汗だけだった。

最初の驚きから気を取りなおしたオッペンハイマーは、大佐がなぜエデのところで待ちかまえていたのか考えた。ソビエト当局が罪と見なすことをなにかしただろうか。妻を襲った奴の仲間に喧嘩を売ろうとした昨日の一件くらいしか思いつかない。瓶を割って、ソ連兵のあとをつけたのをだれかに見咎められたのか。そんなことはまずありえない。

車の窓から外でも見て、他のことを考えようとしたがむりだった。ベルリンには分厚い雲がかかっていた。稲光が走る中、目にとまるのは外壁が崩れた建物ばかりで、鉄筋コンクリートの支柱や木の床や電線がむきだしになっている。建物のあいだをぬう人気のない通りは、怪しげな静けさに包まれていた。オーバーシェーネヴァイデ地区近くの工場を通りかかって、ようやく賑やかになった。その工場の前にたくさんのトラックが列をなしていた。雷雲が近づいて、工場の黄色い壁が灰色に見えた。大きな門で、ソ連兵が巨大な機械を搬出する準備をしている。それを見て、オッペンハイマーは気分が滅入った。死体となった町がとうとう解体されはじめたと感じたのだ。

さらに数キロ走ると、検問所で車が止まった。運転手が書類をだす。歩哨がそれをじっくり確認しながら、ときどき目を上げてアクサーコフ大佐とオッペンハイマーをじろじろ見た。書類が返され、車は発進した。それから数分して大きな建物に着いた。

オッペンハイマーは、数年前までここが病院だったことを覚えていた。ソ連軍の使用目的も変わっていないようだ。大佐について中に入ると、衛生兵が廊下を走り、糊の利いた白衣の看護婦たちが包帯を巻いた患者の世話をしていた。ここではすでに白熱電球もついていた。

大佐に手招きされて、オッペンハイマーは階段を下りた。冷たい地下室がありがたかった。ここにとどまることに異論はない。すくなくとも外がどしゃぶりのあいだは。といっても、ここへは別の目的で連れてこられたことくらい先刻承知だ。

こういう温度の低いところには、たいてい死体が安置されているものだ。

大佐は重いドアを開け、その奥の部屋に入ると、天井の照明をつけた。金属のストレッチャーにのっている白い布が光を反射した。大佐は布を払って死体の顔を露わにし、オッペンハイマーを手招きした。

オッペンハイマーはストレッチャーのそばに行った。言葉が通じないうえ、大佐がなにも説明しなかったため、まだ用心していた。しかし、死体の顔を見るなり懐疑心は吹き飛んだ。右目の上が黒い。なんだろうと思って、オッペンハイマーは顔を近づけた。それは深い傷痕だった。

リザが襲われたあの夜、その傷痕を目にした。こいつは出入口の見張りをしていた奴だ。オッペンハイマーはいい気味だと思った。

19

一九四五年五月二十一日月曜日——一九四五年五月二十四日木曜日
太平洋戦争終結百四日前から百一日前

三十分後、オッペンハイマーは説明を受けた。アクサーコフ大佐に連れられて隣の建物に入ると、ポゴディン大尉と通訳が待っていた。このあいだの兵舎のときと同じように、その部屋もよろい戸が閉めてあり、密会をしているような気分になった。

そして大佐が口にしたことは実際、密会にふさわしい内容だった。

「あの死体を知っているか？」通訳が言った。

オッペンハイマーはうなずいた。

「妻が襲われた夜、事件現場の近くにいました。地下室の入口を見張っているようでした」

「まちがいないな？」

「傷痕。あの傷痕をよく覚えています。煙草に火をつけたときにはっきり見えました」

「他に気づいたことは？」

「他にふたりいました。そのふたりはよく見えませんでした。暗かったので。ひとりはかすれた声をあげ、もうひとりはティーマと呼ばれていました」

ポゴディン大尉は大佐に顔を近づけて、なにかささやいた。大尉が体をもどすと、大佐はなにか考えた。次の質問は名前だった。訳すまでもなかった。

「ティモフェイ・グリゴーリエフだな」大佐は苦虫をかみつぶしたような顔をした。

オッペンハイマーがきょとんとすると、大佐がつづけて言った。

「グリゴーリエフは最悪の奴だ。ドニエプル川流域を縄張りにしたギャング団のメンバーだった。当時はそういうごろつきが無数にいたが、われわれが掃討して、秩序を取りもどした。グリゴーリエフもそのとき逮捕されて、懲罰部隊に放り込まれた。報道によると、あの連中は今では英雄扱いされている。だが今でも反革命分子だ。懲罰部隊は正規軍と共に戦い、その結果、グリゴーリエフは仲間を作り、いっしょに脱走した。その脱走兵の一味が醸造所の地下に略奪しに入ったようだな。きみの妻が襲われたのもそのときだろう」

オッペンハイマーの声はかすれていた。「奴を知っているんですね?」

大佐は身を乗りだして腕組みした。まだ話が残っているようだ。

「途中で目にしたとおり、ドイツの工業施設は解体されてソ連へ搬送されている。ところがその一部がどこへともなく消えている。われわれが行く前に、運びだされていることもある。暗躍しているのはグリゴーリエフのような連中だ。奴らは転売したり、盗品と物々交換している。資本主義の誘惑に負け、ソビエトの教育を忘れたのだ。ああいう輩は排除せねばならない。母なるロシアの面汚しだ」

大佐は途中何度も言葉を切って、通訳がドイツ語にするのを待った。不本意な中断をすると、静かにすわったままオッペンハイマーの本心を見抜こうとでもいうようにじっと見つめた。オッペンハイマーは、大佐が正直に話そうとしているという印象を持った。共闘する者、密偵のような存在を大佐が求めているような気がした。ということは、グリゴーリエフ一味の追跡で、大佐には打つ手がなくなっていることになる。

大佐は腹を割って言った。

「きみは刑事だったと言っていたな。脱走兵どもに鉄槌を下すため、まさにそういう人材を必要としている。われわれの目になってくれないか?」

オッペンハイマーは考えた。昨日からいろいろなことが起きた。これまでなんの希望も持てずにいたが、思いがけず復讐ができそうな展開になった。グリゴーリエフの手下がエデのナイトクラブに来ていた。そして今度は、連中をソ連軍当局に突きだせる可能性が出てきた。話がうますぎる。オッペンハイマーはどこかに落とし穴がありそうな気がした。

「グリゴーリエフ一味にはどんな罰が下されるのですか?」

大佐は微笑んで、目を細めた。

「どうしなければならないかはわかっている。強制労働収容所送りになるだろう。あるいは処刑。とにかく歓待されることはない」

オッペンハイマーはうなずいた。

「横流しで有罪になるということですか。婦女暴行ではないんですね？」

大佐は両手を上げた。

「横流し、サボタージュ、婦女暴行、なにかちがいがあるかね？　二度と自由の身にはなれない。それが肝心だろう」

たしかに大佐の言うとおりだ。そこでオッペンハイマーは手掛かりがあることを明かすことにした。もちろんあまり見込みのない手掛かりだが。

「グリゴーリエフの手下を見かけました。昨日です」

その情報は爆弾のような衝撃を与えた。通訳がオッペンハイマーの言葉をロシア語に訳すと、大佐と大尉がそわそわしだした。大佐は眉を吊り上げて、手下の名前を教えろとせっついた。だがオッペンハイマーが名前を知らないとわかると、容姿を詳しくたずねた。

「もう一度見かけたらすぐに連絡したまえ」大佐は言った。「そうすれば、奴らがどこに盗んだものを隠しているかわかる」

「連絡といっても、どうしたらいいのですか？　ここまで知らせにくるには自転車でも二、三時間かかります。それまでに連中はいなくなってしまうでしょう」

ポゴディン大尉が同感だというように横目で大佐を見た。オッペンハイマーは、大尉があざける表情をしたような気がした。大佐は大尉を無視し、じっとオッペンハイマーに視線を向けてうなずいた。

「同志ポゴディンとわたしは来週から、そのナイトクラブに時々立ち寄ろう。むろんグリゴーリエフ一味が来たとき、わたしたちがそこにいるとはかぎらない。そのときは、きみひとりでなんとかしてもらう。知りたいのはそいつらの名前とアジトだ。忘れるな」

そう言うと、大佐は腰を上げ、大尉になにか告げた。話は終わりだ。大尉はオッペンハイマーを市内に送っていくように命令されたのだ。

ふたりはさっきと同じ車の後部座席に乗り込んだ。はじめは重苦しい空気に包まれた。沈黙を先に破ったのは大尉だった。

「わたしは二日に一度顔をだすようにする」

オッペンハイマーは驚いて大尉を見た。ドイツ語が話せたのだ。「どうして？」

「多くの将校が習得している」大尉は当然のことだとでもいうように答えた。「きみに英雄的行為を要求しはしない。われわれのどちらかがその店に顔をだしたら、状況を知らせてくれるだけでいい。店には兵士が多く来ているのかね？」

「どうでしょうね。店は開店したばかりですから。しかし客でいっぱいです」

「なにが提供されているんだ？　酒か？」

「ベルリンで手に入る最高の酒があります。すくなくとも、オーナーのエデはそう言っています。それからダンスが披露されます」

あいまいな言い方では、大尉にはぴんとこなかったようだ。

「バレエのようなものか？」

オッペンハイマーは、西側がどんなに退廃しているか説明すべきか考えたが、それは難しいだろうと判断して、あいまいなままにした。「まあ、そんな感じです」

大尉は興味なさそうにうなずいた。ただ張りつめた空気を和ませようとして口をひらいただけだったのかもしれない。大尉が急に声をひそめてなにか言った。それを聞いて、オッペンハイマーは、いよいよ本題に入ったなと思った。

「情報をだれに流すかよく考えるように。とにかくまちがった者に渡してはいけない」

オッペンハイマーは面食らい、眉をひそめてたずねた。

「相手は脱走兵でしょう。そんなに重要なことですか？」

大尉はしばらくカフスボタンをいじってから言った。

「グリゴーリエフにどんな人脈があるか、われわれにはわかっていない」

オッペンハイマーは納得した。

「つまり奴らには後ろ盾がいるんですね？　上層部ですか？」

「その疑いがあるだけだ。おそらく裏切り者がいて、情報を流している。裏をかかれっぱなしだ。偶然とは思えない。グリゴーリエフはどこに出没すればいいか正確に知っている」

陰謀に巻き込まれたと気づいて、オッペンハイマーはいい気がしなかった。車は十字路で止まった。ソ連兵が旗を振って交通整理をしている。数メートル先の歩道を、子どもがふたり歩いていた。袋の下から針金のような足が覗いている。大人たちと同じように、その子どもたちも四六時中ありえない場所で薪探しをしているのだ。

隣で大尉の声がした。

「わたしが話したことはだれにも漏らさないほうがいい」

「ではだれを信用したらいいのですか?」

「裏切り者の罪を証明すべく動いている」大尉は語勢を強くした。「それまでは、重要な情報はまずわたしに伝えるといいだろう」

オッペンハイマーは大尉に鋭い視線を向けた。

「つまり、アクサーコフ大佐があやしいということですか?」

「それはわからない。だが用心しなければ。グリゴーリエフを探る者は蜂の巣を突《つつ》くことになる」


国会議事堂の周辺は無残なありさまだったが、オッペンハイマーの気分に合っていた。前日から雨模様だったこともあり、ティーアガルテンはぬかるみになりつつあった。冬のあいだ、市民の手で無数の樹木が伐採されて、薪になった。夏になった今も、温かい料理を作るために台所の竈にくべられている。シロアリさながらに、市民は公園を食い荒らしている。とうとうベンチの木製の座面までなくなるしまつだ。立ち木がまばらになり、木の間をすかして東西に走る通りがよく見える。連合国四カ国の戦勝記念式用の赤い布と国旗がすでに二度もこの広い通りを飾った。スターリン、戦勝記念式がまたおこなわれるようだ。観覧席をこしらえる作業員の姿が見える。スターリン、ルーズベルト、チャーチルの巨大な肖像画も立てられている。

オッペンハイマーは興味深いと思った。ルーズベルトが急死して、トルーマンが後を継いだ。ソ連の画家は新しいアメリカ合衆国大統領に魅力を感じなかったのか、制作が間に合わなかったのか、どちらかだろう。とにかくトルーマン大統領の肖像画はなく、ルーズベルトの肖像画に黒い帯がかけてあった。

国会議事堂とグローサーシュテルン広場のあいだの空き地は、思い思いに作られた家庭菜園と化し、その中に崩れかけたコンクリート製の防空壕と錆びついた高射砲があり、有刺鉄線が張られていた。家庭菜園は廃材で垣根が作られ、境界線が引かれている。育つかどうかあやしいものだが、耕した土にスウェーデンカブ、ニンジンなどの野菜が植えてある。この呪われた大地に国会議事堂がそびえたち、さながら幽霊城のようだ。外壁には無数の銃痕がある。並んでいた彫像は台座から落下し、首がもげ、指や手が折れていた。彫像が立っていた窪みは上の方までキリル文字で埋めつくされている。

木曜日。約束の期日が来た。エデはこの週末、マニ捜索の結果報告を待っている。だがリザを襲った奴のことや、アクサーコフ大佐との突然の再会がつづき、オッペンハイマーはそれどころではなかった。それに夕方から舞台監督の仕事もあるため、マニ捜しには午前中しか当てられなかった。

ゲルダは闇市の知り合いに聞いてまわっている。マニの行方をつかめば、ドアマンにしてもいいとエデが言ったからだ。だがオッペンハイマーは当面、自分の下で働いてもらうつもりだ。だからゲルダとは国会議事堂で待ち合わせして、そのあと自転車の荷台に乗せて、最近〈リオ・バー〉と改名したエデのナイトクラブへ行くことにしていた。〈リオ・バー〉と改名したのは、ソ連兵のあいだでリタの人気が急上昇して、いい稼ぎになったからだ。

　国会議事堂前の広場まで来た。家庭菜園はまだここまで広がってはいない。おそらく人の出入りが多いせいだろう。ソ連兵たちはここで記念写真を撮る。中隊規模の集合写真、高射砲の砲身にまたがって、巨大な男性器に見立てた写真。ここには市民もおおぜい集まる。ゲルダがなぜここに呼びつけたのか、オッペンハイマーには謎だったが、口数の少ない彼女からようやく理由を聞きだした。

「ここが闇市だからよ」ゲルダはぼそっと言った。それでオッペンハイマーが納得したかどうかなど気にもしていないようだ。

「とすると、マニはここにいるかもしれないんだな」

　ゲルダは肩をすくめた。

「あるいは、あいつを知っている奴がね」

　国会議事堂前の人だかりは一風変わった光景だった。ソ連兵と市民がひと塊になって長々と交渉し、出所不明の商品を売り買いしている。微妙な取引の場合はコンクリート製の防空壕の物陰でやりとりしている。煙草が金の代わりになっているのも、戦争末期と同じだ。

　ゲルダはあたりをきょろきょろ見ていた。マニの人相を知らないが、オッペンハイマーもあたりを見渡した。

制帽をかぶった無精髭の男が人込みから離れ、そばにやってきた。男はにやにやしながらコートをはだけた。

「どうだい、親分？」男はたずねた。コートの裏地に待ち針でダヴィデの星が数個とめてあった。「たったの五百マルク。それでどれかひとつがあんたのものになる！」

オッペンハイマーは別に驚きはしなかった。この数週間、堂々とダヴィデの星を欲しがる者を路上でよく見かけていた。だが自分の実感からすると、ソ連はこの反ファシストの証をなんとも思っていない。

オッペンハイマーはにがにがしい思いをしながら笑った。

「そのくだらない印をつけたがる気が知れない」

ゲルダはそのあいだにゆっくりとした足取りで防空壕まで歩いていき、ぐるっとひとまわりしはじめた。足早に彼女のあとを追ったオッペンハイマーは背を向けている数人の男に目がとまった。ゲルダはそっちへまっすぐ歩いていく。男たちのだれかを知っているようだ。

それは制帽をかぶり、灰色の髭を生やした初老の男だった。レインコートの一番上のボタンだけはめて、ケープのように羽織っていた。そのほうが便利なのだろう。内ポケットは商品でいっぱいで、次から次へいろんなものをだしていた。それを見たとき、オッペンハイマーは大きなポケットのついたロスキのコートを思いだした。

ゲルダはその男に二言三言ささやいて、オッペンハイマーのところに連れてきた。

「ハネス」と言って、ゲルダは親指でその男を指した。これで紹介したことになるらしい。

「やあ、リヒャルトだ」オッペンハイマーはその男に手を差しだした。ゲルダがなにも言おうとしなかったので、オッペンハイマーが口をひらいた。「マンフレート・キッシュを捜している。マニと呼ばれているらしい。ここにあらわれたか？」

ハネスという名の闇商人は首を横に振った。「いいや、ここでは会ってない。だけどそのうち来るだろう。あいつは猫みたい……」

「ああ、九つの命を持ってるんだろう。知ってる。ゲルダから聞いた」オッペンハイマーはそう言って相手の言葉を遮り、マニと大きな取引をしたがっている者がいると伝えた。

「シレジア街の奴の住まいを訪ねたが、いなかった。どこをねぐらにしてるか知らないか？」

ハネスは眉間にしわを寄せた。

「たしか倉庫を持っていたはずだ。しかも空襲にも耐えられる。解放されるまで、そこに隠れていたと思うがな」

オッペンハイマーは聞き耳を立てた。

「その倉庫がどこにあるか知ってるか？」

「そんなはっきりとは教えてくれなかった。ただいろいろ聞いた話をまとめると、住まいからそう遠くないはずだ。だとすると、倉庫は二、三個所に絞られる。だけど、俺はそれ以上詮索しなかった。そんな倉庫がいるほど物を動かしちゃいないからね。俺とちがって、マニは手広くやっていた」

オッペンハイマーはそわそわしだした。

「倉庫は二、三個所に絞られるというのか？　どこにあるのか教えてくれないか？」

ハネスはため息をついた。

「口で言うのは難しいな。それに、マニに悪いしな」それからすこし考えた。「見返りはなんだい？」

どうやら報酬次第ということらしい。報酬のことまで考えていなかった。そこで思いつくままに言った。「コルン一本でどうだ？」エデから一本分けてもらえばすむと踏んだのだ。

ありがたいことに、ハネスは報酬を吊り上げようとしなかった。

「いいだろう。ただ今週は忙しい。月曜日にタボール教会でどうだ？」

オッペンハイマーは早い時間に会いたいと言ったが、ハネスはうんと言わなかった。すくなくともこれで有力な手掛かりが見つかったとエデに報告できる。会う時間を決めると、オッペンハイマーは気になっていたもうひとつの質問をした。

「マニは贋金を作ったことがあるか？」

ハネスは面食らった。「聞いたこともない。どうしてだい？」

「奴の住まいで金属のプレートを見た。奴が消えたことと関係があるかなと思ってな」

「それは初耳だ。贋金作り？　あいつにそんな根性あるかな。まあ、あんたがそう言うなら……」

ハネスは途中で言葉を切った。上から短い口笛が聞こえて身をこわばらせた。

急いで制帽のつばに手をかけると、口ごもった。「それじゃ、月曜日に」いきなり別れを告げると、男は足早に立ち去った。風を受けてレインコートがふわっと広がった。体つきは不恰好だが、やたらと足が速かった。

オッペンハイマーはあっけに取られて、男の後ろ姿を見送った。そのとき、警告の口笛を吹いたのがだれか気づいた。若いソ連兵だ。防空壕の上から見張っていたのだ。今は瓦礫の山から飛びおりて、同じように逃げだした。

間髪入れず、ゲルダがオッペンハイマーの腕を引っ張った。彼女は遠くにいる乗馬ズボン姿の一団を指差した。小銃を肩にかけて駆けてくる。

「憲兵のパトロール」ゲルダが叫んだ。「すぐ逃げるよ！」

オッペンハイマーは、ゲルダの声に怯えた響きがあることにはじめて気がついた。

二、三十メートル走って、地面が平らになると、ゲルダはオッペンハイマーの自転車の荷台に乗った。タイヤのない自転車を漕ぐのはとんでもなくきつかったが、早く姿をくらますには、他に選択肢はなかった。ゲルダは南のティーアガルテン通りへ向かえと指示した。その判断は正しかった。もし伐採されたティーアガルテンを走って逃げたら、丸見えだっただろう。追っ手をまくために、何度か脇道に入り、建物をまわり込んだ。もうだれも追ってこないとわかると、最寄りの井戸ポンプのそばで荒い息をしながら自転車を止めた。

不思議なことにポンプのまわりに水汲みをする人の姿がない。ゲルダに怖い目で見つめられたが、オッペンハイマーはかまわずポンプのハンドルに手をかけた。

そのときそばを通りかかった若い女が言った。「飲まないほうがいいですよ！」

オッペンハイマーはけげんな顔をした。「どうしてです?」

「汚染されてるんです。トンネルには今でも死体が浮かんでますからね」

オッペンハイマーは礼を言うと、指を濡らして、さっと顔をふくだけにした。地面の下を走る高速都市鉄道と地下鉄がいまだに封鎖されていることをうっかり忘れていた。ソ連の技術者が溜まった水を排水しようとしているが、一向にうまくいかない。一週間半前からノイケルン地区では地下鉄の運行が再開されたという。ただし、いまだ線路が寸断されたままのところがあり、乗客は幾度も乗り換えを強いられるらしい。郊外では他の路線もしだいに復旧している。ただ市中心部は開通しないままだった。この状態がいつまでつづくのか、だれにもわからなかった。

ぶつぶつ言いながら自転車にまたがると、オッペンハイマーはだれかの視線を感じた。憲兵ではなく、ただの通行人だった。目深に帽子をかぶり、上着のボタンを顎のところまではめて、小糠雨《こぬかあめ》の中、一見どこへ行くともなく自転車を漕いでいた。ハンドルに引っかけた買い物籠は野菜でいっぱいで、ちょうど食料を買いだししたところらしい。

「度胸あるわね」ゲルダが言った。自転車の男は自転車の速度を落として次の脇道に曲がったところだ。

オッペンハイマーはゲルダの言わんとしていることをすぐに理解した。自転車に側面が白い高価なタイヤをつけていた。いまだに盗まれていないのは奇跡だ。それはともかく、男にあやしいところはなかった。オッペンハイマーはすぐその男のことを忘れた。

エデの酒場をめざすにはラントヴェーア運河を渡る必要があるが、容易なことではなかった。コルネリウス橋の西側の歩道は幸いまだ通ることができた。だが、橋の対岸の部分は瓦礫と化して水に浸かっていた。

〈リオ・バー〉に着くと、玄関に人だかりができていた。おかしい。まだ店が開く時間ではない。しかも野次馬の中にリタの赤い髪が見えた。

嫌な予感がしてオッペンハイマーはブレーキをかけ、ゲルダの方を向いた。

「紹介するつもりだったが、今日はむりそうだ。なにかあったようだ」

自転車から降りたふたりに気づいて、リタが興奮して駆けよってきた。

「信じられないわ。文化なんてどうだっていいと思ってるんだから」

「なにがあったんだ？」オッペンハイマーはたずねた。

リタは腕を振りまわした。すり切れた黒いウールのコートの下に派手な色のワンピースが見えた。

「見てわからない？　だれかが放火したのよ！」

20

一九四五年五月二十四日木曜日——一九四五年五月二十八日月曜日
太平洋戦争終結百一日前から九十七日前

オッペンハイマーは破壊されたナイトクラブに入った。顔を紅潮させたエデしか見えなかった。彼は玄関に背を向けて立っていた。腕組みをしている。真っ黒に焼けた店内でどこから手をつけたらいいかわからないようだ。じっとたたずんでいるその姿はシェイクスピアの悲劇の登場人物のようだった。

ステージも大差なかった。焼け焦げたテーブルと椅子、水たまり、炎にのまれた幕。カウンターは割れた壁面鏡の前にあったのに、なぜか傷ひとつついていなかった。

ショックから立ち直ると、オッペンハイマーはそっとエデの近くへ行った。背後からおずおずと近寄るリタとゲルダの足音がした。

「事故じゃないのか?」

オッペンハイマーの質問に、エデが我に返って首をまわした。

「事故のわけがない。照明が消えているのを、俺は毎晩チェックしている。カールハインツもな。だれかが裏口から押し入った。俺が早く気づいたからよかった。さもなかったら全焼していた」

　オッペンハイマーはうなずいた。エデはパンコウ地区に戻るのが億劫になり、先週から二階に引っ越していた。たいてい自分で店を閉めている。ドイツ人には外出禁止令が出ているし、ロシア人の客は大半が早朝まで飲みつづけるからだ。

　ただし公式のプログラムは九時で終わる。踊り子、楽士、そしてオッペンハイマーのような裏方を早めに帰宅させるためだ。といっても、なかなかそううまくいかない。ベルリン市内はいまだに街灯が灯らないし、日が沈むと路上は物騒になる。女が襲われたり、住居が略奪されたりするのも相変わらずだ。夜中に銃声が響くこともある。だから踊り子の多くは、贔屓《ひいき》にしてくれる客のエスコートがないときは二階で寝泊まりした。

　モスクワ時間に変わる今度の月曜日から生活がどうなるか、だれにもわからなかった。すでに一週間前に通達されたが、なぜか延期されてきた。本国に合わせようとする占領軍の狙いはわかるが、あまりに現実を無視していた。時計が二時間進められてしまうと、まだ明るいうちに外出禁止になってしまう。エデのナイトクラブがこれにどう対処するかが悩みどころだったが、焼けてしまってはもうどうでもいいことだ。

　リタは楽屋の様子を見に舞台裏に姿を消した。ステージはひどいことになっていた。骨組みは完全に作り直しだろう。だがそれ以外はなんとかなりそうだ。テーブルと椅子はすぐ交換できる。ステージの横の壁の焼け跡もペンキを塗ればすむ。それに本当に高価なものは別のところにしまってある。

「飲みものは？」オッペンハイマーはエデにたずねた。

「大丈夫だ。頑丈に戸締まりしていたからな」

ゲルダがそばにやってきたので、オッペンハイマーは彼女をエデに紹介した。

「ゲルダを連れてきた」

エデは彼女を見たが、気持ちを切り替える余裕はなかった。

「あとにしてくれ。次の週末までに店をなんとかしなくちゃならない」

オッペンハイマーはうなずいた。暗黒街の連中がこういう荒事をするときは、なにか目的があるに決まっている。エデはナイトクラブという有力な足掛かりを市内に確保した。他の組織がやっかむのは当然だ。ゲルダも同じ意見だった。

「だれかしらね？　ライヴァル？」

エデの表情が変わった。エデとはほぼ二十年来の知己だ。顔を見れば、なにを考えているか察しはつく。ゲルダの勘の鋭さに感心しているようだ。

エデは鼻で笑った。

「やった奴がわかったら、思い知らせてやる」

「やあ、おはよう。いい昼時だ！」ハネスはあいさつした。レインコートと制帽で遠目にも彼だとわかった。笑みを浮かべながら、闇商人はタボール教会の前に立っていた。幸い彼もモスクワ時間に合わせていた。

　オッペンハイマーはすぐ自転車から降りた。

「どうだい、マニの倉庫がどこにあるかわかったか？」

「この近くさ。だけどちょいと歩く」

「かまわないさ」そう言うと、オッペンハイマーはわざと自転車を押した。ハネスが乗せてくれなどと言いだしたら面倒だ。

　ナイトクラブの放火事件にはいい面もあった。マニ捜索の期限が延長されたのだ。

　数日でも、ナイトクラブの焼け跡から逃げだせるのはありがたかった。オッペンハイマーは水汲みに並んだとき、ナイトクラブで働いているあいだに聞きそびれた噂をいろいろ仕入れた。戦勝四カ国がベルリンを分割占領するという。もちろんあくまで噂だ。ヒトラーについても、ベルリンから落ち延びたらしいとささやかれた。彼の取り巻きたちはひとり、またひとりと拘束されていた。ドイツ労働戦線全国指導者で、国民から「上級帝国飲んべえ」と揶揄《やゆ》されていたローベルト・ライは髭面になり、ヒムラーは逆に髭を剃って、眼帯をつけていた。またラジオによると、ヒムラーはイギリス軍の収容所において青酸カリで服毒自殺を遂げたらしい。

　五月半ば、ベルリンの戦後最初の日刊紙『テークリッヒェ・ルントシャウ』が創刊され、一週間前、二紙目の『ベルリン新聞』が売りだされた。記事の内容はソ連軍政府の意向に添っていた。ソ連のコルホーズ経済と教育制度が称揚され、外交政策についてはごくわずかな情報しか流されなかった。その一方で地元のニュースには何ページも紙面が割かれ、ガス、電気、水道の接続がすんだという記事が頻繁にのった。ただしいまだに供給は止まったままだ。

市民になにか通達する場合、奇妙な方法が取られるようになった。たとえば数日前、公式の伝令者がヒルデが住む地区に来て、十五歳から五十五歳の不労住民はただちに勤労奉仕に出頭せよと呼ばわった。そこでリザはバルべとシュムーデ夫妻を伴ってかつての家電商店に作られた臨時地区役所に出向いた。テレフンケンの看板の上に赤い横断幕がひるがえっていたという。

オッペンハイマーたちの共同生活は人数が減少した。ミハリーナは数週間前から帰ってこなくなった。数日前、掲示板に「すべての外国人は六月一日までにベルリンを立ち去ること」という通知があった。その日以降、外国人には食料が配給されないという。オッペンハイマーは彼女が心配になった。しかしヒルデも、ミハリーナの居場所を知らなかった。

市内はすこしずつ日常を取りもどした。レストランが開業し、晴れた日には歩道に座席を並べるカフェもあらわれて、薄口のコーヒーを提供した。カバレットをありえない場所で催す者も登場し、映画館も数軒、営業を再開した。ただしかかるのはロシア映画ばかりだったが。

一方ティタニア＝パラストでは先週の土曜日、映画上映の代わりに戦後最初のベルリンフィルのコンサートがひらかれた。エデのところのお粗末なふたり組の演奏を聴いていたオッペンハイマーにとっては願ってもないことだった。リザを乗せて自転車でシュテーグリッツまで出かけて、千人近い音楽ファンと共に文化活動の新たなはじまりを楽しんだ。

午後六時、明かりが絞られると、指揮者のレオ・ボルヒャルトが指揮台に上り、メンデルスゾーンの「夏の夜の夢」序曲がはじまった。オッペンハイマーは感無量だった。リザも感動したらしく、コンサートのあいだずっと彼の手を握っていた。薄暗がりの中、彼女の方を見ると、笑みが浮かんでいた。これでふたりして試練の時を乗り越えられそうだと思った。

ハネスが案内した最初の隠れ家ははずれだった。平屋形防空壕の裏手にある別のドアから入る小さな部屋。ハネスが持ってきた合鍵であっさり開いたので、中に金目のものがあるとは思えなかった。

この隠れ家がだれかに気づかれないよう、オッペンハイマーは見張りについた。ハネスといっしょに瓦礫の山を乗り越え、表の通りにもどったとき、通りの反対側にいる男が目にとまった。男はすぐ背中を向け、さっきから瓦礫の山を見ていたようなふりをした。

オッペンハイマーは自転車のハンドルをしっかり握りなおした。よく見えなかったが、なんとなく見覚えがあるような気がした。

「もうひとつの倉庫はここから遠くない」ハネスは男に気づかなかった。

オッペンハイマーは男の容姿を記憶にとどめた。灰色の帽子、灰色のスーツ、それから茶色のマフラーを首に巻いている。風邪でもひいているのか、この陽気でマフラーなど巻いていたら汗だくになるだろう。

次の倉庫でマニの足取りが判明したが、それは予想外なものだった。

次の隠れ家は破壊された家の中にあった。そこに空襲にも耐える設備があるとは思えなかったが、オッペンハイマーは自転車を塀の裏に隠そうとして、そこが頑丈なコンクリートの天井の上であることに気づいた。

ハネスはにやにやしながら地面を足で踏みしめた。

「驚いただろう。鉄筋コンクリートだ。簡単には壊れない」

オッペンハイマーはあたりを見まわした。「それで、出入口は？」

「あいにく埋まっている。だけど非常口がある」

オッペンハイマーはうなずいた。なにを探せばいいかわかった。地下室の非常口が建物の外側にあるはずだ。

非常口を探して、廃墟をまわり込むと、無造作に投げすてられたゴミコンテナの蓋にハネスが気づいた。その金属の蓋の縁に瓦礫がのっている。ひとりではどかせないくらい重かった。

蓋を取り除くと、グレーチングがあり、その下の縦坑は深さ一メートルくらいだった。オッペンハイマーはさっそく鉄のはしごを下りた。といっても底に足を着けるつもりはなかった。靴底が薄くなっていたので、溜まった雨水につけたくなかったのだ。下を見ていて、はっとした。溜まった雨水の中になにか光るものがある。

真鍮の南京錠だ。縦坑を隠しておいて、縦坑の横の出入口の鍵をかけなかったというのは妙な話だ。

片手ではしごをつかんでいたので、地下室に通じる鉄のハッチはなかなか開けられなかった。錆びた蝶番が動いてハッチがきしみながら開くと、そのとたん不快な臭気が鼻を打った。

「うわっ」オッペンハイマーは思わず言った。「なにか腐ってるようだ」

「どうした？」ハネスが上から声をかけた。

同じことは言わず、オッペンハイマーは首を横に振った。非常階段は上るのに適した作りで、降りるのは難しく、うまく体を入れるのに、ハッチの下の部分に腰かけた。

そっと前に重心を移して、滑るように闇の中に入った。幸いハッチの下に腰高の棚があり、そこから地下室の床に飛びおりることができた。

懐中電灯を持っていなかったので、マッチをすった。うっすらと地下室が明るくなった。光が奥まで届くようにオッペンハイマーは右腕を伸ばした。

いたるところに空っぽの棚がある。マニがここに商品を保管していたのなら、すでにだれかに持ち去られたあとだ。

異臭の源は部屋の中央に立つ細い鉄柱の裏にあった。

一見、立てかけた石炭袋のようだった。後ろ手で縛られているのを視認して、オッペンハイマーは死体だろうと直感した。

だが暗すぎてよくわからない。棚のあいだを探ってみた。防空地下室なのだから、どこかにランプがあるはずだ。実際、石油ランプの火屋《ほや》にマッチの光が反射した。ランプに火をつけ、灯芯をだすと、部屋の様子がはっきりわかるようになった。なにより気になるのは鉄柱の裏の死体だ。

縛られた手首には血腫ができていた。死体はうなだれていて、射出創が見える。血液と脳《のう》漿《しょう》が髪の毛にこびりつき、風化した風景を見ているようだった。鉄柱にへこみがあるが、頭を貫通した銃弾が当たった痕だ。

オッペンハイマーは身を起こして、死体の顔を見た。そのときチュウチュウという鳴き声が聞こえて、びくっとした。音は死体のすぐ背後からした。

足元をなにかがかすめた。床にきらっと光ったその動きを見て、オッペンハイマーは身をこわばらせた。ランプの火屋がカタカタ揺れ、ランプを落としそうになった。

オッペンハイマーは深呼吸して、気をつけろと自分に言い聞かせた。元殺人課刑事なのだから、こんなことであわててどうする。事件現場を燃やしてしまうところだった。

あらためてチュウチュウという鳴き声を耳にした。棚の裏側だ。さっき影が走り去った方向だ。

オッペンハイマーはほっと息をついた。やはりひとりではなかった。だが侵入者を目撃したのがドブネズミでは事情聴取もできやしない。空襲がつづいた時期、ドブネズミは廃墟で繁殖し、小さな穴を抜けてあちこちに出没するようになっていた。

それ自体は他愛のない発見だが、オッペンハイマーは心臓が飛びだすかと思った。死体から目を離さずに動く。死体をまわり込むと、目の前の光景のひどさがしだいに明らかになり、悲劇の全貌が判明した。ドブネズミがうろついていた理由もはっきりした。

シャツをはだけたところにいくつも傷がある。射殺される前に拷問されたのだ。血が固まっているところは幅が数センチあり、胸全体を覆う長さがあった。オッペンハイマーはつばをのみ込んだ。その部分の皮膚が剝がされているように見えたからだ。傷の一番下のあたりに、筋肉を食いやぶられたところがある。ドブネズミのしわざだ。

凶器は見当たらない。マニの遺体かどうかはまだ確証が持てなかった。

死体の胸にシャツをかぶせ、傷口を隠すと、オッペンハイマーは非常口のところへ行き、上に向かって声をかけた。「ちょっと手伝ってくれないか?」

外でなにかが金属に当たる音がした。日の光が遮られ、ハネスがあえぎながら縦坑に体を入れた。

ハネスが地下室の床に飛びおりると、オッペンハイマーは死体のところへ連れていった。

「見るのはつらいだろうが、マンフレート・キッシュかどうか確認してほしい」

死体を見るなり、ハネスはショックで目を見ひらいた。唇が動いたが、言葉はよく聞きとれなかった。顔を恐怖にこわばらせ、荒い息をした。心筋梗塞を起こしたのではないかと心配になるほどだった。

ハネスの腕をつかむと、オッペンハイマーは声をかけた。

「しっかりしろ。そうすれば、すぐに終わる」

突然、ハネスに生気がもどって、腕を振りはらおうとした。オッペンハイマーは腕を離さずたずねた。

「マンフレート・キッシュか？」

ハネスは呆然としながらうなずいた。死体から目をそむけたい一心で、どんな質問にもうなずきそうな感じだった。

「なんとか言ってくれ。そいつはだれだ？」

「ああ、そうだよ」ハネスは声をうわずらせながら言った。「あいつだ。マニだ」

オッペンハイマーはうなずいて、ハネスの腕を離し、肩を叩いた。ハネスはあわてて非常階段に駆けていった。年に似合わぬ敏捷さであっという間に視界から消えた。

ハネスはオッペンハイマーをそこに残したまま逃げ去った。報酬の酒をくれとも言わずに。

ハネスがいなくなると、地下室はまた重苦しい静けさに包まれた。オッペンハイマーは骸に最後の一瞥をくれた。

マニは猫のように九つの命を持っていたかもしれないが、どうやらすべて使い果たしたと見える。

21

一九四五年五月二十八日月曜日――一九四五年六月七日木曜日
太平洋戦争終結九十七日前から八十七日前

手掛かりがないという結論に達すると、オッペンハイマーは非常階段を上った。横のハッチを閉め、縦坑に蓋をした。それから廃墟の亀裂を越えて、自転車を置いたところへ行った。瓦礫を乗り越えながら殺人の動機と残虐な拷問の理由を考えた。刑事魂が目覚め、オッペンハイマーのまなざしが生き生きした。解くべき謎を見つけたことで、生きるか死ぬかの瀬戸際にいたことから意識が遠のき、自分の存在理由がふたたび見つかったような気がした。

自転車を通りに押しだす前に、念のため崩れた外塀の陰からあたりをうかがった。そして歩道に出ようとしたとき、はっと動きを止めた。

さっきの奴がいる。

最前見かけた男が通りの反対側にいたのだ。

玄関の陰に身をひそめているが、灰色の帽子とコートがはっきり見える。じっとこっちの廃墟を見ている。暑くなったのか、巻いていた茶色のマフラーをゆるめていた。そこに見えたものに、オッペンハイマーは警戒した。

あごが割れている。

マニの隣人に話しかけた男もあごが割れていたという。偶然のはずはない。

まずい状況に追い込まれたようだ。汗が帽子のつばの下に浮かんだ。息を殺して廃墟を見まわす。他に出口はない。この敷地を去るには、通りに出るほかなかった。時計がないので、あくまで勘だが、地下室にいたのは三十分ほどだろう。見知らぬ男はそのあいだずっと見張っていたことになる。あわてて飛びだしてきたハネスに気づいたはずだ。それでもその場から離れなかったことになる。

オッペンハイマーは、待ち伏せされていると感じた。奴は地下室になにがあるか知っている。しかもあの死体を隠そうともせず、秘密の倉庫の周囲で起こることに目を光らせている。

こいつが殺したのだろうか。だがそれならなぜここにいて見張っているんだ。

考えても仕方がない。しばらくして隠れているところから出た。帽子のつばが自分の視線を隠してくれるといいのだが。瓦礫を越えて、通りに出るとき、自転車がカタカタ鳴った。オッペンハイマーは左脚を上げて、自転車にまたがった。ハンドルの調子を確かめるふりをして、見知らぬ男の反応をうかがった。男は見られていることに気づいたようだ。それに、これ以上興味がないらしい。それが証拠に、彼があらわれると、男はゆっくりと歩きだした。

オッペンハイマーは自転車にまたがったままあまりに長く路上にいすぎた。ペダルに足をかけると、もう片方の足で地面を蹴った。

　ガタゴト音をたてながら自転車を漕ぎ、ほこりっぽい通りを走った。そのときすでに男の姿は消えていた。


　オッペンハイマーは義務感から、この悪い知らせをすぐエデに伝えた。〈リオ・バー〉では大工がふるうカナヅチの音の出迎えを受けた。新しいステージを組み立てているのだ。驚いたことに、その煤だらけのホールにいたのは大工だけではなかった。数人の踊り子たちがおしゃべりに興じていた。リタは細い紐にぬいつけた小さな布を踊り子仲間に見せていた。

「試してみて」リタは知ったふうな顔をして言った。「これをつければ、トップレスにならずにすむ。ショーツと同じように身に着けるの。母がぬってくれたのよ。昔、踊り子だったから、よく知ってるんだ」

　オッペンハイマーが自転車を押して入ってくるのを見て、リタは顔を輝かせた。

「ちょうどあなたの話をしてたところ。これから筋力トレーニングよ。つべこべ言っちゃだめ。胸に筋肉をつけてもらわないと」

　いつものことだが、リタは彼をからかった。オッペンハイマーも心得たもので、調子を合わせた。

「筋肉をつけろってどうして?」

「用心棒がいるのよ」踊り子のひとりが答えた。

「モンゴル人がやってくるの」リタは赤い巻き毛を揺らした。「その噂で持ちきりよ。スターリンがモンゴル人にベルリンを褒美にやると約束したらしいの。三日間、略奪も婦女暴行もお構いなしなんですってさ」

オッペンハイマーは眉間にしわを寄せた。このところあまりに荒唐無稽な噂が飛び交っている。わざと深刻な顔つきで答えた。「原則として、わたしの言うとおりにする者しか助けない。だから次からはつべこべ言わずに、ステージでわたしの言うことを聞くんだな」

女たちがけらけら笑った。リタは右手を上げて敬礼し、「かしこまりました、隊長！」とにこにこしながら言った。

あいにくオッペンハイマーはそれ以上、女たちとふざける気になれなかった。

「だれかエデを見なかったか？」

「親分は上だ！」暗がりから声がした。オッペンハイマーが声のした方を見ると、ちびのハンスだった。口に釘をくわえ、手にカナヅチを持っていた。

オッペンハイマーはうなずいて、自転車をカウンターに立てかけ、階段に向かって走った。二階にあるエデのオフィスはパンコウ地区の紫煙に包まれたアジトと同じだ。その上の階にはシュムーデが物置として使っていた部屋がいくつかあった。もちろんエデがその入口を施錠したため、だれもそこには足を踏み入れない。エデもそこを物置として使い、闇商品をしまっているとオッペンハイマーはにらんでいた。

ちょうどオフィスに上がろうとしたとき、重い足音が聞こえた。男がひとり、階段を下りてきた。その階段は自分のものだといわんばかりに大手を振っていた。

オッペンハイマーは下がって道を開けた。エデの店の取引相手だとしても、こんないかがわしい輩とは関わらないほうが無難だ。

その男はすれちがうときにオッペンハイマーをじろっとにらんで、そのまま出口に向かった。大工や踊り子たちも、闇を背負って歩いているようなその男が気になったのか驚いて見送った。

階段を上ると、オッペンハイマーはオフィスのドア枠を軽くノックした。

室内の空気がオッペンハイマーは気に入らなかった。目の前にいるのがエデとは思えない。丸い机の向こうでがっくり肩を落としてすわっていた。

なにかあったようだ。いつものエデは、どんな嵐にも負けない防波堤だ。なにか相当の衝撃を受けたようだ。

オッペンハイマーは気づかぬふりをした。

「マニの件はどうやらお手上げだ。奴を見つけたが、すでに死んでいた」

エデは椅子の背にもたれかかった。

「だれかにやられたのか？」

「ああ、まちがいない」机をはさんで、エデの真向かいにすわった。「射殺だ。その前に拷問にかけられていた。背景になにがあるかわかるような気がする。マニの住居で金属プレートを見つけた。あいつ、贋金を作っていたのか？」

「さあな。だが、あいつならやっていてもおかしくない」

「だれかが殺した。もちろんいくつか謎が残っている」

エデは首を横に振った。ろくに話を聞かず、ゆっくりと言った。

「もうどうでもいい。調べるのはやめだ」

金になる話に急に興味をなくすとは、エデらしくない。オッペンハイマーはあからさまに驚いた。エデもそのことに気づいた。だが言い訳はせず、口を濁した。

「あのナイフ投げの女がどうなるか気になってるんだな。明日から働きに来いと言ってある。腕に覚えのある奴はひとりでも多く欲しい」


早朝の鶏鳴はしばらく前から聞かなくなったが、代わりに別の騒音が街を騒がせるようになった。

昨夜、オッペンハイマーはへとへとになってベッドに倒れ込んだ。エデの手下たちは六月最初の週末にナイトクラブを再開するべく突貫工事をした。しかもなぜかステージへの出入口が反対側になり、店内はまったく新しく作り直された。またリタが行方不明になったことで、さらに変化が生じた。看板娘がなぜ店にあらわれないのかだれにもわからず、エデにその話題を振っても、あいまいな返事をするだけだった。

常連客も厄介だった。とくにリタの熱烈な崇拝者であるヤーシャという若いソ連軍将校がリタのことをしつこく店員に質問した。

オッペンハイマーはリタのことが心配でならなくなり、自力で調べることにした。その結果、彼女は吹けば飛ぶような掘っ立て小屋に両親と暮らしていることがわかった。つっかえ棒とトタン屋根でできた小屋で、外から見ると、テントと大差なかった。これならリタが店に泊まりたがったのもうなずける。ところが両親に訊いても、娘の居場所はわからなかった。このまま彼女が永遠にいなくなってしまうのではないかとオッペンハイマーは心配になった。

自転車を必死に漕いでナイトクラブにもどったのは、ショーがはじまる寸前だった。オッペンハイマーはこれから数日、リタ捜しに力を注ぐことにした。というのも、それまで捜査していたふたつの案件が花崗岩のような固い壁にぶちあたってしまったからだ。

グリゴーリエフの手下はあれっきりナイトクラブにあらわれなかった。ポゴディン大尉とアクサーコフ大佐は交替で姿を見せたが、なんの成果もなく帰るほかなかった。

マニの謎の死についても、エデはあれっきり話題にしなかったが、オッペンハイマーは好奇心をかきたてられた。ゲルダに例の金属プレートを渡して、そのプレートで紙幣が偽造されていたかどうか知り合いに訊いてくれと頼んだ。だがゲルダは本当に女のドアマンとして雇われたため、訊いてまわる時間がほとんどなかった。

夢うつつの中、そういうさまざまなことがオッペンハイマーの脳裏をよぎった。すこしして、なんで朝っぱらから目を覚ましたのかわかった。

近所で聞くに耐えない歌声が聞こえたのだ。ヒルデの邸は窓が傷んでいたので、隙間風や外の物音が入ってくる。オッペンハイマーは不愉快な声をだした。起き上がる気力はないし、キンキンした声に起こされたのでは気分も高揚しない。

オッペンハイマーはリザの方に腕を伸ばした。シーツにはまだ温もりがあったが、すでに起きて、仕事に出る準備をしていた。

「吠えてるのはだれだ?」オッペンハイマーはたずねた。寝ぼけた声だったが、リザはちゃんと理解した。

「お隣のクンツェさんよ。このところ毎朝稽古している。葬儀の合唱団に入ろうとしているのよ。そうすれば文化人として食料配給券のカテゴリー一がもらえるから」

「あの歌声じゃ、飢餓カード止まりだろうな」オッペンハイマーはすげなくささやいた。

外に星条旗がおぼろげに見えた。布をつぎはぎしてこしらえた粗末なものだ。だが邸の正面壁にかけた他の国旗とお似合いだ。

週末、ベルリン市民に対して、戦勝四カ国の旗を掲げろという命令がだされた。なんのためかだれにもわからなかったが、モントゴメリー、アイゼンハワー、ジューコフの各元帥の臨席の下、戦勝記念式が執りおこなわれるにちがいないという噂が広まった。瓦礫だらけの帝都ではもちろん必要な生地がどこにもなかったので、主婦たちはやむなく機転を利かせた。古い衣服をほどき、あらゆるところから布きれを集め、求められた国旗に近いものをぬい上げた。なお各家に掲げられたソ連の国旗のほとんどが真ん中に丸い穴があいていた。鉤十字を切り抜いた跡だった。

間抜けな話で、昨日は雨が降ったため、四枚の国旗のうち二枚の縫い目がほどけてしまった。リザは数日前から他の女たちと共に操業停止した工場の片付けをしているが、夜中にはほどけた国旗のつくろいをしなければならなくなった。

オッペンハイマーはまた目を閉じた。ベッドの端にリザが腰かけたのを感じた。彼女の背中に手を置いた。出勤前に彼女の温もりを感じると、心が安まる。薄目を開けて、リザが服を着る様子を見つめた。すでにスカーフをかぶっている。だがリザはオッペンハイマーの手に気づかず、床を見つめていた。

「どうした?」オッペンハイマーはたずねた。

「もう一度ヒルデに診てもらったほうがよさそう」

なんのことか気づいて、オッペンハイマーはぱっと目を覚ました。婦女暴行がらみだと直感したが、そのことをたずねる勇気がなかった。

「それで?」とだけ言った。

リザはため息をついた。「生理がないの」

オッペンハイマーの手がリザの背中から滑り落ちた。ふたりのあいだにまたしてもガラスの壁ができてしまった。わだかまりが完全に消え去ったと思うなんて甘かった。

オッペンハイマーは愕然として上体を起こし、最後の生理がいつだったか考えてみた。

「二週間以上遅れているのか?」

リザはうなずいた。

オッペンハイマーはその先を考えるのがつらかった。

「そうだな」彼は仕方なくつぶやいた。「ヒルデなら、どうすべきかわかっている。杞憂に終わるかもしれないし」そう信じていると聞こえるように言った。

暴行を受けてから、彼はリザと交わっていないが、オッペンハイマーが連行される前に愛し合った。だからグリゴーリエフが父親とはかぎらない。

オッペンハイマーはそのことだけを頼みにした。

もちろん絶対確実なことなどない。

決してない。

リザが本当に子どもを産んだら、オッペンハイマーは暴行のことを決して忘れることができないだろう。

彼女が出ていくと、すぐにヒルデを捜すことにした。ヒルデは大学病院で働く予定だったが、数日前、疫病ステーションが開設されたシェーネベルク病院に派遣された。

出かける前に、台所でべとっとした黒パンを一枚切って口に入れた。かみしめると、口の中がじょりじょりした。食料事情がずっと悪かったが、それでもパンはふんだんに出回るようになった。シュムーデ夫人が乾燥酵母と水を混ぜあわせてパンにぬるスプレッドを作ったが、オッペンハイマーの口には合わず、パンを口に含んでから冷めた代用コーヒーで喉に流し込むようにしていた。

彼は上着と帽子を持たずに家から飛びだした。

22

一九四五年六月七日木曜日
太平洋戦争終結の八十七日前

オッペンハイマーのあてがはずれた。ヒルデは病院にいなかった。院外活動に出ていたのだ。幸いヒルデの同僚が彼女の出向先を教えてくれた。すこし行ったところで、ようやくヒルデの姿を見つけた。彼女は規制線の中に立っていた。そばでは「ラボータ！　ラボータ！」と言って、ソ連兵が一般市民に土を掘り起こさせている。

「ソ連兵の楽しそうなことと言ったら」その様子を見ながら、ヒルデは独り言を言った。

そこにいる七人はみなナチ党員だな、とオッペンハイマーは直感した。自分からすすんでこんな役目を引き受けるはずがない。男たちは共同墓を掘り返し、腐敗した死体をリヤカーにのせていた。このごろいたるところで見かける光景だ。実際、蒸し暑い夏日がつづき、地面の浅いところに一時しのぎに埋められた死体が街中に耐えがたい異臭を放っていた。オッペンハイマーはペスト発生の噂が流れてもむりもないと思った。

ヒルデは彼の方へ歩いてきて、規制線のところで立ち止まった。

「ごめんなさい。気をつけなければならないの。本当は医系技官の役目なんだけど、手がまわらないものだから」彼女はそこで声をひそめた。「赤痢とチフスの患者がひんぱんに担ぎ込まれるものだから、病院もパニック状態。そこへ、すべての死体をただちに掘り起こして、近場の墓地に埋葬しろという命令が下った。法医学委員会は書面で要求するだけだからあきれるわ」

そのあいだも掘り返しがつづけられた。墓掘り人がひとりあわててシャベルを投げだし、穴から出てきた。男はすぐ体をけいれんさせて嘔吐した。

穴の中の墓掘り人たちはその男をちらっと見たが、ソ連兵にすぐ怒鳴られた。墓掘り人たちはしぶしぶ作業にもどり、墓の中の幌を持ちあげた。そこには土くれと衣服と肉片でできた塊がのっていた。

「これでもう見て見ぬふりはできない」ヒルデはささやいた。「ナチに追随した報いよ」

ヒルデの声に満足そうな響きがあるかと思ったが、どちらかというと憤っているように聞こえた。

「最近埋められたものね」ヒルデはじっと見つめながら言った。「たぶん前線へ行くのを拒んだんでしょう」ヒルデは彼の方を向いてたずねた。「それよりどうしたの?」

オッペンハイマーはリザのことをもう一度診察してくれと言った。症状を聞いて、ヒルデは軽くため息をついた。

「今晩診察してみる」それからヒルデはオッペンハイマーを探るように見つめた。彼のことをよく知っている。知りすぎているくらいだ。オッペンハイマーがよからぬことを考えていると気づいたようだ。「いざとなれば、彼女を救う方法がある。わかってるでしょう」

オッペンハイマーはおずおずとヒルデを見た。ヒルデはヒトラー時代に、命の危険を冒して中絶手術をおこなっていた。オッペンハイマーは納得できなかった。道徳的にどうかと思っていたのだ。だがこの新しい状況に直面して急に信念がぐらついていた。

「もしリザがそういう決心をしたら、わたしはそれを支持する」オッペンハイマーはかすれた声で言った。「産むかどうかは彼女に決めさせてくれ。だけど、法律はどうなっているんだ？」

ヒルデはふっと笑った。

「あなたらしい。今のところなんの規準もないわ。市参事会でも、議論しているところ。人工中絶はとんでもなく危険な話題なんだけどね。女性への暴行に対する公の用語ができたわ。〝強姦〟と言うそうよ。見事にお役所言葉だと思わない？　参議になったザウアーブルッフは強姦の場合、中絶手術に目をつむると言っている。でも反対意見が根強いの。カトリック教徒にとって、人工中絶は神の掟にそむくことにほかならないから。それにソ連は強姦があったことを否定している。連中の世界観にそぐわないから。でも数ヶ月のうちに待ったなしの問題になるから、市参事会はなんとかしないわけにいかなくなる。本当かどうかわからないけど、女性市民の半数が強姦されたとみられるそうよ。そのうち何人が子を宿したかいまだにわかっていない。女の中にはよりよい食料配給券欲しさに、ロシア人の子を産みたがっている人もいる。だけど、父親がだれかどうやって証明するのかしらね？」ヒルデは首を横に振りながら話を終えた。

オッペンハイマーは打ちひしがれて、腐乱死体がまたリヤカーにのせられるところを見た。墓掘り人たちがその死体に布をかぶせた。できるのはそれだけだった。死体の腕が布からはみだしているのを見て、オッペンハイマーは自分でも驚くような激しい声をあげた。「全員抹殺すべきだ」

ヒルデは首をひねった。彼の反応に驚いたのではない。彼がなにを言っているのか承知していたからだ。

「やっても無駄よ」ヒルデは現実的に応じた。「正義とかなんとかが問題じゃないの。犯人を捕まえられたとして、どうなるか考えて。そいつを殺したってだめ。数日のあいだはいい気分に浸れる。でもリザは救われない。起きてしまったことをなかったことにはできないのよ。へりくつに聞こえるかもしれないけど、そのことを受け入れて生きるしかないの。もし殺人の罪でロシア人に捕まったらどうなる？　すぐに処刑されるでしょう。同胞が殺されたら、連中、黙ってないわよ。殺されたのが悪党かどうかは関係ない。だめよ。あきらめるのね！」

帰り道、ヒルデの最後の言葉がオッペンハイマーの頭から消えなかった。頭ではわかるが、気持ちは抑えられなかった。気分を変えようと思って、遠回りしたが、それでもだめだった。

というのも、婦女暴行は日々の話題だったからだ。途中、なんとか労働を免れた三人の男に出会った。彼らはひとところに集まって、女とのことを微に入り細を穿《うが》って話していた。はたしてどこまでが本当の話か。普段ならこういう会話を極力無視した。だが今日は、男たちが興奮しているのを見て、胸くそが悪くなった。

いつかこういう状況が改善されると期待していたが、もはや期待薄だ。オッペンハイマーの周囲でたくさんのことが変わった。あまりの変化に、もうついていけないと思った。もう変化はいらない。うんざりだった。

オッペンハイマーは歩く速度を上げ、そのうち駆けだした。夢中で走ったのがよかった。筋肉が引きつったおかげで、体のどこかで感じる別の苦痛にさいなまれずにすむようになった。

タイヤのない自転車にも慣れたので、オッペンハイマーは速い速度で二ブロックほど自転車を走らせ、街角で荒い息をしながら止まった。

汗をかき、両手を膝について胸いっぱいに空気を吸った。太陽が背中に照りつけ、地面から熱気が反射していた。

男の二本の脚が視界に入った。オッペンハイマーに負けじと走ってきたのだ。

「どうしたんだ?」

そう声をかけられて、オッペンハイマーは顔を上げた。目の前に痩せこけた男が立っていて、オッペンハイマーよりもはあはあ息をしていた。

「なんであんなに走ったんだ？　てっきり犯罪者かと思ったぞ」

その男を見て驚いた。ドイツ語とロシア語で「警察」と書かれた白い腕章をつけている。私服で顔がやつれている。まるで詐欺師のように見える。

「大丈夫か？」男がしつこくたずねた。

オッペンハイマーはふっと笑って首を横に振った。

いいや、大丈夫なものか。だがこの警官になりたてのみすぼらしい男になんと言ったらいいだろう。

この数週間押し殺してきた怒りに我を忘れたと言うのか。

今ならなんでもする、迷いは消えた。グリゴーリエフを殺す決心がついたと言うのか。


午後、自転車から降りたオッペンハイマーはとっさにハンカチを鼻に当てた。ナイトクラブの前でも死臭がした。風向きによって、ラントヴェーア運河の方から臭ってくるのだ。それに市当局はいまだにゴミ収集を組織化できずにいた。中身があふれた灰入れバケツがあったことなどもはや記憶でしかなく、ゴミに埋もれてどこにあるかもわからない。ゴミはところどころ路上にまであふれている。オッペンハイマーは自転車のハンドルを右に左に切らなければならなかった。

玄関ドアを背中で押そうとしたとき、ドアがひとりでに開いた。ゲルダが開けてくれたのだ。店に入ると深呼吸した。マホルカの煙のおかげで、死臭はしなかった。

「どうだい？」ゲルダにたずねた。「ドアマンの仕事は気に入ったか？」

ゲルダは男物の帽子を頭の後ろに上げて首をひねった。気に入っているという意味らしい。歩きだそうとして、オッペンハイマーはあることをふと思いついた。リザのことで奔走していて、マニの件を忘れるところだった。

「知り合いの贋札作りにあの金属プレートを見せたか？」

「もうすこしかかる」

「ところで、身長が一メートル八十センチくらいあって、黒髪であごが割れている客があらわれたら教えてくれないか。マニの死に関係してそうなんだ」

ゲルダはかすかにうなずいた。妙な頼みに驚いた様子はなかった。

すこししてオッペンハイマーがエデのオフィスのドアをノックすると、不機嫌な声が返ってきた。

「入れ！」

今日のエデは気合いが入っていた。この数日とはちがって血色もいい。

「拳銃が欲しい」オッペンハイマーは言った。

エデはきょとんとしたが、すぐに思いだした。

「ああ、あのおんぼろ拳銃か」

椅子から重い腰を上げ、床をミシミシいわせてオッペンハイマーのところへ歩いてきた。

「ついてきな」だがドア口で立ち止まって、人差し指を唇に当ててささやいた。「だが、このことはだれにも言うなよ」

地下室は見ちがえるようだった。シュムーデはここに毛皮のコートをしまっていた。暑い夏でも涼しいので、デリケートな毛皮に好都合だったからだ。エデも分厚い壁に囲まれたその空間を彼なりに使っていた。

最初に目にとまったのは奥の壁際に積み上げられた土嚢《どのう》だ。その上にシュムーデの店にあったポスターが数枚貼ってあり、へたくそな筆さばきで黒い円が描かれていた。店には数時間だが電気が通るようになった。もちろん時間は未定だ。だから地下を改造するときもそれを勘定に入れ、アセチレンランプを設置していた。なぜなら的が常時照らされていないと射撃場の役目を果たさないからだ。

エデが大きな戸棚を開けると、そこに黒光りする拳銃が数丁入っていた。

「あんたのはどれだっけな、警部。だれもいないときなら、すこし撃ったっていいぜ。ただしドアはしっかり閉めておけよ。客に気づかれたくない。変に勘ぐられても困るからな」

オッペンハイマーはうなずいた。と同時に、射撃場があるということは、ギャング団との抗争に備えているのだ。日頃は気のいい親分を演じているが、いざとなったら冷酷非道になる。オッペンハイマーは仲間から抜けるのは至難の業だと思った。そういえば最近、妙なことがつづく。険しい目付きの訪問者、めずらしく見せたエデの怯えた表情。もしかしたらリタがいなくなったこともこの抗争に関係しているのかもしれない。抗争に巻き込まれずにすむだろうか。オッペンハイマーは不安になった。

　エデは銃器保管庫を施錠すると、向きなおってオッペンハイマーに拳銃を渡した。

「ひとまずこれを使いな。弾は数発入っているはずだ」

　それはヒルデから預かった拳銃ではなかった。角が丸い新式だ。隠し持つには都合がいい。

オッペンハイマーは銃口を土嚢に向け、銃弾が装塡されているか確かめた。弾倉をグリップにもどし、カチッというまで押し込んだ。

「使い方はわかっているようだな」

「だが、なかなかうまく命中しない」オッペンハイマーはため息をついた。「コツがわかっていないのだろう」

「練習するんだ。練習すればうまくなる。ほかにすることもないじゃないか」

　オッペンハイマーはうなずいた。刑事のとき二、三回発砲を余儀なくされたことがある。だが実際に発砲したのは十発がいいところだ。当時は同僚か巡査がいっしょにいて、片づけてくれた。だが今回はひとりでやるしかない。

　エデが元気よく彼の肩を叩いた。

「とにかく、うまくなるさ。すぐに射撃の名人になれる。俺の手下には銃に慣れてもらわないとな」

　そう言うと、エデは彼をひとりそこに残して出ていった。一発撃つごとに、オッペンハイマーは的のところへ行って、どこに命中したか確かめた。発砲するたび、銃声がそのまま壁に当たって反響した。まるで雷鳴のようだった。そのままつづけたら、耳を悪くしてしまいそうだ。ズボンのポケットからハンカチをだして、ふたつに裂いて、耳に詰めた。

思ったとおり、十メートルの距離ならそれほど的をはずさないことがわかった。グリゴーリエフたちをイメージすればもっと命中率が上がるだろう。唇をかみしめて拳銃を構え、ルデンコを狙って撃つ。奴がすでに死んでいることは知っていたが。

拳銃を構え、あのかすれた笑い声の男を狙って撃つ。

拳銃を構え、グリゴーリエフの黒い影を狙って撃つ。

地下室の奥行きいっぱいに離れて試したら、ものの見事に的をはずした。拳銃の腕を上げるまでまだやることがたくさんあるのはまちがいなかった。

弾倉が空になるまで撃ち、実包がないか探したが、どこにもなかった。エデは実包をどこか別の所に保管しているのだろう。オッペンハイマーは拳銃を保管庫にもどして、オフィスを訪ねた。このときはまだ、銃の練習がそこまで必要になるとは思ってもいなかった。

エデのオフィスは鍵がかかっていた。どこを捜してもエデは見つからなかった。ゲルダは腕を組んで楽屋口のドア枠にもたれかかり、半ば裸の踊り子に話しかけられていた。

「エデは出かけたのか？」オッペンハイマーは会話に割って入った。「どこにもいないんだが」

ゲルダは眉間にしわを寄せた。姿勢を直すことはなかった。「三階じゃない？」

オッペンハイマーは三階の物置に入ったことがなかったし、そこに通じるドアはエデがつねに閉めていたので、そこを捜そうという発想が浮かばなかった。

急いで階段を上がった。三階に通じるドアは長い廊下のはずれにあった。驚いたことに閉まっていなかった。蝶番をきしませながら扉を開けた。

奥の様子は一見しただけではよくわからなかった。窓ガラスがひどく汚れていて、日光が遮られている。宙に漂うほこりが淡い光の中、灰色のベールのように見えた。そこはエデの秘密の王国だ。入っていいものか迷った。

「エデ？」オッペンハイマーは声をかけたが、自分が侵入者のような気がしてもどろうと思った。そのときなにか聞こえた。

押し殺したようなうめき声。

オッペンハイマーは動きをとめた。だれかがいる。

「だれかいるのか？」

かすかな声がした。

オッペンハイマーは落ち着きを失った。ここでなにか恐ろしいことが起きたと思ったのだ。エデだろうか。このところかっかすることがつづいたから、卒中を起こし、床に倒れたまま顔の筋肉が麻痺してなにもしゃべれないのかもしれない。

悪いことばかり考えても仕方がないと思い直して、その部屋に足を踏み入れた。

指を伸ばして、ドアの横のスイッチを探した。それをまわしても、なにも起きなかった。電気が通っていないのだ。

ゆっくり足を一歩一歩前にだした。マニの倉庫と同じで、あちこちに棚がある。もちろんここは品物でいっぱいだ。木箱、大小の旅行鞄、鈍い光を放つ保存瓶、紐でくくった束。だがエデのいる様子はなかった。

またうめき声がして、オッペンハイマーは動きを止めた。似たような声を過去に何度も聞いたことがある。猿轡《さるぐつわ》をかまされてうめいている声にそっくりだ。

声のした方向ははっきりしていた。棚の裏側だ。そっと棚に近づき、すこしずつそのあいだのくぼみに首を伸ばした。

すぐそばに簡易寝台があり、華奢な体つきのだれかが横たわっている。猿轡も手枷足枷《てかせあしかせ》もなかった。

毛布をかぶったその人はうなされてしきりに寝返りをし、うめき声を発していた。

「おい、大丈夫か？」

オッペンハイマーの声で、寝台に横たわっている体がびくっとした。目を覚ましたが、まだ悪夢を見ているようだ。いきなり上半身を起こした。頭に包帯を巻かれた顔から大きく見ひらいた目がオッペンハイマーを見ていた。

オッペンハイマーは、勘ちがいしたことに気づいた。

その人物は監禁されているわけではなかった。

23

一九四五年六月七日木曜日
太平洋戦争終結の八十七日前

「もう時間がない、同志アクサーコフ」そう言うと、少将はそのことを強調するため身を乗りだした。風格のあるデスクに向かってすわっている。最初の訪問で違和感を感じたあの味気ないデスクは消えていた。他にもいろいろなところで、ポツダムの司令部は移行措置に別れを告げていた。内務人民委員部《NKVD》はしばらくここに拠点を置くことになったのだ。

「進捗状況はどうだ?」

大佐はいつものごとく少将の訊きたがっている返事をした。

この数週間はもっぱらオラーニエンブルクで活動していた。そこにあるアウアーゲゼルシャフト社での作業は支障なく完了したと報告した。搬出に当たっては、シャーレやブンゼンバーナーや洗面台などのどこにでもあるようなものまで集められた。もちろんそのすべてがまとめて使われるのか定かではない。名も知らぬ故国の同僚は大変だ、と大佐は思った。

「アウアーゲゼルシャフト社で主任級だった科学者のかなりの者を確保しました」大佐は満足そうに付け加えた。「この週末、その科学者たちとその家族を飛行機でモスクワに運ぶ予定です。彼らの大半は非常に協力的です。研究がつづけられるということが、彼らの背中を押しました。破壊されたドイツでは、もはやその見込みがありませんので。それからハーン、フォン・ヴァイツゼッカー、ハイゼンベルクといった著名な物理学者は英米の連合国によってどこかに収容され、二度と研究に従事できそうもない状況です。ですので、我が国のほうが対応がましだと期待しているようです」

少将は満足してうなずいた。

「もちろんだ。同志ベリアが科学者たちに対応しているあいだに、エレクトロスターリ市(ソ連の重工業都市)に研究所が作られるだろう。好きなだけ研究に勤《いそ》しめる」

デスクから立つと、少将はサモワールから湯気をあげる紅茶をカップに注いだ。酒はたしなまないようだ。すくなくともアクサーコフ大佐のような部下の前では控えていると見える。

窓辺で物思いに沈みながら少将は外を眺め、カップの中の紅茶を揺らした。

「専門家のことが話題になったところで……」少将はわざと間を置いた。大佐は身をこわばらせた。また例の問題が蒸し返されると直感した。「ロスキのバッグはどうなっている？元同僚に尋問したところ、奴が潜伏する際、原材料を持ちだしたとはっきり言っている」

大佐の口が乾いた。

「グリゴーリエフの手中にあるのは、まずまちがいありません。しかしアジトはいまだ不明です。それから気になるのは、ロスキが研究用の原材料を持っているという情報が漏れたことです」

「そしてグリゴーリエフは今もってこちらに接触してこない」少将は、けげんな顔をしたアクサーコフ大佐を見て、胸の内を明かした。「ロスキの原材料を奪ったのはあとで売るために決まっている。しかも莫大な金額でな。奴ら反革命分子ならそういう発想をするだろう」

「今のところグリゴーリエフの行方はわかっていません」大佐は認めた。

「まずいな、同志大佐。非常にまずい。それがなにを意味するかわかっているな?」

大佐はうなずいた。

「こちらに売る気はなく、西側の連合国を待っているということです」

「それだけはなんとしても阻止せねば。ロスキがどのような原材料を持ちだしたのか不明だが、それがなんであれ、英米の手に渡れば憂慮すべき事態となる。英米はベルリンで起きたことについて情報を集めようとしている。英米軍はウィーンに駐屯することが認められたので、今度はここへ来ようとしている。同志ジューコフはケーペニックで西側司令官たちと共同統治機関設立について協議している。元帥には機関設立を認める権限しかない。今後のことは、西側連合国がわれわれに認められた地域から兵を引くかどうかにかかっている。だがじきにそうなるだろう。そうすればベルリンは、われわれを監視する帝国主義の操り人形であふれかえる」

少将は乱暴にカップを置くと、大佐をにらみつけた。

「いいか、同志アクサーコフ、もう弁解は許さない。どう解決するつもりだ？」

ここまで追い詰められては、言えることはもはやひとつしかない。

「ひとつ手はありますが、他の部局の手を借りることになるので控えていました」

少将は大佐の前に立った。両手を背中で組んでいたが、非常に物騒な印象だった。

「というと？」

大佐は息が詰まるのを感じながら答えた。

「スミェールシ（スターリン直属の防諜部隊）にツテがあります。あちらもグリゴーリエフに注目しているようなのです」

少将は顔をしかめて思案した。スミェールシが絡めば、手柄を横取りされる恐れがある。スターリンの意向で、スミェールシは当然、内務人民委員部《NKVD》の動きを探っているはずだ。

対独防諜戦の結果、ソ連軍が優勢になり、国外に侵攻したことで、スミェールシの工作員も前線の背後で活動している。ソ連軍が西に進軍するにつれ、解放地域ではまたしても昔の妄想が再燃した。ただし新たな粛清の嵐は反革命分子ではなく、ナチ政権の協力者に対して吹き荒れた。といってもそれは言葉の上だけで、ヒトラーのシンパであるかどうかなど関係なく、パルチザン、国粋主義者、元兵士が防諜部隊の標的になった。スターリンを批判するだけで、サボタージュを計画したと疑われる。結局、昔の粛清となんら変わらなかった。

グリゴーリエフ一味のような反体制分子は内務人民委員部に狩られるだけでなく、防諜部隊からも嫌疑がかけられていたのだ。

少将も納得したらしく、低い声で言った。

「仕方あるまい。連絡を取りたまえ」

アクサーコフ大佐はこれで話は終わったと判断し、敬礼して退室しようとした。ところが少将にまた呼びとめられた。

「グリゴーリエフをわたしのところに連れてこい、同志大佐。生死は問わない。急げ！」


オッペンハイマーが三階を覗いたことを、エデは明らかにおもしろく思っていなかった。なにか言われる前に、オッペンハイマーは弁解の必要を感じた。

「実包がもっと欲しかった」声がすこし上ずった。「ドアが開いていたんだ。そして声がしたものだから、あんたかと思って」

エデは深呼吸して、オッペンハイマーから視線をそらし、ベッドに横たわっている人物をじっと見つめた。それから小さなコーヒーポットを持ったまま近づいた。ただしそのコーヒーポットからはチキンブイヨンのにおいがした。

オッペンハイマーは張りつめた静けさを破った。「どういうことだ？」赤い巻き毛を見たとき、その人物がリタだとすぐにわかった。頭には包帯が巻かれ、頰には四角い脱脂綿が貼ってあった。赤褐色の血が染みている。包帯を替える潮時だ。

エデは黙ってチキンブイヨンをリタに差しだした。彼女はポットの注ぎ口からすこしずつ飲んだ。部屋の隅から様子を見ているオッペンハイマーを、エデはちらっと見た。

リタが話を聞いていないと判断すると、エデはささやいた。

「あの悪党ども！　この子の頬を切りやがった！」

オッペンハイマーはその光景を想像して息をのんだ。本当にショックだった。

「だれがやったんだ？　なんのために？」

「マニをやった奴らさ。最近勢力を伸ばしているロシア人ギャングだ。マニが俺のことをちくった。俺の手の内はすべて知られている。最初にあの地下室に踏み込み、奪ったものを買い取れと言ってきた。大幅に値上げをしてな。はじめのうち奴らはパンコウ地区を捜していたので、俺が見つからなかった。だがとうとう俺に王手をかけた。もちろん追い返した」

「それで奴らは仕掛けてきたのか」オッペンハイマーは苦々しい気持ちで言った。「店に放火し、それからリタを襲う。どんどんひどくなってるな」

エデはうなずいた。

オッペンハイマーはあわてた。話がますます大ごとになっている。グリゴーリエフとの因縁も深くなった。エデに手をだしたのが、ベルリン暗黒街に巣くうだけの実力を自任するソ連軍脱走兵のギャング団だったとは。エデがマニ殺しの犯人を捜さなくていいと言いだしたのは、背後にだれがいるかわかったからなのだ。

「これからどうするんだ？」オッペンハイマーがたずねた。

「まあ、黙ってるわけにはいかねえな」エデは吐き捨てるように言った。「奴らがまた来たら、時間稼ぎにみかじめ料を払う。そのあいだになにか手を考える」

「リタの件は？　ちゃんと医者に診せたのか？」

エデは肩をすくめた。

「医者は呼んだささ。傷口をぬってもらった。だがリタはここを出るわけにいかない。自分の家がないし、ステージにだしたくない。こんなことがバレたら大騒ぎになる。踊り子たちがみんな、逃げだすだろう。そうしたら店じまいするしかない」

オッペンハイマーはほこりっぽい部屋の中を見まわした。

「ここには置いておけないぞ」すでにいい解決策を思いついていた。「車を用意できるか？」

エデがすこし面食らった。「そりゃまあ」

オッペンハイマーは急いで説明した。

「リタはうちに引き取る。部屋は充分にある。それに医者もいる。ゲルダといっしょにうまくやる。彼女なら信用できる。どうせ口数が少ないから、だれにもしゃべらないだろう」

エデはその解決策になかなか賛成しなかったが、結局は受け入れた。すでに踊り子たちが何人か出勤していたため、その日はリタを店から逃がすのを見合わせた。オッペンハイマーは翌朝リタを迎えにくることにした。

オッペンハイマーはゲルダに計画を説明するために急いで階段を駆けおりた。彼女はまだ楽屋にいた。彼女を楽屋から誘いだすのにひと苦労した。

カウンターでは酒に飢えた客が押し寄せるのを見越して、カールハインツが酒の木箱を積み上げていたので、オッペンハイマーはゲルダとこっそり話すために店の裏手に出るほかなかった。

煙草の紫煙にオッペンハイマーはむせた。ゲルダがマホルカではなく、戦時中に溜め込んだ粗悪品を吸っていたからだ。

リタを店からこっそり連れだすから手伝ってくれと頼むと、ゲルダはこっくりうなずいた。これで手はずは整った。オッペンハイマーが立ち去ろうとすると、ゲルダが引き止めて、彼の手になにか渡した。

マニの住居で見つけた金属プレートだ。

「マニは贋金を作っていなかった」ゲルダは言った。「わたしの情報源は、それは絶対にないと言ってた」

オッペンハイマーは虚をつかれて金属プレートを見た。たしかに謎が残っているが、もうどうでもよかった。マニをやった犯人はもうわかっていたからだ。

興味は湧かなかったが、ゲルダがねぎらいの言葉を待っているようだったので、形ばかりの質問をした。

「金属の種類は？」

「鉛」ゲルダはそう答えて、それ以上なにも言わなかった。

この情報が最初の推理とどう関係するのか、オッペンハイマーは想像をふくらませた。

「つまり原版に鉛は使わないということか？」

ゲルダはうなずいた。

「そういう話だった。使うのは銅。一番いいのは鋼鉄だけど、手に入らない。鉛はどちらかというと活字に使われるらしい」

「たしかに」オッペンハイマーはささやいた。「紙幣のような凹版印刷では鉛は柔らかすぎる。大量に印刷するのはむりだ。とにかく助かったよ」

ゲルダに礼を言うとすぐ、オッペンハイマーはそのことを半ば忘れた。他の用件で頭がいっぱいだった。グリゴーリエフの手掛かりをつかんだことで、ペルビチン錠をのんだときのようにやる気がみなぎっていた。マニの鉛板はもうどうでもいいと思った。

24

一九四五年六月九日土曜日
太平洋戦争終結の八十五日前

いわく言いがたい高揚感が人々の中に漂っていた。むりもない。わずかな料金でこんなにうれしい思いができるのだから。ほとんどの人がベルリン出身のはずなのに、今日は見知らぬ大都会にやってきたお上りさんのように嬉々としている。満足そうに席に並んですわり、目を輝かせながら窓の外を見て、本当にひさしぶりに体が座席に沈む感覚を味わった。車窓を世界がよぎっていく。外の景色が融けて色と動きしかわからなくなった。

高速都市鉄道に乗るという日常がこんなにありがたいとは、数ヶ月前なら思いもしなかっただろう。急ごしらえで黄色と赤に塗られた車両が、やはり急ごしらえの線路を走り、ひと駅分を試運転して、線路が寸断されたところに着いて止まる。

他の乗客と同じで、オッペンハイマーも高速都市鉄道で数百メートルを往復するために二十ペニヒ払った。短い旅だが、もうすぐ普通の生活にもどれると期待に胸をふくらますことができた。

だがホームに立つと、すぐに心配ごとが脳裏に蘇った。彼は両手をズボンのポケット深く突っ込んで、熱いアスファルトの上を歩いた。

前の日、エデとゲルダに手伝ってもらい、怪我をしたリタをナイトクラブからこっそり連れだすことに成功した。エデは車に乗ってあらわれ、シェーネベルク地区まで自分で運転した。彼の対応は、ロンドン塔から王冠を盗もうとでもしているように用意周到だった。

エデが調達したのはガタのきたダイムラー車だった。何台もの廃車の使えるところを継《つ》ぎ接《は》ぎしたかのような代物だった。バックで店の裏手に入ると、ゲルダが裏口に飛んでいき、オッペンハイマーとスカーフで顔を隠したリタを急いで車に案内した。

リタを診察したあと、ヒルデはそばで看病したいと言って自分が住んでいる離れに彼女を泊めることにした。幸い頬の傷は浅いことがわかった。傷痕は残るが、傷がまたひらく恐れはないので、口を動かしても大丈夫だと言った。

食料供給はまだ不安定だった。食料配給券を持っていても、肝心の食料がなければ使えない。先週は粥と砂糖しか出まわらず、八百屋のパシュケのところにも新鮮な野菜は一切なかった。

オッペンハイマーは考えごとをしていて、小声で声をかけられていることになかなか気づかなかった。はっとして振り向くと、驚いたことに、パシュケが店のドアの隙間から手招きしていた。

「おい、あんた」と声をひそめて言った。「シュトラハヴィッツさんのところに住んでるよな？」

オッペンハイマーがうなずくと、パシュケがまた手招きした。

「こっちへ！　さあ早く！　いいものがあるんだ！」

パシュケの店に入ると、腐ったにおいがした。

「急に商品がとどいたんだが、すぐに売り払わなくちゃならない。だから、なくなる前に教えてあげようと思ってね」

オッペンハイマーは驚きながらパシュケについて店の奥に入った。「なにがあるんです？」どうせいつもの乾燥ジャガイモか、ベルリン市民が「鉄条網」と呼んでいる板状に加工した乾燥野菜だろうと思った。

「これだよ！」パシュケはドアを開けて、大きな仕草で倉庫の中を指差した。

オッペンハイマーは一瞬、言葉を失った。汚れた丸窓からジャガイモの山が見えた。

「早く売り切らないと」パシュケが言った。「すでに半分は腐ってるんだ。だけどバケツを持ってきたら、先にいいのを選んでもかまわんよ」

思いがけない申し出に、オッペンハイマーは喜んだ。

「ありがとう、パシュケさん！　それじゃ、あとで寄ります。どのくらいあるんですか？」

パシュケがにやっと笑って、折れた犬歯を見せた。

「それが問題でね、オッペンハイマーさん。七月末までの分を一度に支給するって言われたんだ。たぶんほっといたら腐ってしまうからだろう。何回か往復することになるな」

通りに出ると、オッペンハイマーは足早に歩いた。とうとうソ連のパン以外の食い物にありつける。これから数週間、ありとあらゆるジャガイモ料理をこしらえることになるだろうが。

ヒルデの家も明るい雰囲気だった。庭木戸に立つと、大きな笑い声が聞こえた。熱気のせいで窓がいっぱいに開け放ってあり、会話が切れ切れに漏れていた。

「女、来い！」だれかがしわがれ声で言うと、笑いが起こった。「おまえ、年増、おまえ、健康！」

オッペンハイマーは驚いた。リタの声だったからだ。前のようにふざけられるくらい回復したようだ。そして女を襲うソ連兵のものまねをしている。

「おまえ、健康？」リタがみんなにたずねた。

「ええ」バルベの声だ。

「おまえ、健康、俺、梅毒！」

げらげら笑う声。

「ロシアのカサノヴァは本当にお粗末よ」だれかが叫んだ。

リザの声だ。

「聞いた話だけど、だしたり入れたりするしか芸がないんですって」リザがくすくす笑った。

「そうなの。でもひとつだけいいところもある」リタが普通の声で言った。「ドイツの殿方よりも下着がずっとましよ」

女たちがまた笑った。

次にバルベが言った。

「だれかソ連兵に色目を使って、食べものを貢がせたらどうかしら」

ゲルダが大まじめに言った。

「だけど独身の人はいるの？」

「そうね」ヒルデが言いだした。「わたしとリタになるわね。どっちが有望かしら？」

女たちは答えなかった。リザが他の女たちの前でこんな冗談を言うとは驚きだ。だが、いい徴候だ、とオッペンハイマーは自分に言い聞かせた。妻はあのことを乗り越えるために大事な一歩を踏んだのだ。

オッペンハイマー自身よりも先んじていることになる。

彼は自分がもどったことを知らせるため、大きな咳払いをしてから、きちんと閉まっていない玄関ドアを開けた。ヒルデの邸に住む女たち全員が居間のテーブルを囲んでコーヒーを飲んでいた。ゴムで栓をした瓶に、オッペンハイマーは見覚えがあった。ヒルデの自家製蒸留酒だ。壁に穴が開いているのを見て、なるほどと思った。おそらく壁でふさいだ秘密の部屋に、本やカルテの他にも酒を数本隠しておいたのだろう。

オッペンハイマーの咳払いを聞いても、はずんだ笑い声は消えなかった。もう一度咳払いして、今度はみんなに声をかけた。

「八百屋にジャガイモがある。バケツと食料配給券が必要だ。何度か往復する。だけど、みんな、なんでここにいるんだ？　ヒルデが今日、非番なのは知っているけど、他のみんなは仕事に行かなくていいのか？」

「仕事がなくなったの」酒で顔を赤らめたバルベが言った。「工場の機械が没収されて、クビになっちゃった」

「つまりみんな、飢餓カードの身分に転落」シュムーデ夫人が付け加えた。

リザがじっとオッペンハイマーを見た。

「あなたを訪ねてきた人がいるわ。母屋の方にいる。あなたの帰りを待つと言っていた」

「だれかな？」オッペンハイマーには想像がつかなかった。

「ロシア人よ」リザが付け加えた。

オッペンハイマーは驚いて妻を見た。リタがまたものまねをした。

「女、来い！」

女たちが腹を抱えて笑った。

「いくつかバケツがあるわよ」そう言うと、ヒルデは彼といっしょに部屋を出た。

ヒルデは台所の戸棚からいろいろ容器を取りだした。オッペンハイマーはたずねた。

「パシュケはどうしたのかな？　きみの歓心を買おうとしたってことか？」

ヒルデはちらっと顔を上げた。

「きっとわたしに訴えられたくないのよ。あいつ、ナチ党員だったから」

オッペンハイマーはドア枠にもたれかかった。

「一番いい野菜をまわしてくれるなら、わたしはかまわない」

ヒルデは身を起こし、バケツを二個、彼に手渡してから、彼の腕に触れた。

「ちょっと来て」そうささやいて、ヒルデは彼を外に誘った。

庇《ひさし》の細い陰の中でヒルデは言った。

「あなたたち、運がよかったわね。リザは妊娠していないわ」

オッペンハイマーは虚を突かれた。

「えっ？　でも生理がないって。どういうことなんだ？」

ヒルデは軽く首を横に振って答えた。

「簡単なこと。栄養失調。栄養が足りないと、体はできるところで節約をするの。わたしのところのたいていの患者は、生理が遅れている。リザの場合は栄養が足りないせい。まちがいないわ」

オッペンハイマーはほっと息をついた。言葉にできないほど安堵した。一瞬にして状況が変わった。彼は目を閉じてたたずみ、夏の熱気を感じた。

あらためてヒルデを見て、目が赤いことに気づいた。なにかおかしい。

「どうしたんだ？」

彼の真剣なまなざしを見て、ヒルデも気持ちを見抜かれたことに気づいた。

「クーンが」ヒルデは答えた。

オッペンハイマーは眉間にしわを寄せた。うかつにも、この数週間、ヒルデの弁護士について失念していた。嫌な予感がした。

「彼がどうかしたのか？」

ヒルデは唇を引き結んでから、一気にしゃべりだした。

「わからない。家が倒壊してた。昨日行ってみたの。仕事を終えてからちょっと寄ってみたんだけど、なにも残っていなかった。隣人も彼の居場所を知らない。瓦礫に埋まっているのかも」

ヒルデがこんなに消沈するのも珍しい。ハウザーの件を調べていたとき、オッペンハイマーは、若い頃のクーンがのちにヒルデの夫となったハウザーの恋仇だったことを知った。クーンは彼女にとって大切な存在だったのだ。

オッペンハイマーも必死に考えたが、慰めになる言葉が見つからなかった。へたなことを言っても、口先だけだと気づかれてしまうだろう。ヒルデを抱きしめることしかできなかった。よりにもよってその瞬間、灰色の廃墟となった近所からまた賛美歌を歌うか細い声が聞こえた。どうしてこんなときに歌の稽古をするのだろう。もはや隣人の唯一の才能と言えそうだ。オッペンハイマーは、くたばれと思った。

自分のシャツがヒルデの涙で濡れていることに気づくと、オッペンハイマーは彼女だったらなんと言うか考え、「最低だ」とやさしくささやいた。

彼の腕から離れると、ヒルデはうなずいた。「ちゃんと大きな声で言っていいわ」そしてハンカチで目に溜まった涙をふきながら付け加えた。「お客が来ていることを忘れてるわよ」

母屋へ急いで歩いていたとき、目の前の地面に自分の影が落ちているのを見た。リザが妊娠していなかったのでほっとしたが、グリゴーリエフが自由の身でいることに納得がいかなかった。そのせいで客がだれか深く考えず、アクサーコフ大佐だろうくらいにしか思わなかった。

彼の部屋に入って、来訪者がポゴディン大尉であることがわかった。オッペンハイマーを見て、大尉はおんぼろの椅子にもたれかかったまま、うれしそうに声をかけた。

「ようやく帰ってきたか！」

大尉が住所を知っていたことに、オッペンハイマーはびっくりした。内務人民委員部《NKVD》はやはり思った以上に有能らしい。大尉がこうやって顔を見せたということは、なにかあったにちがいない。

「グリゴーリエフの件でなにかありましたか？」

大尉は眉間にしわを寄せた。

「それはこちらが聞きたい」

オッペンハイマーはがっかりした。秘密警察をもってしても、手掛かりはつかめずにいるのだ。オッペンハイマーは半ば型どおりにささやいた。

「すみません。こちらも成果なしです」

「まあいい。食料事情が悪いのはわかっている。こちらも善処しているのだがな。兵士の中に不平を鳴らすものが出ている。本国よりもドイツ国民に手厚く配給されているからだ。だが両国が平和裏に協力するためには不可欠なことだ。ベルザーリン司令官は重責を担っておられる」そしてにやりとすると、大尉は立ち上がってオッペンハイマーを木箱のところへ連れていった。「配給が滞ったときはこれでしのぐといい」

オッペンハイマーは木箱の中身を見て目を疑った。そこに記された言葉からすると、アメリカ製の缶詰とラッキーストライクだ。西側の連合国はいまだ影も形もないのに、大尉はこんな貴重品をどうやって手に入れたのだろう。ところで、よく見ると、瓶だけはキリル文字だった。

「グルジアのワインだ」大尉は言った。「試してみたまえ。今入手できる最高の品だ」

煙草を見てしまっては、落ち着いていられない。オッペンハイマーはあわててコートのポケットからすり減ったシガレットホルダーをだした。どういうわけか、海泡石のそのホルダーは、戦争のあいだも壊れなかった。オッペンハイマーが煙草の箱を開けて、煙草を一本ホルダーに挿すと、大尉がそばに身を寄せて、火をくれた。見返りを期待されている、とオッペンハイマーは直感した。

彼は感謝の言葉を口にしてから、最近わかったことを大尉に伝えた。

グリゴーリエフ一味がベルリンの暗黒街に根を張ろうとしていると知って、大尉は目を丸くし、しばらく沈黙した。これをどう捉えたらいいか考えているようだ。よろい戸の隙間をじっと見つめながら、大尉は言った。

「つまり、ギャング団は盗品を売り飛ばそうとしているんだな？」

「ソ連軍から横領したものということですか？」

大尉はうなずきながらオッペンハイマーの方を向いた。

オッペンハイマーは眉間にしわを寄せた。

「はっきりとはわかっていません。その可能性はあります。わかっているのは、グリゴーリエフ一味が何件かの店を脅迫していることです。いずれみかじめ料を取ろうとするでしょう。どのくらいの店が狙われているかわかりませんが」

「一味に目立った動きはないのか？」

オッペンハイマーは口をゆがめた。

「奴は閉店時間を狙って来ましたが、今のところそれ以上の動きはありません」それから煙草を吸った。「もちろん監視は怠りません。あいにく一味で顔を知っているのは三人だけで、しかもそのひとりはすでに死んでいます。もっと手掛かりをもらえませんか？」

大尉はまた椅子にすわった。

「われわれもわけがわからないのだ。一味はどこかに雲隠れしてしまった。一味には懲罰部隊の者だけでなく、グリゴーリエフにそそのかされて一般の兵士も加わっているらしい。だれも認めないが、官憲も賄賂をつかまされている。だから公式の犯罪発生率が低く抑えられているんだ。内務人民委員部《NKVD》のだれかがグリゴーリエフと組んでいる可能性もある。そいつが、どこになにがあるか奴に教え、すべての手掛かりを消しているにちがいない。だからいつもこちらの先回りをする。さもなければ、奴らのアジトをとっくに突き止めているはずだ」

「では本当に裏切り者がいるんですね?」

「それを前提にするほかない。まだ容疑者を絞り込めていないがな。きみの安全のために言っておく。グリゴーリエフについてなにかわかっても、わたし以外にそのことを教えるな」

オッペンハイマーには、どういう状況なのかいまだにつかみきれなかった。

「アクサーコフ大佐に説明を求められたら、どうしましょうか?」

「グリゴーリエフの計画については報告してもいい。店主を脅迫しているのなら、隠す必要はない。だが他のことでなにかわかったらまずわたしに連絡を寄こすのだ。死んだルデンコのことは覚えているな?」

オッペンハイマーはうなずいた。もちろんカールスホルスト地区まで大佐に連れていかれ、病院の霊安室で奴の身元確認をしたことは忘れられるわけがない。

「それがどうかしましたか?」オッペンハイマーはたずねた。

大尉は言葉に気をつけているようだ。

「ルデンコが毒殺された状況証拠を見つけた。あいにく証明できないがな。ルデンコは尋問中に死んだ。それが死因とされている。だれも疑義をはさまないだろう」

「ではどうしようもないですね」オッペンハイマーは真剣な声でささやいた。

大尉は身を乗りだした。

「だからわれわれは協力し合う必要がある。グリゴーリエフに通じている奴は、わたしが追っていることをまだ知らない。油断すれば、過ちを犯すだろう。そして時期を見て逮捕する」

25

一九四五年六月十三日水曜日
太平洋戦争終結の八十一日前

月曜日から〈リオ・バー〉に電気が通った。エデがどうやったのかは謎だ。ベルリンの電力供給はありえない糸と糸をつないだ絨毯のようだった。横道や通りの向かいの店に明かりが灯っても、斜め向かいの店は洞穴のように真っ暗だったりする。わけがわからない。ベルザーリン司令官たちが芸術に敬意を払い、支援していることは耳にしている。電気が通ったのも、そのおかげかもしれない。エデはソ連軍の有力者にうまく取り入って、ベルリンの文化に欠かせない店だと吹き込んだのだ。

電気が通ったことで、オッペンハイマーの居場所は舞台裏からスポットライトの後ろに変わった。驚いたことに新しい仕事はけっこう単調だった。オンボロで光量の小さいライトで踊り子たちに照明を当てるだけの仕事だ。もちろんまばゆいスポットライトの後ろの席は客をこっそり観察するのにうってつけだった。毎晩、熱を発するライトの裏でスポットライトの向きを変えながら、しきりに客の後頭部に目を光らせた。グリゴーリエフの手下を見つけたら、尾行してアジトを突き止める。そうすれば、ポゴディン大尉に会いにいける。

オッペンハイマーの計画はすでにできあがっていた。

ナイトクラブをもっとよく見張るため、二階に泊まれという誘いも受けいれた。実際エデが店じまいしてからでは外出禁止時間前にシェーネベルク地区までもどれない。だから早朝、自転車で帰宅し、リザといっしょに朝食をとるのが日課になった。ヒルデの邸の住人はこの数日、比較的たくさん食料を手に入れていた。だがそれは偶然のことで、月曜日、精肉店に待ちに待ったソーセージが配給されたからだ。もちろん脂の塊を腸に詰めただけのまずい代物だったが、レバーペーストという触れ込みで行列ができた。在庫はできるだけ早く売り切る必要があった。使える冷蔵庫がどこにもないからだ。こうしてオッペンハイマーは食料配給券でソーセージを五キロ手に入れた。つんとした嫌なにおいがするが、数日は腹を満たすことができる。ソーセージやジャガイモはすでに売り切れだ。月後半の食料事情がどうなるかだれにもわからなかった。運がよければベーコンが数グラム売りにでるかもしれない。ベーコンなら日持ちがする。

その日、彼は客がやけにとげとげしいことに気づいた。おそらくリタが登場しないことに失望しているのだ。彼女がステージに立つと、男たちは目をきらきらさせたが、他の踊り子ではそういう反応をまったくしない。

ふたり組の楽士が力なくファンファーレを演奏した。休憩の合図だ。オッペンハイマーはライトについている四枚の遮光板を急いでたたんで、セットを変えるあいだライトの光量を落とした。拍手が小さくなって、ガヤガヤしゃべる声がまじる中、どこか前の方の席で声が上がった。

「リタ！」

オッペンハイマーはため息が出た。またしてもヤーシャだ。あの若い将校は、オッペンハイマーが舞台監督だったときから、場面転換ごとに大声で騒いでいた。店をはじめた頃からの常連で、たいていステージ近くの席に陣取る。〝文化〟にたいへん理解があり、身だしなみもいい。ボタン穴には英雄とは無縁な赤いナデシコの花を挿していて、結婚願望があると見える。そしてリタが登場するとうっとりとした笑みを浮かべたものだ。ショーに惚れ込んでいるのは明らかだった。そのうちリタとすこしでも言葉を交わしたくて店じまいまで居すわり、みんなから名前で呼ばれるようになった。リタとどのくらい仲よくなったかわからないが、どうせ顔見知り程度だろう、とオッペンハイマーは思っていた。

リタが消えて数日すると、ヤーシャに変化が起きた。しだいに着飾らなくなった。酒豪でもなんでもないのに、リタが消えたつらさを大量の酒で紛らわした。

オッペンハイマーは、ヤーシャがふらっと立ち上がるのを自分の持ち場から見た。彼が立つとすぐ、兵士がふたり、あいた席を狙ってそこへ歩いていった。席があくのを待っているたくさんの客のうちのふたりだ。ふたりは椅子の取り合いをはじめた。ヤーシャは気にせず、まっすぐオッペンハイマーのところへやってきた。

「リタのこと、なにかわかったか?」ヤーシャの問いには切ない響きがあった。

オッペンハイマーは首を横に振った。だがあまりにあわれで、リタの居場所を教えてやりたくなった。

「いつかまたステージに上がるさ」オッペンハイマーは慰めた。「だけど、他にもかわいい踊り子がいるじゃないか」

「リタのような子はいない」ヤーシャはうつろな目で言った。

ステージにまた踊り子が出てきて、ふたりの楽士が演奏をはじめた。オッペンハイマーはあわてて遮光板をひらいた。ぎりぎりで間に合った。ヤーシャのせいで失態をやらかすところだった。オッペンハイマーは内心、悪態をついた。

見ると、ヤーシャはすでによろよろと出口へ向かっていた。そのあと彼の姿から目をそらした。今回の踊り子にはいつもてんてこ舞いさせられる。立つ位置に印がついているのに、すぐ見落として、スポットライトの光の輪から出てしまうのだ。その程度のへまなら、やかましく騒ぐ観客は気づかないだろうが、オッペンハイマーは気に入らなかった。こういう女目当てで客が入る店でも、できるだけうまくスポットライトを当てなければという義務感にはゆるぎがなかった。

スポットライトを新しい角度に固定したときだ。出入口から騒ぐ声が聞こえた。路上でなにか起きている。いざこざが起きたようだ。

オッペンハイマーは嫌な予感がした。ヤーシャが巻き込まれているにちがいない。

屈強なドアマンが持ち場にいなかった。オッペンハイマーは意を決してそこへ向かった。ゲルダが近くに立っているのを見つけると、彼女の肩に手を置いて声をかけた。「喧嘩だ」ゲルダは体に緊張を走らせるなり、出入口へと人込みをかきわけた。

「だれかがヤーシャに言いがかりをつけたみたいだ」ゲルダが説明を求めていないのに、オッペンハイマーはそう言う必要を感じた。

ゲルダは返事の代わりに上着から狩猟用ナイフを抜いた。

気温は肌に感じるほど下がっていた。垂れ込めた雲から雨がパラパラ落ちてきた。

強い風が吹きすさび、ラントヴェーア運河から立ちのぼる死臭が消えていた。ゲルダと彼は通りに出た。顔に強い風が当たって、オッペンハイマーは涙目になった。目をしばたたくと、数メートル先の光景に目がとまった。

まだすこしは明るかったので、人の輪郭はわかる。灰色の影が三つ大通りを歩いている。とくに異常はない。しかしオッペンハイマーは、喝上《かつあ》げをする連中の手口をよく知っている。

「あいつら、彼を横道に連れ込む気だ」とゲルダに言うと、とっさに拳銃に手を伸ばした。だがエデの武器庫にしまってきたことを思いだして、罵声を吐いた。

その声を男たちに聞かれてしまった。ひとりが苦しそうな息をしながら振り返った。

オッペンハイマーが言うよりも早く、ゲルダが男たちに声をかけた。

「そいつを放して、ここから失《う》せろ！」

鍛えている男たちとちがって、ゲルダは情けないくらい華奢だが、手に握ったきらりと光るナイフがものを言った。

　獲物をあいだにはさんでいたふたりの悪党は、ゲルダがどのくらい危険か測りかねているらしく、だらんと垂れ下がったヤーシャの両腕を肩にまわしたまま歩道にぼんやり立っていた。対するは、ナイフを構えた華奢な女。

　オッペンハイマーはなんとかしなくてはと思って、男たちの前に立ちはだかった。

「聞こえなかったのか？　さっさと失せろ！」

　その瞬間、ナイトクラブのドアが開いた。数人の酔っぱらいが大声で叫びながら通りに出てきた。千鳥足だったが、悪党どもは人目が気になったようだ。

　ヤーシャを放すと、男たちは逃げだした。ヤーシャは濡れ雑巾のようにくたくたとしゃがみ込んだ。オッペンハイマーは駆けよって、ヤーシャの頭が地面にぶつかる前に抱えた。

「糞野郎」ゲルダが言った。

　オッペンハイマーは悪党には構わず、ヤーシャの脇に手を入れた。ヤーシャはうめきながら後頭部をさすった。おそらく悪党どもが頭を殴ったのだろう。足ががくがくしているが、なんとか立っていられるようだ。オッペンハイマーは彼を放した。

　酔っぱらいたちも、なにかあったと気づいた。騒ぎになるのはまずいので、オッペンハイマーはヤーシャを店の裏手に連れていくことにした。ヤーシャをまず進入路のレンガ壁に寄りかからせてからゲルダに言った。

「裏手に連れていこう。このまま帰すわけにいかない」

ヤーシャはなにが起きたのかよくわかっていないようだった。恋の病に冒されて、いまだにリタを呼んでいる。

「やだね」ゲルダが吐き捨てるように言った。「救いようがない！」

オッペンハイマーも同感だった。女の多くは男を手玉に取る。リタもそれに長けていた。

オッペンハイマーはヤーシャの頰を軽く叩いた。「ヤーシャ、よく聞け」ヤーシャがとろんとした目を向けた。「気をしっかりもつと約束するなら、明日リタのところへ連れていってやる」

ヤーシャは最初きょとんとしたが、それからうなずいた。「リタがどこにいるか知ってるのか？」彼はうまく舌がまわらなかった。

「明日だ」オッペンハイマーは念を押した。「今は酔いすぎだ。髭も剃らず、酒のにおいをぷんぷんさせて彼女に会う気か？　リタはなんと思うかな？　明日の昼に来い。彼女のところへ連れていってやる。わかったか？」

ヤーシャはまた頭を動かした。納得したようだ。

ゲルダはすこし離れたところから疑うような目付きで見ていた。「エデが怒るよ」

オッペンハイマーは無視した。

「ヤーシャにまたこんな騒ぎを起こされるよりましだろう。さあ、連れていこう」

ふたりはヤーシャを抱えた。

そのときはじめてオッペンハイマーは、裏口に男が数人立っていることに気づいた。総勢五人。みな、黒いコートを着て、マホルカの紫煙に包まれている。雨が降っているのに、コートの襟を立てたままドアの前でじっとしている。切れ切れのロシア語は気にしなかったが、その声にオッペンハイマーは反応した。

かすれた笑い声。

オッペンハイマーは背筋に鳥肌が立った。グリゴーリエフ一味だ。

だが様子が変だ。男たちは変身している。このあいだはボロを着ていたのに、今は普通の市民に見える。うまく化けたものだ。勘ちがいかと思ったほどだ。だがその童顔は忘れたくても忘れられない。

前に聞いていたグリゴーリエフの手下と金の授受がおこなわれるにちがいない。反撃に出るまでの時間稼ぎとエデが言っていたものだ。こいつらはみかじめ料を待っているのだ。

かすれた笑い声の男は目ざとかった。そばを通って裏口に近づこうとする三人を見逃さなかった。あいにくかつて台所だった部屋の窓から明かりが漏れていた。自分がそいつの正体を見破ったと気づかれたら大変だ。オッペンハイマーはうつむいた。目の端で、ゲルダが男にちらっと視線を向けた。オッペンハイマーが一瞬どぎまぎしたのを感じ取ったのだ。一味が彼の反応を意識しないよう祈りながら、オッペンハイマーは深呼吸して、まっすぐ裏口を見た。

ドアまでおよそ五メートル。だがものすごく遠く感じられた。おかしな行動を取らないよう注意した。だが意識しすぎて、かえって動きがぎこちなくなった。

明かりが漏れている開いたままのドアはもうすぐだ。あとすこし。オッペンハイマーは外階段に足をかけた。

その瞬間、ヤーシャがよろめき、つられてオッペンハイマーもぐらついた。彼とゲルダでヤーシャを支えたが、オッペンハイマーはかすれた笑い声の男に肩をぶつけてしまった。

オッペンハイマーはすでに男に注目されていた。

いきなり片手が伸びてきた。彼は心臓をばくばくさせて立ち止まり、顔を上げた。

「おい、おまえ」男ははっきりとしたドイツ語で言った。「火はあるか？」

「待ってください」オッペンハイマーはささやいた。右手でズボンのポケットを探って、マッチ箱を見つけた。焦るな、と自分に言い聞かせた。奴には顔を知られていない。それにこの隙に他の奴の様子をうかがうことができる。

マッチをすって相手に差しだし、風で火が消えないように手で覆った。男は前かがみになって、煙草に火をつけた。

オッペンハイマーは、相手の目の前で揺れる炎を見つめた。男は煙を吐いて上体を起こした。男の仲間は四人とも背を向けていたため、肩幅が広いことしかわからなかった。

男はにこっと笑いながら会釈した。オッペンハイマーはマッチを振って消し、口元をゆがめた。

なにか言うべきかオッペンハイマーが思案していると、ヤーシャがまたうめいた。ヤーシャを早く店に入れたほうがいい。そうすれば、グリゴーリエフ一味を観察することができる。

オッペンハイマーがヤーシャをいきなり引っ張ると、ゲルダがささやいた。

「どうしたの？」

「こいつを物置に入れる」彼は急いで答えた。「あそこならぐっすり眠って酔いが覚ませる」

店に入ると、ふたりはヤーシャを物置にあった木箱に寝かした。ゲルダがなにかかけるものを探しているあいだに、オッペンハイマーは裏口にもどることにした。裏口に通じる廊下に立つと、エデが包みを抱えて近づいてきた。不機嫌なまなざしだ。やはりみかじめ料をグリゴーリエフ一味に払うのだろう。すぐに金が手渡されると気づいて、オッペンハイマーは焦った。

急がないとまた奴らを見失ってしまう。

こんな絶好の機会はまたとない、と自分に言い聞かせた。グリゴーリエフの手下どもは必要以上に店の裏手にとどまりはしないだろう。敵の縄張りであるナイトクラブに入るはずもない。奴らが要求したものが金か物か知らないが、それを手に入れたら安全なところへ運ぶはずだ。ということは、可能性はひとつ。奴らは遅かれ早かれ進入路から通りに出る。

オッペンハイマーは洋服掛けから帽子とコートをだし、ナイトクラブの人込みをかきわけた。途中、スポットライトを操っているちびのハンスが目にとまった。すこし高い位置なので、がたいの大きい彼は頭が天井にぶつからないよう首を引っ込めていた。ちびのハンスはオッペンハイマーに気づいて、けげんな顔をした。

「やるじゃないか！」オッペンハイマーは陽気に叫んで、コートを着込んだ。「エデに頼まれてることがあってね！」

そう言うなり、彼は外に飛びだした。

日が落ちていた。風が強かったので帽子をつかんだ。ちらっと見て、一味がまだいないことを確かめた。

数メートル先に身を隠すのにお誂え向きの出入口があった。そこなら風を避けながら、進入路を見張れる。

それほどしないうちに動きがあった。人影が暗がりから出てきて、通りを歩いた。グリゴーリエフ一味だ。先頭は例のかすれた笑い声の男で、エデの包みを小脇に抱えている。オッペンハイマーは歩道に立った。ただやみくもに尾行した。二度と見失いたくない一心だった。あとは成り行き任せだ。

幸いグリゴーリエフの手下どもは振り返ろうとしなかった。

連中はたいして歩かなかった。通りをすこし行ったところにトラックが待機していた。連中はキャビンに乗り込んだ。オッペンハイマーは襟を立て、帽子を目深にかぶって連中のそばを通りすぎ、トラックの後ろまで来ると、歩道から下りて、後あおりの陰に隠れた。運よくトラックの幌が片方ひらいていた。

エンジンがかかると、トラックが振動した。オッペンハイマーは意を決してバンパーに足をかけ、できるだけ音をたてずに荷台に乗り込んだ。

トラックが動きだした。オッペンハイマーは手をつかなかったら倒れるところだった。道が穴だらけで、荷台が激しく揺れた。速度が上がった。しっかり固定していなかった幌が風に翻り、後方の道がよく見えた。

だがすこし走ったところで、オッペンハイマーはルートを記憶にとどめるのはむりだと気づいた。ベルリンのほとんどの地区で街灯が灯っていない。これではろくになにも見えない。奴らが目的地に着くまで待つしかなかった。

どのくらい乗ることになるかわからないので、居心地よくしようとあたりを見まわした。荷台の床は荒削りな板でできていた。先頭の方になにか黒いものが乗せてある。いびつな形をしている。中身がいっぱいのジャガイモ袋のようだ。

その中にそれとは異なる影があった。

それがなにかに気づいて、オッペンハイマーは愕然とした。とんでもない失態だ。荷台にだれかが乗っているのだ。黒っぽいコートに身を包み、制帽をかぶっている。うまく隠れていたが、見つけてしまった。

相手が闇の中で首を横に振ってささやいた。

「まったく勘に障るな、警部」

第3部　光

26

一九四五年六月十三日水曜日
太平洋戦争終結の八十一日前

いいや、これは気のせいだ。夢とうつつの中、朦朧として自分が今どこにいるのかさえわからなかった。どうやら他の記憶が抑圧されて、またしてもあのおぞましい光景ばかりが意識の表面に浮かび上がったのだ。アクサーコフ大佐にとって酒の助けでもなければ、忘れることのできない光景だ。

闇の中、ベッドに横になりながら、またもやマイダネク絶滅収容所にいるような気がした。隣で規則正しい寝息が聞こえる。死体が呼吸するはずがない。部屋に射し込む月明かりで、隣の枕に乗っている頭がうっすらと浮かんで見えた。大佐はほっと息をついた。ナターリアの顔だ。あざけり笑う死人の顔ではなかった。

大佐は毛布から手をだして、彼女の太腿に触ると、腰の物をナターリアの尻に押しつけ、腕を彼女の腰にまわして、指に恥毛をからめた。

それでも効き目はなかった。腰の物は萎えたままだ。記憶を騙すことなどできない。せっかく若い女とひとつベッドの中にいるのに、頭の中では集団墓地の横に人骨や髑髏がうずたかく積まれた敵地にいるとは。焼却炉はいまだに熱を帯び、バラックは殺された者らの衣服や靴でいっぱいだ。

さしものソ連のプロパガンダも、犠牲者となった民族がロシア人民以外にもいるという事実に当惑した。スターリンはファシストの犠牲者という大義を他国の者と分かち合うことを望まなかった。それでも絶滅収容所の解放後、マイダネク付近に野営した将兵はあの残虐行為を自分の目で見るよう命令された。だから大佐もその収容所を視察した。

内務人民委員部《NKVD》に勤務してから数多《あまた》の人間を逮捕し、強制労働収容所に送った。彼は警官を自任していた。収容所《グーラグ》でなにが起きているかなど気にもならなかった。ところが、マイダネクでは囚人を絶滅させることを明確な目的とした収容所と対峙せざるをえなかった。

大佐も他の将兵同様に衝撃を受け、このような残虐行為をするのは人間ではないと思った。だが階級の敵に対してなら話は別だ。正義は道徳的に見て正直な労働者と農民の側にある。とはいえ、ナチの強制収容所はソ連の収容所《グーラグ》とどこがちがうのだろう？　大佐はその問いに心が揺れ、答えることができなかった。

これ以上そのことに煩わされたくなかった大佐は目を閉じて、ナターリアのにおいを嗅いだ。それでもだめだったので、裸のままベッドから出て、軍用水筒に口をつけた。

酒で喉が焼けるように熱くなった。大佐は深呼吸した。そのとき寝具がこすれる音がした。

「あたしにもちょうだい」ナターリアが大佐の背後から言った。いつのまにか目を覚ましていた彼女が軍用水筒に手を伸ばした。

所有者として静かな誇りを覚えながら、大佐は彼女のうなじに手を置いた。彼女は酒をぐいっと飲んだ。彼女の黒髪を見つめる。こんなことをしている弟を見たら兄のアレクセイはなんと言うだろう。こうした情事が楽しめるのは将官の特権だ。煩わしい兵卒たちから女たちを保護できるのは将官だけだからだ。その代償として、女たちは将官に身を任せる。もちろん女に色気があり、将官が彼女たちから嫌われなければの話だが。しかしそういうことはよく起きる。それでも人生の回転木馬はまわりつづける。上官がそういうことをしても、だれも咎めたりしない。ソビエトの人間にふさわしいかどうかなど、だれも問わない。

しかし共産主義を唱える人々は基本的に気取り屋だ。レーニンはそうした欲求に負けまいとしてよく運動をしたという。性的なことは子孫を作る手段であって、必要なことだが七面倒くさいもの、工場や農場で仕事に励むため、さっさと片づけるべき行為とされた。

大佐もこの考え方に同調していた。ナターリアとの情事も、お互いが得をする単なる取引にすぎない。大佐に言わせれば、現代には情熱と言えるようなものに居場所はない。それは没落する運命にある市民文化の残滓《ざんし》なのだ。

それでも大佐は、夫の義務を疎《おろそ》かにしていると後ろ指をさされないように心がけていた。毎月、妻のマーシェンカに百ルーブル送金している。十二月からは戦利品を小包にして自宅に送れるようになったので、大佐も毎月上限である十キロの小包を妻に送りとどけた。

しかし手紙を書くのは億劫になっていた。マーシェンカも食料難や住環境の悪化、不法行為の蔓延といった瑣末《さまつ》なことばかりつづってくるようになった。大佐の記憶とはまるでちがう日常だ。戦時下で長年別れ別れだった。きっとこちらの心中などマーシェンカにはわからないだろう。

兄が理解してくれないことも、大佐はわかっていた。品行方正なアレクセイ。彼の高い道徳心のおかげで、何度面倒な目に遭い、尻ぬぐいさせられたことか。だがそれもソ連軍が敵の国境を突破し、おのが心の魔性と対峙するまでのことだった。

去年の十月、東プロイセンで起きたソ連軍の蛮行を、大佐は話に聞いて知っているだけだ。無数にある政治将校の論説を目にし、演説を聞けば、兵士たちが怒りを覚えるのは当然だ。ソ連軍は人民裁判のように敵の蛮行に報復すべきだ、民間人に暴力をふるってもかまわないとお墨付きをもらったようなものだ。プロパガンダ部局はこの醜聞を隠すため最善の努力をし、まだまだ蛮行の時代が終わっていないとした。こともあろうにアレクセイは、数ヶ月にわたる包囲戦の末、ブダペストで起きた常軌を逸した蛮行に居合わせてしまったのだ。

情報通の同僚から兄が拘束されたという噂を聞かされたとき、自分にもとばっちりが及ぶと覚悟した。そのあとわかったことだが、アレクセイはブダ側の司令部で、監禁されたハンガリー女性が暴行されるのを阻止しようとしたらしい。それなのになぜ拘束されたのか、大佐にはしばらく謎だった。将校が部下の狼藉をとめて処分されるなんて前代未聞だ。

おそらくアレクセイは敵を作ってしまい、仕返しをされたのだ。それしかないと思えた。

背景を探っても、もはや手遅れだった。この時点で大佐自身にも捜査の手が伸びていた。

不機嫌な気持ちを引きずったまま、大佐はまたベッドに入った。いまだに火照った体から発する体臭が宙に漂っている。窓を大きく開け放っているのに部屋の中が蒸し蒸しする。嵐になったせいで、熱気にすこしだけ湿気が加わった。戸外では風に吹かれて梢が大きくしなり、建物の骨組みがどこかでミシミシ言っていた。

大佐はもう眠れないと思った。アレクセイのことばかり脳裏に浮かぶのだからむりもない。ナターリアもしきりに寝返りを打ち、毛布をかぶって「起きているの？」とささやいた。大佐はうなるような声で応えた。腰の物を愛撫しろと求めているのだとナターリアは理解した。彼女が大佐の方に身をよせて、馬乗りになった。マットレスのスプリングがきしんだ。体が汗でべとついていた大佐だが、彼女の好きにさせた。嫌なことを忘れるには一番いい方法かもしれない。

性行為の最中、自分の行為を兄の目で見ていた。

いったいこんなところでなにをしているんだ。敗者相手に略奪や婦女暴行をする兵士どもとどこがちがう。ナターリアのことも搾取しているではないか。大佐がそっぽを向けば、彼女も寄る辺ない存在になる。

ナターリアがあえぎ声をあげた。どこかわざとらしい。もちろん彼女は大佐に媚《こ》びを売っている。大佐は、彼女の絶頂も演技だろうかと疑いを抱いた。だがそんなことは考えないようにした。どうでもいいことだ。ふたりとも大人。期待しても無益なことはわかっている。

戦争が終われば、ふたりに未来はない。かといって、大佐はそこまで薄情でもない。楽しいと思えるうちは、ナターリアにきっちり報酬を与える。

もう何年も前から大佐は幻想を抱いていなかった。大佐にとって女との関係はいつも金次第だった。街娼はまさに現金を要求するし、立派な家を建てるだけの甲斐性持ちを捜す淑女たちは、それよりすこし上品なだけだ。

これもまた、アレクセイが決して受け入れない人生訓だ。

オッペンハイマーはすこしずつショックから立ち直った。トラックの荷台にだれかいる。幸い隠れていた同乗者に危険はなかった。なんとパウレだった。

オッペンハイマーはほっと息をついた。よく考えたら当然のことだ。エデは抜け目がない。同じことを発想し、グリゴーリエフ一味のトラックに潜んでアジトを見つけてこいと手下に命じたのだ。危険きわまりない状況なのに、オッペンハイマーはひとりではないとわかり、かえって気持ちが落ち着いた。

「おい、よく聞け」パウレが小声で言った。「俺の言うとおりにしろ。わかったか？」

「おおせのとおりに」そうささやいて、オッペンハイマーは居心地のいい場所を探した。これで目的地に着くまで荒っぽい運転で青痣を作らずにすむ。

闇の中、目の前を過ぎていく風景はどこも同じに見えた。なにもかものみ込む虚無へと向かってひた走っているような気になる。

かれこれ三十分は走っただろうか。トラックは速度を落とし、急にカーブを切ったので、オッペンハイマーの体が横に飛ばされた。どうやら目的地に近づいたようだ。パウレがそわそわしだし、幌の隙間から顔をだした。トラックはまた曲がった。パウレは姿勢を崩し、オッペンハイマーにぶつかった。それからエンジンが止まった。

パウレは物音もたてずに荷台から滑り下りた。オッペンハイマーはそんなに器用ではなかったが、無事に地面に降り立った。動くたび、足元でジャリジャリ音がした。幸い、グリゴーリエフの手下たちには聞こえなかった。トラックのキャビンから、大きな話し声が聞こえる。キャビンの左右のドアが開き、懐中電灯の光が地面に躍った。

パウレはあわててあたりを見まわした。奴らが両側から近づいてくる。三日月の淡い光しかなかったため、オッペンハイマーはそこがひろびろとしていることに気づくまでしばらくかかった。真四角な影がその広場を囲んでいる。おそらく何棟も建物が並んでいるのだろう。だが建物までは遠すぎる。こっそり移動するのはむりな相談だ。

オッペンハイマーは息を詰めた。そのときぱっとひらめいて、急いでパウレの腕をつかんでしゃがませると、車体の下にもぐり込んだ。説明しなくても、パウレもそれしかないとわかって、あとにつづいた。

オッペンハイマーはぎりぎりのところで隠れるところが見つかりほっとした。だがまだ安心するのは早かった。男どもはすぐそばにいる。ガチャッと後あおりを開ける音がして、頭上で蝶番がきしんだ。木材に金属がぶつかる音もした。横目でパウレをちらっと見て、オッペンハイマーは何かおかしいと思った。地面に向けられた懐中電灯の光で一瞬、パウレの顔が白く浮かんだ。何がおかしいかわかった。

パウレの帽子がない。

それを彼に教えるため、パウレの腕を揺すった。だが彼は反応しなかった。身ぶりで教えるには暗すぎる。オッペンハイマーは意を決して手を伸ばし、パウレのむきだしの頭を軽く叩いた。

ようやく問題に気づいて、パウレがびくっとした。

あわてて横を向いた。

トラックのすぐ横に制帽が落ちている。

だれかが制帽に気づいたら、隠れているのがばれてしまう。奴らはちょうど荷台から重い荷物を下ろそうとしている。パウレは制帽に手を伸ばしたが、後あおりのあたりでなにが起きているのかわかっていなかった。

足が二本トラックをまわり込んできた。それを見て、オッペンハイマーは危ないと思った。足は制帽の方へ向かっている。奴らの荒い息遣いがどんどん大きくなってくる。オッペンハイマーはすばやく体をまわして、パウレの体ごしに彼の腕をつかんだ。

オッペンハイマーがパウレの腕をつかんだとき、制帽がブーツに踏みつぶされた。パウレはすぐさま腕を引っ込めた。オッペンハイマーは焦って舌を嚙み、首を引っ込めた。

ふたたび顔を上に向けると、奴らはその場から離れていくところだった。連中は荷物を運ぶので精一杯で、地面に転がっている制帽に気づかなかった。

パウレは勢いをつけて、つぶれた帽子をつかむと、小さな声で悪態をついた。しばらくすると、他の奴らも動きだした。

オッペンハイマーとパウレは首を伸ばして、グリゴーリエフ一味がどこへ向かったか確認した。奴らが充分離れたところで、パウレがささやいた。「すぐもどる」

そう言うなり、パウレはトラックから這いだして闇に紛れた。

オッペンハイマーはその居心地の悪い場所にとどまったが、そのうち馬鹿らしくなった。トラックの下から這いだすと、すぐそばの建物の陰に身を隠した。そこで胸の鼓動が普通にもどるのを待ちながら、これからどうしたらいいか考えた。

パウレがなかなかもどってこないので、心配になった。

そのうち足音が建物に反響して聞こえ、オッペンハイマーはびくっとした。パウレが消えた方向から聞こえる。だがあいつは泥棒に慣れている。そんな音をたてるはずがない。

グリゴーリエフ一味にちがいない。

奴らがもどってくる。

オッペンハイマーはレンガ壁に体を押しつけた。

足音が大きくなった。

人影がいくつか見えた。しゃべる声につづいて、かすれた笑い声。連中は普通に話している。パウレは見つからなかったということだ。

かすれた笑い声の男と仲間は止めてあるトラックのところへは行かず、本棟らしき建物に向かった。

オッペンハイマーはそのままじっとしていた。パウレからは、ここで待てと言われた。男どもの声が小さくなり、トラックの向こうに消えた。オッペンハイマーは気が気ではなかった。パウレの気配がまったくない。もう運ぶ荷物がないらしく、男どもは奥の建物で荷物を積み上げているようだ。パウレはエデからアジトを探るように言われているのかもしれない。だがオッペンハイマーは盗まれた闇商品など眼中になかった。グリゴーリエフ一味のアジトを突きとめたいだけだ。

オッペンハイマーは男どもが消えた本棟らしき建物をふたたび見た。しばらく気力を溜めてから深呼吸して隠れているところから出た。

男どものあとをつけた。地面は平らに見えるが、いろいろなものが落ちていた。急ぎすぎたせいで何度もつまずいた。トラックのキャビンをまわり込むと、また声が聞こえた。赤く燃える点がゆらゆら躍っている。男どもは風の当たらないところに立って煙草を吸っているのだ。

本棟へ行くには、なにもない広場を横切る必要がある。闇に紛れることは可能だが、あやしい物音をたてたら、奴らは懐中電灯をつけるだろう。

オッペンハイマーはまっすぐ本棟に向かった。そこに着くと、男どもの姿が確認できるまで、正面壁に沿って進むことにした。闇の中では大きな岩の塊に見えたが、実際には驚くほどごてごてしていた。大きな張り出し部と円柱を組み合わせたデザインで、地面には地下室の窓が組み込まれたへこみがあり、鉄格子がはめられていた。そこを横切るとき、大きな音をたててしまった。

オッペンハイマーは憎しみをしばし忘れることにした。忍耐力が試されるときだ。手探りしながら、なにか足に当たったらすぐ引っ込められるように用心しながら進んだ。

そうやってどのくらい前進しただろう。よくわからない。壁がくねくねと折れ曲がっているため、このまま永遠につづくような気がしてきた。

そのときいきなり物音がして、オッペンハイマーははっとした。だれかが話している。かすれた笑い声の男のようだ。奴はすぐそばにいる。だが声は背後から聞こえた。

オッペンハイマーは急いで壁に張りついた。

そっと右へ首をまわすと、四角い形の黒い穴が頭上にあった。暗幕用ボール紙を内側から貼りつけた窓らしい。よく見ると、隙間から明かりが漏れている。

そっとその窓に近づき、隙間から覗き込む。はじめは懐中電灯のまばゆい光がちらちら見えるだけだった。

オッペンハイマーはついさっき玄関ドアを通り過ぎたことを思いだした。切れ切れの言葉が聞こえたのは運がよかった。このまま闇雲に進んでいたら、男どもを見失うところだった。

意を決して後戻りし、建物に足を踏み入れた。

27

一九四五年六月十三日水曜日――一九四五年六月十四日木曜日
太平洋戦争終結八十一日前から八十日前

その建物は操業停止した工場のようだった。機械油の重いにおいが漂っている。つまりどこかに作業場となっているホールがあるということだ。オッペンハイマーが入った場所は幸運にも無数の小部屋に仕切られていた。おかげで難なく暗がりから男どもを観察することができた。奴らのうち四人は十メートルと離れていないドアの前にいる。かすれた笑い声の男はいない。

懐中電灯がついていたのに、オッペンハイマーは目をすがめないとよく見えなかった。なにか動きがあった。大きなコートを着た痩せぎすの男がドアから出てきた。奴だ。かすれた笑い声の男。布袋に包んだものを小脇に抱えている。

「シュトー・タコーエ、デミアン？」男たちのひとりは、どうだったとたずねた。

奴の名前はデミアンというのか。オッペンハイマーは記憶にとどめた。

デミアンはなにかささやいてから、歩きだした。困ったことに、懐中電灯を持った男どもは彼よりも歩きが速い。

次のドアを開けたとき、オッペンハイマーは一瞬、動きを止めた。奥の部屋に黒い影が浮かんでいるが、なにかわからない。広めの部屋の中に人の背丈ほどのなにかが並んでいる。一定の間隔で仕切りのようなものがあり、ゆったりとした空間が作られていた。

おそらく労働者のシャワー室だ。よく見ると、白い洗面台と蛇口がいくつもついた円柱がある。さっきまであった懐中電灯の光は消えていた。

オッペンハイマーは悪態をつくのを堪《こら》え、そのシャワー室に入ろうとした。そのとき、なにかが肩に触れた。

オッペンハイマーははっとして振り返った。

手だ。まちがいない。

目の前にその手の主がいた。

そいつがすかさずオッペンハイマーの口をふさいだ。

「しっ」

パウレの顔に気づくまでしばらくかかった。

「気は確かか？　待ってろと言ったはずだぞ」パウレがささやいた。

オッペンハイマーはシャワー室を指差してささやいた。

「あっちだ。あいつら、あっちへ行った」

パウレは彼の袖を引っ張った。「どうでもいい。ここから出ろ！」

パウレはオッペンハイマーを引っ張って、ものすごい勢いで玄関ドアへ向かった。ふたりはもみ合いになった。そのときパウレがいきなり身をこわばらせた。オッペンハイマーはけげんな顔でパウレを見た。

そのとき、彼にも聞こえた。

荒っぽい声がする。玄関ドアのすぐそばに、奴らの仲間がいて、オッペンハイマーとパウレの方へやってくる。

退路を断たれた。

オッペンハイマーはいい手を思いつき、パウレの肩を叩いて、すぐそばの黒い口を開けたドアへ連れていった。

ふたりは陰に身をひそめた。ここならじっと見られても大丈夫だ。オッペンハイマーは急に息が苦しくなった。息遣いを聞かれないように口を開けた。

男たちは廊下に出て近づいてくる。懐中電灯の光が白く塗られた壁に反射した。

そのとき足音が消え、ひそひそ話す声がした。子音ばかりが耳に入る低く重々しい声。

ドアのそばでなにかが起きている。オッペンハイマーは首を伸ばして様子をうかがった。

別の通路を使ってもどってきたデミアンが向かいの壁に寄りかかっていた。毛皮の帽子をかぶった粗野な感じの男を連れている。そいつが兵士崩れらしい三人目の男に興奮して話しかけていた。熱を帯びている。言葉はわからないが、どうやらソ連軍の制服を着た三人目の男が金を要求しているらしい。今にもつかみ合いの喧嘩になりそうだ。するど、毛皮の帽子の男が引き下がり、デミアンに黙ってうなずいた。その合図で、デミアンは布袋にくるんだものを渡した。

三人目の男が金欲しさに目をらんらんと輝かせ、その包みを急いで開けようとした。軽率だった。男が包みに気を取られている隙に、デミアンはゆっくりそのそばを通った。だがそれは見せかけだった。

男の後ろにまわり込んだとき、何かがきらっと光った。デミアンの手にナイフがあった。その切っ先が不注意な男の首に突きたてられた。

正確なひと突きだった。デミアンは明らかにナイフで頸動脈を刺すことに慣れている。奴がナイフを抜くと、傷口から鮮血がほとばしり、男は口をひらいた。だが言葉にならない、ゴロゴロという音をたてただけだった。男が目をむいたまま膝をつくと、毛皮の帽子の男が男の背中をどんと突いた。男は血溜まりの中に横たわった。

オッペンハイマーは床に広がるどす黒い血に目が釘づけになった。デミアンは口元に残虐な笑みを浮かべた。あいつは汚れ仕事をする役まわりだ。しかも躊躇なくやってのける。それが好きなのだ。前かがみになると、布袋に包んだものを、ヒクつく男の手からひったくった。

デミアンは、もうひとりの奴と連れ立って歩きながら言った。「金《ウ・ナス・イエースティ・デエーンキ》ならあるぞ、ティーマー！」そう言うと、布袋から札束をだして、ひらひらさせた。

オッペンハイマーは身をこわばらせた。

リザを襲った奴が目と鼻の先にいる。

ふたりは遠く離れていき、話し声が小さくなった。

オッペンハイマーはそのとき、パウレがずっと後ろに立っていたことを思いだした。彼のこわばったまなざしがすべてを物語っていた。彼自身、怖いもの知らずのギャングなのに、死の恐怖に怖気づいていたのだ。

だがオッペンハイマーは恐れを感じなかった。

ついにやったのだ。とうとう見つけた。

命の心配をしなければならないのはオッペンハイマーではない。グリゴーリエフのほうだ。


アクサーコフ大佐はノックの音で目を覚ました。部屋の空気が息苦しかったが、いつの間にか眠っていたようだ。ナターリアはもうベッドにいなかった。

床に積み重ねてあった衣服の中からつまみ上げた下着をはいて、朦朧としながらドア口へ行った。体の節々が痛い。キリル・ヴィクトロヴィチ・ノーヴィコフ大佐の痩せた顔を見て、ドアを大きく開け放った。

「ウラディミール・セルゲヴィチ」ノーヴィコフはあいさつした。昔からちっとも変わらない。彼はアクサーコフを名前で呼ぶ。そうすると、いっしょに過ごした昔が思いだされる。

アクサーコフはノーヴィコフを部屋に通した。

はじめて出会ったのは内務人民委員部《NKVD》の養成課程だった。そのあともいっしょに任務をこなす機会があった。だがノーヴィコフがスミェールシの要員になってから、なかなか顔を合わすことがなくなった。

まだ若く、立身出世をめざしていた頃、ふたりは自分たちが昇進したいばかりに、同僚に不人気な奴に疑いがかかるよう仕組み、スターリンの粛清の歯牙にかけたことまである。キャリアを積むため仲間同士で罪を着せあうというのは、当時よくあることだった。そしてこの探り合いの中でだれも仲間を信じられなくなっていった。しかもこういう猜疑心を持つことはよいこととされた。

ノーヴィコフは小さな食卓に向かってすわり、新聞紙に包んだものをだした。

「朝食にしよう」そう言うと、ノーヴィコフは帽子を脱いだ。きれいに髪を剃った頭があらわになった。ノーヴィコフは紙に包んであったパンと魚を遠慮会釈なく広げた。

アクサーコフは上半身むきだしのまま、開け放った窓辺に立った。朝のそよ風に体の火照りが冷め、心地よかった。

ノーヴィコフは椅子の背にかけた女性の衣服に気づいて愉快そうに眉間にしわを寄せた。

「お客か?」

「ナターリアだ」アクサーコフは言った。「いい娘だ」

無論、こんな朝っぱらからノーヴィコフがあらわれたのは、女の話をするためではない。

アクサーコフは前のめりになってじっと客を見つめた。

「なんの用だ、キリル・ヴィクトロヴィチ？」

ノーヴィコフは真顔になった。

「グリゴーリエフがお前にとって重要人物だということはわかっている。お前が話してくれたしな。だから八方手を尽くした」

なにが言いたいのか、アクサーコフにもわかった。不満そうにため息をついて、パンをちぎると、魚をのせて口に押し込んだ。彼は口をモグモグさせながら、脂のしみた新聞紙を見つめた。

「なにもわからなかったか」パンをのみ込んでから、アクサーコフは言った。

ノーヴィコフは残念そうにうなずいた。

「グリゴーリエフに合流しようとした脱走兵を数人逮捕したが、どうしても口を割らない。密偵を放ったが、それもだめだった。あらゆるところを探らせたんだがな。もしかしたらグリゴーリエフに鼻薬を効かされたのかもしれない」

アクサーコフは本心を明かすべきか迷った。どうせもうお手上げの状況だ。正直に話せる相手がいるとしたらノーヴィコフだけだ。それに彼はスミェールシの大佐で、アクサーコフの組織とは直接関係がない。

軽く咳払いしてからアクサーコフは言った。「うちの部内のだれかがグリゴーリエフと内通しているのではないかと思っている」

ノーヴィコフはパンを噛むのをやめた。それからゆっくり顎を動かしながら言った。

「おもしろい。どうしてそう思う?」

「グリゴーリエフの手下をひとり捕まえた。そいつは口を割る前に死んだ」

「原因不明でか」ノーヴィコフがつづけた。

「公にはしていない。だれもそのことをとやかく言わなかった。俺も騒ぎたてるつもりはない」

「つまりおまえはいまだに信用されていないということか」

アクサーコフは肩をすくめた。

「レッテルを貼られればずっとついてまわる。上司は後ろ盾にならない」

ノーヴィコフは口をへの字に曲げてうなずいた。二月に起きたことを、彼も耳にしていたのだ。アクサーコフの兄アレクセイがブダペストで婦女暴行を邪魔したため、ソビエト刑法第五十八条第十項によって告発された。第五十八条は形式的にはソビエト支配に対する破壊工作であるプロパガンダや扇動といった反革命運動を犯罪と規定している。しかし反革命の事実要件には幅がある。アレクセイの場合、ハンガリー人女性を保護するため軍事的に緊急を要する任務を疎かにしたとして告発されたのだ。敵への同情とブルジョワ的ヒューマニズムの宣伝が問題視された。と言うのも、アレクセイは侵攻したソ連将兵の正当な復讐心に異を唱えることで、将兵の士気を落とした。告発した者はすくなくともそう見ていた。

この件で、アクサーコフ自身も捜査官に目をつけられた。

尋問に召喚されたときは恐怖に打ちふるえた。自分をなにが待ちかまえているかよくわかっていたからだ。追及はそれほどきつくなかった。彼の場合は不必要に厳しく当たるまでもなかった。兄がトロッキスト、つまり仇敵ファシストと同じ穴の狢《むじな》である反革命分子の疑いがあると進んで偽証したからだ。嘘はすらすらと口をついて出た。どうせもう兄は救えない。告発は事実上、判決と同じだ。自分にまで火の粉が飛んでこないよう、被害を限定的にすることしか頭になかった。

努力の甲斐はあったものの、あれから他の将校が彼を見る目付きがちがうことをひしひしと感じている。それでも上司がポゴディン大尉を目付役として同行させ、彼にだれもやりたがらない損な任務を押しつけるだけで済ませているのだから運がいい方だと言える。

「アレクセイのことはなにか聞いているか？」ノーヴィコフはたずねた。

アクサーコフは悲しげに首を横に振った。

「強制労働収容所でなければ、懲罰部隊に入れられて最前線に送られているだろう。はたして生きているかどうか」

ノーヴィコフはうなずいた。

「だから俺に声をかけたのか。グリゴーリエフを捕まえなければならない。だが裏で糸を引いている奴が判明する恐れがある」

「真相を明らかにすることなど、だれも望んでいないのかもしれない。俺にこの最低の案件を押しつけたのも、それが理由かもな」

だれかと本音で話し、胸の内に収めている疑いを口にすることができて、彼はうれしかった。

「もちろん」ノーヴィコフは言った。「部外者の援護射撃がなければ、動くべきじゃない」

そのときノーヴィコフは突然なにかに気を取られた。視線が横を向き、眉を吊り上げた。彼の顔に愉快そうな表情が浮かんだ。

アクサーコフは振り返って、原因がなにかわかった。ナターリアが浴室から出てきたのだ。しかも一糸まとわぬ姿で。

「ごめんなさい」ナターリアは困惑してささやいた。「服を着てもいいかしら?」と言って、ノーヴィコフの椅子を指差した。

ノーヴィコフは優雅に立ち上がると、衣服をまとめて抱えた。ただしナターリアのところへ数歩近づいただけだったので、ドア枠に隠れていた彼女は衣服を受け取るために身をさらさなければならなかった。

この中断のあと、ふたりはすわったまましばらく黙っていた。アクサーコフは渋い顔で、そしてノーヴィコフは明らかになにか楽しいことを考えながら。

ナターリアはいたたまれないのか、勧められた魚にも口をつけなかった。彼女がそっと部屋から出ていったので、アクサーコフはほっとした。これでまたノーヴィコフと密談できる。

「最後通牒《つうちょう》を突きつけられた。西側連合国がベルリンに来る前に解決しろと言われている。なんだか味方と対立しているように聞こえる。なにか知っているか?」

「もちろんすべてを話すわけにはいかない。それはわかるな。だがこのところ、帝国主義者どもがわれわれに敵対しようとしている兆候が多々見られる。ドイツが降伏したとき、チャーチルはモントゴメリー元帥に、捕虜にした将兵を武装解除せず、ソ連との戦争に備えさせろと命じたらしい。信憑性の高い情報だ。それに、西側連合国はヤルタ会談で決めたことを守ろうとしない」

ノーヴィコフが言わんとしていることは、もちろんアクサーコフにもわかった。ソ連はすべてのイギリス人とアメリカ人の捕虜を送還したのに、西側連合国が解放して、故郷にもどったロシア人捕虜は全体の十分の一に満たない。そのせいでしばらく前から感情がこじれている。ソ連の報道機関は、ロシア人捕虜が捕虜収容所で奴隷の扱いを受けたと主張している。しかも監視しているのはドイツ人だという。ただこれが悪い冗談なのか、大粛清の嵐が吹き荒れるスターリン体制下のソ連に捕虜がもどりたがらなかったからなのか、そこは疑問の余地が残るところだ。もちろん西側連合国についてこれまで耳にしたことを考えると、アクサーコフも懐疑的にならざるをえなかった。

「もちろん」アクサーコフは言った。「ポーランド、ルーマニア、ユーゴスラヴィアの各亡命政府がみなロンドンにあるのは偶然じゃない。アメリカ合衆国などは公式にこれらの亡命政府に大使を送っている。信用ならないということだ」

ノーヴィコフは遠くを見つめ、独り言のようにつぶやいた。「東欧が鍵だ。侵略者どもはみなまずポーランドに侵攻して、それから、ソ連に襲いかかる。将来の安全を確保するため、西側に緩衝地帯が必要だ。それが共産主義諸国であればなおいい」アクサーコフを横目で見ながら、ノーヴィコフは付け加えた。「きみの上官が焦っているのはわかる。二週間前、連合国四カ国の司令官による会合が突然お開きになった。ジューコフ元帥が連合国管理理事会の設置に関する覚書に署名を拒んだからだ。西側が約束を守り、われわれが管轄する地域から軍を退《ひ》かなければ、他の取り決めは意味をなさないという立場を取ったんだ。だが俺に言わせればいつまでも引き延ばすのはむりだな。数週間、よくて数ヶ月でベルリンは俺たちだけのものではなくなる。色々な局面で、英米が口を出してくるだろう」

「ああ、だから困っている。それまでにグリゴーリエフを見つけなければならない。だがあいまいな情報しかない」

ふたりは困惑して黙り込んだ。ノーヴィコフはきっと助けてくれるだろう。だが、内務人民委員部《NKVD》にいる裏切り者を早く特定しなければ、それも役に立たない。

死ぬか生きるかの瀬戸際だ。

あれからすでに六時間経っているというのに、パウレはいまだに青い顔をしていた。「まいったぜ」そうささやいて首を横に振った。「あの野郎、ただじゃおかねえ。あんなにあっさり人を殺すとはな。しかも仲間だぞ！　とんでもねえ食わせ者だ！」

オッペンハイマーは耳をそばだてた。徒歩でヨアヒムスタール通りを横切り、クアフュルステンダム大通りに近づいたところだった。エデのところへ急いでいたが、彼は急に歩く速度を落とした。パウレは前からデミアンを知っているような口ぶりだ。グリゴーリエフを殺しにもどるとき、役立つ情報が得られるかもしれない。アクサーコフ大佐に知らせる気は失せていた。悠長に連絡など取っていたら、ギャング団に逃げられてしまう。

すぐにも殺す必要がある。それだけはまちがいない。

その夜、ふたりは無事にグリゴーリエフのアジトをあとにした。まだ真っ暗な時間で、パトロールに捕まりたくなかったので、空襲で破壊された隣の建物に夜が白むまで隠れた。オッペンハイマーは風の当たらないところでうとうとし、かすかな物音にも過剰に反応した。

どんよりとした空が明るくなると、そこがどこかようやくわかった。空にそびえる四角形の黒い影はウルシュタイン＝ハウスのそそり立つ時計塔、テンペルホーフ地区の名物だ。正面壁がネオゴシック風の、その巨大なレンガ造りの塔は大聖堂のようだ。だがその中にはウルシュタイン書店の本社と印刷所が入っていた。ユダヤ人の社主は一九三四年、国家社会主義者から所有権を剝奪され、当時の最大の伝統ある出版社に対する補償金として雀の涙と言える金額しか与えられなかった。その後、新しい所有者はこの出版社が非アーリア的である記憶を根絶やしにするべく、ドイツ出版社という身もふたもない社名に変えた。同じくウルシュタイン＝ハウスという建物の名称もドイチェス・ハウスと改称されたが、巷ではそのまま古い名で通っていた。

テルトー運河沿いの工業地帯にひしめく会社や工場は閉まっていて、しんと静まりかえった建物のあいだをヒュウヒュウ風が吹き抜ける。建物は部分的に空襲で破壊されている。無数の軍需産業があったため空爆の恰好の標的になったのだ。

帰途につく前に、オッペンハイマーはグリゴーリエフ一味のアジトをしっかり記憶にとどめた。

オッペンハイマーがパウレの方を向いて訊いた。

「あの若い奴を知ってるのか？」

「デミアンか？　何度か交渉に来た。ドイツ語が多少ともできるのはあいつだけらしい。だけどあいつが殺し屋だとはな」

「これで奴らのアジトをエデが知ることになる。なにか仕掛けるのか？」

パウレは肩をすくめた。

「さあな、親分はそういうことを俺には教えてくれねえ」

オッペンハイマーは歯噛みした。この件では自分が除《の》け者にされている気がした。グリゴーリエフを自分で殺せないのなら、あとはエデに任せるほかないと思っていたのだが。エデの武器庫から銃を出してもらい、終止符を打つのだ。

オッペンハイマーは考えごとをしていて、通りに穴があるのを見落とし、そこに足を入れてしまった。バランスを崩したが、なんとか倒れずにすんだ。しかし足を抜いてみると、靴先が曲がっていた。前から薄くなっていた靴底が裂け、靴先がぱっくり口を開けていた。

オッペンハイマーは悪態をついて立ち止まった。驚いているパウレに急いで手を振って言った。「先に行ってくれ！　あとから行く！」

パウレは行ってしまった。オッペンハイマーはふくれっ面をして、靴をどうやって直したらいいか思案に暮れた。そばの壁に寄りかかって、靴の様子を見た。捨てずにおいた最後の靴。エデの店までは二、三メートル。靴がこれ以上壊れないように脱いで歩くかと思い、靴紐を解こうとかがんだ。

だがそのとき不意をつかれた。

靴が気になって、オッペンハイマーは周囲に気を配っていなかった。通行人が近づいてきたが、オッペンハイマーは顔を上げもしなかった。

「大丈夫だ。構わないでくれ」と不機嫌そうに言った。

男が立ち去らなかったので、オッペンハイマーははてなと思った。体を起こしてみると、ウールのコートの外ポケットがふくらんでいる。そこに突っ込んだ手がなにを持っているかは明らかだ。拳銃を構えている。

「なんなんだ……」オッペンハイマーはそう言いかけたが、男の顔を見て言葉を失った。

この男を知っている。割れ顎の男だ。

男は小さな声で言った。

「ついてこい。口答えするな！」

28

一九四五年六月十四日木曜日
太平洋戦争終結の八十日前

オッペンハイマーはふるえながら額の汗をぬぐった。奥の部屋にひとりすわっていた。その部屋には、テーブルがひとつと椅子が二脚あるだけだった。部屋に個性をだそうというむだな試みは、壁にかけてある下手くそな静物画くらいのものだった。窓からうっすら光が差し込んでいる。監禁されたという思いがしだいに強くなった。

割れ顎の男はなんの説明もしなかった。ふたりは障害物を乗り越え、裏庭をいくつも抜けた。もちろんどこへ連れていくか隠すためだ。といって日中、目隠しをするわけにもいかないので、こんな回りくどいことをしたのだ。レンガ塀で行き止まりに見える横道、崩れかけた公衆トイレや板塀に沿って歩き、さらに石炭貯蔵用地下室まで通った。

来た道をあとで思いだすときに唯一取っかかりになるのは、雑草が生え、瓦礫が転がっている中庭だ。隅に使い道のなくなった暗幕用ボール紙が山をなし、その横にはずれた窓枠が積み上げてあった。年配の男がふたり、ハンカチで口を覆ってゴミを片づけ、隣人が置き去りにしたものを燃やしていた。二ブロック行っても、喉を刺すような煙が漂っていた。

　そして今、殺風景な部屋の中で、オッペンハイマーはうかつな自分に腹を立てていた。ああいうあらわれ方をしたのだから、奴はずっと前から尾行していたことになる。普通なら尾行されるとすぐ気づくのだが、今回はまったくその気配がなかった。

　相手が素人ではないのは明らかだ。オッペンハイマーは意気消沈した。それにしても、エデやグリゴーリエフや内務人民委員部《NKVD》以外にいったいだれが自分に関心を寄せるだろう。どうやら思った以上に複雑な事情があるようだ。

　突然、ドアが開いて、バタンと壁にぶつかった。オッペンハイマーは我に返った。

　割れ顎の男が入って来て、オッペンハイマーの前に立ちはだかった。

「さあ吐け！　奴はどこだ？　協力すれば、ここからだしてやる！　さもないと……」

　男はショルダーホルスターから拳銃を抜いた。まるでB級犯罪映画のギャングのようだ。

「何が知りたいんだ？」オッペンハイマーは口ごもりながらたずねた。

　男は前のめりになった。分厚いコートは着ていなかった。肌に張りついたシャツから、男が体を鍛えていることがよくわかった。

「まあ、むりはしないことだ！」男はうなるように言った。「遊んでいる暇はない。早く言え！」

　オッペンハイマーはちらっと拳銃を見た。はたしてここから生きて出られるだろうか。まずい状況だ。

「どうなんだ？」男が怒鳴った。

オッペンハイマーはびくっとした。冷静に考えられるようになる前に口がひらいていた。

「もちろん協力する。喜んでそうする。しかしなにが知りたいのか言ってくれなくては。なんの情報もなくてはまともな返答はできない」

オッペンハイマーはすぐにしまったと思った。最後の言葉は非難めいて聞こえる。そんな生意気なことが言える立場にはなかった。

すると男が体を起こした。オッペンハイマーは、自分の反応が正しかったと直感的に気づいた。反抗的な態度を取ったことで、相手の気勢がそがれた。

男は右手に拳銃を構えたままオッペンハイマーをじっと見つめた。さっきまであんなに高飛車だった男が一変して静かになった。

「バッグについてどこまで知っている？」

ロスキのバッグのことだとすぐにわかったが、オッペンハイマーは肩をすくめて答えた。

「バッグと言ってもいろいろある。どのバッグだ？」

「黒い人工皮革のバッグだ。ドクターズバッグに似ている。マニが持っていた。よもやマニを知らないとは言わないだろうな？」

これではっきりした。男は殺されたロスキの仲間と接点があったのだ。

「生きているときのマニは一度しか見かけていない」オッペンハイマーは答えた。「しかも二十メートル以上離れていた。二度目には、奴はあの世に行っていた。あいつがバッグを持っていたというのか？」

男はうなずいた。

「あいつの死体を発見したとき、倉庫をくまなく探した」オッペンハイマーは考えながら言った。「バッグは目にとまらなかった」

相手の態度に変化が起きた。なにかが関心を呼び覚ましたのだ。怒鳴るのをやめ、椅子の背をつかむと、テーブルに向かってすわった。真剣な話がはじまろうとする雰囲気なのに、男は拳銃を手から離さなかった。

「あそこでなにを探していた？」男はたずねた。

「エデに頼まれた」男が表情を変えなかったので、オッペンハイマーはもっと正確に言った。「クアフュルステンダム大通りにあるナイトクラブのオーナーだ。マニが彼に儲け話を持ち込んだまま姿を消したので、捜すよう頼まれたんだ」もちろんかなりかいつまんで話した。ロスキとのつながりを洗いざらい話すのは早計だと思ったのだ。

「なんであんたに頼んだんだ？」男はうさんくさそうにオッペンハイマーを見た。

「簡単なことだ。わたしは彼のところで働いてる」オッペンハイマーはそこで黙った。だが男はもっと信憑性のある説明を待っていたらしく、咳払いをしてつづけた。「それにわたしはかつて刑事だった」

男は椅子の背にもたれかかった。「なんだって、刑事？」

「自慢するわけじゃない。エデは、わたしが人捜しに慣れているから任せたんだと思う。しかしマニが殺されていたことを報告すると、それっきりその話は沙汰止みになった。死人からはなにも回収できないからな。それに奴の倉庫も略奪されてしまっていたし」

「倉庫の中身を持ち去ったのがだれかわかるか？」

それは、オッペンハイマーもずっと考えていたことだ。

「はっきりとはわからないが、たぶんロシア人ギャングだ。脱走兵が徒党を組んでる。奴ら、ベルリンに根をおろして、あちこちに食指を伸ばしている。あいつらならやりそうだ」

男の目がきらっと光ったので、オッペンハイマーはすこし焦った。グリゴーリエフたちのことを感情抜きで話すのは至難の業だった。リザを暴行されたことへの悔しさと復讐心が彼の返事にこもってしまった。気のせいかもしれないが、男もあのギャング団を人間のクズだと思っているようだった。

「バッグを見つける手助けをしてくれるか？」

相手の物腰が柔らかくなったので、オッペンハイマーは驚いた。

「あのバッグにはなにが入っているんだ？」

当然の質問だったが、男は直接の返答を避けた。その代わりに拳銃をホルスターにもどし、ズボンのポケットから傷だらけの煙草入れをだした。

「吸うかい？」煙草入れの蓋を開けて、男はたずねた。

オッペンハイマーはうなずいた。男がわざと間を置こうとしているのは見え見えだ。それでも白い紙巻き煙草を差しだされたのはありがたかった。彼は煙草を見つめた。煙がきつくて甘いソ連軍配給のマホルカでも、将校しか吸わないパピロシでもない。オッペンハイマーはぼんやりと煙草を指でまわし、印刷された銘柄を見つけた。

チェスターフィールド。

オッペンハイマーは眉をひそめた。外国から送られてこなければ、まず手に入らない煙草だ。他にも手に入れる方法はあるが、それはまずありえないと思っていた。

男がマッチをすって、火を差しだした。肺がニコチンで満たされると、オッペンハイマーは気持ちが落ち着いた。

「重要な原材料が入ってる」男はマッチの火を吹き消し、煙を払いながら言った。「技術的なことは言っても無駄だろう。だが俺はどうしてもそのバッグを手に入れる必要がある」

オッペンハイマーはチェスターフィールドのフィルターを見つめた。疑う気持ちをもう消し去ることができなかった。この煙草だけでなく、目の前の男も外国からやってきたのだとしたらどうだろう。

男を探るように見て、その目に自分の疑問の答えがあると思った。だが本人の口から聞くことはできないだろう。

「ひとりで動いているわけじゃないよな?」オッペンハイマーは探りを入れた。「協力するのにやぶさかじゃないが、だれのために働くのかわからないままではな」

男は煙草のフィルターを噛みながら考えた。そして意を決して言った。

「ある外国から依頼されていると言っておこう」

オッペンハイマーはぽかんと口を開けた。「アメリカか?」

相手がすこし首を傾けて微笑んだ。

「認めることはできない。わかってくれるな。しかし否定もしない」

オッペンハイマーにはそれで充分だった。急に頭に血が上って叫ばずにいられなくなった。できることなら、男の胸ぐらをつかみたいくらいだった。

「今まで一体なにをやってた?」オッペンハイマーは男に食ってかかった。「どれだけ首を長くして待っていたかわかってるのか? 早くこの悪夢を終わらせて欲しかったのに!」

「わかってる」男は煙草の灰をぽんと床にはたき落とした。「あいにくもうすこし時間がかかる。ソ連はベルリンを完全に封鎖して、だれも通そうとしない。俺がここにいるのも、事前に潜伏してたからだ。俺は非公式の前衛と言ったところだ。いろいろと地ならしをしている」

オッペンハイマーはうなずいた。「流暢《りゅうちょう》なドイツ語を話すな」お世辞ではなかった。

「ははは。元々ベルリン生まれだからな。ナチが権力を掌握したとき一家揃って移住した」

男はそれ以上明かそうとしなかった。だがオッペンハイマーにもよくわかった。もともとドイツ生まれなら目立たない。一般大衆に紛れ込むことができる。スパイ活動には理想的だ。

オッペンハイマーはうなずいて、どこまで打ち明けたらいいか考えた。エデがあのバッグに興味を失くしていることがせめてもの慰めだ。エデがマニとその依頼人ロスキに隠れ家を提供し、ロスキのバッグは隠れ家だったビール醸造所の地下に隠されている可能性があると説明した。相手が待ちに待った西側連合国の関係者だとわかった以上、できるだけ好印象を与えたほうがいい。内務人民委員部《NKVD》も接触してきていることは黙っていることにした。

話のあいだ、男はじっと聞いていた。オッペンハイマーの情報の大半をすでに知っているということか。さもなかったらすぐれた自制心の持ち主ということになる。

男はたずねた。「君の言うビール醸造所だが、どこにあるんだ？」

オッペンハイマーが住所を言うと、男はそれを手帳にメモした。

「だがバッグがまだあるかどうかわからない」オッペンハイマーは急いで付け加えた。

男は眉間にしわを寄せた。「それっきり確認してないのか？」

オッペンハイマーは首を横に振りながら答えた。

「いろいろあったからね。あそこもきっと略奪に遭っている」

このあたりが落としどころだろう。アクサーコフ大佐の部下がすでに地下室を捜索していることを明かすよりはましだ。エデのことを配慮して、アクサーコフ大佐にはバッグを隠した正確な場所を言わなかった。ロスキのバッグがまだそこにある可能性は高い。

「バッグのところまで案内してくれ」男が言った。

「今すぐか？」オッペンハイマーは口ごもりながら言った。

相手がにやっとした。

「急いではいるが、その前にやっておくことがある。二、三日のうちに頼む」

普段どこにいるか教えると、オッペンハイマーは解放された。ただし通りに出たのはさんざん裏庭や地下室を抜けてからだった。

「ところで、名前は？」男は別れの握手をしながらたずねた。

「リヒャルト・オッペンハイマー」

氏名を言うと、男ははっとして、こんな質問をした。「合衆国に親戚はいないか？」

「いいや、いない。南米で暮らしている妹がいる。夫といっしょにパラグアイに移住した」

「そうか」男は軽い口調にもどった。

「で、あんたのことはなんて呼んだらいい？」

すこしためらってから男は答えた。「ゲオルク。ゲオルクと呼んでくれ」

オッペンハイマーは、本名ではないと直感した。


まったくとんでもない一日になったものだ。ナイトクラブの前では、身だしなみを整えたヤーシャというおまけが待っていた。髪に櫛を入れ、アイロンをかけた制服とぴかぴかに磨いた靴を身につけ、みすぼらしい花束を手にしていた。甘いにおいは花束か、オーデコロンをつけているからか定かではなかった。

オッペンハイマーは、彼をリタのところに連れていくと約束していたことをすっかり忘れていた。だがヤーシャは約束を守れと言って聞かなかった。エデの店が開くまで二、三時間あるし、ヤーシャはどこで調達したのか四輪駆動車に乗ってきた。

四輪駆動車はベルリン市内を走るにはちょうどいい。幹線道路の大きな瓦礫はひと通り片付いていたが、車はがたがた揺れて仕方がないからだ。

運転席に乗り込むと、ヤーシャはオッペンハイマーに花束を押しつけた。オッペンハイマーは助手席にすわって、左手で車のフレームをつかんだ。リタに会いたい一心で、ヤーシャがむやみにアクセルを踏んだからだ。

廃墟と廃墟のあいだはすごい人込みだった。旅行鞄や包みを持った避難民が爆弾の穴や地下鉄駅の入口に集まって一休みしている。子どもたちは破壊された戦車の上で遊び、レンガやねじれた鉄骨の山の上ではレンガを手渡す人の鎖ができていた。その人の鎖は仮設の線路まで延びていて、そこにレンガを運ぶためのトロッコがあった。街のいたるところで見かける瓦礫撤去用トロッコだ。そのすべてがオッペンハイマーの前を一瞬でよぎっていく。まるで万華鏡の中でぐるぐるまわる運命の断片のようだ。

数分のあいだなにもせず助手席にすわり、顔に風を受けるうち、口にほこりが入ってジャリジャリした。だがおかげで物思いに耽ることができた。この数時間、彼の中で吹き荒れていた見境のない怒りがかなり静まって、気持ちを抑えられるようになっていた。

オッペンハイマーは、どんなに危険なことをしようとしているかよくわかった。拳銃で武装してグリゴーリエフのアジトに殴り込みをかけ、グリゴーリエフを殺すことはできるだろう。手下も数人は殺せるかもしれないが、最後には取り押さえられる。運がよければその場で殺される。だがマニのように拷問にかけられる恐れもある。自分がどうなろうと構わないが、気がかりなのはリザをひとり残すことだ。復讐は果たせても、それではなんにもならない。

ヤーシャは道路にあいた穴をものともせず車を走らせた。オッペンハイマーは椎間板に強烈な衝撃を受け、足元のヤーシャのバッグがガシャッと音をたてた。バッグを足に挟もうとして、彼は身を乗りだした。

「これ、なにが入っているんだ?」オッペンハイマーはたずねた。

「俺の七つ道具」ヤーシャは答えた。「カメラ、フィルム、現像用の化学薬品」

「カメラマンなのか?」

「写真報道員。『スターリンの鷹』で働いている。空軍の雑誌だ」

「ドイツ語がうまいな」

「マルクスが読みたかったんだ。原書で。それでドイツ語を習った。それからドイツ文学に出会った。今度はそのお返しができる。文化でな。スタニスラフスキーを知っているか? ヴェルトフは? ショスタコーヴィチは?」

ヤーシャは調子に乗って、オッペンハイマーの知らない名前をさらに並べたてた。

「ショスタコーヴィチの楽曲は聴いたことがある。たしかに偉大な作曲家だ」オッペンハイマーはうなずいた。ヤーシャは感心して、顔を輝かせた。

ヤーシャが四輪駆動車をヒルデの敷地の横の脇道に止めると、オッペンハイマーは彼に、車の中ですこし待っているように言った。

「わたしたちが来ることをリタは知らない。先に行って、彼女に気持ちの準備をしてもらう」

ヤーシャはすぐ会えないことにがっかりしたが、黙ってうなずいた。

オッペンハイマーは外に降りると、いつもの道を通って敷地に入った。ちょうどそのときヒルデが家から出てきた。スカーフを巻いて籠を提げていた。庭木戸から入ってきたオッペンハイマーに気づいて声をかけた。

「これから出かけるところ。病院に行かなくてはならないの。赤痢が発生したのよ」

それからヤーシャに目がとまって、足を止めた。ヤーシャは四輪駆動車の横に立っていた。ナイトクラブで会ったときと同じように花束を持っている。だが興奮しているのか、頰を紅く染めている。丸い制帽についている赤い星とそっくりの色だ。

「あのバラの騎士はなに？」ヒルデはたずねた。

「リタに会いたがってる」オッペンハイマーは答えた。「彼女の崇拝者さ」

そう答えたオッペンハイマーを、ヒルデはうさんくさそうに見た。

「あなた、ポン引きをやってるわけ？　今いる環境にずいぶん染まってしまったようね」

「いや、あいつがあんまり哀れでね。リタがいなくなって、ひどく落ち込んでいる。昨日なんて路上でごろつきに絡まれて。励ましてやることにしたんだ。リタなら、あしらい方を心得ているさ」

「リザたちはまた行列に並んでる。なにか食べたければ、フランツがまたあの奇妙なソーセージの残りをあなた用に残したわ。フライパンに入れたままよ。じゃあ、わたしは行くわね。リタは二階の自分の部屋よ」

ヒルデは庭木戸を抜けて姿を消した。

贔屓にしてくれた男が訪ねてきたことに、リタは驚きを隠せず、にこにこした。オッペンハイマーはヒルデの居間を使えば面倒はないと提案した。壁の本棚は医学の専門書中心だが、かなり埋まっている。ナチが非ドイツ的として焚書にした書物も定位置にもどっていた。

これを書き割りにして、リタはふたたびステージに上がった。もちろん今回の観客はひとりだったが。オッペンハイマーの案内で居間に入ったヤーシャは、彼女の頬の傷を見てショックを受けたが、そういうそぶりを見せまいと懸命に気持ちを抑えた。

数分後、ふたりだけにしたほうがいいと判断し、オッペンハイマーはこっそりその場を離れた。

母屋にもどる途中、鈴が鳴るようなリタの笑い声が聞こえた。幸せな若いふたりを傍目に見て、オッペンハイマーはいろいろ考えさせられてしまった。ここでふたりはカップルになった。これから人生を共に過ごすことになるかもしれない。どんな物語が紡がれるか想像もできない夢のある人生のはじまり。喜びもあれば失望もあるだろう。裏切りや破綻もあるかもしれない。だが今、そんな予兆は微塵《みじん》もなかった。

オッペンハイマーもリザと出会った頃にもどりたくなった。こんなに面倒がなかった時代が懐かしい。すこしずつふたりの心はすれちがっていった。はじめはまったく気づかず、そして今はひしひしとそれを感じる。

オッペンハイマーは急に自分がひどく年老いてしまったような気がした。

29

一九四五年六月十六日土曜日
太平洋戦争終結の七十八日前

そろそろ人生の汚点をぬぐい去る潮時だ。むろんそのためには嫌なことと対峙する必要がある。オッペンハイマーはあのおぞましい場所にもどる必要があった。廃業したビール醸造所は彼を待っていたかのようだった。薄汚れた赤レンガの建物。そこの入り組んだ通路に嫌な思い出がひそんでいた。

バッグのところへ案内するとゲオルクに約束したとき、まさかこんなに複雑な思いをするとは予想だにしなかった。だが、もうあともどりはできない。

ゲオルクは自転車に乗ってナイトクラブの前にあらわれた。この二日間、彼はなにをしていたのだろう。ともかく今は、醸造所を訪ねる気満々のようだ。

オッペンハイマーは深呼吸して、醸造所に足を踏み入れる心の準備をした。ゲオルクはわざわざ縄ばしごを携えてきた。縄ばしごを丸く縛って肩にかけているところは登山家のようだった。ただし彼らが行くところは地中だ。オッペンハイマーは目の端で、連れが鋭い視線を向けてきたことに気づいた。オッペンハイマーがどんなにどろどろした気持ちでいるか感づいたようだ。

「じゃあ、入るぞ」オッペンハイマーは自分をふるいたたせようとして言った。

建物に刻まれた銃痕は記憶と変わらなかった。ただし発酵用地下室の様子は、リザと逃げてきたときとすこしちがっていた。地下室の扉は蝶番からはずれ、壁に立てかけてあった。扉の上の方に煤がついている。工場の内部で火災があったらしい。

オッペンハイマーは立ち止まった。無駄足だったような気がした。だれかが先まわりして、涸れた井戸の中を探ってしまったのではないだろうか。

横でカサカサと衣ずれの音がした。ゲオルクは慣れた手つきでショルダーホルスターから拳銃を抜いていた。オッペンハイマーの手に黙って懐中電灯を握らせ、顎をしゃくって先に行けと合図した。

気密室におずおずと足を踏み入れると、心地よい冷気が奥から吹いてきた。同時に甘いにおいが鼻をくすぐった。なんのにおいかはっきりしなかった。腐敗臭と死臭に似ている。気密室の内扉は大きくひらかれていた。オッペンハイマーはドア口で息を詰め、懐中電灯の光を地下に向けた。アーチ天井の下にある巨大な発酵釜が浮かんだ。なにも動く気配はなかった。

勇気をだして前に進んだ。床が妙に粘つく。オッペンハイマーは不思議に思って下を見た。

グリゴーリエフ一味がビール樽を見つけて、ひっくり返したのだろうか。

奥の床には赤茶色の染みがついていた。それを見て、オッペンハイマーはぞっとした。その色を知っている。乾いた血痕にちがいない。

こんな地下室をねぐらにする奴がいるわけないと思ったが、オッペンハイマーは声をひそめて言った。「ここで戦闘があったな」

「じゃあ、バッグはもうないのか？」ゲオルクは言った。

「それはまだわからない。隠したのはもう一階下だ」

そう言いながら、オッペンハイマーは鉄製の螺旋階段がある地下室の奥へ向かった。

螺旋階段まで半分ほど移動したとき、オッペンハイマーは動きをとめ、ゲオルクに注意を喚起させるために手を伸ばした。だがゲオルクもすでに異状に気づいていた。

物音がする。自分たちがたてた音ではない。

手で懐中電灯を覆い、じっと耳をすました。

数秒後、また物音がした。

うなり声、引っかく音。人間とは思えない。

オッペンハイマーの胸の鼓動が速くなった。聞きまちがいではない。なにかがいる。

音は真っ暗な闇の奥から聞こえる。オッペンハイマーはゲオルクを肘で突き、手で覆った懐中電灯を音のする方に向けた。同時にゲオルクは拳銃を構えた。

暗かったので、ゲオルクの心構えができているかわからなかったが、オッペンハイマーは数秒待って、懐中電灯から手を離した。

光が容赦なく闇を切り裂いた。

最初に目に飛び込んできたのは、大きな口とカミソリのように鋭い牙だった。そして激しい吠え声。目をぎらつかせた獣が飛びかかってきた。リードでつながれたドーベルマンだった。

懐中電灯をその横に向けると、灰色のぼさぼさの髭を生やした男が光の中に浮かび上がった。男は発酵釜の下にしゃがんで、ドーベルマンを押さえようとしていた。その横にはさらに顔を隠している女がいた。

「友だちだ！」男はかすれた声で叫びながらリードを引っ張った。それから男はロシア語で言った。「ドルーク！　ドルーク！」

懐中電灯の光が強すぎるのか、男が実際にひどくやつれているのか定かではないが、相当苦労してきたらしく、ひどい身なりだった。男の後ろにさらに数人の人影があった。どうやらかなりの人数がここをねぐらにしているようだ。

オッペンハイマーはゲオルクに視線を向けてうなずいた。こいつらは危険ではない。

「大丈夫だ」オッペンハイマーは男に言った。「ちょっと見たいものがあるだけだ」

男はほっと息をついた。「てっきりロシア人の悪党どもかと思った。はじめは犬を打つ鞭を振るわれ、それからあの劣等民族に四六時中つきまとわれてきた。このベルリンまで」男の目は敵意がむきだしだった。

「先に手をだしたのはこっちだからねえ」男の背後にいた女が言った。「アドルフが権力を握ってから、さんざっぱらひどいことをしてきた。みんな、あの馬鹿どものせいさ」

男が唇を引き結んだ。「それでも、俺たちから何もかも取り上げるなんてひどすぎる」

オッペンハイマーはもう聞いていなかった。用事を片づけなくては。不正がどこまで許されるか考えるために来たのではない。

だからできるだけ改まった声で言った。

「みんな、ここにいてくれ。そのほうが安全だ。奥にはいろいろなものが転がっている。転んで首の骨を折る恐れがある」

オッペンハイマーは行こうとしたが、ゲオルクは動こうとせず、興味津々にたずねた。

「どうしてわれわれをソ連兵だと思ったんだ?」

「しつこくここに来るからさ」男は答えた。「パトロールだよ。なんかここを見張ってるみたいなんだ。だれかを待ち伏せしてるみたいでね。他にねぐらが見つかれば、こんなところにいないさ」

ゲオルクはオッペンハイマーと顔を見合わせた。ソ連軍のパトロールがここを見まわっているというのはよくない知らせだ。グリゴーリエフ一味がまたここに顔を見せるかもしれないとにらんで、アクサーコフ大佐かポゴディン大尉がそういう命令をだしているのかもしれない。

途中で邪魔が入ったが、螺旋階段はすぐに見つかった。木箱が散乱していて、以前と変わらず障害物競走でもしているかのようだった。

　なんとか井戸に辿り着くと、中を覗いてみたが、バッグは見えなかった。円形の縦穴は底まで見通すことができなかった。

「どのくらい深い？」ゲオルクはたずねた。

「さあ」オッペンハイマーは答えた。

　ゲオルクは肩から縄ばしごを下ろし、スーツの上着を脱いだ。「六メートルで足りるといいが」それから縄ばしごに手をかけ、蛇口が重さに耐えるかどうか確かめてから、そこに固定した。ゲオルクはオッペンハイマーから懐中電灯を取り返した。オッペンハイマーは、懐中電灯に長い紐がついている理由に気づいた。ゲオルクはその紐を首に引っかけて、懐中電灯を胸元に垂らした。

　縄ばしごに足をかけると、ゲオルクは縄ばしごに全体重を乗せた。

　ゲオルクは縄ばしごを下り、井戸の縁から頭が見えるだけになった。

「気をつけろ」オッペンハイマーは言った。「底の方は一酸化炭素が充満してるかもしれない」

「俺が返事をしなかったら下りてきて助け上げてくれ。だれかに助けを求めても手遅れになる」

　オッペンハイマーはうなるような声をだしてうなずいた。

　下りるのが永遠につづくように思われた。すぐに下を照らす懐中電灯の光しか見えなくなった。光は酔っ払いのようにフラフラと底を照らした。さっきまでは地下貯蔵室に散乱している瓶に光が当たって鈍い光を反射していたが、今はオッペンハイマーの周囲も暗くなった。オッペンハイマーは助けを呼ぶ声が聞こえたら、ただちに井戸に下りるつもりで身構えた。だが頭の中では他のことを考えていた。地下貯蔵室には他に出口がない。もしだれかがふたりを追って螺旋階段を下りてきたら、逃げ道はない。

気が気ではなくなったオッペンハイマーは、黒く塗られた螺旋階段の方を見つめ、耳をそばだてた。だがしばらくして自分はコウモリにはなれないと思い知った。たしかに上で物音はしないが、そんな印象だけではなんとも言えない。

オッペンハイマーはびくっとした。井戸の中でののしる声がしたからだ。助けを呼んでいるのだろうか。ゲオルクは下で息ができず、大きな声をあげられないのだとしたらどうする。最悪の事態を覚悟して、オッペンハイマーは左手で蛇口をつかみ、縄ばしごに足をかけようとした。そのとき、縄ばしごが揺れ、懐中電灯の光が上に向けられた。

オッペンハイマーはほっと息をついた。ゲオルクが上がってきたのだ。

連れの影に気づいて、オッペンハイマーは手を差しだした。

「これを取れ！」そう言って、ゲオルクはドクターズバッグをオッペンハイマーに渡した。バッグは糞尿のにおいがした。バッグの持ち手がぬるぬるしていて、オッペンハイマーはすぐ床に落としてしまった。

ゲオルクは井戸の縁に腕をかけ、頭をだすと、大きく息を吐いた。

「そういうのを持って縄ばしごを上ってみたことがあるか。簡単じゃない！」

オッペンハイマーは、アクサーコフ大佐の部下がなぜバッグを見落としたのかわかった。

「井戸は便所代わりになっていたのか」

ゲオルクはうなずいて、井戸の縁を乗り越えた。「糞でいっぱいだった。幸い真鍮の留め金が見えた。もうこの縄ばしごは使えないな」ゲオルクは縄ばしごを井戸に落とした。

オッペンハイマーは糞まみれのバッグを見つめた。「こんなものを持っていたら目立って仕方ないな」

ゲオルクは蛇口を回したが、水は一滴も出なかった。「水もないときた」

バッグの中身をだして持ち帰ろうとオッペンハイマーが言うと、ゲオルクがそっけなく言った。「やめたほうがいい」

ふたりはしばらく呆然としていた。それからオッペンハイマーがあることを思いついた。

「上にビールの樽がまだいくつか残っている。気の抜けた代物で飲めたものじゃない」

ゲオルクは、オッペンハイマーが言わんとしていることをすぐに理解した。

「バッグを洗うのに使えるか」

十五分後、オッペンハイマーはほっと息をつき、地下室を出ることにした。バッグの外見はきれいになったが、今度はビールのにおいをぷんぷんさせていた。

気密室の前でゲオルクはしばし立ち止まって、バッグの重さを確かめ、疑うような目付きで言った。

「おかしいな。なんか変だ。バッグはもっと重いはずなんだが」

オッペンハイマーは雷に打たれたようにはっとした。「あんたが探しているバッグじゃないと言うのか?」これだけ苦労したのに、力が抜けそうだった。

ゲオルクは顔をしかめて、「じきにわかる」とささやいた。

オッペンハイマーはがっかりした。この件に振りまわされてばかりだ。先にやるべきことがあるのに。グリゴーリエフが野放しだと考えただけで、心穏やかでいられなかった。

オッペンハイマーは肩を落として階段を上り、左に曲がって、廃墟に隠しておいたふたりの自転車のところへ行った。

オッペンハイマーは考え込み、ゲオルクはがっかりして、ふたりとも注意を疎かにした。まさかだれかが廃墟の中で待ち構えているとは思わなかった。

はじめは窓にちらっと人の気配を感じただけだった。そして建物の陰でガサッとほとんど聞こえないくらいの物音がした。

目の前に機関銃の銃口を見て、オッペンハイマーは罠にかかったと気づいた。ゲオルクもぎょっとした。

ソ連軍憲兵が目の前に立っていた。ギャリソン・キャップをかぶった若い憲兵だ。むきになっている。

「ストーイ!」と怒鳴った。

止まれと言われたのだ。オッペンハイマーは念のため手を上げた。ゲオルクも同じことをするとと思ったが、その憲兵に微笑みかけ、なんの用だとたずねた。「シュトー・エータ・タコーエ？」

ふたりの会話が断片的にしかわからず、オッペンハイマーは呆然とした。ゲオルクは流暢にしゃべった。ロシア語が堪能なようだ。

オッペンハイマーはふたりの身振り手振りを観察した。憲兵は襲いかかられるのを警戒して、機関銃をいつでも撃てるように構えた。

ゲオルクは他意がないふりをした。おとなしくズボンのポケットから片手をだし、憲兵に言われるがままバッグを地面に下ろした。それからスーツの上着をひらいて、ショルダーホルスターを見せ、左手で拳銃を取って、バッグの横に置くと、数歩さがった。

そのあいだも、ゲオルクは笑みを絶やさなかった。従順なふりをしているのか、相手をからかっているのかよくわからない。おそらく両方だろう。

ゲオルクはしゃべりつづけ、相手に考える暇を与えなかった。機関銃を前にしながら驚くほど穏やかだ。憲兵は口をひらいたが、またゲオルクにまくしたてられた。ゲオルクは憲兵に仲間を呼ばせまいとしているのだ。

そのことに気づいて、オッペンハイマーは鳩尾《みぞおち》を殴られたような衝撃を受けた。ビール醸造所にまだ見張りがいる。そうに決まっている。

オッペンハイマーはゲオルクのことなどどうでもよくなった。大変なことになった。ふたりとも捕まったも同じだ。ゲオルクにもこの状況を変えることは不可能だろう。武器がなくてはどうにもならない。

手を上げてうつむいたまま、オッペンハイマーは連行されるのを待っていた。

憲兵がいらいらしだした。円形の弾倉に隠れてよく見えないが、引き金にかけた指に力を入れたようだ。今にも発砲しそうだ。

それは一瞬の出来事だった。オッペンハイマーにはなにが起きたのかわからなかった。

憲兵は軽く横を向き、声を張り上げようとした。ゲオルクがすかさず憲兵の首をしめた。

ゲオルクのすばやい動きにオッペンハイマーはたまげた。ゲオルクは慣れた動きで相手の口をふさぎ、機関銃の銃口を横に向けた。憲兵はゲオルクの手を外そうとして武器を離した。もみ合いは数秒で片がつき、憲兵は気絶して地面に沈んだ。

ゲオルクはかがんで憲兵の脈を診てからうなずき、オッペンハイマーにささやいた。「頭痛はひどいだろうが、明日には治る」

突然、建物の裏から声がした。自転車を隠しておいたあたりだ。ゲオルクはしゃがんだ。

オッペンハイマーもささやいた。「自転車が」

ゲオルクは跳ね起き、バッグをつかむと、オッペンハイマーを反対方向に引っ張った。息を殺してすぐそばのドア口へ走り、そこに着くと、ビール醸造所の空き地をうかがった。百メートルほど先に進入路がある。鉄の門は閉まっているが、その横のレンガ塀に裂け目がある。逃げるならそこしかない。ただしそこへ行くためには空き地を横切る必要がある。

ゲオルクは周りをよく見て身をかがめ、スタートラインについた短距離走者のような姿勢を取った。オッペンハイマーは焦ってしまって息が上がっていた。ゲオルクの姿勢を見て、オッペンハイマーは駆けだそうとした。

「待て」と、ゲオルクに止められた。

オッペンハイマーは、ゲオルクがなにを待っているのかわからなかった。ゲオルクはしきりに四方を見ている。それからオッペンハイマーに合図して、脱兎のごとく駆けだした。ゲオルクのほうが足が速かった。彼が塀の亀裂に着いたとき、オッペンハイマーはまだ空き地を走っていた。

息が切れ、足はがくがくだった。なんとか塀に辿り着くと、亀裂をむりやりすり抜け、赤いレンガ塀にもたれかかった。

しかし息をついている暇はなかった。ゲオルクは道端に止めた歓喜力行団の車（一九三〇年代にフェルディナント・ポルシェによって開発された国民車。フォルクスワーゲン・ビートルの前身）のところへ走ってエンジンをかけると、助手席のドアを開け、早く乗れと合図した。

オッペンハイマーは最後の力を振りしぼって塀から離れ、助手席に滑り込んだ。

ゲオルクは車を急発進させた。タイヤがスリップした。オッペンハイマーはドアを閉め、座席に体を押しつけられた。

「まいった！」オッペンハイマーはそう言うのがやっとだった。「もうだめかと思った」

ゲオルクはにやっと笑いかけた。

「逃げ道をもうひとつ用意しておくに越したことはない」エンジン音に負けない大声だった。

30

一九四五年六月十七日日曜日
太平洋戦争終結の七十七日前

よろい戸を閉じていても、熱気が容赦なく部屋に染み込んでくる。先週は涼しい日がつづいた。それがもう懐かしい。市内は夏の陽気だったが、ゲオルクは機嫌が悪かった。

オッペンハイマーは、ゲオルクが険しい顔でエデのナイトクラブにあらわれるだろうと覚悟していた。やはり思ったとおりになった。

具体的なことは、隠れ家に着いたら教えると言われた。隠れ家に着くと、ゲオルクは帽子を取らずに言った。

「バッグの中身を確保できたのはよかった。しかしこれは欲しかったバッグではない」

オッペンハイマーはがっかりして手ぢかな椅子にすわりこんだ。価値のないバッグを見張るようにエデに言われていたのかと思うと、力が抜けた。

突然、奇妙な脱力感を覚えた。自転車がいまだにビール醸造所の廃墟にあるため、ナイトクラブまで歩かなければならなかったことも手伝っているだろう。

昨日ゲオルクに車から降ろしてもらってからは、たいしたことはなにもなかった。エデはグリゴーリエフ一味に対してなにを画策しているのか明かしてくれなかった。オッペンハイマーはへそを曲げ、早めに帰宅した。たまにはリザと夜を過ごすことにしたのだ。

オッペンハイマーは死んだように眠り、目を覚ましたとき、リザが朝食の用意をしてくれていた。食卓にだされたのはジャガイモだった。今回はジャガイモの炒め物だ。油が二十日遅れて配給され、ひまわり油が手に入っていた。残りのジャガイモはすでに腐っていたが、リザは粉コーヒーをかけて、嫌な味をうまく消していた。

ヒルデによると、ベルリンが分割されるという新しい噂が流れているらしい。アメリカはベルリンの南部を統治し、イギリスには西部があてがわれ、それぞれのゾーンの境界に検問所が設けられるという。オッペンハイマーは眉唾だと思った。ゲオルクにまた会ったら訊いてみるつもりだったが、昨日の努力が無駄に終わったと知って、そのことまで思いが及ばなかった。

「ひとつだけ知りたい」オッペンハイマーは言った。「バッグにはなにが入っているんだ？　探しているのはなんなんだ？　だれも教えてくれない」

ゲオルクは最後の言葉に耳をそばだてた。

「だれも？　他にもバッグを探してる奴がいるのか？」

口がすべってしまった。こうなったら、すべて明かしてしまおう、とオッペンハイマーは決心した。

「最初はエデだ。ナイトクラブのオーナーだ。あの地下室はあいつの倉庫だった。ロスキのバッグに大事なものが入っているからしっかり見張るように言われた。だがエデ自身も、中身を知らなかった。マニから聞いたことしか知らなかった。マニというのはロスキと組んだ小者だ。ふたりがどうやって知り合ったかは知らない」

ゲオルクはうなずいたが、目付きは鋭いままだった。「そのことは知っている。マニのこともな。あいつを捜したが、死体になっていた」ゲオルクは間を置いた。「だが他にもバッグのことを訊いた奴がいるんだな?」

オッペンハイマーは、どういうふうに言ったらいいか考えた。

「訊かれたのはバッグじゃなく、ロスキのことだ。内務人民委員部《NKVD》のアクサーコフという大佐がロスキと勘ちがいしてわたしを連行したんだ。ドイツが降伏する直前のことだ。そのときロスキが殺されたことを教えた。その頃、グリゴーリエフのギャング団もロスキを捜していた。内務人民委員部《NKVD》のだれかがマニのことを内通したんだ。マニは拷問されて、ロスキの居場所を吐いた。それで地下室を捜索したんだろう。大佐はギャング団のことも知っていて、わたしは奴らの居場所を探すように言われた」

ゲオルクの表情が変わった。オッペンハイマーを穴があくほどじっと見つめた。

「きみはなにに巻き込まれたかまったく知らないのか」大きなため息をついてから、彼はささやいた。「知っているはずがないか」

「わかるように説明してくれないか？」
オッペンハイマーは蚊帳《かや》の外に置かれていることにうんざりした。ギリシア神話のゴルディウスの結び目（どうやってもほどけない、固い結び目のこと）のようにひとつひとつの出来事が複雑に絡み合っている。オッペンハイマーはさっさと片付けて、グリゴーリエフに気持ちを集中させたかった。

ゲオルクは腕組みをして窓辺に立ち、よろい戸の隙間から外を見た。隣の集合住宅ではいまだにゴミを燃やした煙が立ち込めている。だがゲオルクはその悪臭も気にならないほど考え込んでいた。

ゲオルクはようやく心が決まったようだ。「少し待ってくれ。すべてを説明できる者を連れてくる」と言って姿を消した。彼が部屋から出てドアを閉めると、階段がきしんだので、上の階に向かったことがわかった。

オッペンハイマーは椅子の背にもたれかかって天井をぼんやり見つめ、上でなにをしているのだろうと考えた。

答えはすぐにわかった。だれかが階段を下りてきた。ゲオルクの軽やかな足音に混じって、重い足音が聞こえた。

ゲオルクが大柄の男を部屋に連れてきたが、オッペンハイマーは驚かなかった。食料事情がひどかったので、こんなに恰幅のいい人物に会うのは久しぶりだった。だが去年出会ったライターマン親衛隊《SS》中将のようなナチの大物とは感じがちがった。男がコーヒーポットとコーヒーカップを三客持っていたので、オッペンハイマーは好感を覚えた。

「貧乏くじを引かされているのはこの御仁かね？」ゲオルクの連れはあいさつ代わりにたずねた。「最前線にようこそ！」

男はモーリッツと名乗った。おそらく「ゲオルク」と同じ偽名だろう。コーヒーをすすってから、オッペンハイマーは足を組み、また椅子の背にもたれかかった。「では、聞かせてもらおう」

「なにが知りたいんだ？」モーリッツはそうたずね、自分のカップにコーヒーを注いだ。

「彼はロスキを知っています」ゲオルクは説明した。彼はコーヒーに手をだそうとせず、鋭い目つきでドア口にとどまっていた。「ロスキが殺されるところを目撃した男です。例のバッグが見つかった地下室にいっしょにいました」

モーリッツはうなずいた。

「まったくディーターらしい。彼はなんでも手元に置きたがった。だがあいにくバッグの中身はほとんどガラクタだった。役に立たない」

今度もあいまいな言葉しか聞けなくて、オッペンハイマーはいらだった。

「どういう類のガラクタだったんだ？」

モーリッツは即答せず、ゲオルクをうかがった。ゲオルクがかすかにうなずいたのを見て、モーリッツは椅子をずらしてオッペンハイマーに近づき、微笑みながら言った。

「同位体分離装置の設計図」

オッペンハイマーにはちんぷんかんぷんだった。「なにに使うんだ？」

「核分裂を起こすウランを濃縮する。核分裂にはウラン235が必要だ。だが自然界では、ウラン235はつねにウラン238と結合しており、天然ウランに含まれる割合はおよそ百分の一だ。だから分離し、ウラン235を濃縮する必要がある。原材料を充分に確保するには、このウラン濃縮の工程を工業レベルでおこなわなければならない。それが厄介なのだ」

オッペンハイマーは一瞬、絶句した。聞きまちがえたかと思ってたずねた。

「それで爆弾を作るということか?」

モーリッツはうなずいた。

「ミラクルウェポンの話は当然耳にしているだろう。もちろんたいていがナンセンスなものだ。だが核分裂はいい線いっていた。結局、完成は見なかったがね」

「今ある知識ではな」ゲオルクが口をはさんだ。「モーリッツはロスキの同僚だった。ふたりはウラン研究に従事していたが、全体を見渡していたわけではない」

「たしかに」モーリッツも認めた。「全体がどうなっているのかわかっていたのは陸軍兵器局の人間だけだ。研究グループは複数存在した。ディーターは手に入る研究計画は片っ端から集めていた。あいつは陰でこそこそやる奴だった。バッグにあった資料の半分は使い物にならないだろう。失敗した実験の命令書も含まれていた。ライプツィヒで三年前に実施された一連の実験だ」モーリッツはせせら笑った。「研究室が吹っ飛んだため中止された。ディーターは覚えていたはずだ。というのも、デペルの他ハイゼンベルクまでそこにいたと噂になって研究者のあいだに大変な衝撃が走ったからね。しかしディーターはそんなものまで資料に混ぜていた。まともに中身を確認していなかったのではないかな。どんな代物かわかるまで、わたしは二時間もかかずらってしまった」

オッペンハイマーはコーヒーをすすって、今聞いたことを整理した。

「しかしライプツィヒで爆発があったのなら、新型爆弾が機能するという証明になったんじゃないのか？」

「そんな簡単なことではない」モーリッツは答えた。「たしかにあの爆発は当時、新しいミラクルウェポンだと取り沙汰された。しかし通常の爆発だった。二個の半球殻を合わせた原子炉モデルを作り、その内部を重水と酸化ウランで満たした。そのとき水素が発生することを見落としたんだ。水素と酸素が混合するとなにが起こるかな？ 爆鳴気《ばくめいき》（水素二体積と酸素一体積との混合気体。点火すると爆音と大量の熱量を発する）だ。めざす原子爆弾にはほど遠い」

「原子爆弾開発には様々な研究グループが関わっていたんだな？」

「そうだ」モーリッツはうなずいた。「最も重要なのはダーレム地区にあるカイザー＝ヴィルヘルム研究所のハイゼンベルクを中心とした研究チームだ。量子力学の父ハイゼンベルクはノーベル物理学賞を受賞している。彼はしばらくのあいだライプツィヒ大学でローベルト・デペルと共同研究もしていた。そこには陸軍兵器局研究部のクルト・ディプナーもいた。ただしディプナーは研究者のあいだでは相手にされていなかった。教授資格論文を書いていなかったから、上級研究者には属していなかったんだ。だがディプナーは陸軍兵器局がすべての研究を束ねて、軍事目的に適うよう監督する手伝いをしていた。こういう成り上がり者が好かれるわけがない。それにディプナーは軍事機密に関わるという理由で、ゴットーに独自の核物理学研究所を作り、さらにシュタットイルムにも別の研究所を設立した」

　オッペンハイマーは眉間にしわを寄せた。

「それでは、あなたはカイザー＝ヴィルヘルム研究所で別の研究グループにいたのか？」

　ゲオルクがにやっとした。モーリッツも言葉を探しているようだった。

「これから話すことは変に聞こえるかもしれないが、本当のことだ。わたしは帝国郵政省の研究機関にいた」

　オッペンハイマーはびっくりして、コーヒーが気管に入りそうになった。

「なんだって？　帝国郵政省も原子爆弾開発に関わっていたのか？」

「帝国郵政省は戦争に重要なプロジェクトをいくつか推進していた。例えば暗号解読やレーダー技術。牽引役は総統と太いパイプを持つ帝国郵政大臣オーネゾルゲだ。彼は物理学者でもあった。オーネゾルゲはクラインマハノウに研究所を設立して、リヒターフェルデに自分の研究所を持つ発明家マンフレート・フォン・アルデンヌを参加させた。同時に帝国郵政省はアルデンヌのために先進的な核物理学研究所を作った。わたしはそこでこの数ヶ月ディーターといっしょに働いていた。ただしリヒターフェルデでの研究はウラン濃縮技術の平和利用だったがね」

　郵便局員だというロスキの皮肉を込めた自己紹介と合致する。だが最後の言葉が理解できなかった。

「ウラン濃縮技術の平和利用というのは？」

モーリッツはその質問がよほどうれしかったと見え、話しながら手をさかんに動かしたので、コーヒーが太い指にかかった。

「予測のつかないエネルギー源を想像してみたまえ。無限のエネルギーだ。簡単に言うと、爆弾の破壊力が制御できれば、そういうエネルギーが獲得できる。それがウラン原子炉だ」

ゲオルクがふたりのところへ来て、モーリッツの横の椅子にすわって直接彼に話しかけた。「あなたたち科学者にわれわれが期待しているのはそういうことではない」声には挑むような響きがあった。「それは言い逃れにすぎない。基礎研究を進める者は、それがなにに応用されるか確かめることはできない」

モーリッツは椅子にしっかりすわりなおすと、激しく首を横に振った。

「たしかにそれはできかねる。だが爆弾の研究は遅々として進まず頓挫《とんざ》した。原子爆弾が仮に完成しても、戦争には間に合わないと考えられた。ハイゼンベルクはこの開発に何年もかかると見積もったが、ウラン原子炉を作ることは可能だと見ていた。ディプナーだけは異を唱え、爆弾は数年でできるはずだと言った」

モーリッツはまたオッペンハイマーの方を向いた。

「しかしヒトラーは原子爆弾の構想を本気で支援することはなかった。政府高官の中には、連鎖反応が制御できなくなり、世界全体が爆発するのではないかと危惧する者もいた。そういうわけで研究活動は基礎研究に制限された。それでも多少は期待されていたんだろう。関係する科学者が前線に送られることはなかったからな」

「さあ、それはどうかな」ゲオルクが口をはさんだ。「そもそもすぐれた学者を砲弾の餌食にするわけがないからな」

「それはともかく」オッペンハイマーはふたりの意見の対立に興味がなかった。「ロスキのくだらないバッグを必死に探す連中がいることの理由がいまだにわからないんだが」

ゲオルクはオッペンハイマーを見た。

「簡単なことだ。ソ連も独自に原子爆弾を作っている。そしてロスキはもうひとつバッグを持っていたはずなんだ。そっちには書類ではなく、原子爆弾の原材料が入っていた可能性がある。それをソ連に渡してはならない。そうしたら奴らが途方もない破壊兵器を持つことになる。自由世界全体のためになんとしてもそれを阻止しなくては」

そういう決意表明をされて、オッペンハイマーはますます面食らった。すわっていられなくなって立ち上がると、背もたれに手をついた。

「連合軍じゃなかったのか。スターリンとルーズベルトはいっしょにヒトラーと戦ったんじゃないのか」

「しかし大きな敵を倒した今、共に手を携える理由がなくなった」ゲオルクは肩をすくめた。

「スターリンは侵略者だしな。世界戦争勃発前に奴はフィンランドを攻撃し、そのあとヒトラーといっしょにポーランドを分割した。今は東欧全域が奴の影響下にある。奴は戦前の独立国家に主権を返そうとしない。ルーズベルト大統領は譲歩しすぎた。だがトルーマン大統領は断固とした態度を取っている。風向きが変わったんだ。大統領と補佐官たちはチャーチルと同じ強硬路線へと舵を切った」

「つまりいずれまた対立するということか」そうささやいて、オッペンハイマーは床を見つめた。衝撃だった。戦争が終わって平和な時代になると思ったのに、大きな希望は遠のくばかりだ。平和は幻想でしかないのだろうか。太平洋ではいまだに戦争がつづいている。これから先もこういう状況に慣れるしかないのだろうか。オッペンハイマーは居ても立ってもいられなくなった。

「まあ、そういうことだ」ゲオルクが言った。「ドイツの軍事技術を手にした者が、戦後体制で主導権が握れるんだ。幸い一月末にカイザー＝ヴィルヘルム研究所にあった原子炉は解体されて、輸送部隊の手で南ドイツに移送された。重要な科学者たちも同行した。だがまだ残されたものがかなりあって、ソ連がそれを集めている。研究資料、科学者、手当たり次第だ。そして研究室や工業設備を丸ごとばらしてモスクワに輸送している」

「リヒターフェルデ研究所はすでに運び去られた」モーリッツが言った。「アルデンヌ所長も連行された」

オッペンハイマーは首を横に振った。「ロスキはどうするつもりだったんだ?」

モーリッツはコーヒーカップを置いて手を合わせた。

「二月に彼はシュタットイルムに招聘された。ディプナーのところでは研究がまだ急ピッチで進められていたんだ。科学者たちになにか実験をさせる計画で、陸軍兵器局から原材料も調達していた。シュタットイルムになにが保管されていたか、わたしは完全には知らない。だがディーターは数百リットルの重水と数トンの酸化ウランがあったと言っていた。ラジウムだけでも数百万ドルの価値がある。それで彼は欲をだし、一部くすねて、戦後一番金払いのいいところに売り飛ばすつもりだったんだ。研究者仲間に共謀者がいたらしく、戦後をにらんでいろいろ画策していた」

オッペンハイマーにはわけがわからなかった。

「しかし、それならなぜ西に移動して、アメリカ軍に解放されるのを待たなかった？　どうしてソ連軍が目前に迫っているベルリンにもどったりしたんだ？」

モーリッツは肩をすくめた。

「需要と供給さ！　関心を持つ者が多いほうが値段を吊り上げられる。ディーターは、西も東も研究結果に関心を寄せ、原子爆弾を開発したがっていると見ていた。遅かれ早かれ連合国四カ国はここ帝都に集まる。ディーターはベルリンに詳しい。潜伏する場所には事欠かない。彼にして見れば、危険は承知の上だったのだろう」

オッペンハイマーはこれまでの情報を時間軸に沿って並べ直した。マニが一枚嚙んでいたのはまちがいない。ロスキが隠れる手助けをしたのも奴だ。ロスキは研究資料を入れたバッグを手元に置いた。彼がいなければ資料は紙くず同然だとわかっていたからだ。

「核の原材料を入れたバッグが別にあるのなら、マニがどこかに隠したはずだ」オッペンハイマーは結論を導きだした。

モーリッツはうなずいた。

「ゲオルクはマニの自宅で、放射性物質を保管するための容器を作った形跡を発見した。おそらくディーターが手伝ったのだろう」

「なるほど」オッペンハイマーはささやいた。「鉛板だな」

モーリッツがふっと笑いながら付け加えた。

「ディーターは癌に冒されるのをつねに恐れていた。数年前、シュネーベルガー病（肺癌の一種の旧名）の検査で放射能との関連が特定された。そしてわたしたちが実験に使っている原材料には、あいにく放射性がある。たいていの研究者は気にもかけなかったが、ディーターはしつこいくらいに予防していた。だがそれだけ注意を払っても、役に立たなかったわけだ」

オッペンハイマーはゲオルクを見た。

「だからバッグの重さを見て、探しているものではないとすぐにわかったんだな」

「まあな」ゲオルクは言った。「問題は肝心のバッグが今どこにあるかだ。きみはマニがグリゴーリエフの一味に殺されたと推理したな。なにか思い当たる節があるのか？」

事情がすべてわかってみれば、答えは簡単に導きだせた。

「内務人民委員部《NKVD》に裏切り者がいる。おそらくマニはソ連軍がベルリンに攻め入ったあと、だれかロスキの原材料に興味を持たないか探りを入れたんだ。そして相手が悪かった。マニとロスキはひと財産作ろうとした。裏切り者もひと儲けを企んで、グリゴーリエフに汚れ役をさせたんだ。そして原材料が金になるなら、科学者も一番金をだすところに売り飛ばすことにしたんだろう。それでギャング団はロスキを捕まえにきたんだ。あいにく彼はすでに死んでいたが」

「しかしその計画には欠陥がある」ゲオルクは意味ありげに言った。

オッペンハイマーは考えた。

「そうだな。ソ連軍はグリゴーリエフと取引しないだろう。グリゴーリエフが強制労働収容所送りになるのは目に見えている。ということは、交渉相手は西側の連合国。待てよ。奴はまだあんたに話を持ちかけていないのか？」

ゲオルクは首を横に振った。

「われわれはギャング団に接触する必要がある。それも大至急。われわれがもうひとつのバッグを手に入れる前に、ギャング団のアジトが内務人民委員部《NKVD》に嗅ぎつけられたら、万事休すだ。フランスにもこのことは嗅ぎつけられたくない。われわれはドゴール将軍を支援しているが、あの国はすでに共産主義の浸透を許してしまっている」

オッペンハイマーは一瞬絶句した。話題は嫌な流れに傾いていた。

「つまり本気でグリゴーリエフと取引をするのか？」

ゲオルクはふんぞり返った。

「相手がだれだろうとかまわない。もちろんわれわれは金に糸目をつけない。だがそのことはグリゴーリエフには内緒だ。さもないとふっかけてくるからな。したたかなロシア人を甘く見てはいけない」

ゲオルクがグリゴーリエフ一味を儲けさせるつもりだと知って、オッペンハイマーは顔面を殴られたような衝撃を受けた。

奴がバッグいっぱいの金を手に入れて逃げ延びるのを黙って見ていろというのか？

肩をすくめて窓辺に立つと、オッペンハイマーは宙に漂う異臭を吸い込んだ。暖かいそよ風が顔に当たって腹立ちが抑えられた。

そのとき恐れていた言葉が聞こえた。ゲオルクはいとも易々と言ってのけた。

「手伝ってくれるね？」

オッペンハイマーはゆっくり息を吐いた。

「どうしろというんだ？」かすれた声でたずねた。

「内務人民委員部《NKVD》はグリゴーリエフのアジトについてなにか知っている可能性はあるかな？」

オッペンハイマーは答えた。「さあ」

少しのあいだ沈黙に包まれた。ゲオルクはオッペンハイマーの変化に気づいただろうか。

オッペンハイマーは向き直って相手を見た。気づかれたようだ。ゲオルクは鋭い目でじろじろ見ていた。モーリッツも緊張の面持ちでオッペンハイマーを見つめていた。

「それとも、きみがアジトを知っていたりするかな？」ゲオルクがさらにたずねた。「きみは元刑事で、マニが殺された現場をくまなく調べた。なにか気づいたのではないかね？」

オッペンハイマーは口をひらいたが、今はなにも言ってはいけないと思った。だがゲオルクは返答を待っている。

時間を稼ぐため、オッペンハイマーは部屋の中を歩きまわって、ふたたび椅子にすわった。返事をするには頭に血が上りすぎていた。「正義づらはしないでもらおう」オッペンハイマーはうなるように言った。「奴を逃がすんだな?」

ゲオルクは真剣な顔で言った。

「全体を考えろ。はるかに大きな災厄を阻止するためだ。小事には目をつぶる必要がある」

「考えてみるんだ」今度はモーリッツが言った。「ソ連が開発しようとしているのは豆鉄砲じゃない。わたしがゲオルクに協力することにした理由をわかってくれ。原子爆弾はこれまでの戦争を一変させてしまう。ボタンひとつで、いくつもの町が消し飛んでしまうんだ。これはゲッベルスのプロパガンダじゃない。現実に存在する危険なんだ。わたしは開発に関わったから、それがどれだけ深刻かわかっている。今後、数十万人の死にわたしは責任を負うことになるかもしれない。だがもう後戻りはできないんだ。わたしには、開発が中止されることを祈ることしかできない。わたしにはかつて選択肢があった。その時、まちがった決断をしてしまったんだ。今度はきみが決断する番だ。きみは無数の人の死に責任を負えるかね?　今問題なのは正義じゃない。モラルなんだよ。なにか知っているなら、きみにはそれをわたしたちに伝える義務がある」

モーリッツは知らず知らずにオッペンハイマーの弱点を突いていた。結局は数字の問題か。ひとりの女の運命と多くの人間の命のどちらを取るのか?　多いといっても、オッペンハイマーが顔も知らない人々。人格を伴わない統計上の数字だ。一方、リザが辱めを受けたのはまぎれもない事実だ。だが個人的な復讐のために多くの人を危険に晒していいものだろうか。その罪を背負って生きていけるだろうか。

オッペンハイマーはこの問題をこれほど真剣に考えたことはなかった。しかしこうはっきり突きつけられて、この数週間懸命に保ちつづけた信念が揺らいだ。

彼の中のなにかが打ち砕かれ、モーリッツが並べ立てる理性的訴えに頭を垂れた。オッペンハイマーの内面で牙をむく野獣は迫りくる黙示録の前に、彼の心の奥底へと引き下がった。

ゲオルクとモーリッツは期待のまなざしでオッペンハイマーを見ていた。オッペンハイマーの中の地殻変動までは気づいていないが、心の中で葛藤《かっとう》していることは察しているようだった。

オッペンハイマーは声がふるえないようにしながら答えた。

「わかった。グリゴーリエフのアジトを教える」

31

一九四五年六月十七日日曜日
太平洋戦争終結の七十七日前

テルトー運河近くの工場敷地の前に建つ巨大な事務所棟はまるで要塞のようだった。その事務所棟はベルリンでよく見かける典型的な工場建築だ。付柱《つけばしら》（壁面から突き出た断面方形の柱）にはさまれるようにして並ぶ窓には板が貼りつけてあった。

オッペンハイマーは、だれも窓をふさぐ板を取り除こうとしなければいいがと思った。なぜならその中に悪が巣食っているからだ。

だが今回訪れるのは、グリゴーリエフと手を組んで、奴が欲しがっているものを手に入れさせるためだ。

「この先に正面玄関がある」オッペンハイマーは言った。「だがこのあいだここへ来たとき、連中は脇道を使った」

車寄せが正面玄関に作られていた。遮断機の右に内部が真っ暗な守衛所がある。オッペンハイマーとゲオルクが近づいても、そこに人の気配はなかった。

ふたりが遮断機をまたごうとしたとき、守衛所から鋭い声が発せられた。

「止まれ！」ロシア語訛がきつかったが、オッペンハイマーはさっと動きを止めた。ゲオルクも身をこわばらせた。

「動くな！」ふたたび声だけが聞こえた。

ゲオルクはゆっくり手を上げ、まっすぐ前を見ながら叫んだ。

「グリゴーリエフを捜している！　商売がしたい！」

オッペンハイマーは、ゲオルクがロシア語で答えなかったことに驚いた。彼がロシア語に堪能なことを知っていたからだ。しかしこの状況では、そのことを知られないほうが利点があるのは確かだ。

守衛所からは返事がなかった。見知らぬドイツ人がボスの名前をだしたのでびっくりしているのだろう。オッペンハイマーはあたりを見まわした。車寄せの上にかかっているコンクリートの庇がやけに重そうに見える。今にも落ちてきそうだ。

男の姿があらわれた。

ふたりの男が暗がりから出てきた。中折れ帽をかぶっている。どこで調達したのだろう。すり切れた軍服とどうにも合わない。

ふたりはナガン拳銃を構えて近づいてくると、うさんくさそうにあたりを警戒した。他にもだれかが隠れて隙をうかがっているとでもいうように。だれもいないのを確認すると、ひとりが拳銃を振って、オッペンハイマーたちに守衛所に入れと合図した。

ガラス片と瓦礫の中に場ちがいな安楽椅子が二脚置いてあった。見張りのひとりがかなり乱暴な物言いをすると、オッペンハイマーたちの背中を押してその安楽椅子にすわらせた。

もうひとりの見張りはその場からいなくなっていた。おそらく見知らぬ男がふたりあらわれたとグリゴーリエフに伝えにいったのだろう。

数分して、開いているドアから、さっきの見張りがだれかを連れてくるのが見えた。

オッペンハイマーは一瞬、心臓が止まるかと思った。

見張りが連れてきたのはデミアンだった。仲間を平然と殺した奴だ。

デミアンはグリゴーリエフの通訳で、エデとの交渉役でもあった。奴に出会う可能性を念頭に置いておくべきだった。

エデとグリゴーリエフの確執が脳裏をかすめ、オッペンハイマーは恐怖を覚えた。今になってまずい状況だと気づいたのだ。

モーリッツと話をしたあと、オッペンハイマーとゲオルクはグリゴーリエフのアジトへ向けて出発した。だがそのとき、オッペンハイマーとエデの結びつきをデミアンが知っているかもしれないということに思い至らなかった。〈リオ・バー〉の裏手で会ったことをデミアンが思いだしたら、これは罠だと思うかもしれない。

デミアンが近くに来ると、オッペンハイマーは思わずうつむいた。だが目をそらしたのではかえって疑われると思い直してデミアンを見た。堂々と振る舞おうとしたが、同時にそれがうまくいかなかったのを感じた。

デミアンはふたりに視線を向けた。オッペンハイマーを見て、一瞬眉をひそめた。見覚えがあるが、どこで会ったか思いだせないようだ。

オッペンハイマーは咳払いしてデミアンから目をそらすと、ゲオルクをちらっと見た。

幸いそれで緊張が解けた。ゲオルクがデミアンに話しかけた。

「ドイツ語はわかるか？　グリゴーリエフに会う必要がある。おまえたちのボスだろう。俺が買い取りたいと思っているブツがあるはずだ。わかるか？」

デミアンはなにも言わずゲオルクをじろじろ見た。

「用はねえ。失せろ」

ゲオルクは左手をスーツの上着の襟にかけ、右手を内ポケットに入れようとした。すかさず拳銃二丁の銃口が向けられた。

「待て！」ゲオルクは動きをとめた。「見せたいものがある。そう焦るな」

ゲオルクが上着の内ポケットに手を入れるのを、ふたりの見張りは人差し指を銃の引き金にかけたまま、うさんくさそうに見ていた。

ゲオルクは内ポケットからゆっくり手を抜いた。オッペンハイマーも、ごろつきどもも驚きを隠せなかった。

ゲオルクはドル札の分厚い束を手にしていたのだ。

「ほら、アメリカの金だ。大金だ。あんたにやる。俺が探しているものを持っているなら、もっとやってもいい！」

ゲオルクは札束を差しだした。見張りのひとりが欲に駆られて早速手をだそうとすると、デミアンがその手を払った。

それからデミアンはわざとゆっくり札束を手に取って見つめた。どうでもいいような顔をしているが、目が輝いている。奴は気持ちを抑えるのに苦労しているようだ。

デミアンは窓辺に立って、札束を光に当ててぺらぺらめくってみた。

そのあとオッペンハイマーとゲオルクはデミアンの命令でボディチェックされた。

「争うつもりはない」ゲオルクが言った。「取引がしたい」

「なにが欲しい？」デミアンはたずねた。

ゲオルクが息を吸った。

「バッグを持っているだろう。ずっしり重いバッグだ。金属が入っている。実験に必要なものだ。あれは危険なもので、バッグからだしてはいけない。だが買い取りたいと思っている。金はたっぷりだす」

デミアンはうなずいた。話題になったバッグのことを知っているのだ。だがゲオルクを焦らして楽しんでいるふしがある。デミアンはそこに立ったまま、札束に息を吹きかけた。札束がぺらぺらめくれた。彼の顔に笑みが浮かんだ。ふたたびオッペンハイマーたちを見たとき、彼の目はさっきとちがってなにを考えているかわからなかった。

「待ってろ」そう言って、デミアンは守衛所を出ていった。

十五分後、オッペンハイマーたちはこのあいだグリゴーリエフを見かけた建物に連れていかれた。

明かりとりの薄汚れたガラスを通して、シャワー室に淡い光が射し込んでいた。洗面台がなかったら、オッペンハイマーは日の光の中でもそこがどこかわからなかっただろう。

奥には無数の小さな部屋が並ぶ長い廊下がつづいていた。壁のいたるところに落書きがしてあり、穴があいているところもあった。床に転がる空き瓶に囲まれて、いびきをかいている奴を見かけた。それ以外、目にとまるのは家具や工具やカーテンばかりだった。本当に価値のあるものはここにはないようだ。

オッペンハイマーたちは重い鉄の扉に辿り着いた。デミアンがそれを開けた。オッペンハイマーは背後からちらっと扉の奥をうかがった。銃を構えている見張りがそれを見て、にやにやした。

そこは工作機械の作業場で、サッカー場の広さはあった。機械油のにおいが鼻を打った。どこか遠くで鎖がジャラジャラ音をたて、複雑な形をした機械がずらっと並んでいた。

機械と機械のあいだに何枚か布が渡してあるところがあり、張られた布の端からレバーや計器類が顔を覗かせている。機械が並んでいる通路には焚き火の跡があった。グリゴーリエフ一味はここで寝泊まりしているのだ。オッペンハイマーは隠れひそんでいた地下室を思いだした。

すこしして屋内に人の気配がしだした。下げていた布が払われ、目付きの悪い男どもがあらわれた。歩く速度を落としたら、後ろから小突かれた。見張りはひとりではなくなり、玄関の左右に男どもが集まった。男どもはゆっくりと集団を作り、拳銃を抜いてオッペンハイマーとゲオルクの逃げ道をふさいだ。

たったのふたりを相手にこんなに武器を揃えるとは、常軌を逸している。オッペンハイマーはアジトの一番奥まで連れてこられたのだと直感した。ゲオルクがうまく立ちまわらなければ、ふたりともここから生きて出られないだろう。こっちに含むところがあるのをグリゴーリエフに感づかれたらおしまいだ。

デミアンは立ち止まってオッペンハイマーとゲオルクの方を向いた。

「ここにいろ！」デミアンはオッペンハイマーたちが立っているところを指差した。

ふたりはおとなしくそこに立った。するとデミアンは旋盤のあいだに姿を消した。

オッペンハイマーは大きく息を吸って、体重を別の足に移した。重武装したごろつきどもに囲まれて、手も足も出ない状況に、神経がすり減った。なんだか悪意のこもった拷問のような気がする。だがゲオルクは涼しい顔で、屋内の鉄柱を興味津々に見ていた。まるで強度計算の専門家で、屋根構造の許容重量を見積もっているかのように。

オッペンハイマーは、デミアンがもどってくるまでにかかった時間が数分だったのか、数時間だったのかよくわからなかった。恰幅のいいグリゴーリエフと並ぶと、デミアンは下級水夫のようだ。デミアンとはちがって、ギャング団のボスは外見を気にしていなかった。髭を剃らず、シャツ姿で、脂ぎった髪は四方八方に跳ねていた。

グリゴーリエフは寝ているところを起こされたのか、不機嫌そうだ。まずオッペンハイマーとゲオルクをじろじろ見た。仇敵が一メートルもないところにいるかと思うと、オッペンハイマーの背筋が寒くなった。

デミアンが耳打ちすると、グリゴーリエフはゲオルクの方を向いた。ゲオルクの用向きを先刻承知しているかのように、いきなり金額を呈示した。

「アディーン・ミリオーン」

ゲオルクは眉を吊り上げた。

「百万？」

デミアンはうなずいた。

ゲオルクは真剣な表情を作って首をひねった。

「百万ルーブルとはまた大きく出たな」

デミアンが通訳すると、グリゴーリエフはあわてて首を横に振った。

「ドル！」

説明の必要はなかったが、デミアンは通訳した。

「アメリカの金」

ゲオルクは途方もないと言わんばかりに微笑んだ。

「いくら何でもそこまでの価値はない。上限は八万ドルと言われてきている。さっき渡した金を含んでだ。それとも、俺がサンタクロースに見えるかね？」

デミアンは通訳してから答えた。

「ああ、サンタクロースかと思ったぜ。三十万。それ以上はまからない」

ゲオルクはすぐに返答せず、グリゴーリエフを焦らした。最終的に十八万ドルで手打ちとなった。取引は四日後。それだけあれば、グリゴーリエフは今日手にした紙幣が偽札かどうか確かめられるし、ゲオルクも残りの金を用立てられる。

ゲオルクもグリゴーリエフもなかなか手の内を見せなかった。奴は、バッグはここではなく、市外の安全な場所に隠してあるので、持ってくる必要があると言った。ゲオルクが援軍を連れてこのアジトにもどってくる可能性を案じて口からでまかせを言っているのだ、とオッペンハイマーは思った。それから奴は、どこで引き渡すかこれから考える、場所は前日に伝えると言った。

オッペンハイマーはそのあいだずっと立ったまま、ただ呆然とふたりのやり取りを見ていて、グリゴーリエフにじろじろ見られていることに気づかなかった。

「いいだろう」最後にそう言って、ゲオルクはうなずいた。「もちろん金を渡す前に、こちらが欲しいものがバッグに入っているか確かめさせてもらう」

グリゴーリエフはオッペンハイマーを指差してなにかたずねた。

「そいつはだれだ?」デミアンが通訳した。

オッペンハイマーは、みんなの視線が自分に集まるのを感じた。ゲオルクも黙っていた。

オッペンハイマーは息をのみ、最初に思いついた嘘を言った。「ええと、この男のおじだ」

急に笑い声に包まれて、オッペンハイマーは面食らった。デミアンの通訳で、グリゴーリエフの一味が笑いだし、ボスまでにやりとした。ただゲオルクだけは、表情を崩さなかった。

グリゴーリエフは、オッペンハイマーの正体についてそれ以上踏み込まず、話題を元にもどした。

「バッグを覗くのは危険すぎる」彼はそう通訳させた。

オッペンハイマーは耳をそばだてた。グリゴーリエフはその原材料がどういうものか知っているのだ。

「わかっている」ゲオルクは言った。「だが覗いても危険のない場所を知っている。こうしよう。木曜日は約束の金の半分を渡して、こちらはバッグの中身を調べさせてもらう。なんならそちらのだれかがついてきてもいい。中身に問題がなければ、残りの金を渡す」

グリゴーリエフは思案を巡らせ、急に目付きが変わった。そしてうなるような声で返答した。「そのおじさんに残ってもらう」

ゲオルクはためらわずに言った。「構わない」

オッペンハイマーが顔を引きつらせたのを、グリゴーリエフは見逃さずじっと見つめた。ゲオルクは勝手に話をつけた。残りの金が支払われるまで、グリゴーリエフはオッペンハイマーを人質に取るというのだ。ゲオルクが彼を平気で危険な目に遭わそうとしていることに、オッペンハイマーは言葉を失った。

グリゴーリエフはふたりを解放し、工場の門まで連れていけと見張りに指示した。オッペンハイマーは途中で腹立たしさを抑えられなくなった。建物から出るなり、気持ちが爆発した。

「あんた、気は確かか？」とゲオルクに食ってかかった。

見張りが驚いてオッペンハイマーを見たが、ドイツ語が理解できないらしく無視した。

「バッグを手に入れるために、命を差しだせっていうのか？」

ゲオルクはグリゴーリエフと交渉したときと同じように冷静だった。

「仕方がなかった。見ていただろう。もう一度きみの助けがいる。世界の運命がかかっているんだ」

自由世界のために命をかけろと言われても、すんなりとはうなずけない。涼しかった工場から太陽が照りつける暑い戸外に出たせいかもしれないが、オッペンハイマーは数歩歩いただけで汗が噴きだした。

帽子で扇ぎ、ぶつぶつ文句を言いながら歩いていると、話し声が耳に入った。だれかが守衛所でもうひとりの見張りと話をしている。遮断機は上げてあって、守衛所の裏手に四輪駆動車が止めてあった。若い将校ヤーシャが三日前に乗ってきたのとそっくりだった。

だれかが訪ねてきたのだ。だがオッペンハイマーはそちらにあまり注意を払わなかった。日の光がまぶしくて遮断機の横の影しか意識に上らなかった。のんきにしゃべっているので、守衛所の中のふたりはてっきりグリゴーリエフの手下だと思った。

それが勘ちがいであることに気づかなかったのだ。

オッペンハイマーたちは上がったままの遮断機を通った。ついてきた見張りは拳銃をしまって、消えろと手で合図した。オッペンハイマーは日陰に入って暗がりに目が慣れたときはじめて守衛所の中の男が見えた。

男は民間人の服装をしていた。だがいかにも変装しているという感じだった。帽子から金髪がはみだしている。頬が張り、青い目があたりを鋭く見まわしていた。

オッペンハイマーはびくっとした。そいつがだれかわかったのだ。

突然すべてがわかった。なんてうかつだったのだろう。食料の木箱でまんまとだまされるとは。

オッペンハイマーは帽子をかぶるふりをしたが、実際には顔を隠し、通りの方を向いて、守衛所の中のふたりに背を向けた。

「どうした?」様子がおかしいことに気づいて、ゲオルクがたずねた。

「なんでもない」オッペンハイマーはささやいた。「行こう。ここにはもういたくない」

オッペンハイマーは駆けだしたい衝動に駆られたが、ぐっと堪えた。やっと虎口を脱することができるというのに、ここで気づかれてはなんにもならない。

ゲオルクはゆっくり歩いた。オッペンハイマーにはもどかしいほどゆっくりだった。いつ後ろから声をかけられるかとひやひやした。オッペンハイマーは足音に耳をそばだて、いつでも駆けだせるように身構えた。

だが驚いたことになにも起きなかった。後ろから駆けよる足音もしなかったし、彼をつかまえようとする者もいなかった。

幹線道路に出ると、オッペンハイマーはちらっと後ろを見た。工場の門に通じる道に人影はない。オッペンハイマーはほっと息をついた。なんとか危機を脱した。内務人民委員部《NKVD》にとって重要な情報を持つというのに、奴らはそのままにした。

どうやらポゴディン大尉は彼に気づかなかったらしい。

32

一九四五年六月十八日月曜日
太平洋戦争終結の七十六日前

翌朝、オッペンハイマーは腫れぼったい目をしながらシェーネベルク地区に向かって歩いた。これまで自転車を使っていたので、地下鉄が再開したか確認していなかった。今は自転車がないので、〈リオ・バー〉から帰宅するのに、ヴィクトリア＝ルイーゼ広場に行ってみることにした。

途中、赤旗の半旗が翻っていることに気づかなかった。司令部前の旗が旗竿の途中にかかっているのを見て、はじめて首を傾げた。だれか亡くなったようだ。大物が死んだということだろうか。

通行人たちにたずねても要領を得なかった。空っぽのバケツを提げて最寄りの井戸ポンプに向かっていた女性の話では、ジューコフ元帥かスターリンが命を落としたというが、もちろん風聞だった。

オッペンハイマーは空襲で壊れた建物のそばを黙々と歩き、歩道しか見ていなかった。奇怪な形の影を踏み、転がっているゴミを避けた。本当は自転車がまだあることを期待してビール醸造所にもどってみるつもりだったが、今はもっと大事なことがある。

グリゴーリエフ一味のところにポゴディン大尉がいるのを見つけてからというもの、どうしたらいいかずっと考えを巡らしていた。

その件には触れず、このままゲオルクに協力する。だがそれではグリゴーリエフに復讐ができない。ソ連が原子爆弾を手に入れたときのことを考えるとぞっとするが、それでもあいつが野放しになるのは気に食わない。

何か方法はないだろうか。妥協するしかないのか。放射性物質が内務人民委員部《NKVD》の手に落ちることなく、グリゴーリエフに罪の償いをさせることはできないだろうか。

いくら頭を絞っても、名案は浮かばなかった。

それでも、なにがどうなっているのかようやくわかってきた。ベルリンが占領されたあと、マニはディーターの依頼でソ連軍に接触した。そして原材料と科学者を確保する任務を帯びていた部署のポゴディン大尉につながった。だがあいつはそれを上司に報告せず、原材料を横取りして、あとで西側の連合国に売り飛ばすことにしたのだ。グリゴーリエフ一味が動いていなかったのは、西側の連合国がまだベルリンに入っていなかったからだろう。密かに活動しているゲオルクがロスキの同僚モーリッツを通してこの計画に気づいたのは偶然だった。

ただ大佐がロスキのバッグについての情報を持っていたことが解せない。大尉があとで内務人民委員部《NKVD》にロスキの情報を流したということだろうか。ロスキの件は別のチャンネルから大佐に伝わったのかもしれない。ゲオルクの話だと、ソ連は無数の科学者をモスクワに連れていっているという。その中にロスキの元同僚がいてもおかしくない。

どれが正解だろうと、オッペンハイマーにはどうでもよかった。ポゴディン大尉の手にかかったら、どんな目に遭うかわかったものではない。それが問題だ。アクサーコフ大佐に親近感を覚えなかったために、裏切り者を捜す手伝いをしろという大尉の言葉をうっかり信じてしまった。大佐が裏切り者ではないかとまで勘ぐった。裏切り者のポゴディンはオッペンハイマーから危険な証拠を入手したら、それを握りつぶす気なのだ。

そこまで考えたところで、背後の通りでガタゴトいう音を耳にした。そのあとチンチンという音も聞こえた。

振り返ると、路面電車が目にとまった。路面電車は百メートルほど先にある停留所に止まった。乗客が数人降りようとしている。今なら乗れる、とオッペンハイマーは思った。

駆けだしたが、間に合わなかった。半分くらい走ったところで、路面電車は発車した。チンチンという音が彼をからかうように鳴った。彼は路面電車に向かって悪態をついた。

ヴィクトリア＝ルイーゼ広場の地下鉄駅も閉まっていたので、オッペンハイマーはがっくり肩を落とすしかなかった。次の路面電車に遭えなかったら、歩くしかないと覚悟した。ただ新聞売りに出会って、半旗の理由は判明した。一面にベルリン市司令官ベルザーリン上級大将の顔写真が載っていて、黒枠に囲まれていたのだ。そもそも紙が欠乏して滅多に新聞が出なかったので、オッペンハイマーは普段、壁新聞に頼っていた。ベルザーリンのことが気になるので新聞を一部買い求めて、歩きながら読むことにした。

新聞記事には、ソ連の英雄であるベルリン市司令官がオートバイ事故で亡くなったと書かれていた。オッペンハイマーにとってはいいニュースではなかった。ソ連軍が占領してからベルリンで起きたことを思い返し、勝者が東部でドイツ軍が起こした残虐行為の仕返しをすると市民が恐れていたことを思いだした。だが最初の数週間、婦女暴行と略奪が横行したことを除けば、復讐心を露骨に感じたことはなかった。人々はソ連の占領軍に対してまだ心を許していないが、ベルザーリンはベルリン市司令官として不法行為を減らし、市民に必要なものを供給するよう心がけていた。

オッペンハイマーが帰宅して朝食の席で新聞を見せると、シュムーデが陰謀にちがいないと言った。

「スターリンがやったに決まってる」そう言って、シュムーデはカップで記事を指した。

「ベルザーリンがスターリンに暗殺されたというのか？」そうたずねて、オッペンハイマーはパンを薄い紅茶に浸した。

「ベルリン市民に人気があったのが災いしたかもな」

「フランツ、考えすぎよ」リザは首を横に振りながら答えた。「わたしたちがベルザーリンを気に入ろうとスターリンにはどうでもいいことでしょう。人気取り競争じゃないんだから」

「これからどうなるかだな」オッペンハイマーは言った。「とくに後任がだれになるかが問題だ。ベルザーリンならなにを考えているかわかった」

十五分後シュムーデは別れを告げて、仕事場に向かった。ナチ党員の過去を持たないドイツ人の元弁護士ということで、行政機関に引っ張りだこだったのだ。

オッペンハイマーはグリゴーリエフを逃したくなかったので、直接アクサーコフ大佐と話をしようと決意した。ベルザーリン司令官は、ソ連軍司令部にも清廉潔白な人物がいることの証だった。もしかしたら大佐にすべてを明かさなくてもすむかもしれない。グリゴーリエフのアジトを見張っていて、ポゴディンを見かけたと伝えればすみそうだ。内務人民委員部《NKVD》が内通者とグリゴーリエフ一味の処分をするだろう。ディーターのバッグについて話す必要はない。そのバッグがソ連か西側連合国か、どちらの手に落ちるかは運任せだ。

オッペンハイマーがカップをどんとテーブルに置いたので、リザはびくっとした。

「すまない。これから出かける」

オッペンハイマーは悲しげに妻を抱いた。それでもこうすれば納得が行くという妥協点が見つかったことで、俄然やる気が出た。今日はともかく、いつかちゃんとリザに説明しようと思った。

大佐に報告するには、カールスホルスト地区に出向く必要がある。ヒルデに自転車を借りることにした。

オッペンハイマーは庭を横切って離れへ向かった。玄関ドアが開いていた。居間にはだれもいなかったが、台所でガタゴト音がしていた。

興味を惹かれて、オッペンハイマーはそちらに足を向け、ヒルデに出会った。彼女はひどく着古したガウンを着ていて、しゃがんでコンロに火をつけようとしている。

「貸してみろ」オッペンハイマーはそう言って、マッチの束を指差した。

ヒルデはびくっとした。オッペンハイマーが来たことに気づいていなかったのだ。彼女は倒れそうになって、コンロに手をついた。

「びっくりするじゃない」ヒルデは声をひそめて言った。「こそこそすることないでしょ！」

「だれか来てるのか？」ヒルデが声をひそめているのに驚いて、オッペンハイマーもささやいた。「だれか男の客でも来てるのかい？」

ヒルデは身を起こすと、彼の手にマッチを数本渡し、目をくるくるさせながら答えた。

「よくわかったわね。例のヤーシャはしつこくてかなわないわ。所属部隊に出頭しなくちゃいけないはずなのに、帰る様子が全然ないのよ。リタと寝てばかりいるわ。精力絶倫」

「どのくらいもつのか楽しみだ」そう言って、オッペンハイマーはしゃがんでコンロの中の焚きつけに火をつけた。「カールスホルスト地区に行きたいんだが、どうやって行ったらいいかな？」オッペンハイマーはマッチをすりながらたずねた。

「なにをするの？」

「ロシア人のところに行かなくちゃいけない。アクサーコフ大佐に伝えることがある」

コンロの火が強くなった。オッペンハイマーは蓋を閉じて、立ち上がった。

「あなたって、いつもなにか問題に巻き込まれるのね」ヒルデはそうささやいて、水を入れたやかんをコンロにのせた。

「好きでしているわけじゃない」オッペンハイマーはつっけんどんな答え方をしてしまったと自分でも思った。そこで声を和らげた。「だれか自転車を貸してくれると助かるんだが」

「自転車は今ないわね。ヤーシャが乗せてくれるかもしれないわよ。ベッドから出てくればの話だけど」

オッペンハイマーは悪くない提案だと思った。そこでヒルデが病院に出かけたあとも、家に残った。ところがリタの新しい恋人は一向に姿を見せなかった。リタの寝室をノックするのは気が引けた。

二時間待って、ようやくだれかが階段を下りてきた。すこしして髪をぼさぼさにしたヤーシャが寝ぼけた顔をしてあらわれた。

ヤーシャの帰る方向はちがったが、四輪駆動車でカールスホルスト地区まで送ってくれることになった。持ってきた肉の缶詰で朝食をとったあと、ヤーシャはようやくリタに別れを告げて、車のアクセルを思いっきり踏んだ。

一時間後、オッペンハイマーは立入禁止区域の門の前に着いた。いろいろ変わっていて、勝手がわからなかった。

トレスコウアレー通りは両側に鉄条網が張られ、かつてのカールスホルスト地区の幹線道路は細い道になっていた。

通りの先に路面電車が見えた。おもちゃのように小さい。基準になるものがなかったので、距離をうまく推しはかれなかった。しばらくして路面電車がだんだん大きくなり、車輪が線路をこする走行音も聞こえるようになった。オッペンハイマーは小さな歩哨詰所の前にいた。ヤーシャはロシア語で、連れは通行証の発行を求めているのではなく、アクサーコフ大佐と話がしたいだけだと歩哨に伝えてくれた。

話が通ると、遮断機の向こうに迎えの四輪駆動車がやってきた。ヤーシャはにこにこしながら別れて車に乗り込み、走り去った。

迎えの四輪駆動車からは三人の乗員が降りてきた。後部座席から降りた内務人民委員部《NKVD》付き将校は軽く敬礼して、隣の建物に歩いていった。残りのふたりは憲兵らしい。歩哨のところへゆっくり歩いてきて二言三言話をすると、オッペンハイマーを四輪駆動車の方へ手招きした。

すべてがごく自然に進行したので、オッペンハイマーはなにひとつ疑いをさしはさまなかった。もうひとりの憲兵が彼といっしょに後部座席にすわったときも、通常の警護のためだろうくらいにしか思わなかった。

だが遮断機が上がり、車が立入禁止区域を出て、トレスコウアレー通りに曲がったとき、オッペンハイマーはなにかおかしいと直感した。行くべき方向がちがう。びっくりして後ろを見たとき、脇腹に拳銃を突きつけられた。

「座ったままでいろ《スィーデャ・パ・プリユージュネム》！」隣の憲兵にそう言われて、オッペンハイマーは身をこわばらせた。

視界の端に、さっき車から降りた将校が見えた。隣の建物には入らず、入口の前で煙草をくゆらしながら一部始終を見ていた。

それがポゴディン大尉であることに気づいて、オッペンハイマーは息をのんだ。

奴は帽子を軽く上げて、満足そうににやりとした。

やはりグリゴーリエフのアジトで気づかれていたのだ。この逮捕は大尉の差し金だ。しかもオッペンハイマーを嘲るために姿を見せるとは厚顔無恥もいいところだ。オッペンハイマーは怒り心頭に発した。

車はトレスコウアレー通りを北へ向かって走り、ランツベルガー・ショセー通りが終わったところで左折した。数メートル行くと、フロントガラスに鉄条網を立てている作業員の姿が見えた。別の立入禁止区域が作られているようだ。

車は両側に歩哨詰所のある通用門の前で停車した。機関銃を肩にかけた歩哨が数人近づいてきた。オッペンハイマーの他は憲兵がふたりしか乗っていなかったので、検問はすぐに終わり、車は栗石舗装を走った。

敷地には見張塔があった。それを見て、オッペンハイマーはここが目的地だと直感した。

車は中庭に入った。正面に二階建てで、軒の突き出し部分がほとんどなく飾り気のないレンガ造りの建物が建っていた。

「降りるぞ《ウビラーイテス》！」運転していた憲兵はそう言うと、先に降りてオッペンハイマーの側のドアを乱暴に開けた。

オッペンハイマーは体の節々が痛かったが、軽く伸びをした。そこは元工場の敷地だった。本棟の前に民間人の服装をした男が数十人たむろしているのが見える。頭が坊主になっているところを見ると、囚人らしい。帽子をかぶっている者もいるし、すでにうっすら髪が生えだしている者もいる。囚人たちがいるので、この敷地はナチ時代に無数にあった強制労働収容所のように見えた。だが、そういう施設がいまだに存在することに、オッペンハイマーは驚きを隠せなかった。

彼は好奇の目にさらされた。囚人たちがひじをつつきあっている。ここでは建物の周囲を歩きまわる以外なにもすることがないようだ。囚人はだんだん増えたが、ふたりの憲兵がいるため、だれも近づこうとしなかった。

ふたりの看守が他の敷地と柵で区分けされたバラックにオッペンハイマーを連れていった。窓のない部屋に着くと、看守のひとりが「サディーテス！」と言って椅子を指差した。オッペンハイマーは「すわれ」という指示に従った。運転していた憲兵は姿を消していて、残った憲兵が拳銃を抜いて出口で見張りについた。

これではお手上げだ。逃げようがない。

囚人たちのことが脳裏をかすめ、オッペンハイマーは途方に暮れた。みすぼらしいなりで髭を剃らず、体を洗う機会もない骨と皮ばかりの者たち。過去はあっても、未来のない人々。オッペンハイマーもそのひとりになってしまったのだ。

33

一九四五年六月十八日月曜日――一九四五年六月十九日火曜日
太平洋戦争終結七十六日前から七十五日前

看守が来て、オッペンハイマーは部屋からだされた。そのとき輸送車がやって来て、新しい囚人を何人も降ろした。見ていると、その囚人たちはいくつかのグループに分けられた。なぜか彼だけが特別扱いされていたのだ。そのうち身上書が作成され、健康診断がおこなわれると思っていた。

ところがそういうことは一切おこなわれなかった。

手持ち無沙汰な看守たちは、持ち物検査しかせず、それが終わるとオッペンハイマーの背中を押した。

どこへ足を向けたらいいかわからなかったので、ためらっていると、看守がなにも言わずにいきなり棍棒で脇を突いた。オッペンハイマーの体に激痛が走った。そして襟をつかまれ、廊下を引きずられた。

歩くというよりつまずくようにして、オッペンハイマーは床にびっしり毛髪が落ちている部屋に入った。ごつい床屋が彼をむりやり椅子にすわらせ、帽子を手渡した。床屋は七つ道具と言える櫛とハサミを必要としていなかった。バリカンが唯一の道具で、あっという間にオッペンハイマーの髪を剃り落とした。幸いそこには鏡がなかったので、床屋にどんなひどいことをされたか見ずにすんだ。

そのあとオッペンハイマーは薄い毛布と枕を支給されて、共同房に放り込まれた。見たところ同房の囚人は五人だ。ドアの横にある二段ベッドの下のベッドがあいていた。その共同房はベッドでほとんど埋まっていた。オッペンハイマーはベッドに横たわって、体の痛いところをさすった。

公民権を奪われ、名もなき存在になってしまった。だれかが彼を捜しても、見つけることはできないだろう。ポゴディン大尉は用意周到だった。

「地下世界にようこそ！」

そう声をかけられて、オッペンハイマーはびくっとした。上のベッドから頭が覗いて見えた。禿頭で、目が落ちくぼんでいる。一見髑髏のようだ。オッペンハイマーは深呼吸し、自虐的な言葉に返事をするべきか考えた。

「ここが地下世界なら、あんたはだれかな？」オッペンハイマーはたずねた。「オルフェウスかい？」

男は顔をしわくちゃにしてにやっと笑った。「それを言うならエウリュディケかな。俺の性別はあいにく男だが。どうやらだれも俺をここからだしてくれようとしない。俺はヴァルターだ。それでオルフェウスの悲歌はどうはじまるんだっけ？」

「ああ、わたしは彼女を失った（クリストフ・ヴィリバルト・グルックのオペラ『オルフェオとエウリディーチェ』の歌詞）？」

「その通り」教養があるらしいその男はそのまま頭を引っ込めた。オッペンハイマーは板張りの寝床に耐えられなくなって立ち上がると、ベッドのあいだの狭い通路を行ったり来たりした。

ヴァルターの嘲るようなまなざしに気づくと、オッペンハイマーは男のそばへ行った。

「あの、ここはどこかな？」

「わかったってしょうがないだろう。監獄なんてどこも同じだよ」

オッペンハイマーは共同房を見まわした。

「このバラックは？」

「隔離棟。俺たちが病気を持ち込まないようにするためにある。数日したら本棟に移される。ここで過ごす時間を楽しむんだな。あっちははるかにきつい」

「ここに入れられているのはだれなんだ？」

「たいていの奴はポーランドにある捕虜収容所から連れてこられた。大きな柵を作るために特別に連行されてきた。だけどもうすぐベルリンの連中も入ってくるらしい。俺たちはその先鞭をつけたわけさ。こんな名誉は願い下げだ。奴らはいたるところでナチとヴェアヴォルフを捜している。疑われたらもうおしまい。逮捕される。ここにいる囚人のうちどれだけの奴が無実かわかったもんじゃない。みんな、自分は無実だと主張するからね。罪を認めているのは俺くらいのもんさ」

　オッペンハイマーはヴァルターと顔を見合わせた。ヴァルターの体格はひょろひょろだ。おそらくデスクワークをしていたのだろう。オッペンハイマーはふと、プロイセンの官僚であることを生涯誇りにしていた自分の父親を思いだし、いつもインクのしみをつけていた父親の指を脳裏に浮かべた。ヴァルターも指先が黒く染まっていた。

　オッペンハイマーは、ヴァルターが質問を待っていることに気づいた。

「あんたはなにをやったんだ？」

「新聞社で仕事をしていたとき、批判的な記事を書くという間抜けなことをしてしまったのさ。ソ連を貶《けな》したらまずいことになると思って、うちの編集長が俺のことをちくったんだ」

「報道の自由はあってなきがごとしか」オッペンハイマーはささやいた。

「ゲッベルスの野郎がくたばったから、もう検閲されないと思ったんだ」しばらくしてヴァルターはたずねた。「それで、あんたは？」

　オッペンハイマーは言葉に詰まった。「わたし？」

「その歳じゃ、ヒトラーユーゲントじゃあるまい。ナチ党員だったと告げ口されたかな？あるいは国民突撃隊？」

　ため息をつきながら、オッペンハイマーは二段ベッドの枠にもたれかかった。

「目をつけられてしまったのさ。内務人民委員部《NKVD》の大尉に」

「それはついてなかったな」そう言うと、ヴァルターはベッドから足をだした。「それじゃわれらが別荘を案内しようか？」

「他にも見るべきものがあるのかい？」

ヴァルターはどすっと飛び降りた。

「中庭で空気が吸える。逃げようとしなければ、看守はほっといてくれる」

そう言うと、ヴァルターはオッペンハイマーを外に連れだした。中庭はたいして広くなく、柵が張られていた。坊主頭が日焼けするとことなので、オッペンハイマーは帽子をかぶった。

柵の向こうに大きな建物があった。ここに着いたときも見かけたが、訪ねたくなるような建物ではなかった。その裏手にもう一棟、建物が隣接して建っている。そちらは細長く、上の階の高いところにずらっと窓が並んでいる。おそらく内部から外を眺めることはできないだろう。

「向こうにはいつ移されるんだ？」オッペンハイマーはたずねた。

ヴァルターは大きく息を吐いた。

「さあね。できるだけこのままほっといてほしいよ」

オッペンハイマーはその監獄を見据えた。監獄側の中庭にいる連中がぶらぶら歩いている。ときどきバラックに入っていく者がいる。そこはトイレのようだ。だが爆弾の穴で用を足す者も多かった。

その中のひとりが急に立ち止まって、信じられないというようにオッペンハイマーの方を見た。それから双方を遮る柵に近づいてきた。

　近づいてくる華奢な人影を見て、オッペンハイマーもその女性がだれか気づいた。

「オッペンハイマーさん！」その女性が言った。「ここでなにをしてるんです？」

　オッペンハイマーはびっくりして、言葉が出なかった。現実では悪夢よりも奇妙なことが起きるものだ。まさかここで知り合いに出会うとは思っていなかった。

「ミハリーナ？」オッペンハイマーは言った。


　照りつける日射しの中、自転車を漕ぐのはつらかった。リザは足が痛くなり、数分で音を上げそうになった。しかし頑張るしかない。

　とにかくなんとかしなければ。

　普段は水汲みで数百メートル歩くことしかしなかったので、自転車には慣れていなかった。しかも固いサドルに腰かけてがたがたの道を走るのは楽じゃない。きっと明日は腰が痛くなって椅子にすわることもできなくなるだろう。だがそんなことは言ってられない。夫になにがあったのか突き止めなくては。

　危険がなくなって水汲みをするようになってから腕力がついた。二頭筋に力こぶができるようになって、リザは複雑な気持ちになった。自分がここまで頑張れるとは驚きだ。気持ちが挫けるのではなく、逆に力がつくとは。

　この数週間、もう限界だと何度思ったことだろう。暴行を受けた直後は自分の体が汚れたように感じた。夫もそう考えているようで、二度と愛してくれないのではないかと不安になった。しかし夫は見捨てようとしなかった。そばを離れず、このいかれた状況の中でしっかりリザを受け止めてくれた。だが腫れ物に触るような態度だった。そのうちリザが立ち直るまでじっと待っているのだと気づいた。もしかしたら気持ちを整理するために夫も距離を置く必要があるのかもしれない。ベルリンの女たちが暴行を受けても挫けないのを見て、リザも勇気をもらった。他の女たちは落ち込むことなく、懸命に生きている。自分だってできるはずだ。

火曜日だった。もう三十時間以上、夫を見ていない。殺人事件の捜査でもしているならともかく、そうでなければこんなに長く姿を見せないなんておかしい。外出禁止が早い時間帯にはじまるようになってから、夫はエデのところに泊まるようになった。リザはそれが気になっていた。娘を亡くしたとき、夫は浮気をした。まさかもう一度そんなことが起きるとは思えない。だがあそこの踊り子たちのような尻軽女に誘惑されたらどうなることか。夫は毎朝、帰宅していた。はっきりとは言わないが、誠実なところを見せようとしている。ところが今朝は帰ってこなかった。なにかあったにちがいない。きっとエデのナイトクラブでなにかあったのだ。

リザは水汲みを終えると、こんな早い時間でも〈リオ・バー〉にだれかいるかもしれないと思い、クアフュルステンダム大通りへ向かった。

リザは店に着いて、ほっと息をついた。ドアが大きくひらかれていたからだ。換気をしているのだろう。これなら酒を盗まれないように、だれか見張りについているはずだ。

リザは自転車から降りて担ぎ上げると、店に入った。店内は煙草の煙と酒のにおいでむせかえるようだった。夜通しビールを注いでいるせいで、店ににおいが染みついていた。エデがドアを開け放したくなるのもよくわかる。

店内の造りに慣れるのにすこし時間を要した。シュムーデの婦人服店のときとは大きく様変わりしていたからだ。幸い髭を生やした男がカウンターに立っていた。グラスを磨くのを邪魔されるのが迷惑だったらしく、エデがどこにいるかというリザの質問にしぶしぶ答えた。

エデのオフィスは、リザが夫と間借りした部屋の隣だった。リザはドア枠をノックした。部屋からうなるような声が聞こえたので、入室を許可されたと判断した。

エデはデスクに向かって仏陀のようにすわっていた。最初、リザのことがわからずけげんな顔をした。

「うちの患者になにかあったのかい？」エデが心配そうにたずねた。

リザは一瞬、奈落に落ちるような感覚を味わった。夫になにかあったのだろうか。

「どういうことでしょうか？」リザは声がうわずった。

「リタのことだ！」エデが叫んだ。「どうしてる？」

リザはほっと息をついた。「ええ、すっかり元気です」むりして微笑みながら答えた。「ソ連軍将校を引っかけて、今はいいご身分です」

「また舞台に上がりたいと言ってるか？　それなら話に乗る。あいつが登場するって宣伝すれば、店は大入りになるからな。支度金を払ってもいい。もちろん程度によるがな」

リザは肩をすくめた。

「さあ、どうでしょうね。ご自分でリタに訊いてみてはいかが？　今日は夫のことで来たんです。今朝、帰ってこなかったものですから。いつも朝食を食べにもどってきてたんですけど」

エデの目つきが鋭くなった。

「警部が帰らなかった？　昨日、仕事にもこなかった。おかげでハンスがスポットライトを操作した。風邪でも引いたのかと思ってた」

「夫は昨日もここにあらわれなかったんですか？」

「どこにいるものやら」

「ヒルデの話では、ヤーシャといっしょに出かけたかもしれないそうです」リザは独り言のようにつぶやいた。

「ソ連軍将校と？」エデはたずねた。「それはまずいな。突然だれかが姿を消すときは、たいてい秘密警察が絡んでる。ちょっと探りを入れてみる。知り合いがいるんでね」

リザは放心状態でエデに礼を言った。どうやって店から出たか記憶になかった。

もう一度ヒルデに訊いてみたほうがよさそうだ。今は病院だろうが、ぐずぐずしてはいられない。

リザは自転車にまたがってペダルを踏んだ。

オッペンハイマーはもっぱら隔離棟の中庭で過ごした。そこからならその収容所の動きが一番よく観察できたからだ。昨日の晩、囚人たちは大きな棟に消え、看守たちが何かを乗せた手押し車をそこへ押していった。だがオッペンハイマーにはそれが何かわからなかった。しばらくして薄いスープが配られたので、さっき押していたのはグーラッシュ砲だろうと推理した。オッペンハイマーは贅沢な食事とは縁がなかったので、そのスープをきれいに平らげた。

数時間後、バラックは夜の闇に包まれた。ヴァルターはオッペンハイマーといっしょに外に出た。中庭の柵の一部が板でできているところがあり、その節穴からその先の小屋を覗くことができた。日中はたいして見るべきものはなかったが、夜になると人の出入りが多くなる。

はじめに武装した見張りが数人あらわれ、つづいてトラックがやってきて、なにか積まれる。照明がなかったので、オッペンハイマーにはそれがなにかわからなかった。

「見えるか?」ヴァルターが耳元でささやいた。「いつも夜中に死体を運びだす。どこかこのあたりに捨てられるんだ。適当な爆弾の穴にな」

朝になり、日の光が射すと、オッペンハイマーはまた外を歩いた。夜中に見た光景が脳裏から消えなかった。人目を忍ぶ埋葬のことを考えると心穏やかでいられなかった。

中庭を二十回以上歩きまわった頃、オッペンハイマーはふたたびミハリーナを見かけた。

前の日に、彼女はなにがあったか話してくれた。結局、子どもは見つからなかったという。オッペンハイマーにはわけがわからなかった。

「どうしてここにいるんだ？」彼はもう一度たずねた。「悪いことなどしてないじゃないか」

「わたしがドイツ人を助けたっていうの」

「だけど、強制労働をさせられていたんだろう」オッペンハイマーは興奮した。「連行されてきたわけで、きみに選択肢はなかった」

ミハリーナは悲しげにうなだれた。

「でも、自分から進んで来たという人もいるのよ。本当のところはだれにもわからない。それにウラソフ軍の将兵もここにいる」

オッペンハイマーは言葉に詰まった。

「あれは本当だったのか？　ゲッベルスのプロパガンダだと思っていた」

その軍事組織の正式名称はロシア解放軍といったが、司令官アンドレイ・ウラソフにちなんでウラソフ軍と呼ばれることが多かった。ソ連軍中将だったときドイツ軍の戦争捕虜になったウラソフは、ナチに鞍替えし、主にロシア人からなる戦闘集団を結成し、ドイツ軍の指揮下に入った。彼らが本当に反共産党を掲げて戦いに身を投じたのか、ナチの捕虜収容所で飢えに苦しむよりは前線で戦ったほうがましだと考えたソ連人捕虜だったのかは定かではない。それはともかく、ウラソフ軍の兵がソ連軍から最悪の裏切り者という烙印を押され、すべての権利を剝奪されていることは容易に想像できる。

「奴ら、わたしたちをどうするつもりだろう？」オッペンハイマーはたずねた。「ここに投獄されつづけるのかな？」

「わたしたちはみんな、ソ連に連れていかれるのよ。いつなのか知らないけど」

オッペンハイマーはうなずいた。ミハリーナの前でこういう言い方はしたくないが、彼女たちがソ連の強制労働収容所に送られるのはまちがいないだろう。問題はドイツ人の囚人も同じ憂き目に遭うかどうかだ。オッペンハイマーたちには他の戦争捕虜と同じ扱いを受ける可能性がまだ残っている。

オッペンハイマーはミハリーナに耳打ちするために身を乗りだした。

「脱走する方法はないのか？　だれか脱走を計画していないかな？」

ミハリーナは目を丸くしてオッペンハイマーを見つめた。それがどんなに無謀なことか、オッペンハイマーは気づいた。

今は時間との勝負だということをどうやったらミハリーナに理解してもらえるだろう。オッペンハイマーにはあと二日しか時間が残されていない。それまでに自由の身になれなければ、ゲオルクは彼がいないままグリゴーリエフと取引することになる。ドル紙幣の分厚い札束を手に入れたら、グリゴーリエフ一味に逃げられてしまう恐れが大きい。そうなれば、奴を捕まえることは、まずできなくなるだろう。

ミハリーナが去ると、オッペンハイマーは檻に入れられたヤマネコのように柵に沿って歩いた。行ったり来たり、行ったり来たり。

なにもかも幻想でしかないのかもしれない。もしかしたらグリゴーリエフを罰することなど、夢のまた夢なのかも。

自分が無力であることを受け入れるのはつらかった。一九三三年、非アーリア人が公職追放されたときに刑事をやめさせられてから、彼の人生はずっと翻弄されっぱなしだ。解放されてもあまり変わりがない。人生を自分で決められるという幻想を一瞬でも抱くなんてまったくお人好しもいいところだ。

オッペンハイマーはふいに立ち止まって、自分に文句を言いはじめた。できることはそれしかなかった。

34

一九四五年六月十九日火曜日――一九四五年六月二十日水曜日
太平洋戦争終結七十五日前から七十四日前

拳銃に弾を装塡するのがこんなに難しいとは。もともと女がハンドバッグに忍ばせるために作られたもので、小さな実包が一発しか装塡できない。エデの太い指ではなかなかうまく扱えなかった。

こんなおもちゃのような拳銃でもいざというとき手元にあると思えば、心穏やかになれる。実包を装塡すると、エデは中折れ式の銃身をもどして拳銃をベストに隠した。オッペンハイマーのことが頭から離れない。あいつがなにも言わずに消えたのは、よくない兆候だ。オッペンハイマーの妻には言わなかったが、ロシア人ギャングの仕業にちがいない。エデにしてみれば、奴らのやりそうなことだからだ。

奴らはエデの縄張りに食指を伸ばそうとしている。すでにあからさまな行動に出ている。奴らは盗んだ品を法外な値段で買えと言ってきているが、いずれそれだけではすまなくなるだろう。

奴らはじわじわと脅しをかけてきている。まずリタが襲われ、今度はオッペンハイマーが消えた。次はエデの手下が謎の失踪をする番だろう。パウレかちびのハンスが狙われるのは目に見えている。

エデはこのところめったにオフィスから出ない。ここのほうが安全だからだ。それに壁の棚には最上級の酒がストックしてある。重い息遣いをしながら酒をグラスに注いだ。

このナイトクラブを開店してから、胸焼けが収まらなくなっている。もう何年も胃の調子が悪いカールハインツは牛乳を飲むのがいいと信じている。エデも缶入りコンデンスミルクを数リットル確保しているが、水で薄めても喉を通らず、強い酒のほうがよっぽど胃がすっきりすると思っていた。

エデは懐中時計を引っ張りだして文字盤を見た。あと一時間もしないうちに開店だ。店自体はうまくいっている。エデは夢を達成したと言える。たいしたことをしなくても金が稼げる。ロシア人ギャングさえあらわれなければ、我が世の春を謳歌できるはずだった。

エデは戦前の秩序ある時代がなつかしかった。当時、暗黒街はリングフェライン（十九世紀末に作られた元受刑者の互助会から発展したドイツの組織暴力団の総称。一九二〇年代、ベルリン暗黒街に隠然たる力を持っていた）が縄張りを分け合い、みんな、仁義を重んじていた。すくなくともエデはそう考えていた。儲けを最大限にするには暴力を最低限にするのが一番だ。殺人が起きたり、重傷者が出たりすれば、秩序の維持を望む当局を刺激してしまう。

ワイマール共和国時代、左翼にも右翼にも武闘派があらわれ、いろいろ悪事を働いた。エデはそんなどさくさに紛れて漁夫の利を得、そのうちに知恵をつけた。

ロシア人ギャングの構成員は狂犬と変わりない。犬が歯をむいたら、どうすればいい？撃ち殺すにかぎる。

エデは念のため準備を進めていた。だがまだためらっていた。行動に出れば、戦争になる。一撃でギャング団の足腰を立たなくするのは難しいだろう。やるなら一度でけりをつける必要がある。

物思いに沈んで、エデはグラスを置いた。裏手の庭からエンジン音が聞こえた。窓からうかがうと、トラックがバックで進入路に入ってきた。

コートに身を包み、中折れ帽子をかぶった男が運転手に指図し、トラックが積んである木箱にぶつかりそうになったところで止まるように合図した。デミアンにちがいない。なにか運んできたようだ。エデは金を払ったのに、まだ奪われたものを返してもらってない。だがそれほど腹は立てていなかった。話に乗ったのは、パウレにギャング団のアジトを突き止めさせるためだった。

エデは部屋から出て階段を下りた。ロシア人がなにを運んできたのか気になったのだ。

バーコーナーにはハンスしかいなかった。スポットライトを扱うコツがいまだにのみ込めず、エデに大目玉を食らったので、店が開く前にもう一度操作手順を確かめているのだ。

「ハンス！」エデが叫んだ。「それはいいから、拳銃を取ってこい。裏手に客だ」

ハンスは頭の回転が速くなかったが、エデの言わんとしていることを理解して地下室に走った。パウレからデミアンがどんなに冷酷か注意されていたので、エデは用心のため、楽屋にいたゲルダを呼んだ。エデはゲルダを買っている。ゲルダにとっては腕の見せどころだ。

ゲルダを連れてエデがバーコーナーにもどると、すでに拳銃を持ったハンスが待っていた。スーツの上着は、いかにも拳銃がありますというように胸ポケットのあたりがふくらんでいた。

エデはハンスの胸元の拳銃を軽く叩いた。

「目立ちすぎだ」エデはささやいた。

裏口をノックする音がした。ハンスは拳銃を別のポケットに隠そうとしたが、エデは手を横に振った。

「まあいい。あいつらに見せつけてやれ。そうすれば悪さをしないだろう」

そう言うと、薄暗い廊下を抜けて裏口に向かった。出口の前でエデはゲルダの方を向いた。

「ドアを守れ。パウレかだれかが来たら、俺のところに寄越せ」

エデがドアを押しあけると、日の光が射し込んだ。デミアンはすでにエデを待っていた。帽子とパッドの入った肩。まるでかかしのようだ。

「こんにちは」デミアンは型どおりのあいさつをした。だが外国語を使っているせいかもしれない。

「なんの用だ?」エデはたずねた。

「あんたらに届け物だ」デミアンはトラックの方を指差した。だれかがトラックのそばを通って進入路を抜けてきた。エデは運転手だろうと思った。男は無精髭を生やし、破けた上着を着て、戦車兵用のヘルメットをかぶっている。夏の暑さのせいか、顎あてはヘルメットの上に上げてあり、頭の左右に大きな犬の耳がついているように見えた。

「運んで来る途中でなにか壊しちまったようだ」デミアンはつづけた。

エデが訝しんだ。「壊した？」

デミアンはすまなそうにうなずいた。

「なにか壊れる音がした。だけど、たいしたことはないだろう」

運転手は幌をとめている紐をほどいた。デミアンはそばへ行って、いっしょに幌を払った。もともと自分のものだったなにかが壊れたかと思うと、エデは気になって、他のことに注意散漫になった。ハンスがそばにいて、ゲルダが裏口に立ち、デミアンたちににらみを利かせていることも油断につながった。

顔を紅潮させて、エデは荷台に近づいた。デミアンは後あおりを開けて乗り込むと、木箱に駆け寄って、いきなり立ち尽くした。

デミアンはぶつぶつ言いながらしゃがみ込んだ。

エデはじれったくなり、トラックの荷台に手をかけて「どうした？」とたずねながら荷台に上ろうとした。

その瞬間、すべてが手遅れになった。

バサバサとエデの背後に幌が落ちてきた。エデはデミアンとふたりだけになり、まわりの世界から切り離された。

こいつら、なんて間抜けなんだろう。

奴らはたしかに間抜けだった。

エデが勘ちがいするほどに。奴らの狙いはパウレでも、ちびのハンスでもなかった。次の標的は彼だったのだ。

デミアンが立ち上がった。冷たい目がエデをにらんだ。なにかが壊れたというのは、デマだったのだ。

状況が一変した。中庭でドアの閉まる音がして、同時にトラックのそばでもみあう気配がした。エデは内ポケットに手を入れ、女性用拳銃を抜こうとした。

だが一瞬遅かった。

デミアンはすでに拳銃を持ち上げ、腕を伸ばしてエデに狙いをつけた。耳をつんざく銃声と共に銃口が火を噴いた。

グリゴーリエフが放った殺し屋はまちがいなくプロだ。エデもその流れを知っていた。一発目は腹部、二発目は頭を撃ち抜き、止めを刺す。

エデは拳銃をつかんで上体を少しねじった。これでデミアンは狙いをはずす。

エデはそう思った。

銃声が轟いたが、エデはなにも感じなかった。すこしして変な感覚を覚えた。腰の力が抜け、体が荷台にどさっと倒れた。体が言うことをきかない。

落とされた幌の向こうでドサッと音がし、悲鳴があがった。エデにはすべて聞こえた。だが今は体をなんとか動かして身を守るのが先決だ。浅い息遣いをして改めて拳銃を構えた。

デミアンがエデのそばに来た。エデの体の下の木製の荷台がすこしたわんだ。

デミアンは急いでいないようだった。無力な標的を見下ろして、残虐な笑みを浮かべた。なにかを待っている。エデが無駄なあがきをするのを待ち構えているかのようだった。

エデは拳銃のグリップをつかんで、狙いをつけようとした。だがうまくいかない。反応があまりに遅すぎた。彼の手にあった拳銃を蹴飛ばすのは、デミアンにとって造作もなかった。

拳銃が音をたてて荷台を滑った。

そのときなにかが視界に入った。

どこからか赤い液体が流れだし、拳銃の方に広がっていく。

デミアンが愉快そうに拳銃をエデに向けた。エデは銃口を見つめた。デミアンの親指が撃鉄を起こした。エデをあの世へ送るには軽く引き金を引くだけでいい。

そのあとはあっという間で、エデにはなにが起こったのか判然としなかった。自分の運命をただ見ていることしかできないというのが口惜しかった。

引き金にかけたデミアンの指が動いた瞬間、まばゆい光に包まれた。だれかが幌を払ったのだ。それと同時になにかが空を切り、デミアンのコートを切り裂き、腕に突き刺さった。

デミアンが声をあげた。驚きと苦痛の叫び。銃口が火を噴く。だが狙いをはずした。

銃弾がエデの頬をかすめ、荷台の側面に食い込んだ。エデは熱い空気がよぎるのを感じた。

ちびのハンスは拳銃を構えて荷台に飛び乗り、デミアンを武装解除した。ハンスは帽子をなくし、髪がぼさぼさになっていた。デミアンの連れをやっつけることになんとか成功したのだ。

ゲルダも普段の表情でトラックの荷台に上がり、まるでただの肉の塊でもあるかのようにデミアンの腕からナイフを抜いた。彼女と視線を交わしたとき、エデははじめて彼女が感情を見せたことに気づいた。

「最悪」ゲルダはエデのそばにしゃがんだ。明らかにエデの姿にショックを受けている。

エデは自分がどうなっているのかわかっていなかった。なにも感じなかったのだ。

「どうした?」エデはそう言ったつもりだが、喉からはかすれた声しか出なかった。

「しゃべってはだめ」そう言うと、ゲルダはエデの体を見下ろした。「すぐ病院に行かないと」

それは命令のようだった。

オッペンハイマーは目を覚ました。窓からはまだ朝の淡い光が射していなかった。目の前のすのこのような板を見てまずびっくりした。それから監獄や車での連行やポゴディンの満足そうな笑みを思いだした。

オッペンハイマーはあたりをきょろきょろ見まわした。どうして目が覚めたのかわからなかった。二段ベッドを分かち合っているヴァルターでないのは確かだ。彼は夜中ひどいいびきをかくが、それにはもう慣れていた。

　薄明かりの中、人の気配はしない。囚人はみな、ベッドに入っている。だれかがベッドの中で咳をした。オッペンハイマーの上のベッドがきしんだ。ヴァルターが寝返りを打つと、二段ベッド全体が振動した。

　オッペンハイマーは目を閉じた。

　疲れていたので、そのまま眠ってしまいそうだった。だが、いびきの前にヴァルターは激しい息遣いをするので、そうもいかない。オッペンハイマーは低くうなったが、それも効果がなかった。

　おまけに南京虫が蠢《うごめ》いているのを感じる。服を着たまま毛布にしっかりくるまっていても、ふざけた南京虫は彼の皮膚まで達していた。

　オッペンハイマーはそのことを考えまいとした。目を開けた。もう眠れそうにない。大きな物音がしてびくっとした。隣の房でだれかが床をドシドシ歩いている。さっき目覚めたのは、その音のせいかもしれない。

　どこかでドアが開き、窓の外で靴音が聞こえた。オッペンハイマーには黒い人影とそれにつづく明るい光しか見えなかった。その人影は入口の前で足を止めた。

　オッペンハイマーは息を詰めて、ドアが蝶番をきしませて開くのを見つめた。

　重いブーツをはいた男たちが入ってきた。ひとりは機関銃を構えて戸口に立った。もうひとりが懐中電灯の光を床に向けて、そっと房に入ってきた。男たちは他の囚人を起こさないように気を遣っているのだ。男がベッドに近づき、眠っている者の顔をひとつずつ懐中電灯で照らしても、同房の者たちは寝息をたてていた。

オッペンハイマーはどうなっているのかわからなかった。こんなに朝早くやってくるということは、なにかよからぬことを企んでいるにちがいない。国家保安本部《RSHA》や秘密国家警察《ゲシュタポ》も早朝にユダヤ人を移送した。この数週間、今度はスターリンの手の者が同じような時刻にベルリンを動きまわっているとよく耳にしていた。

男は順を追って同じ行動をしている。オッペンハイマーにはよく見えた。まず二段ベッドの下で眠っている囚人の顔を照らし、それから上で寝ている囚人の顔を確かめる。そうやってベッドを覗きながら、オッペンハイマーに近づいてくる。

そして彼の真横に来た。男は通路をはさんだ別の二段ベッドを先に調べた。かすかに石鹸のにおいが漂ってきた。夜中に超満員の隔離棟を覗くためにそんなに身ぎれいにしてくるなんてわけがわからない。数秒後、男が振り返った。懐中電灯の光が顔に当たる直前、オッペンハイマーは眼をつむった。

明るい光で、まぶたの血管がすけて見えた。世界が赤く染まったような感じがした。男が動くと、床がきしんだ。だが光をそのままオッペンハイマーの顔に当てていた。

眠っているふりをしても仕方がない。オッペンハイマーは思わずぎゅっとまぶたに力を入れた。懐中電灯を持った男はそれに気づいたようだ。

オッペンハイマーは目をしばたたきながら侵入者を見たが、認識できたのは懐中電灯だけだった。

「なんですか？」恐れていることを悟られまいとして、わざとつっけんどんにつぶやいた。

懐中電灯を持った男がふっと息を吐いた。「パヴェズロー！」

「ついてる」と言ったらしい。オッペンハイマーは身を乗りだした人影をけげんな顔で見た。声に聞き覚えがある。

「外へ出て下さい《ヴィハディーテエ》！」そう言うと、男は毛布を払って、オッペンハイマーを引き起こした。

オッペンハイマーは命令に従うべきか、反抗すべきか考えた。男はオッペンハイマーがためらっていることに気づいて、懐中電灯の光を自分に向けた。下から当てた光で顔にあやしげな影がかかったが、オッペンハイマーは男がだれかすぐにわかった。本当は光に当たって輝く鋼鉄の義歯を見てわかったはずだ。

目の前に立っているのはアクサーコフ大佐だった。

数分後、彼らは監獄の門をくぐって、待機していた車のところへ歩いていった。いつもの四輪駆動車ではなく、大佐が市内に出かけるときによく使う乗用車だった。隊員がふたりボンネットにもたれかかって、煙草の煙に包まれていた。ひとりは大佐の運転手だ。もうひとりも知っていた。

「ヤーシャ？」彼は言った。

リタの崇拝者が彼を見て顔を輝かせ、「見つかってよかった」と満足して言った。「あんたの行方がわからなくなって、ヒルデが精力的に動いたんだ。協力しなかったら、リタのところに出入り禁止だと脅された。幸いあんたがだれを訪ねるつもりだったか覚えていた」

オッペンハイマーはそわそわした。ヤーシャがいるなら通訳して、まだここから立ち去るわけにいかないことを大佐に説明できるじゃないか。

「もうひとり助けてほしい」オッペンハイマーは訴えた。「ヴォジニャク、ミハリーナ・ヴォジニャク。彼女は無実です。いっしょに連れていきたいのです」

ヤーシャはオッペンハイマーを見てから言った。「そう簡単にはいかない」

「通訳してくれ！」

ヤーシャは大佐に伝えた。大佐は表情を変えることなく、不機嫌そうに答えた。

「そのことはあとで話し合おう」ヤーシャが通訳した。「今は行くところがある」

大佐はオッペンハイマーの腕をずっとつかんでいた。だがオッペンハイマーはその手を振り払おうとした。

看守が騒がしい声を気にしだした。監視塔の看守が機関銃を手に持ち単射モードにしたが、オッペンハイマーは必死に訴えていたせいでその金属音に気づかなかった。

「嫌です」彼は小さな子どものように駄々をこねた。「ミハリーナは危険な目に遭っている。このままだと、移送されてしまうんです」

オッペンハイマーは大佐の拳骨が飛んでくるのを見なかった。顎に拳骨が炸裂したとき、鋭い痛みが体に走った。目の前が真っ暗になった。

35

一九四五年六月二十日水曜日
太平洋戦争終結の七十四日前

アクサーコフ大佐はこれでようやくお返しができる。さっそくノーヴィコフ大佐を朝っぱらから起こすことにした。ノーヴィコフとちがって、うまい魚の用意はないが、今回手に入れた情報をうまく使えば、彼は防諜部隊スミェールシで一目置かれることになるだろう。ノーヴィコフが采配すればまちがいはない。

アクサーコフは軽やかな足取りでカルロフカ地区の庭園に入り、花が咲く花壇を通って一軒家に向かった。

アクサーコフはふと指関節をこすった。オッペンハイマーの顎はものすごく固かった。殴るのではなかった。オッペンハイマーが気づくと、アクサーコフは、ポゴディンとグリゴーリエフを捕縛する準備は万端整っていると言った。

ポゴディンが裏で糸を引いていたとわかっても、アクサーコフは特段驚きはしなかった。

多くの同志が資本主義の誘惑に負けている。ポゴディンのような筋金入りのコムソモールでも例外ではなかったのだ。

ソ連では戦利品を手にすることに制限がなかった。何千年もつづく戦争の伝統の中では富を我が物にするのは勝者の特権だ。だれが戦利品に群がろうとお咎めなしだ。うまく立ちまわれば、ひと財産が築ける。多くの将軍が金目のものを貨物列車に満載して故郷に輸送しているという噂も絶えない。ポゴディンも他の連中と同じように欲をだした。だが母なるロシアから盗もうとするとは愚かにもほどがある。ソ連の国家権力がそれを見逃すはずがない。

アクサーコフは任務を達成した。しかもあのいけすかない監視役が、原子物理学者ロスキのバッグが消えた事件の下手人だったとは、ますますうれしい結果と言える。これでポゴディンに逆襲だ。罪を暴かれたら、あいつは度肝を抜かすだろう。その時を思い描くと、アクサーコフは愉快でならなかった。

その家では、寝ぼけながら朝食もとらずにマホルカを新聞紙に巻いている将校がひとりいる以外、まだだれも起床していなかった。その将校はノーヴィコフの部屋は二階だとアクサーコフに教えられるくらいには目覚めていた。

アクサーコフがノックすると、ノーヴィコフ本人がすぐにドアを開けた。下着姿で、ベッドから起きてきたところのようだった。にこにこしていた顔が曇った。ノーヴィコフはだれかを待っていたらしい。アクサーコフを部屋に招き入れたものかどうか迷っている。目が赤い。徹夜でもしたようだ。

「寝る前になにを飲んだ?」アクサーコフはたずねた。

ノーヴィコフはただ手を振ることしかしなかった。アクサーコフはかまわず部屋に入った。

「グリゴーリエフのアジトがわかった。それから裏切り者がだれかもな。ポゴディン大尉だ」

ノーヴィコフは眉を吊り上げた。なぜかアクサーコフがそっちの話題を口にしたので、ほっとしているようだ。

「きみの目付役か? よりによってあいつが?」

アクサーコフは満足してにやりとした。

「運命はこっちに微笑んでくれた。あとはこっちがどう動くかだ」

「証拠は?」そうたずねて、ノーヴィコフはくしゃくしゃになったベッドの縁にすわった。

「目撃者がいる。ドイツ人の元刑事だ。そいつがグリゴーリエフ一味のアジトを突き止めた。わたしに連絡しようとしたとき、そいつはポゴディンに逮捕された。どこに連れていかれたか突き止めるのに手間取ったが、看守から聞きだした」

「つまり看守とポゴディンは同じ穴の狢《むじな》ということか?」

アクサーコフは椅子を引き寄せてすわり、首を横に振った。

「そうじゃないと思う。命令に従っただけだ、と看守は言っていた。ポゴディンに気づかれてはまずいので、目をつぶることにした」

ノーヴィコフはぼんやりと床を見つめた。

「奴を逮捕したら騒ぎになるぞ。動かぬ証拠があったほうがいい。ドイツ人の目撃証言だけでは弱い」

「グリゴーリエフの一味を一網打尽にするのが手っ取り早いだろう。証拠などなくても、だれかが自白する」

ノーヴィコフも元気になり、立ち上がってアクサーコフの肩を叩いた。

「よし、三十分でうちの者たちは出動準備ができる。俺もすぐに行く」

アクサーコフは、部屋を出ていけと暗に言っているのだと解釈した。すこし面食らった。ノーヴィコフのいつものやり方ではないからだ。

落ち合う場所を決めると、アクサーコフは狭い階段を駆け下りた。そのときだれかが階段を上がってきた。アクサーコフは立ち止まって体を脇に寄せた。

籠を持った華奢な女性だった。スカーフをしていたので、その女性がだれかすぐにはわからなかった。だが女性の方が彼を見るなり驚いて立ち止まり、彼の顔を見つめた。アクサーコフは殴られたような衝撃を受けた。

アクサーコフは上品な顔立ちに似合わないその丸い鼻をよく知っていた。だがこの女性が服を着ているときの姿に見覚えがなかった。

ナターリア。

ふたりは階段でなにも言えず身をこわばらせた。先に口をひらいたのはナターリアだった。

「変な勘ぐりはしないでくださいね」彼女は口ごもりながら言った。

アクサーコフは冷ややかにうなずいた。偶然を信じなくなって久しい。ナターリアの後ろめたい表情を見れば、疑いの余地はない。彼女はノーヴィコフを訪ねるところだ。彼女は気が利く。ノーヴィコフに朝食を運んできたということは、彼のところで一夜を過ごしたにちがいない。

ナターリアの不実に腹を立てるところを見せたくなかったので、アクサーコフはふっと笑って言った。「勝手にしろ」

顔を上げてナターリアとすれちがうのに、想像以上に自制心を要した。その家から出たとき、アクサーコフはどこを歩いていたかろくに覚えがなかった。できることなら駆けだしたいくらいだ。ナターリアには見えないはずだが、今でもアクサーコフは本音をあらわにしたくなかった。

正直なところ、アクサーコフはいつかこうなると覚悟していた。ふたりの付き合いは、お互いに利点があるから成立している、そのとき限りのものだ。アクサーコフにとっては欲求の発散。ナターリアに好意を抱いてはいるが、一度も愛していると言ったことがない。

ノーヴィコフのことも悪く言えない。将校のあいだでは、三角関係はよくある色恋沙汰であって、深刻に考える者はいない。

それでもこのことで、昔ながらの良識の屋台骨にひびが入った。もしかしたらずっと自分に嘘をついていたということか。アクサーコフの中にくすぶるブルジョアの情熱の炎は意外と大きいのかもしれない。

共産党指導部は新しい人間を作ろうとしている。だがアクサーコフはそういう人間にはなれないと自覚していた。

心にぽっかりと穴が開いてしまった。なんでそうなるのか、自分でもわからなかった。


作業場に足を踏み入れたとき、オッペンハイマーは悪態をついた。彼の案内で拳銃を抜いた二十人ほどの隊員が突入した。だがそこにはだれもいなかったので少々滑稽だった。それでもオッペンハイマーは笑えなかった。手遅れだったのだ。

並んでいる旋盤に沿ってヤーシャと歩くうち、オッペンハイマーはたまらず叫んだ。

「ちくしょう。ありえない！　ギャング団を捕まえられるはずだったのに！」

アクサーコフ大佐と、ノーヴィコフと名乗ったもうひとりの将校は、オッペンハイマーに妙な視線を向けた。

彼らは午前中、テルトー運河近くのその工場を包囲するため何台もの兵員輸送車を連ねて出動した。グリゴーリエフ一味を一網打尽にできるはずだったのに、まんまと逃げられてしまった。

オッペンハイマーは悔しい気持ちを胸に作業場を歩いた。グリゴーリエフ一味の他のアジトを示唆する手掛かりが見つからないかと期待したのだ。だが手掛かりはなにひとつ残されていなかった。奴らはオッペンハイマーもびっくりするほど徹底していた。

「ここにいたんです」オッペンハイマーはささやいた。これが妄想ではないと証明する必要に迫られていた。「ここで寝起きしていました」

それからオッペンハイマーは焚き火のそばにしゃがみ込んで、指で突いた。

「奴らの焚き火跡です。しかし灰がすっかり冷え切っている」

アクサーコフ大佐が表情を変えずになにか言った。ヤーシャが通訳した。

「グリゴーリエフをここで見たのはいつだ？」

オッペンハイマーはゆっくり立ち上がった。

「三日前の日曜日。そのあとすぐにここを撤収したにちがいないです。たぶんわたしにアジトを見つけられたと気づいたんでしょう」

口から出まかせだった。西側連合国の代理人と関わっているとは口が裂けても言えない。

「わたしがここに忍び込んだとき、ポゴディンに気づかれたのだと思います」オッペンハイマーは肩をすくめた。「あいつがわたしを連行した理由も、それで説明がつきます。招かれざる客を恐れて、奴らはここを引き払ったんでしょう」

オッペンハイマーは肩を落として立ち尽くした。たくさん連れがいるのに、ひとりぼっちのような気がして、呆然と足元のコンクリートの床を見つめた。そのときノーヴィコフが話に加わった。

「グリゴーリエフ一味がここにいた証拠がない」ヤーシャが通訳した。

「もしかしたらあるかもしれません」オッペンハイマーは興奮してそう言うと、アクサーコフたちをシャワー室へ連れていった。

オッペンハイマーが向かったのは、殺しの現場となった通路だった。

「ここです」オッペンハイマーは早足に歩いたせいで息を切らしながら言った。「奴の手下がひとりここで殺されるところを目撃しました。ほら、ここ。血が残っています」

オッペンハイマーは床についた暗褐色のしみを指差した。その血痕を見て、ノーヴィコフは眉間にしわを寄せた。

「家畜を殺した跡かもしれない」

オッペンハイマーはため息をついた。そう言われたら反論できない。

オッペンハイマーは肩をすくめ、あのときのことを思いだしながらあたりを歩きまわった。そしていきなり立ち止まり、ついてきた面々を見た。

「そうだ。奴らは死体をどこかに始末したはずです。奴らがそんなことに手間をかけるはずがありません。賭けてもいいです。死体を運河に捨てたのでは、いずれ浮かんできて、いろいろ詮索される恐れがあります。ですから死体はここに埋めたはずです」

オッペンハイマーが言わんとしていることを、アクサーコフ大佐はすぐに理解した。さっそく大佐の命令で、隊員が散開した。

オッペンハイマーはヤーシャの方を向いた。「なにをするんだ?」

「同志大佐は、敷地に最近穴を掘った跡があるかどうか探せと命令した」

オッペンハイマーは満足してうなずき、ヤーシャの肩を叩いた。

「それなら掘る道具を探そう。どこかにシャベルがあるはずだ」

数分後、作業場で扉を壊された道具用の戸棚を見つけた。そのすぐあと外が騒がしくなった。見つけた四本のシャベルを持って、オッペンハイマーとヤーシャは屋外に走った。

本棟のすぐそばで見つかった穴のまわりに隊員が集まっていた。穴は深く掘るまでもなかった。数センチ掘ったところで隊員が地面に刺したシャベルに柔らかいものが当たった。

オッペンハイマーはじれったくなってその浅い穴に踏み入って、素手で死体を掘りだした。死体がソ連軍の制服を着ていることがすぐにわかった。オッペンハイマーは身を起こし、胸を反らして叫んだ。

「これが証拠です！　グリゴーリエフはここにいたんです。まちがいないです！」

アクサーコフ大佐の表情も劇的に変化した。オッペンハイマーが出会ってからはじめて、その丸い顔に笑みを浮かべた。

大佐は彼の手をやさしくつかんで穴から出るのを助けると、彼の肩を叩いて親しげに声をかけた。

そばにいたヤーシャが言った。

「あんたをふたたび人間にしてやると同志大佐はおっしゃっている」

通訳の言うとおりだとでも言うように、大佐は相好を崩してうなずいた。

オッペンハイマーにはなんのことかわからなかったが、ふたたび人間になることを拒むいわれはない。

水が熱した石にかけられてジュッと音をたて、水蒸気が小さな部屋に充満した。

暑い夏にサウナに入るなんて、オッペンハイマーにはいかれているとしか思えなかった。ところがアクサーコフ大佐は、ロシア風サウナであるバーニャの素晴らしさをオッペンハイマーに味わわせることしか頭にないようだった。オッペンハイマーはなにもかも放りだしてリザのところにもどりたかったが、きっと大佐なりに仲直りのつもりだろうと察した。

その代わり、ヤーシャに迫って、オッペンハイマーがどこにいるか、すぐリザに伝えると約束してもらった。リタにまた会えるのだから、ヤーシャが嫌だと言うわけがなかった。

オッペンハイマーが今いるバーニャは二間からなる木組みの小屋だった。手前の脱衣室には洋服掛けが取り付けてあった。オッペンハイマーは大佐の前で素っ裸になることにためらいを覚えたが、大佐はさっさと服を脱ぎ、タオルを腰に巻いた。オッペンハイマーもそれに倣うことにした。最初ふたりは脱衣室のテーブルに向かってすわった。オッペンハイマーはそこでパンと生温い紅茶をもらって口に入れ、大佐はそのあいだに外の竈に火を入れた。

ふたりはしっかり体を洗うと、蒸し風呂の浴室に入った。大佐がウォッカを持ってきて、水を入れた桶にどくどく注ぎ、それを杓子《しゃくし》ですくって熱した石にかけた。オッペンハイマーはそれを見てびっくりした。だが立ち上った湯気は恐れていたほどきつくはなかった。

しばらくして立ち込めたアロマに気持ちが和んだ。念のためオッペンハイマーは階段状の木のベンチの一番下の段に腰かけた。大佐がどうして上の段で耐えられるのかオッペンハイマーには謎だった。たぶん彼のような軟弱な西ヨーロッパ人には及びもつかないほどの長年にわたる鍛錬の賜物だろう。

大佐は急いでいないようだった。ふたりは何度も脱衣室と浴室を行ったり来たりした。オッペンハイマーは汗が噴きだすのを感じ、血行をよくするために葉のついた枝で体を叩いた。これを繰り返せば、体に溜まった老廃物が排出されそうだ。身も心も洗われるだろう。

オッペンハイマーは恍惚として、湯気がいろいろな形を作りながら天井の明かり取りから外に出ていくのを見つめた。ときおり大佐に声をかけられてふっと我に返ることがあった。なにを言ったのかわからなかったが、オッペンハイマーは満足してうなずいた。

しばらくしてヤーシャがもどってきて、仲間に加わった。ヒルデの邸でうまくリザに会い、事情を説明してくれたという。

オッペンハイマーは無実の罪で収監されているミハリーナのことを話題にしたが、今度も大佐は聞く耳を持たなかった。大佐はオッペンハイマーの頼みをいつも同じ言葉で一蹴した。「ザーフトラ」ヤーシャによれば「明日」という意味らしい。だがオッペンハイマーは、大佐がそう言ってずっと先延ばしにするのではないかと危惧した。

そのうち大佐はなにも言わず浴室から出ていった。オッペンハイマーは変だなと思った。なぜなら大佐はこれまで煉獄《れんごく》のような熱気をものともしなかったのだから。

オッペンハイマーは、リザが本当に元気かしつこいくらい何度もヤーシャにたずねたが、心穏やかではいられなかった。大佐がどうしていっしょにバーニャに入ったのか、その理由が今ひとつ理解できなかったからだ。それにどのくらいそこにいるか、わからなくなっていた。かれこれ二、三時間になるはずだ。

オッペンハイマーは敷いていたタオルをつかんで脱衣室に出ることにした。もう失礼すると言おうとしたのだが、戸口で足が止まった。

新たに来た者を見て、あぜんとした。

突然、大佐の策略がわかった。大佐がここに彼を押しとどめていた理由はこれだったのだ。大佐はひそかにポゴディン大尉と対決する準備をしていたのだ。

大尉はどういう不意打ちを受けるか気づいていなかった。オッペンハイマーに背を向けた状態で脱衣室の隅に立ち、冷水を浴びた。

大尉を見ているうちに、オッペンハイマーは腹が立ってきた。正義づらして、ポゴディンには裏があった。大佐はそれをうまく引きだそうというのだ。グリゴーリエフの新しいアジトを知っている者がいるとしたら彼なのだ。

大佐はオッペンハイマーにちらっと視線を向け、唇に人差し指を当てた。オッペンハイマーの両手がタオルをわしづかみし、険しい顔をしたのを見逃さなかったのだ。大佐はオッペンハイマーが檜舞台を踏む用意をして、相手の度肝を抜くタイミングを待っていたのだ。ポゴディンを自供させるのが役どころなら、オッペンハイマーはそれを演じてみせる。化けの皮をはがすなら、不意打ちを食らわし戸惑わせるのが一番だ。

オッペンハイマーはそこに立ったまま大佐の指示を待った。大佐はポゴディンの注意をそらすためにおしゃべりをはじめた。どうせ意味がわからないので、オッペンハイマーは内容を気にしなかった。

　大佐はテーブルに向かってすわると、腕を組んだ。緊張しているのをうまく隠している。だが事情を知るオッペンハイマーには、焦っているのが手に取るようにわかった。目が泳いでいて、呼吸が忙《せわ》しない。

　一方、ポゴディン大尉はおっとり構えている。サウナに入るにふさわしい態度だ。大佐としゃべりながらタオルを腰に巻き、テーブルに向かってすわった。大尉はこれからなにが待ち受けているかまったく気づいていなかった。

　そしてまさにその瞬間、大佐は王手をかけた。

　わざとらしい笑みを浮かべてなにか短く言うなり、オッペンハイマーにうなずいた。

　ポゴディン大尉ははっとして振り返った。

　オッペンハイマーを見て、大尉の顔から力が抜けて頬がたるみ、顔面が蒼白になった。

　大佐がうれしそうに目を輝かせ、脅すように立ち上がった。

　大尉がいきなり動いて、椅子が音をたてて後ろに引かれた。大尉は飛び上がって外に逃げだそうとした。タオルしか身につけていないが、そんなことはどうでもいいようだ。裸足のまま出口に向かって駆けだした。大佐は捕まえようとしなかった。その必要がなかったのだ。

　激しい足音が聞こえると同時に、拳銃を構えた数人の隊員が出入口の前で配置についた。ふたりの隊員が大尉に飛びかかってはさみこんだ。ドタバタ大きな物音をたてたが、大尉は捕まり、両腕を背中にねじ上げられた。

大尉は蛇のように身をよじった。

大佐は愉快そうにその様子を見てから、軽くうなずいた。隊員たちは大尉を連行した。

「ヤー・ニェ・ヴィノーヴィエン！」大尉は無実だとでも叫んだようだ。無駄なあがきだとわかっているだろうに、大尉はまだ身を振りほどこうとして暴れた。

大佐は洋服掛けのところへ行ってポゴディン大尉の衣服をつかみ、彼に向かって投げつけた。大佐はまたすわったが、自信がぐらついているようだ、とオッペンハイマーは思った。

オッペンハイマーはヤーシャの方を向いた。「ポゴディンはなんて言ったんだ？」

ヤーシャが肩をすくめながら言った。

「口は割らないと言った」

大佐が渋い顔をするのもむりはない。もちろん大尉にとってはこれが最良の一手だ。グリゴーリエフを捕縛するための証拠はいまだにオッペンハイマーの証言だけだ。大尉は厚顔無恥だ。証拠を突きつけても否定するだろう。そうなると、大佐も行き詰まってしまう。自白がなければギャング団のアジトの場所も突き止められないからだ。

大尉もいつかは観念するだろう。すくなくとも拷問すれば。だがそれでは手遅れになる。

オッペンハイマーは目を閉じて壁にもたれかかった。悩ましいが、立場を明確にするほかないと思った。

原子爆弾を巡る陰謀からは距離を置きたかった。どうなろうと知ったことではない、と。リザに加えられた暴力の責任をグリゴーリエフに取らせるなら、方法はもうひとつしかなかった。

ゲオルクがグリゴーリエフに接触して、ロスキのバッグを買い取ろうとしていることを大佐に打ち明けるのだ。

つまるところはひとつだ。世界の情勢とリザのどっちを取るかなのだ。

すぐに心は決した。

「グリゴーリエフが明日どこにいるかわかるかもしれません」オッペンハイマーはそう言って、大佐を見た。

目の端でオッペンハイマーはヤーシャが驚いていることがわかった。

オッペンハイマーは壁から離れた。「通訳してくれ」

ヤーシャはいまだにおどおどしていた。だが結局、通訳した。

そのあいだオッペンハイマーは苦虫を嚙み潰したような顔でうつむいていた。

これでもう後戻りはできない。毒を食らわば皿までだ。

36

一九四五年六月二十一日木曜日
太平洋戦争終結の七十三日前

あと八時間。そう思いながら、オッペンハイマーは懸命にペダルを踏んだ。すでに昼だ。アクサーコフ大佐の運転手セリョージャが昨日、ビール醸造所まで車に乗せていってくれた。幸い自転車を廃墟にうまく隠しておいたおかげで、だれの目にもとまらずにすんでいた。オッペンハイマーは大佐に事情を話してしまったことに忸怩《じくじ》たる思いをしていた。しかし他に選択肢はなかったと自分に言い聞かせた。リザは帰ってきた夫の首にかじりついた。オッペンハイマーはゲオルクを裏切って正解だったと思った。

今夜の取引のために、オッペンハイマーはまだいろいろやっておくことがあった。といっても、良心の呵責《かしゃく》を和らげたいからではない。この間なにがあったかエデに説明する必要を感じていたのだ。

がらんとした作業場に戦闘の跡はなかったが、エデが殴り込みをかけた可能性もある。それでは、オッペンハイマーは裏切り者になった甲斐がない。

　だがまずはゲオルクのところに寄ることにした。あれだけ隠れ家がわからないようにしたのにオッペンハイマーに居場所を見つけられてしまったので、ゲオルクは絶句した。そのあとゲオルクには数日音沙汰がなかったことをなじられたが、オッペンハイマーは大佐との繋がりは明かさず、エデに頼まれて市外で用事をすましていたと嘘をついた。ゲオルクはそれを鵜呑みにした。実際、食糧難のため知恵のまわるベルリン市民は郊外と行き来して、なけなしの金目のものを農家で食料と交換していた。髪を剃られたオッペンハイマーが吸血鬼に見えるとゲオルクに言われ、夏になるといつも髪を剃るなどと下手な言い訳をした。

　その一方、昨日の夜、グリゴーリエフの手下が伝言を持ってきたとゲオルクから聞いて、オッペンハイマーはほっとひと安心した。取引は予定どおりおこなわれる。グリゴーリエフの使いは片言のドイツ語しか話せなかったので、書面による伝言も受け取っていた。そこには「外出禁止時間の直前、ポツダム広場のハウス・ファーターラントに来い」と書かれていた。どうやら取引は地下にある高速都市鉄道駅でおこなわれるようだ。

　ナイトクラブの前で、オッペンハイマーは自転車のブレーキをかけた。日中だったので、そこはいつものように静かだった。だがあたりに重い空気が漂っていた。店に入るまで、オッペンハイマーは思い過ごしだろうと思った。ところがちびのハンスが暗い顔をしてスポットライトの背後にすわっていた。やはりなにかあったのだ。

「どうした？」オッペンハイマーは陽気な声でハンスに話しかけた。

彼を見て、ハンスが明るい顔をした。

「やっと来てくれたか。これでこのくそったれライトを操作しないですむ」

「悪いが、今夜も代わりを務めてもらう。そのことでエデに話がある」

ハンスが妙な顔をした。「だけど、親分は病院だぜ」みんなそのことを知ってて当然だという顔をしている。だがオッペンハイマーはその言葉を聞いて腰を抜かしそうになった。

「なにがあった？」

グリゴーリエフに襲われたらしいが、ハンスの話は要領を得なかった。するとゲルダが話に加わった。

「容体は？」オッペンハイマーはたずねた。「重傷なのか？　いつ退院できるんだ？」

ハンスは頭をかいた。

「命に別状はないと思う。そう聞いてる。だけどひどくやられた。銃弾を一発食らった。ゲルダのほうが詳しい」

だがゲルダは、うなずいただけでなにも言わなかった。

「今ここを仕切っているのはだれだ？」オッペンハイマーはたずねた。「エデがいないあいだだが」

「まだはっきり決まっていない」ハンスがそう言いかけると、ゲルダが口をはさんだ。

「今はパウレが仕切ってる」ゲルダは意味ありげに眉を吊り上げた。

「それはまずいな」オッペンハイマーは思わずそう言った。これはかなりまずい。パウレは目端が利くが、仕切るだけの才はない。焦ったらなにをするかわからない。

オッペンハイマーはじっとしていられなくなった。「すぐにパウレと話さなくては」

「ロシア人を尋問してる」ハンスが言った。

「襲った奴か？」

オッペンハイマーの質問にハンスはうなずいた。

「おととい、ギャング団をぶちのめしにいったんだ。パウレが奴らのアジトを知ってたからな。だけど奴ら、ずらかったあとだった」

一瞬、オッペンハイマーは目の前がくらくらした。予感は的中したのだ。といっても、落とし前をつけようとしたのはパウレだったわけだが。

このままでは大変なことになる。すぐになにか手を打たなくては。

「パウレはどこだ？」

ゲルダはなにも言わずにオッペンハイマーの肩を叩いて、地下の暖房室に案内した。そして鋼鉄のドアをノックすると、自分の名を名乗った。

暖房室の中で物音がすると、それから錠がはずされ、ドアがすこし開いた。ゲルダはその隙間から中に入った。

ゲルダが中に消えると、ドアはまた閉まった。だがしばらくしてまたドアが開いて、オッペンハイマーは引っ張り込まれた。

地下の廊下は暗かったが、そこはその比ではなかった。黒々したものが目の前に山をなしている。石炭にちがいない。あるいはよく見かけるオーバーフレーツ産の褐炭かもしれない。地面すれすれにある窓からは陽の光がわずかに差し込んでいるだけだった。

オッペンハイマーとゲルダはパウレの前に立った。よく見ると、他にもふたりの姿があった。パウレは大げさなことが好きなようだ。捕まえたひとりを縛り上げて、ストーブの横にすわらせ、デミアンは四肢をひろげられて、石炭シュートの上に縛りつけられていた。

グリゴーリエフの通訳兼殺し屋の右腕には包帯が巻いてあった。

「こいつらがここにいることは絶対に秘密だ」パウレがオッペンハイマーの耳元でささやいた。

「こいつらをどうする気だ?」

「新しいアジトの場所を吐かせる。そうしたら殴り込みだ」パウレはそう言いながら拳銃を振りまわした。オッペンハイマーは危なっかしいと思った。

たしかにデミアンからなら情報を得られるだろう。奴はドイツ語を話す。

「それで?」オッペンハイマーはたずねた。「吐いたのか?」

「はっきりとは言わない」パウレは声を落とした。

「早まったことはするなよ」オッペンハイマーは念を押した。そのときパウレの気持ちを変える方法を思いついた。「今日一日、行動を控えれば、明日、グリゴーリエフの略奪品を難なく手中にできる。仲間を危険に晒す必要もない」

オッペンハイマーの提案に、パウレは興味を抱いたらしく、拳銃を下ろし、オッペンハイマーの方を向いた。

「どうやるんだ、警部？」パウレは疑るような目つきでたずねた。

「グリゴーリエフは今、ある取引を進めている。今夜、ポツダム広場の高速都市鉄道駅のどこかでその取引がある。ソ連軍が奴をそこで取り押さえるつもりだ」

最後のひと言がパウレは腑に落ちなかったようだ。オッペンハイマーは言った。

「奴らは脱走兵なんだ。われわれには関係ないことだ。とにかく奴らのボスは明日にはいなくなる。だからあんたはなんの邪魔もなく奴らの新しいアジトを漁ることができるってわけさ。残党がいても、簡単に蹴散らせるだろう。一番大変な仕事はソ連軍にやらせればいい」

オッペンハイマーはふいにだれかに盗み聞きされているような気がして口をつぐみ、デミアンに視線を向けた。奴は軽く頭を上げていた。話を逐一聞いて、薄笑いを浮かべていた。そしてひねくれた笑い声をあげた。その甲高い笑い声を聞いて、オッペンハイマーは空恐ろしいものを感じた。縛られていても、奴は危険な感じがする。オッペンハイマーは背を向けて、会話の内容をこれ以上聞かれないようにした。

パウレを納得させるのにまだすこし説得が必要だった。というのも、パウレは暗黒街のボスを気取って、知ったふうな口を利いたからだ。

「ソ連軍が奴らのアジトにあるものを先に接収しないと言えるか？」

たしかにその意見にも一理ある。オッペンハイマーはこう返事した。「闇市に流れるようなものに連中は興味がない。もっと重要なものがあるんだ」本当のことを明かしたほうがいいと判断して、こうつづけた。「グリゴーリエフは新型爆弾を作るための原材料を持っている」

パウレの顔が曇った。「俺をからかってるんなら、ただじゃおかねえぞ」

「そんなことはない。本当のことだ。長い付き合いじゃないか。わたしがあんたに嘘をついたことがあるか?」オッペンハイマーは深呼吸した。パウレがまだ疑っているようなので、親しげに顔を近づけて言った。「その方が絶対に得をする、誓ってもいい。わたしにすこし時間の猶予をくれるだけでいい。一日だけだ」

オッペンハイマーは燃えるように真っ赤な夕日を顔に受けたが、街はまだ熱気に包まれていた。まるでパン焼き窯のようだった。人心地がつくのは夜中になってからだろう。

オッペンハイマーはゲオルクと連れ立ち、ミッテ地区へ向かって自転車を漕いだ。街にはまやかしの平和が訪れていた。ふたりは何度も行列のできた井戸ポンプを通り過ぎた。そのあたりにはあいかわらず水道も電気も来ていなかった。ベルリンという名の巨大な瓦礫の中にかろうじて住処がある者は夜十時の外出禁止時間に帰宅して、戸締まりをし、酔っぱらった兵士が撃つ流れ弾が家に飛び込まないことを祈った。

パウレは完全にはオッペンハイマーの言いなりになる気がなく、取引が終わる夜中に殴り込みをかけると言ってはばからなかった。だがデミアンは相変わらず口を割らなかった。奴の意思を挫くにはもうすこし時間がかかりそうだった。

ゲルダも彼女なりにオッペンハイマーの言葉を鵜呑みにしなかった。店の従業員の中でただひとり、ベルリン占領のどさくさでリザになにがあったか知っていて、彼の本心がわかっていたからだ。地下の暖房室から出ると、彼を見て、ついてくるようにささやいた。

オッペンハイマーは彼女に連れられてエデのオフィスに入った。室内に変わった様子はなかったが、葉巻の紫煙だけは漂っていなかった。

デスクに小さな女性用の拳銃が置いてあった。ゲルダはオッペンハイマーにその拳銃を渡し、別の手に数発の実包を握らせた。

「ボディチェックされる」彼女はそれしか言わなかった。オッペンハイマーが服に隠そうとすると、ゲルダは彼の帽子を取って細工を施した。楽屋で布切れと針を見つけ、秘密のポケットを作ってくれたのだ。ゲルダはそこに拳銃を入れて帽子を返し、事がすんだらエデに拳銃を返すように言った。

縫い目が目立つと思ったが、試す価値はある。取引の場所は照明のついていない高速都市鉄道駅だし、武器のないままグリゴーリエフに対峙するのは軽はずみだからだ。復讐をするなら、危険は承知だ。取引がどうなるかわからない以上、臨機応変に動かざるをえない。

ポツダム広場に近づくと、オッペンハイマーはゲオルクが鋭い目をしていることに気づいた。ビール醸造所での一件から、この男なら周到に準備していると思っていた。早朝、引き渡し場所を下調べして、逃げる算段をしたに決まっている。ゲオルクは何手も先を読む熟練のチェスプレイヤーと同じだ。自分はどういうコマだろう、とオッペンハイマーは自問した。ルーク、ビショップ、ナイト。あるいは犠牲になるだけのポーン。まあ、ポーンならそれほど酷い目に遭わずにすむだろう。

ラントヴェーア運河を渡ったあと、ふたりは北岸に沿ってケーテン通りまで来た。そこからポツダム駅まではいくらもない。ハウス・ファーターラントはその通りの反対側にある。この歓楽の殿堂に取り付けられたネオンが数年前までポツダム広場を照らしていたが、トレードマークだった丸屋根は空襲によって鉄骨だけになってしまった。夏の夜空に咲き乱れる瑞々《みずみず》しいライラックとあまりに好対照だった。

一階のカフェ・ファーターラントがしばらく国防軍の溜まり場として使われていたという。戦時下でどの店もダンスが禁止されていたが、ここでは夜な夜な公然とおこなわれていた。降伏したあと、ここは無人になり、縦長のアーチ窓も玄関もふさがれていた。

オッペンハイマーは、グリゴーリエフがここの高速都市鉄道駅を選んだことにすこし面食らっていた。ホームはいまだに水没しているはずだ。鉄道のトンネルが爆破されてから隣接する地下鉄駅も麻痺していた。技術者は早く復旧するようせっつかれているが、いまだにトンネル内の排水ができず、列車を運行できない状態がつづいていた。

グリゴーリエフは複数の逃げ道を確保するためここを選んだにちがいない。実際ここにはたくさんの出入口がある。取引を外出禁止時間の二時間前に設定したということは、アジトがこの近くにあるはずだ。それならすぐ姿をくらませるので、パトロールに遭遇する恐れがない。

アジトはどこだろう、とオッペンハイマーは考えを巡らした。廃墟が多いので、隠れ家には事欠かない。グリゴーリエフ一味は手のこんだことをしなくても、うまく姿を消せるだろう。

オッペンハイマーは同時にアクサーコフ大佐の部下がいるかどうかうかがった。大佐には、いつどこで取引がおこなわれるか伝えた。役者が揃ったら、スミェールシのノーヴィコフ大佐が一斉検挙するという。高速都市鉄道駅を完全に封鎖できるだけの人員が投入されているといいのだが、それらしい人影はあまり見当たらなかった。ポツダム広場はいつでも人通りが激しい。ボロを着た通行人が通りを歩いている。どの顔も、栄養の行きとどいた内務人民委員部《NKVD》の部員には見えない。今さらながらに、この作戦が成功するかどうか危ぶまれた。だがグリゴーリエフさえ捕まえられれば、あとはどうでもいいと思っていた。

ゲオルクはハウス・ファーターラントの前で自転車を止めた。鋼鉄の手すりが地下鉄駅へ下りる階段にあしらわれている。入口は屋根を持つ仰々しい形の門だった。実際には使えないそのお飾りを見るたび、東洋風の庭園建築を思いだす。

オッペンハイマーはサドルに乗せた腰をもぞもぞさせた。ゲオルクは広場をちらちらうかがっている。灰色の瓦礫の山のあいだに、壁が煤だらけになり、窓ガラスが割れたままのモダンなコロンブスハウスがそびえていた。

オッペンハイマーは失望を隠せなかった。グリゴーリエフの手下の出迎えはなく、思ったようにはいかなかった。ゲオルクもぶつぶつなにか言っていた。

オッペンハイマーが振りまわされただけかと思ったとき、ゲオルクが首を伸ばして、廃墟となったホテル・フュルステンホーフの方をじっと見た。オッペンハイマーは彼の視線を追って、スーツ姿で帽子をかぶった男を見つけた。男は通行人の流れからはずれ、手を振りながら小走りにザールラント通り（現在のシュトレーゼマン通り）を横切った。

「秘密を厳守する気はないようだな」オッペンハイマーはささやいた。

ゲオルクは肩をすくめながら答えた。

「たしかに目立ちすぎだ」

男はオッペンハイマーたちのいる側にやってくると、肩で息をしながらふたりの前に立った。

「こっちだ」と言って、男はあらためて手招きした。

男は前を歩き、遠距離鉄道駅の前を通って、一番近い高速都市鉄道駅の入口に案内した。そこに着くと、男は振り返って、鎖の奥の階段を指差した。「下りろ」

ゲオルクはすこしためらってから、自転車をつかんだ。だが鎖をくぐろうとすると、男に止められた。「自転車は置いていけ」

ゲオルクは信じられないというように男を見つめた。

「自転車は交換がすんで、クアフュルステンダム大通りにもどるのに必要だ」

男は聞く耳を持たなかったが、ゲオルクが聞き入れないとわかると、険しい目つきで鎖を持ち上げ、ふたりの自転車を通した。

37

一九四五年六月二十一日木曜日
太平洋戦争終結の七十三日前

パウレがどうやったのかわからないが、デミアンが三十分前ついに白状した。グリゴーリエフの新しいアジトの場所が判明した。パウレは胸を張って歩き、エデの手下を集合させた。酔っ払った客の声が地下室まで響いてくる。踊り子がステージで全裸になって歓声があがったのだ。店はいつものように満席だ。そして今夜は舞台裏も人の動きが慌ただしかった。ゲルダはいつものようにむっつりしたまま射撃場に立った。射撃場は人でごったがえしていた。ナイトクラブで仕事のない手隙《てすき》の者が急遽呼ばれた。

そのうちにパウレがあらわれた。ゲルダは思わず顔をしかめた。エデが入院してから、パウレはやたら偉ぶっている。後釜《あとがま》にすわった気でいるようだ。ゲルダは、パウレにボスは務まらないと思っていた。

エデの手下たちはゲルダを腫れ物にでも触るように扱った。横目でさげすむようなまなざしを向けたり、ひそひそ陰口を叩いたりする者もいる。ゲルダはどこか異質だ。だからみんな、不安に感じる。ゲルダはそういう反応をよく知っていた。けれどもエデはいつも彼女の肩を持ってくれた。状況が緊迫したときには、ゲルダに身辺警護を任せたほどだ。

　男たちがだれも彼女に声をかけなかったので、ことは簡単だった。ゲルダはむりしてこいつらと行動を共にする必要がなかった。どうせそのよくあるあだ名と同じで退屈な連中だ。ディディとかメッキとかハイニとか、そういう名前で呼ばれる連中が集まってきた。みんな、筋骨隆々で猪首、だけど頭は空っぽだ。

　パウレは的のあいだに立つと、手短に話した。

「奴らはジーメンスシュタット（ベルリン北西部にある集合住宅群）だ。あそこの廃工場をアジトにしている」

　ゲルダは呆れた。奴らのこれまでの手口から考えると、たしかにテルトー運河近くにあったアジトに酷似している。だがジーメンスシュタットは市中心部から遠すぎる。ベルリンの暗黒街を牛耳ろうとする奴らにとっては不都合な立地だ。なにかあったとき、あそこではすぐに対応することができない。

　デミアンの自白は嘘ではないか、とゲルダは思った。パウレはあいつの意思を挫いていないのかもしれない。デミアンが敵を間違った方角に誘導したとしたらどうだろう。

　ゲルダにはそのことを言うタイミングがなかった。パウレが銃器保管庫を指差したからだ。

「ようし、みんな、武器を持て。トラックに乗って出発だ」

　銃器保管庫が開けられ、拳銃がポケットやホルスターにどんどん収まった。

パウレが部屋を出ていく前に、ゲルダは彼の腕をつかんでたずねた。「約束はどうするの？」

パウレは彼女を見つめた。「約束？」

「オッペンハイマーに待てと言われたでしょ」

パウレは楊枝を噛みながら、乱暴にゲルダの手を払った。

「約束なんかしてねえ。それともなにか文句があんのか？」

ゲルダは肩をすくめた。だがパウレはもっとはっきりとした言葉を待っていた。ゲルダは言った。「ボスはあんたさ」

「そういうことだ。捕まえたロシア人を見張ってろ。もう一度よく縛っておけ。俺たちが出かけている隙に逃げられたら困るからな」

ゲルダはこの指示に従うことにした。パウレは、指導力に疑問をさしはさまれるのを嫌がっている。ゲルダは、エデが復帰して、この困った状況をなんとかしてくれることを祈った。

暖房室の鍵を開けたとき、中から大きな物音がした。ゲルダはドアを勢いよく開けた。ちらっと見ただけで充分だった。石炭シュートに人の姿がなく、窓が大きく開け放たれていた。デミアンはまんまと枷をはずすことに成功したのだ。

奴はいっしょに捕まった仲間を放ったらかしにした。そいつはいまだに縛られたままストーブの横にすわっていて、必死になにか言っていた。

ゲルダは石炭シュートを器用に上った。地下室の窓から顔をだすと、デミアンが店の裏手から通りに出ていくのが見えた。

クアフュルステンダム大通りでは、通行人に紛れるのは簡単だ。このままあとをつけないと見失う。

ゲルダは一瞬、パウレに言うべきか迷った。

だがあんな威張りちらす奴なんかどうだっていいと思い直し、窓から外に出た。


階段を下りたとき、オッペンハイマーは気が気ではなかった。真っ暗な地の底に着くと、ゲオルクは自転車を置いて、籠にのせていた袋を手に取った。袋には懐中電灯が二本入っていて、その一本をオッペンハイマーに渡した。

「必要になるだろう」ゲオルクはささやいた。

それを見るなり、グリゴーリエフの使いが階段を駆け下りてきて、拳銃でゲオルクの手から懐中電灯をはたきおとした。

「なにをする」ゲオルクが文句を言った。「これが拳銃に見えるか?」

男は信用ならないとでも言うように数歩あとずさり、いつでも倒せる構えを見せた。それからすこし顔を横に向けて口笛を吹いた。

その口笛が空っぽの空間に反響した。すぐに足音が聞こえて、グリゴーリエフの手下がふたり暗がりから出てきた。案内に立った奴とちがって、いまだに着古して繕った軍服に身を包んでいた。そいつらが機関銃で武装していたので、オッペンハイマーはまずいと思った。

そのあいだに、案内役が懐中電灯を調べ、点けたり消したりして納得したらしく、ゲオルクに返し、男はオッペンハイマーの懐中電灯でも同じ検査をおこなった。

それから男は拳銃をしまって、オッペンハイマーたちになにか言ってそばの壁を指差した。ロシア語だったが、だいたいなにを言ったかわかったので、オッペンハイマーはおとなしく身を翻し、足を広げてタイルの壁にもたれかかった。

ボディチェックされるとオッペンハイマーは焦った。隠した拳銃が帽子から落ちないように祈った。

だが奴らは帽子を詳しく調べようとはしなかった。

「タキ《さ》ーム・オ《て》ーブラザ《と》ム！」そう言われて、オッペンハイマーたちはそこに自転車を残して、脱走兵のひとりに従った。残るふたりは拳銃を抜いて後ろからついてきた。

数メートルも行くともう暗くて、懐中電灯を点ける必要に迫られた。オッペンハイマーは光の反射でホームに通じる階段に向かっていることがわかった。改札のバーはひらかれていた。ホームは照明のないプールのようだった。懐中電灯を階段に向けて見ると、その階段が水の中につづいていなかったので、オッペンハイマーはほっとした。そしてその先に数本の柱が見えた。

階段を下りるあいだ、オッペンハイマーは周囲まで気を配ることができなかった。懐中電灯があるのに足元がおぼつかなく、しかも階段にはぬるぬるした泥土がこびりついていて歩きづらかった。ホームの手前まで下りたところでようやく顔を上げた。線路があったところは、茶色に濁った水に光が当たってきらきらしていた。ホームは泥に覆われていた。

目が届くところに人影はなかった。向かいのホームも闇に包まれ、人気がない。幽霊列車のための幻の駅と言ったところだ。

「それで?」そうたずねて、ゲオルクは両手を上げた。案内役は相手にせず、武装した仲間が階段を下りきるのを待った。それからトンネルに向かってなにか叫んだ。

あらかじめ決めた合言葉のようだ。トンネルの奥でパシャッパシャッと水のはねる音がした。光が浮かび、水面にも明るい光の筋が照り映えた。

すこししてシルエットが見えた。ゆらゆらと壁を照らす光の前に黒い人影がふたつ浮かび上がった。ふたりはボートに乗っているようだ。

ボートが滑るようにして懐中電灯の光の中に入ると、オッペンハイマーは息をのんだ。奴だ。

ボートの先端にグリゴーリエフが乗っている。ついに待ち焦がれた瞬間が訪れたのだ。心の準備はできている。武器もあるし、それを使うこともためらわないだろう。年貢の納め時だとも知らず、奴は近づいてくる。

ボートに乗っているもうひとりは手下だ。長い竿を差してボートを前に進めている。ちょうどヴェネツィアのゴンドラ乗りのようだ。オッフェンバック作曲の「ホフマン物語」の舟歌が聞こえたら、この馬鹿げた状況は完璧だ。

ゴトンと音がして、ボートがホームに着岸した。グリゴーリエフはズボンのポケットに両手を突っ込んだまま、にやにやしながら立ち上がり、支配者でもあるかのように足を広げた。支配するといってもたかだか暗黒街なのだが。

グリゴーリエフはゲオルクを見つめてから、ちらっとオッペンハイマーに視線を移し、それからたずねた。「金は？」

ゲオルクはスーツの上着をぽんと叩いた。見張りのふたりがあわてて機関銃を上げた。ゲオルクが分厚い札束をだすと、その場にいる者たちがいっせいにため息をついた。人間の欲望をこんなにはっきり感じたことはめったにない。

グリゴーリエフもそわそわしだしたが、ホームに足をかけることはなかった。代わりにゲオルクを手招きした。ゲオルクは札束を渡すため、ホームのぎりぎりまで出た。

グリゴーリエフは懐中電灯を札束に向けて数えはじめた。じれったいほど長くかかった。彼が最後の一枚を数え終えるのを待って、ゲオルクが言った。

「約束どおり半分だ。バッグを見せてもらおう」

グリゴーリエフは札束を上着の内ポケットにしまい、それからゲオルクとオッペンハイマーをボートの方へ手招きした。

オッペンハイマーが乗ると、ボートが大きく揺れた。武装した手下のひとりがあとにつづき、他のふたりはホームに残った。

長い竿を持った男がホームを突くと、ボートが半円を描いた。それから別の方向に竿を差してボートが首を振るのを止めた。

前方にトンネルが口を開けていた。オッペンハイマーは、ボートが動きだすのを感じた。そしてすぐトンネルに入っていった。

オッペンハイマーはちらっと振り返った。ホームに残ったふたりはしだいに小さくなり、闇に消えた。


ゲルダもベルリン市民らしく、長い距離を歩くことを苦にしなかった。もちろんデミアンのように早足で歩いたことはめったにない。水をあけられないよう、懸命に追った。

　奴はうまく脱出したあと、意外なことにラントヴェーア運河の方へ向かった。奴らのアジトが本当にジーメンスシュタットにあるなら、どこかで運河を渡るはずだ。奴は土地勘があるのか、まっすぐヘラクレス橋をめざしている。

破壊された橋の袂には細い鉄パイプが渡されていた。ゲルダはタイミングを失して、反対側から来る通行人をやり過ごさなければならなかった。

デミアンの姿はこの時点ですでに見えなくなっていた。ゲルダは鉄パイプに乗って、駆け足で運河を渡りはじめた。

パウレはトラックでグリゴーリエフのアジトに向かったが、ゲルダは、デミアンに先回りされるかもしれないと思った。ベルリンの中心から離れると運河にはまともな橋がかかっていない。パウレたちは何キロも遠回りすることになる。相当に時間を無駄にするだろう。

デミアンのほうはというと、徒歩なので、ここのように応急処置した橋を渡ることができる。途中で自転車が盗めれば、パウレたちより先にアジトに着けるのは確実になる。デミアンが仲間に危険を知らせたらまずいことになる。

ゲルダはそんなことを考えて、足元が留守になった。

運河にかけられた鉄パイプは肩幅くらいしかない。平らな部分があるので歩くのに支障はないが、両側が丸まっていた。真ん中を歩けば問題ないものの、そこを見分けるのがなかなか難しい。急いでいればなおさらだ。

あっと思ったときには足を滑らせていた。

慌てて腕を振ったが、どうにもならないことはすぐにわかった。バランスを失って運河に落ち、濡れ鼠になるのは避けられそうにない。下にはラントヴェーア運河の水面がある。何本かケーブルがぶら下がっているが、そんなものでは落下を止められないだろう。

その瞬間、ゲルダは本能的に正しいことをした。バランスを取るのをやめ、そのまま前方に身を投げたのだ。

体が鉄パイプにぶつかって、ドンと大きな音がした。両足が横に滑ったが、腹ばいになれたので、もう問題はない。

ゲルダは鉄パイプの北側の端まで辿り着いたが、手間取ったので、デミアンを取り逃がしたかもしれないと危惧した。通りに立って両手を膝に当て、息が整うのを待った。

ゲルダは身を起こした。前方のフリードリヒ＝ヴィルヘルム通りにも、運河に沿って左に延びるコルネリウス通りにも奴らしい人影はなかった。

右を向いて、ゲルダは身をこわばらせた。

驚いたことに、奴を発見した。

デミアンだ。

なにかぶつぶつ言っている。奴も貴重な時間を失っていた。どうやら自転車を見つけたようだ。道端に捨ててあったのにはそれなりの理由があった。前後の車輪がすこし曲がっていて、まともに走らなかった。デミアンは自転車を漕ぐのに慣れていないらしく、バランスを取るのに四苦八苦している。

奴は腹を立ててサドルから降りると、自転車を蹴飛ばし、運河に沿って東へ走った。

ゲルダは笑みを浮かべて追跡を再開した。デミアンの魂胆がわかった。ジーメンスシュタットへ行くなら方角は北西でなければならない。反対方向へ走るということは、意味するところはひとつだけだ。

デミアンはポツダム広場へ向かっている。グリゴーリエフがそこでオッペンハイマーの絡んだ取引をしている。ボスに危険を知らせようということらしい。

ポツダム広場まであと二キロほどだ。この速度なら二十分はかかるだろう。デミアンとの距離を詰めるには一定の速度を維持する必要がある。やみくもに走ったのでは息を切らしてしまう。奴に追いつくつもりなら、力の配分に気をつけたほうがよさそうだ。

ゲルダは歯を食いしばった。大変な追跡劇になった。

38

一九四五年六月二十一日木曜日
太平洋戦争終結の七十三日前

驚きの連続だったので、オッペンハイマーは漕ぎ手が下着姿になっても動揺しなかった。ただ帽子に隠した拳銃のことだけを考え、機会をうかがった。

ボートがどのくらいトンネルの奥に入ったかわからなかった。トンネルが二股に分かれるところまで来ると、漕ぎ手はボートを止めた。下着を除いて服を脱ぐと、黙ってボートの舷側に腰掛けて水に入った。水は腰まで来た。

漕ぎ手は数歩前に踏みだし、腕で水をかいた。

オッペンハイマーはずっとグリゴーリエフをうかがっていたが、さすがに漕ぎ手がなにをするのか気になって、そっちに身を乗りだした。

漕ぎ手はトンネルの分かれ目にある支柱に近づくと、突然立ち止まって、そのあたりを足で探り、息を吸ってもぐった。

オッペンハイマーがかざした懐中電灯の光には浮かんでくる気泡しか見えなかった。しばらくして頭が水面に浮かんだ。漕ぎ手は息を吸った。しかもそいつはドクターズバッグの握りをつかんでいた。

グリゴーリエフは満足そうにうなずいた。ゲオルクが興奮しているのがわかった。その気持ちがオッペンハイマーにも伝染した。

ずっと探していたバッグが今、手の届くところにある。

漕ぎ手を見て、もう疑いの余地はなかった。ロスキが持っていたのと同じ型のドクターズバッグ。文書を入れたほうと違うのは、こっちがはるかに重そうに見えることだ。漕ぎ手はあえぎながらボートに近づいてきた。

漕ぎ手がバッグを舷側からボートにのせると、ゲオルクはじっとしていられなくなり、すぐに手に取って持ち上げ、満足そうにうなずいた。

よく見ると、ふたつのバッグにはちがいがあった。こっちには真鍮の留め金の横に封がしてある。おそらくうっかりバッグを開けないようにするためだ。

「それでは中身を確かめる」ゲオルクは言った。「自転車は二台ある。だれかついてこさせてくれ。中身に満足できたら、残りの金をそいつに渡す」

オッペンハイマーを横目で見ながらグリゴーリエフは言った。

「そこのおじさんに残ってもらうんだったな」

「ああ、残る」ゲオルクはうなずいた。

グリゴーリエフは漕ぎ手に指示を飛ばした。漕ぎ手はボートに上がらず、そのまま舳先《へさき》をつかんで駅まで押した。

トンネルの出口へ後退するあいだ、オッペンハイマーはうまく呼吸ができなかった。支柱の狭いところにいて息が詰まったからだが、ゲオルクに置いていかれるという事実も手伝っているかもしれない。

一応すべて計画通りだ。ゲオルクがいなくなったら、グリゴーリエフも油断するだろう。オッペンハイマーのことは危険だと思っていないはずだ。ボディチェックもしてある。彼は残り半分の金と引き換えの人質だ。拳銃を抜けば、先手が打てる。そのあとのことは野となれ山となれだ。それでも闇に紛れて逃げられるかもしれない。

どちらにしても決断するときが来た。

ゲルダは口の中のつばが粘つくのを感じて、石畳に吐いた。デミアンはリンク通りに曲がって、高速都市鉄道駅の入口に近づいた。

ここで奴を止めるなら、ナイフを使うしかない。一番いいのは奴が階段を下りるときだ。それなら通行人に目撃されずにすむ。市内で無事に逃げおおすには極力目撃されないことだ。デミアンは入口まであと十メートルほどのところにいる。ゲルダは上着に手を入れた。ナイフを鞘から抜き、手首で隠しながら頭の近くに振り上げた。

さっと振り切るだけで、ナイフは飛んでいく。

デミアンは階段まであと三、四歩。

ゲルダは力を溜めてナイフを投げようとした。デミアンは射程の範囲内にいる。狙われているとも知らずに。ゲルダは奴を虫けらだと思っていた。

手すりに寄りかかっている男がふたりいることまで、ゲルダは意識がまわらなかった。ふたりがのんびりしているのが、ただのふりだとは思いもしなかった。だが帽子のつばの下から尻の軽そうな女を物色しているかと思いきや、周囲のあやしい動きに目を光らせていたのだ。

デミアンが鎖をくぐろうとしたとき、ふたりが彼をはさみ込んで、こっそり脇に連れていった。それはあっという間の出来事だった。手慣れた動きだ。

ゲルダは困惑しているのを気づかれないよう、そのまま駅入口を通り過ぎ、ザールラント通りを渡った。はじめからそうするつもりだったかのように。危なかった。ライプツィヒ広場に達したとき、もうひとつの駅入口に、時間を潰しているように見える男がふたりいた。

そのとき四輪駆動車が三台、タイヤをきしませながら道端に停車し、武装した軍服姿の男たちを吐きだすと、その待機していたふたりも動きだした。

通行人が立ち止まって、将兵が地下に下りていくのを興味津々に見ていた。

ゲルダはまっすぐ前を見て、ライプツィヒ通りを走り、ヴィルヘルム通りに抜けた。街角を曲がったところで、歩く速度を落として振り返った。

駅でなにかが起きている。だがソ連兵が相手では手も足も出ない。ゲルダはこの場から姿をくらますことにした。

オッペンハイマーはびくっとした。ゲオルクが階段を上って、姿が見えなくなったときだ。そこから大きな叫び声がした。走る足音、銃声。

グリゴーリエフ一味はオッペンハイマーを見張るどころではなくなり、機関銃の銃口を階段に向けた。

そのとき別のホームで人の気配がした。懐中電灯を持った者が二番ホームの階段を駆け下りてきた。

ゲオルクにちがいない。

アクサーコフ大佐の配下に待ち伏せされ、必死に別の逃げ道を探しているようだ。懐中電灯の光が闇の中で左右に揺れた。

そのとき軍服の男が彼を追って階段を下りてきて拳銃で狙いをつけた。「ストーイ！」ゲオルクに止まれと言った。

耳をつんざく銃声が鳴り響いた。地下のホールだったので、その銃声は一斉射撃のように響き渡った。次に耳にした声と音で、オッペンハイマーは血が凍るかと思った。

ゲオルクが悲鳴をあげ、懐中電灯の光が下に向いたかと思うと、重い体が水の中に落ちた。

オッペンハイマーは動顚《どうてん》して声と音がした方を見つめた。大佐の部下は冷酷にもゲオルクを撃ち殺したのだ。

それと同時にグリゴーリエフの手下たちが応射した。機関銃は単発モードにセットしてあったが、オッペンハイマーには連射しているように聞こえた。

隣のホームにいた兵士は階段を駆け上り、安全な上階に退避した。代わりに一番ホームの真ん中にある広い階段に兵士があらわれ、鉄柱の陰に隠れて、ギャングたちに向かって撃ちはじめた。ギャングたちは挟み撃ちになり、逃げ場を失った。

オッペンハイマーはグリゴーリエフがトンネル内に立っているのを見て、とっさにそちらへもどった。死の恐怖に襲われて壁に張りついたとき、奴が消えていることに気づいた。ホームに横づけしたボートももぬけの殻だった。

あわてて懐中電灯を振ると、トンネルの脇の階段に光が当たった。

階段にかけてあった鉄の鎖が床に落ちていた。その先に、水をかきわける人の姿があった。グリゴーリエフにちがいない。水に浸かったトンネルの中に逃げ込もうとしているのだ。

オッペンハイマーはすかさず彼を追いかけた。そのためには冷たい水に入らなくてはならない。きっと水をかきわける音を奴に聞かれてしまう。幸い手すりの上部が水面に出ていた。

オッペンハイマーはそれをつかんで進んだ。数メートルも行くと、飛び交う銃弾も心配なくなった。懐中電灯を小脇に抱えると、帽子を取って小型拳銃をだした。

銃弾はすでに銃身に装塡されている。残りの実包は濡れないように胸ポケットに入れた。

ホームでの撃ち合いは収束した。ギャングたちはすでに取り押さえられたか、ボスと同じように逃げだしたにちがいない。オッペンハイマーにはどうでもいいことだ。今はトンネルに耳をすまして、グリゴーリエフの気配がするのを待った。

ところがなにも聞こえない。

オッペンハイマーはそのままじっとしていた。拳銃の撃鉄を起こし、ふたたび懐中電灯を手に取った。光が茶色の水面を照らした。

オッペンハイマーはがっかりして拳銃を下ろした。グリゴーリエフらしい人影もなければ、あやしい波紋も見当たらなかった。

自分しかいないようだ。だがそんなはずはない。奴はどこかにいるはずだ。リザを襲った奴を罰する機会を逃したくない。奴はどこかに隠れている。水にもぐる以外にこのトンネルの中で隠れる方法はないはずだ。どこにもドアは見当たらない。

ひょっとしたら奴は鉄柱の裏で追っ手がそばに来るのを待ちかまえているのかもしれない。奴を捕まえる方法はひとつしかない。そのためにはじっとしているほかない。奴は安全だと思うまで、姿をあらわすことはないだろう。

オッペンハイマーは大きな声で悪態をついて、ホームにもどるふりをした。だが階段を上がることはせず、懐中電灯を消して脇に寄り、トンネルの壁ぎわに立った。うまく引っかかってくれと祈りつつ。

すぐに足元から体がかじかむような冷たさが上ってきた。それでも自分を励まして、一歩も動かず、闇を見つめ、どんな物音も聞き逃すまいとした。

数分が経った。ホームから人の声が消えた。グリゴーリエフの手下はみな投降し、連行されたと見える。将兵はもう一度もどってくるだろう。散り散りになったギャングを追ってトンネルに入ってくるかもしれない。だが今のところ、ホームから引き払ったようだ。グリゴーリエフにはもう時間が残されていない。今危険を冒さなければ捕まる。

重苦しい静寂がオッペンハイマーの上にのしかかってきた。耳の中で自分の血液が流れる音が聞き取れるほど静かだった。

だがそれだけではなかった。

突然、水の跳ねる音がした。グリゴーリエフも我慢しきれなくなったのだ。トンネルの中でなにかが動いて、淡い光が見えた。オッペンハイマーは懸命に耐えた甲斐があったと思った。

グリゴーリエフは用心深く、懐中電灯の光源を手で覆っている。一歩一歩水と格闘しながらやっとの思いでトンネルの奥へと入っていく。

そのとき奴がふいに立ち止まって振り返った。なにも起きないことをいぶかしみ、だれかが追ってくる気配がないか気にしている。

オッペンハイマーは姿を見られないように体を側壁に押しつけた。グリゴーリエフに飛びかかるのはむりだ。離れすぎている。腰まで水に浸かっていては、どうやっても音をたててしまう。奴を狙い撃ちにする以外手はない。もちろんここで懐中電灯の光に照らされてはならない。もし奴がトンネルに光を当てて、オッペンハイマーに気づいたら万事休すだ。懐中電灯に狙いをつけて、奴に命中するか試してみるしかない。

オッペンハイマーは幸運に恵まれた。追っ手はいないと思ったか、グリゴーリエフは向き直って、懐中電灯の光源を覆っていた手を離した。懐中電灯の光がトンネルの奥に達した。光が灰色の壁を照らした。オッペンハイマーから見て、光源の手前に水をかきながら進む人影がシルエットのように浮かびあがった。オッペンハイマーは狙いをつけた。まるで射撃練習場の標的のようだった。

警察では発砲前に警告を発するよう教え込まれてきたが、今回は声を発しなかった。目的は奴を捕まえることではない。殺したいのだ。背中を撃つことになろうと構わない。

オッペンハイマーは引き金を引いた。発砲音とともに銃弾が発射された。銃弾は前方の闇の中に飛んでいった。

グリゴーリエフの影がぐらっと揺れ、同時に懐中電灯が消えた。なにかが水音をたてて動いた。それからトンネルの中でまた銃声が轟いた。奴が撃ち返したのだ。だが闇の中では的を見つけることはできない。

オッペンハイマーはあわてて銃身を折り、爪で空の薬莢を抜いた。扱いが面倒なので、内心文句を言った。その上、実包を闇の中で装填しなければならない。しかも奴に居場所を悟られるわけにいかない。

なんとか次の実包を装填した。オッペンハイマーは銃身をもどしてから深呼吸して、トンネルの奥に耳をすました。ふたたびあたりは死んだような静けさに包まれていた。グリゴーリエフに命中したのだろうか。確かめる方法はひとつしかない。

オッペンハイマーはさっき奴がいたところに懐中電灯を向けて明かりをつけた。グリゴーリエフはいなかった。

ほんの一瞬、オッペンハイマーは呆気にとられた。それから急いで奴のいたところまで水をかきわけていった。グリゴーリエフが足を滑らせて、溺れた可能性もある。

だがその場に行っても、死体は見当たらなかった。

もうひとつの可能性は、近くに並ぶ鉄柱の裏に隠れたことだ。

オッペンハイマーは勇気をだしてそばの鉄柱に駆け寄り、奴の虚をつくほかない。

だがその裏に人のいる気配はなかった。

ひとりで水の中に立っていても仕方がない。掌中にしたと思ったものを取り逃がしてしまったのだ。アクサーコフ大佐に言って、グリゴーリエフの死体を捜すために隊員を割いてもらうしかなさそうだ。もちろん奴が死んでいたらの話だが。さもなければ、隣の駅のトンネルを封鎖してもらおう。そうすればもうここから逃げられない。

背後のホームでふたたび声が聞こえた。将兵がもどってきたのだ。銃声に気づいたようだが、方角がわからないらしい。

オッペンハイマーはホームにもどることにした。そのとき突然、なにかが飛びかかってくるのが見えた。

懐中電灯の光の中に男が飛び込んできた。奴は別の鉄柱の裏に隠れて待ち伏せていたのだ。

奴は拳銃を持ち上げてオッペンハイマーの懐中電灯を狙った。

ふたりはほぼ同時に発砲した。

グリゴーリエフの銃弾はオッペンハイマーのすぐ横のトンネルの壁に当たって弾け飛んだ。一方、奴には命中した。

グリゴーリエフはよろめき、鉄の手すりにどんとぶつかった。身をよじりながら手すりからずるっと滑り落ち、顎まで水に浸かった。

グリゴーリエフは目をむいて、手すりにかじりついた。

奴はもうおしまいだと気づくと、オッペンハイマーは頭に血が上ってしまった。とどめが刺せると思っただけで、冷静でいられなくなった。

あらためて拳銃に実包を装塡して撃鉄を起こした。オッペンハイマーの銃の腕はたいしたことはないが、この距離なら狙いをはずすわけがない。

死を覚悟して、グリゴーリエフはふんぞり返り、銃口をにらんだ。

オッペンハイマーは銃身が震えていることに気づいた。

突然、こいつを本当に撃ち殺したいのかという疑問が湧いた。待ちに待ったときが訪れたというのに。この数週間、奴に落とし前をつけることしか考えてこなかった。憎悪に駆られ、それが人生に意味を与えてきたというのに。

オッペンハイマーは深呼吸した。気をしっかり持て。考えすぎるのはよくない。実行あるのみだ。今ここで決着をつけるのだ。

オッペンハイマーが引き金にかけた指に力を入れた。そのとき、奴が口をひらいた。

「ダヴァーイ！」撃てと言うのだ。かすれた声だった。

眉間にしわを寄せて、オッペンハイマーは引き金から指を離した。だがグリゴーリエフを狙いつづけた。なにを言いだす。フェイントか？

奴になにか魂胆があるようには思えなかった。銃弾を撃ち込まれると覚悟して、彼は目を閉じ、頭を垂れた。グリゴーリエフは負けた。それを認めたのだ。

オッペンハイマーがなにもしなかったので、グリゴーリエフは落ち着きを失った。「シュトー・エータ・タコーエ？」どういうことかわからなかったのだ。奴は目を開けて、話しかけてきた。はじめは、死を先延ばししようとしているのかと勘ぐった。だがグリゴーリエフがしゃべりながら腕を広げるのを見てわかった。

奴は殺されたいのだ。頭に銃弾を撃ち込めとオッペンハイマーに要求している。自由人として人生を全うしたいのだ。国に連れもどされるのは死ぬよりもつらいことなのだろう。

オッペンハイマーはじっとグリゴーリエフの前に立った。水の冷たさを忘れた。奴の望みを叶えてやるべきか迷った。

オッペンハイマーがまた引き金に指を当てると、奴の顔に満足そうな笑みが浮かんだ。

そのすぐあとトンネルに銃声が響き渡った。

オッペンハイマーが濡れ鼠になり、おもちゃの拳銃を持ってあらわれたのを見て、アクサーコフ大佐は腹を抱えて笑った。

「それであいつを観念させたのか、と大佐は訊いている」ヤーシャが通訳した。彼の目も笑っていた。

オッペンハイマーは肩をすくめた。「苦肉の策だ」

オッペンハイマーが発砲してすぐ、大佐の部下たちが拳銃を構えてトンネルに突入し、わめきちらすグリゴーリエフを外に引っ立てた。

奴は泥水の中で溺れようとまでしたが、オッペンハイマーに襟をつかまれて失敗した。

ホームで奴は大佐の出迎えを受け、それからふたりの隊員によって上の階に連行された。

オッペンハイマーは放心して奴を見送った。グリゴーリエフとの戦いがとどめと言えるが、緊張に次ぐ緊張の一日ですっかり脱力していた。今になって、他のギャングが見当たらないことに気づいた。

「全員捕まえたのか？」オッペンハイマーはヤーシャにたずねた。

「ここにいたのは一味の半数だった」ヤーシャは満足そうに答えた。「新しいアジトがどこか不明だけど、だれかが自白するだろう」ヤーシャも、グリゴーリエフが隊員ふたりに挟まれて階段を上り、姿を消すのを見ていた。「蛇の頭は切られた。まだ残りがいるが、もう危険はない」

オッペンハイマーはうなずいた。「ゲオルクは？」

ヤーシャはけげんな顔をした。

「わたしの連れだ。さっき別のホームにいるのを見た」

「わからない」ヤーシャは困惑気味に言った。オッペンハイマーは二番ホームへ行くため、階段を駆け上がった。

二番ホームに下りると、数人の隊員が水中に浮いているものを吊り上げようとしていた。オッペンハイマーはゲオルクの死体かと思った。だが隊員のひとりが業を煮やして泥水に飛び込み、浮いていたものを拾い上げたのを見て、オッペンハイマーはほっと息をついた。

放射性物質の入った黒いバッグだ。だがなにか腑に落ちなかった。

「男はどうした？」オッペンハイマーはまわりの隊員にたずねた。「見つからないのか？」

ヤーシャがやってきて、彼の質問を訳した。だれもゲオルクを見ていなかった。

「トンネルの中のどこかに浮いているでしょう」という返事があった。

オッペンハイマーは濁った水を見て、本当かなと首を傾げた。にわかには信じがたい。

バッグを見て、その気持ちがさらに強くなった。

先ほどグリゴーリエフの漕ぎ手はバッグをボートにのせるのにかなり力まなければならなかった。たぶん放射線除けの鉛の覆いが入っているせいだ。ところがそのバッグが水に浮いていたのだ。

オッペンハイマーは懐中電灯をつけて、ドクターズバッグに近づいてみた。最初の留め金を仔細に見てから、もうひとつの留め金に視線を移し、にやっとしながら身を起こした。

封がない。これはビール醸造所の地下室から取りだしたバッグだ。なにが入っているか知らないが、ソ連の爆弾開発者にとって価値があるとは思えなかった。

オッペンハイマーはふいにゲオルクの言葉を思いだした。〝逃げ道をもうひとつ用意しておくに越したことはない〟どうやら今回もその鉄則のとおりにしたようだ。そして逃げる算段をしただけでなく、いざというときのために偽のバッグまで用意したのだ。これならゲオルクがまんまと放射性物質を入手したとはだれも思わないだろう。おそらく形がそっくりで、価値のないものが入っているバッグが他にも駅構内で見つかるだろう。ゲオルクが無事に逃げるために仕掛けたのだ。あいつはその道のプロだ。オッペンハイマーはそのことをアクサーコフ大佐たちに言わずにおくことにした。

「どうした？」ヤーシャは懐中電灯の光の中で、オッペンハイマーが相好を崩したことに気づいた。

オッペンハイマーは首を横に振った。

「いや、なんでもない。グリゴーリエフを逮捕できてよかった」

エピローグ

一九四五年八月七日火曜日
太平洋戦争終結の二十六日前

「やあ、おやじさん！」猪首《いくび》のアメリカ兵がジープから飛び降りて叫んだ。オッペンハイマーはやる気なく手を振った。気分転換に日光浴を楽しんでいるところだった。この数日、彼はそうやってだらだら過ごしていた。

そのアメリカ兵が煙草を小脇に抱えて離れに向かうのを、目をしばたたきながら見た。リタへの贈り物だ。ヤーシャはお気に入りの踊り子と熱愛を演じたあと、いつしか姿をあらわさなくなった。もっと正確に言うと、リタが振ったらしい。英米が自分たちの管理区域に進駐し、幹線道路で大きなパレードをおこなってから、リタはヤーシャと付き合ってもう旨味はないと思ったようだ。

リタの奔放な色恋沙汰はともかく、東西関係はいろいろなところでぎすぎすしていた。夜中に市内で撃ち合いが頻発している。オッペンハイマーも、〈リオ・バー〉でスポットライトを操作しているときに、外で銃声が鳴り響くのを聞いたことがある。

ポツダムのツェツィーリエンホーフ宮殿でひらかれた、いわゆる三カ国会議がつい先日終わったところだ。七月後半から、スターリンとトルーマンと、チャーチルの後にイギリス首相に選ばれたアトリーの三人が一堂に会して二週間以上にわたってヨーロッパの戦後秩序をどうするか議論した。ラジオでときどき声明が発表されたものの、それ以外ベルリン市民にはあまり情報が伝わらなかった。会議中、ポツダムが外界から遮断され、完璧に封鎖されていたためだ。

チャーチルが会議中に退陣したことに、ヒルデは驚いていた。労働党のアトリー首相は共産主義のソ連に傾倒していると言われていたからだ。

エデは怪我が癒え、店もこれまで以上に繁盛した。新しい占領軍の兵士がやってきて、リタの人気はうなぎのぼりだった。ステージに復帰したリタは頰の傷を厚化粧で隠した。リタが華麗な仕草で一糸まとわぬ姿で観客の目をくらましていることに、オッペンハイマーは複雑な思いがしていた。それよりも驚きなのは、ヒルデがリタと仲良くしていることだ。ヒルデが住む離れの窓からよくふたりの大きな笑い声が聞こえた。

「そろそろ出ていって欲しいものね」オッペンハイマーの横で女の声がした。その声は彼が考えていることを代弁していた。インゲ・シュムーデは険しい目つきで離れを見ていた。

「年中、殿方の訪問を受けるなんて、外聞が悪くて仕方がないわ」

それにはなにも言わず、オッペンハイマーはまた椅子にもたれかかった。だが彼が聞いていると気づくと、シュムーデ夫人はしつこかった。

「それで？　新しい仕事は見つかったの？」

オッペンハイマーは内心ため息をついた。エデに仕事をやめると告げて三日。早くも仕事をしろとせっつかれるとは。それでなくても、オッペンハイマーに稼ぎがなくなったため、リザがまた仕事に出ている。彼は良心の呵責を覚えていた。リザはシャルロッテンブルク地区のイギリス軍司令部で通訳の職を見つけた。これで彼女は実力を発揮できる。ナチ政権下で非アーリア人の妻として嫌がらせのようにくだらない臨時雇いばかりさせられたことを思えば、雲泥の差だ。

シュムーデ夫人はエデのいかがわしい店はオッペンハイマーに向かないと言いたいのだ。実力が発揮できる仕事を見つけるべきなのはわかっている。だがグリゴーリエフに銃口を向けたとき、それまで信じていたすべてのことに危うく背を向けるところだった。それをどうやったら夫人にわかってもらえるだろう。

中途半端な妥協は金輪際ごめんだ。だがそれには、自分の人生を根本から変えて、エデとの腐れ縁を断ち切らなくてはならない。

オッペンハイマーはこの厄介な状況を夫人に説明しても詮無いと思ってささやいた。

「いろいろ見てまわっている」

それ以上この話をしたくなかったので、彼は夫人が手にしている封筒を指差した。

「郵便が来るようになったのか？」

「ええ、そうよ。ベルリン周辺だけらしいけど」シュムーデ夫人は言った。非難がましい口調は消えていた。「わたしたちが元気なことを姪に伝えたくて、手紙を書いたんです。でもジュッターリーン書体（第二次大戦前にドイツの学校教育で使われた筆記体。一九四一年、ナチによって廃止された）を使ってはいけないのでしょう。たぶん検閲が読めないのでしょうね」

オッペンハイマーはうなずいただけだった。

「ではごきげんよう」夫人は返事がないことにむっとして、そこを立ち去った。

グリゴーリエフが逮捕されてから、あの事件に関わった人物と会っていなかった。ゲオルクが特命を成就させてから音沙汰ないのは驚くに当たらない。だがまさか残るふたりの関係者がこの日、訪ねてくるとは思いもしなかった。

エンジン音がして、オッペンハイマーはまどろみから覚めた。目を開けると、四輪駆動車が庭に入ってくるところだった。驚いたことに、ヤーシャが下車した。助手席から降り立ったのはアクサーコフ大佐だ。白い星が塗装されたアメリカ軍のジープを見て、ふたりは立ち止まった。罠が張られていると勘ぐったようだ。

笑みを浮かべながら、オッペンハイマーはふたりを手招きした。ふたりに再会するのがこんなにうれしいとは驚きだった。

「アメリカ兵が来ているのか？」そうたずねて、ヤーシャはジープを指差した。

オッペンハイマーは離れの方を顎でしゃくった。「奴はあっちだ」

ヤーシャの顔が曇った。事情を察したのだ。

「でもよく来てくれた」リタの不誠実さへの詫びにはならないとわかっていたが、オッペンハイマーは急いでそう言った。

オッペンハイマーは窓の前の小さなテーブルにあるふたつの椅子をすすめた。だがアクサーコフ大佐は腕を組んで日陰にたたずんだ。

大佐はなにも言わず、代わりにヤーシャがまくしたてた。

「同志アクサーコフは平和を愛するロシア人民になりかわって感謝の気持ちを伝えにきた。きみの働きでロスキの資料を確保できた」

オッペンハイマーは驚いてふたりを見た。

「それはどうも」なにか返事をしないとまずいと思って、そうささやいた。「光栄なことで」

「同志大佐は、きみが警察に就職する気はないかたずねている」

オッペンハイマーは椅子の背にもたれて考えた。まさかそういう話になるとは。

「どうしてそんな話をわたしに？」オッペンハイマーはたずねた。

大佐がなにか言って、ヤーシャが通訳した。

「同志大佐にはツテがある。きみを優秀な刑事と見込んでのことだ」

オッペンハイマーはすわっていられなくなった。またとない話だ。だがポゴディンに逮捕されたことが引っかかっていた。あの逮捕で、スターリン政権がいかにいい加減か思い知らされた。ミハリーナがあそこに収監されていたのがいい例だ。あれからヒルデといっしょに彼女を解放しようと八方手を尽くしているが、いまだに目的を果たしていない。

連合軍司令部内部にはベルリン警察機構の構築を監視する公安委員会が組織されていた。だが警察機構のあり方を巡って連合軍内部に対立があるのは公然の秘密だ。ソ連の影響力が異常に強いとされているが、これはソ連軍政府がいち早く着手したからだ。西側の連合国との強調が図られはしたが、オッペンハイマーから見れば、スターリンの代理人は自分たちのカラーで警察機構を染め、いよいよとなったら抑圧の道具として利用するのは明らかだ。

オッペンハイマーは大佐を怒らせないように気をつけながらやんわりと断ろうとした。

「まだその時期ではないと思いますが」とあいまいに言った。

通訳の言葉を聞くと、大佐はげらげら笑い、ちらっとヤーシャを見た。腹を割って話してもいいか思案しているようだった。

「それがきみの教訓か」大佐は言った。「本音を言わないほうがいいというんだな」

そう言われて、オッペンハイマーは耳をそばだてた。そして前々から気になっていた質問をすることにした。

「話に聞いたんですが、大佐は婦女暴行を止めたために強制労働収容所に入れられたことがあるそうですね」

大佐は一瞬黙った。

「それは誤解だ。それは兄のアレクセイだ」

大佐は静かな声をだしたが、そのことはあまり話したくないらしく、この嫌な話題を手短にすました。「まあ、なんというか、愉快な話ではない」ヤーシャが通訳した。「気持ちが変わったら、連絡をくれ」

オッペンハイマーはけげんな顔をして大佐を見つめた。そして警察の件を言っているのだと気づいた。

「きみの才能を活かせ」大佐は元気づけるように言った。「結局のところ、われわれは命令される側だ。いいかね。たとえばわたしはロスキのバッグを探せと言われ、探しだした。中身がなんだろうと関係ない。世界はそういうものだ。われわれには世界を変える術などない。われわれの行動にちがいなどないんだ。明日、新聞を読んだら、それがわかるだろう」

大佐がなにを言っているのか、ヤーシャにもわからなかったようだ。大佐の次の言葉で、ヤーシャが顔面蒼白になった。相当ショックを受けている。混乱して、うまく通訳できなかったほどだ。

「じつは」ヤーシャはつっかえつっかえ言った。「アメリカが、昨日の朝、原子爆弾を投下した。日本の、都市に」

オッペンハイマーは目を丸くした。あまりのことに自分の耳を疑った。

この数日、連合国による降伏要求を天皇がはねつけたという話を耳にしていた。ヒルデは、日本が末期的だと言っていた。数週間前から原子爆弾の噂がささやかれていたが、アメリカ軍が日本本土に侵攻すると予想する人のほうが多数派だった。

「しかしいきなりあの爆弾を使うなんて」オッペンハイマーはあ然としてつぶやいた。

大佐は詳しく話した。ただの噂とは思えないほどに。

「開発者の中にドイツ人科学者が三人いるらしい。破壊力はイギリスの一トン爆弾の二千倍。広島は市民もろともに消え失せた。そしてアメリカはもう一発、原子爆弾を落とすと警告している」

大佐が別れの挨拶をしても、オッペンハイマーは終始ぼんやりとしていた。数時間経っても立ち直れなかった。その恐ろしいニュースを聞いて、裏にゲオルクがいると思った。ロスキの原材料の確保は悲惨な出来事を阻止するためではなかったのだ。アメリカ軍も独自に原子爆弾を開発していた。ロスキの原材料が爆弾作りにどのくらい役立ったかはわからない。だがそれに協力してしまったということに、オッペンハイマーは苦い思いを抱いた。

一瞬の大量殺戮《さつりく》という黙示録的なイメージに心を苛まれながら、彼はいつまでも母屋のまわりを歩いた。しかもこの飽和してしまった彼の心を受け止めてくれる人がだれもいない。ヒルデはまだ病院だ。リザがもどるのは午後だ。

リザが帰宅したとき、オッペンハイマーの気持ちはすこし落ち着いていた。それでも、彼がふたりの部屋の隅でなにも言わずに抱きついてきて、顔を肩に埋め、離そうとしなかったので、リザはすっかり驚いてしまった。

彼女も原子爆弾投下のニュースに呆然とした。「結局そうなってしまうのね」

「一線を超えた」オッペンハイマーは苦々しい思いで言った。「もう元にはもどらない。ソ連は独自に新型爆弾を開発している。いつかお互いに消し合うだろう」

「わからないわよ。もしかしたら、そうはならないかも。すくなくとも、それまでいっしょにいましょう」

オッペンハイマーは切ない顔をして妻を見て、手を握った。リザの言うとおりだ。たがのはずれたこの世界で一番大事なことはいっしょにいることだ。

リザにすべてを明かし、落ち込んでいる姿を見せてしまった今、オッペンハイマーはこの数週間、自分に嘘をついて生きていたことに気づいた。心が混乱していることを認めたくないばかりに、強い夫を演じてきた。だが結局ふたりの関係ではリザのほうが強かったのだ。乱暴されても、彼女は生きつづける勇気を見いだした。それなのに、オッペンハイマーは復讐のことしか頭になかった。

オッペンハイマーは窓枠にもたれかかって、光り輝く青空を見た。もう自分の心がどんなにぐちゃぐちゃかリザに見せてしまったのだから、自分の本心やグリゴーリエフのことも話す覚悟をした。もちろん楽ではない。だがその時が来たとオッペンハイマーは思ったのだ。

「あいつは連行された」オッペンハイマーはかすれた声で言った。名前を言わなくても、リザはだれのことか理解した。

「ギャング団はソ連の諜報機関によって一網打尽になった。あの糞野郎が生きたまま自由を失うよう手助けした」

ほんの一瞬、リザの顔がゆがんだ。眉間に深いしわを寄せ、うつむいて唇を引き結んだ。涙が頬を伝って落ちた。オッペンハイマーはリザの肩に腕をまわした。リザはそれを受け入れた。

もちろんまだすべてが終わったわけではない。リザがすべてを乗り越えるには、まだしばらく時間がかかるだろう、とオッペンハイマーは思っていた。グリゴーリエフに復讐はしたが、リザのために他になにをしたらいいかわからない。

興奮が収まると、リザはオッペンハイマーを見た。「うれしい」リザの声は彼が期待した以上に力強かった。

ふたりがこのことを話題にするのは、これが最後になりそうだ。

ソ連の組織名

コムソモール：全連邦レーニン共産主義青年同盟の略称、ソ連の共産党青年組織。一九一八年創設、一九九一年解散。

内務人民委員部《NKVD》：一九三四年、内務省の任務の一部を引き継ぐ形で組織された。警察機構と強制労働収容所と捕虜収容所の監督を管轄する。第二次世界大戦後は特別収容所も監督する。また国家政治保安部《GPU》の秘密警察が統合され、反革命分子掃討に従事した。国家政治保安部《GPU》はチェーカーの後身組織であり、国家保安委員会《KGB》の前身。

スミェールシ：「スパイに死を」を意味するキリル文字の頭文字から付けられた名称。軍内部の防諜部隊。公式には一九四三年に設立したとされるが、それ以前から活動していた可能性がある。一九四六年五月解散。

著者あとがき

一九四三年春、ドイツの軍需産業が戦争の趨勢を変えるミラクルウェポンを開発したという噂がはじめて巷に流れました。この神話を生みだしたのはゲッベルス国民啓蒙宣伝相でしたが、イギリスやアメリカの諜報機関も諜報活動を強化しました。ドイツの原子爆弾製作を阻止するべく、原子炉や重要な研究所とみなされた施設が爆撃されたのもこのときです。陸軍兵器局の肝いりで作られたクルト・ディプナーの研究グループが一九四五年三月、リューゲン島とチューリンゲンで放射性物質を放出するおぞましい爆弾の爆発実験に成功したとされていますが、真相ははっきりしていません。

ディーター・ロスキは架空の登場人物ですが、第二次世界大戦末期、戦後を見越して原材料と研究資料を安全なところに隠した原子物理学者がいました。

ヴェルナー・ハイゼンベルクはハイガーロッホの近くで酸化ウランを地中に埋め、研究に使用していた重水を工業施設のタンクに隠しました。カール・フリードリヒ・フォン・ヴァイツゼッカーは、研究資料を金属製の缶に隠し、密封したその缶を自宅の裏の肥溜めに沈めたと証言しています。

こうした資料はアメリカ合衆国の諜報機関によって回収され、アメリカ合衆国に運ばれました。暗号名アルソスで知られるこの諜報機関の任務は可能なかぎりすべての原材料をフランスやソ連よりも先に確保し、ドイツの優れた物理学者を捜しだすことにありました。ハイゼンベルク、ディプナー、オットー・ハーンをはじめとする十人の著名な原子物理学者がケンブリッジ近郊のファームホールに六ヶ月間幽閉され、尋問を受けています。

ベルリン陥落時の混乱で、新聞と呼べるものは『パンツァーベア』しかなかったので、日常の出来事を再現するために今回もいくつもの日記や手記を参照しました。参照した著者はルート・アンドレアス＝フリードリヒ、マルグレート・ボヴァリ、マルタ・ヒラースで、ウラディーミル・ゲルファントとワシーリー・グロスマンの日記で補完しています。これらの日記は公刊されています。わたしの調査で重要だったのはとくにロシア側の視点で戦争の日常が詳細に描かれたキャサリン・メリデールの『イワンの戦争　赤軍兵士の記録　1939-45』です。

一九四五年末にはすでにベルリン市民に意識されていた東西の緊張はその後数年にわたって悪化の一途を辿りました。一九四七年のトルーマン・ドクトリンでは、共産主義の国際的な拡大を阻止しなければならないとされました。

一九四九年八月二十九日、ソ連はカザフスタンの核実験場ではじめて原子爆弾の爆発実験に成功しました。

これが原爆の軍拡競争のはじまりでした。

ハラルト・ギルバース
二〇一七年一月

Karlsch, Rainer, *Hitlers Bombe,* München 2005.

Kopelew, Lew, *Aufbewahren für alle Zeit!,* Göttingen 1996.

Kuby, Erich, *Die Russen in Berlin 1945,* Bern, München 1965.

Kurowski, Franz, *Unternehmen Paperclip. Alliierte Jagd auf deutsche Wissenschaftler,* München 1987.

Merridale, Catherine, *Iwans Krieg. Die Rote Armee 1939–1945,* Frankfurt am Main 2010. （『イワンの戦争 赤軍兵士の記録1939-45』キャサリン・メリデール著、松島芳彦訳、白水社、2012年）

Naimark, Norman M., *The Russians in Germany. A History of the Soviet Zone of Occupation. 1945–1949,* Cambridge, London 1997.

Rürup, Reinhard, Hg., *Berlin 1945. Eine Dokumentation,* Berlin 2004.

Solschenizyn, Alexander, *Der Archipel Gulag,* Frankfurt am Main 2014. （『収容所群島』全六巻　ソルジェニーツィン著、木村浩訳、株式会社復刊ドットコム、2006－2007年）

参考文献

Andreas-Friedrich, Ruth, *Schauplatz Berlin. Tagebuchaufzeichnungen 1945 bis 1948,* Frankfurt am Main 1985.

Anonyma, *Eine Frau in Berlin. Tagebuch-Aufzeichnungen vom 20. April bis 22. Juni 1945,* München 2008.（『ベルリン終戦日記—ある女性の記録』山本浩司訳、白水社、2008年／2017年）

Beevor, Antony, *Berlin 1945. Das Ende,* München 2012.（『ベルリン陥落 1945』（アントニー・ビーヴァー著、川上洸訳、白水社、2004年／2017年）

Beevor, Antony, Vinogradova, Lyuba, Hg., *A Writer At War. Vasily Grossman with the Red Army 1941–1945,* London 2015.（『赤軍記者グロースマン—独ソ戦取材ノート1941-45』アントニー・ビーヴァー著、リューバ・ヴィノグラードヴァ編、川上洸訳、白水社、2007年）

Boveri, Margret, *Tage des Überlebens. Berlin 1945,* Berlin 2004.

Braun, Michael, *Nordsüd-S-Bahn Berlin. 75 Jahre Eisenbahn im Untergrund,* Berlin 2008.

Cornish, Nik, *Berlin. Der Untergang,* Königswinter 2011.

Deutsch-Russisches Museum Berlin-Karlshorst, Hg., *Katalog zur Dauerausstellung,* Berlin 2014.

Deutsch-Russisches Soldaten-Wörterbuch. Rund 3000 Wörter für Feldgebrauch und tägliches Leben, Berlin 1941.

Gelfand, Wladimir, *Deutschland-Tagebuch. 1945–1946,* Berlin 2008.

Gosztony, Peter, Hg., *Der Kampf um Berlin 1945 in Augenzeugenberichten,* München 1985.

Gröschner, Annett, Meyer, Grischa, *Kriegspfad Berlin 1945. Ein Rundgang durch die Trümmer der Erinnerung,* Berlin 1994.

Jahn, Peter, Hg., *Bersarin Nikolaj. Generaloberst Stadtkommandant (Berlin),* Berlin 1999.

解説

堂場瞬一

一言で言えば「混沌」である。

第二次大戦末期のベルリンを舞台にした『ゲルマニア』から始まるシリーズの三作目である本書は、ソ連軍のベルリン侵攻・終戦という、過去の二冊を上回る大混乱の中で進んでいく。『ゲルマニア』『オーディンの末裔』という前二作が、それでも一応ストレートなミステリとして読めたのに対して、本書は、登場人物と読者を混沌の中に落としこむのが狙いではないかと思えるほどだ。気合いを入れて、一ページ目を開いて下さい。

まず、このシリーズの歴史を振り返ってみよう。

戦火が激しくなる中、元刑事のオッペンハイマーは突然ナチス親衛隊に連行され、猟奇殺人事件の捜査を命じられる。断ることもできず、生き延びるためにも捜査に乗り出すしかなかった（『ゲルマニア』）。ナチス親衛隊員の首なし死体が見つかり、殺人容疑をかけられた友人の女性医師・ヒルデ（ナチスに対する抵抗運動をしていた）のためにオッペンハイマーが個人的に捜査に乗り出す中、怪しげな秘密結社が暗躍する（『オーディンの末裔』）——どちらも、極めて異常な状況下における異常な事件、異常な捜査であり、通常の警察小説を期待して読むと、いい意味で裏切られる。

戦争という、究極の異常の中で物語は繰り広げられるが、『終焉』に至って、物語は前二作にも増して混沌の中に突入していくわけだ。

ドイツ降伏の直前、オッペンハイマーは、妻のリザとともに、ベルリン市内のビール醸造所に潜伏している。警報と空襲の音に加え、砲声まで鳴り響く——ソ連軍がベルリンに迫っているのだ。間もなくソ連軍がベルリンを陥落させ、ドイツは降伏。オッペンハイマーたちはナチスからの解放を喜ぶと同時に、今度はベルリンを占領したソ連軍と折り合いをつけていかねばならず、生き抜くための戦いは、まったく新しい局面を迎える。

しかし序盤で、ある男が殺された事件が、後になって重大な意味を持ってくる。この男が隠していたバッグの存在が、次第にクローズアップされてくるのだ。しかも妻のリザはソ連兵に暴行を受けてしまい、オッペンハイマーは個人的な復讐の念にも駆られる。

そこに絡んでくるのがソ連軍で、消えたバッグの行方を追って、オッペンハイマーに協力を要請する。オッペンハイマーも、復讐のためにソ連軍の力添えを必要としており、両者の奇妙な協力関係の下、オッペンハイマーの捜査（この状態ではもはや捜査とも言えないが）が始まる。

メーンのストーリーはこんな感じで進むのだが、ベルリン市民の新たな生活もしっかり描かれている。特に序盤は、占領下のサバイバル劇の様相だ。ベルリン市民は食べるために様々な仕事に手をつけるのだが、オッペンハイマーは、ナイトクラブのステージディレクターの仕事につく。このクラブというのが、女性が「ある種のダンス」を披露する場所で、ステージ袖で裸の女性を見ている彼の様子は、このシリーズを読み続けてきた私には、極めて奇妙に映った。この男はとにかくクソ真面目な堅い男、という印象しかなかったから。

戦争は、環境も人も変えてしまうのだ。

しかし、こういう状況を上手く利用する人もいる。『オーディンの末裔』で「もう一人の主人公」でもあった女性医師のヒルデは、出獄した後にたくましく、戦後の混乱に対処する。ギャングのエデは、さすがにこういう混沌とした状況には強く、いち早く金儲けを始めて（問題のナイトクラブですね）成功する。この二人が、さっさと新しい時代に馴染んで新しい一歩を踏み出しているのに比して、オッペンハイマーの混乱・停滞ぶりが際立つわけだ。本作におけるオッペンハイマーは、ミステリの主人公らしいヒーロー像からはおよそ程遠い。

ヒーローらしからぬオッペンハイマーは、そもそもどういう男なのか――本来優秀な刑事だったのだが、非アーリア人（ユダヤ人）ということで公職を追われた過去の持ち主だ。ただしアーリア人であるリザと結婚していたことで収容所送りは免れ、ベルリンで鬱々たる日々を送っている――というのが『ゲルマニア』での初期設定である。要するに、「飼い殺し」の状態だったわけだ。

しかし優秀さ故に、彼を「利用」したい人間が現れ、自分の意図とは関係なく事件に巻きこまれていく。いわば、典型的な「巻きこまれ型」主人公である。他の小説と違うのは、彼を巻きこんでいるのが「国家」や「戦争」という、あまりにも巨大なものであることだろう。

本書に至って、オッペンハイマーは自由になったはずだった。ドイツ敗戦によってナチスの脅威が消え、常に命の危険を心配することはなくなったのだから。それ故読む前は、もっと明るい、開放感溢れる物語になっているのではないかと想像していた。しかし実際には、ナチスドイツが崩壊してもソ連の脅威が迫り、もはや彼の意思など通用しない状況が待っているだけだった。それでも混沌の中であがき、個人的な復讐のために必死に捜査を進める――巨大な海に流れついた木の葉のようになったオッペンハイマーが健闘する姿が、本書の最大の読みどころと言えよう。

ラストでかすかな光明が見えるのが、唯一の救いである。

ついでに、この物語の後の時代、戦後のベルリンの歴史を勉強してみた。

ベルリンを占領したのはソ連軍の他に、アメリカ、イギリス、フランス。一九四九年になるとドイツは東西に分裂してそれぞれ独立し、ベルリンは東ドイツ（ドイツ民主共和国）の首都・東ベルリンになる一方、西側三ヶ国の占領地域はそのまま「西ベルリン」として残った。この結果西ベルリンは、東ドイツ国内における唯一の西ドイツ（ドイツ連邦共和国）の領土、いわば「飛び地」状態になったのだ。

一九六一年にベルリンの壁が完成すると、交通網も東西で完全に分断され、西ベルリンの地下鉄が東ベルリン地域を通過する時は駅に止まらないという、奇妙な状況も生まれた。通過場所の駅は封鎖されており、西ベルリン市民はこれらの駅を「幽霊駅」と呼ぶようになった。ちなみに今は、普通の駅として復活している。

この極めて特殊な状況が、六〇年代以降にスパイ小説の傑作をいくつも生んだのは、ミステリファンならご存じの通りである。音楽ファンには、七〇年代西ベルリンの尖ったシーンが懐かしいかもしれない。当時は「ヨーロッパ最大の退廃の街」とも呼ばれていたらしい。

個人的な話だが、一度だけベルリンを訪れたことがある。二〇一四年秋のことで、予定していた冒険小説の執筆のために、市内を隅々まで取材した。

官公庁などが集中するミッテ地区は、さすがヨーロッパの中心の一つという賑やかさだったし、古い街並みの中にベルリン中央駅やソニーセンターのようなモダンな建築物が違和感なく溶けこんでいる光景も印象深かった。

東西で分断されていた過去を街中で見つけ出すのは難しかった。かつての分断の象徴である検問所「チェックポイント・チャーリー」は、オブジェ的に残るだけだったし、壁もほとんど取り壊されてしまい、残された部分も既に「遺跡」という感じになっていた。終戦から六十九年、ベルリンの壁崩壊から二十五年も経っていたから当然か。

しかし、ベルリンの中でも特に古い建物が残っている地区に行ってみると、壁に穴が空いた建物をいくつも見かけた。それも一つや二つではなく、石の壁に、まるでスイスチーズのように大小の穴が空いていて、異様な雰囲気を醸し出していたのである。ほとんど廃墟のような趣だった。

これは全て、ベルリンの市街戦の名残だという。つまり、壁を抉《えぐ》った無数の銃弾の穴なのだ。どれだけ激しい戦闘が行われたのかは、これらの壁を見るだけでも容易に想像できる。日本では空襲被害で多くの建物が焼失したが、石の家が多いヨーロッパでは、古い建物が戦争の傷跡を負ったまま生き残って、現在も生活の場になっているのだ。

戦後七十年近く経っているのに、未だに戦争の痕跡がそのまま残されている街角を見たことは、軽い衝撃だった。こういう国に生まれ育った人は、やはり常に戦争を意識しているものだろうか。そういう「原体験」がこの物語に結実した、というのはあながち外れた想像ではあるまい。翻って自分は——と少々情けなく考えたのを覚えている。広島や長崎はともかく、少なくとも今の東京で、街を普通に歩いていて戦争の名残を感じることはまずない。

ここで、宣伝です。

この本と同時期に発売される『焦土の刑事』（講談社）は、終戦直前から直後にかけて東京で起きた連続殺人事件に挑む刑事の活躍を描いた作品であり、『ゲルマニア』を読んだ時点で着想を得ていたことを白状しておく。

同じ敗戦国として、終戦前後の混沌の中で「正義」がどう歪められていったかを描き出そうとした作品だ。ただし、社会情勢の混乱については、ギルバースに比べて筆を抑えたことを報告しておきたい。

戦争が生み出した「違和感」は、本筋の中で十分表現できたと思うが。

（どうば・しゅんいち　作家）

ゲルマニア

ハラルト・ギルバース　酒寄進一／訳

一九四四年ベルリン。ユダヤ人の元刑事オッペンハイマーは突如ナチス親衛隊に連行され殺人事件の捜査を命じられる。失敗すれば死、成功しても命の保証はない。生き残る道はどこに？　ドイツ推理作家協会賞新人賞受賞作。

集英社文庫・海外シリーズ

オーディンの末裔

ハラルト・ギルバース　酒寄進一／訳

一九四五年、敗戦の色濃くなるベルリン。潜伏中のユダヤ人元刑事オッペンハイマーは、殺人容疑をかけられた友人を救うため、決死の行動に出る。一方、秘密結社「オーディンの末裔」の怪しい影がつきまとい……。

集英社文庫

終《しゅう》　焉《えん》

2018年7月25日　第1刷　　定価はカバーに表示してあります。

著　者　ハラルト・ギルバース
訳　者　酒寄進一《さかよりしんいち》
発行者　村田登志江
発行所　株式会社 集英社
東京都千代田区一ツ橋2-5-10　〒101-8050
電話　【編集部】03-3230-6095
【読者係】03-3230-6080
【販売部】03-3230-6393（書店専用）
印　刷　図書印刷株式会社
製　本　図書印刷株式会社

フォーマットデザイン　アリヤマデザインストア　　マークデザイン　居山浩二

ISBN978-4-08-760752-9 C0197